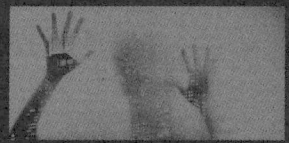

모래그릇 2

SUNA NO UTSUWA
by MATSUMOTO Seicho

Copyright © 1961 by Nao MATSUMOTO
Originally published in Japan in 1961 by Kobunsha Co., Ltd.
Korean translation copyright © 2013 by Munhakdongne Publishing Co.,Ltd.
All rights reserved.

Korean translation rights arranged with Kobunsha Co., Ltd.
through Shinwon Agency Co.

이 책의 한국어판 저작권은 신원 에이전시를 통해
Kobunsha Co., Ltd.와 독점 계약한 (주)문학동네에 있습니다.
저작권법에 의해 한국 내에서 보호를 받는 저작물이므로 무단 전재 및 무단 복제를 금합니다.

이 도서의 국립중앙도서관 출판시도서목록(CIP)은 서지유통정보지원시스템 홈페이지(http://www.seoji.nr.go.kr)
와 국가자료공동목록시스템(http://www.nl.go.kr/kolisnet)에서 이용하실 수 있습니다.
(CIP제어번호: CIP2013004120)

세계문학전집
109

松本清張：砂の器

모래그릇 2

마쓰모토 세이초 장편소설

이병진 옮김

문학동네

차례 ▌

9장
모색

1

이마니시와 요시무라 두 사람은 시부야 역에서 이노카시라 선을 탔다. 가다가 시모키타자와 역에서 오다큐 선으로 갈아타 여섯번째 역에서 내렸다. 역 앞 짧은 상점가를 지나자, 새로 개발된 듯한 주택지가 무성한 잡목 사이에 자리하고 있었다. 벼가 노랗게 물들어 있었다.

둘은 버스가 다니는 길을 걸었다. 논 건너편에 주택이 있고, 그 뒤로 나무들이 이어지고, 다시 주택이 늘어선 언덕이 이어졌다. 교외다운 지형이었다.

"여기야." 이마니시는 멈춰 섰다. 미야타 구니오가 심장마비를 일으켜 사망한 지점을 요시무라가 보고 싶어해서 이마니시가 안내한 것이다.

"아아, 여기군요."

요시무라는 이마니시가 가리킨 주변을 둘러보았다. 국도에서 1미터쯤 밭으로 쑥 들어간 지점이었다. 발밑에는 여름풀들이 무성하게 자라나 있다.

"버스 정류장은 바로 저기네요."

실제로 두 사람이 서 있는 곳에서 1미터 남짓 떨어진 정류장에서 버스가 손님을 내려주고 있었다.

"이러한 상황이라면 미야타 구니오가 버스를 기다리고 있었다고 가정하는 것도 무리는 아니네요."

"그래, 부자연스럽지는 않아. 아, 요시무라." 이마니시는 갑자기 생각난 듯이 말했다. "저 버스 차장한테 저녁 여덟시쯤 여기를 지나는 버스가 정확하게 몇시와 몇시에 있는지 물어봐줘."

요시무라는 달려갔다. 차가 출발하기 직전 승강구 계단에 발을 올린 차장을 붙잡고 뭐라뭐라 물었다. 그러고는 버스가 출발하자마자 이마니시에게 되돌아왔다.

"알아냈습니다." 요시무라는 전달했다. "일곱시 사십분에 세이조로 가는 버스가 지나갑니다. 여덟시에는 기치조지로 가는 버스가 지나가고, 10분 후에는 다시 세이조로 가는 버스가 통과하고요. 그후 20분 정도 버스가 없다가 다시 지토세 가라스야마에서 세이조로 가는 버스가 지나간다고 합니다. 나머지는 상하행선 모두 20분 간격이니까, 여기서는 약 10분마다 버스가 왕복한다는 계산이 나오네요."

"꽤 자주 다니는군." 이마니시는 듣고 있다가 중얼거렸다.

"미야타 구니오의 사망 시각은 대략 저녁 여덟시경이야." 그는 말을 이었다. "미야타가 이 정류장 근처에서 기다리고 있었다고 가정하면, 버스 간격은 대충 10분으로 잡고, 그사이에 심장마비를 일으켰다는 이야기가 되지. 물론 이 10분은 정확하지 않아. 상하행선이 반드시 그 시간에 정확하게 지나간다고는 단정지을 수 없으니 차이는 있겠지만. 어쨌거나 그리 오래 기다리지는 않았겠군. 그사이에 심장마비 발작이 일어났다면 미야타는 어지간히 운이 나빴다고 할 수 있지."

이마니시의 중얼거림은 생각을 정리하면서 스스로에게 들려주기 위한 것 같았다. 다만 이 혼잣말은 요시무라에게는 들리지 않았다. 그는 이마니시와 떨어져 길가 주변 밭을 걸어가고 있었기 때문이다.

"이마니시 선배."

요시무라가 밭 가운데에서 허리를 숙이며 불렀다. 이마니시는 요시무라가 부르는 쪽으로 갔다.

"이런 게 떨어져 있네요."

요시무라는 땅바닥을 가리켰다. 풀숲 사이에 가로세로 10센티미터의 종잇조각이 떨어져 있다. 당연히 가장자리가 불규칙하게 찢어져 있었다.

"이게 뭐지?"

이마니시는 그 종잇조각을 집어들었다. 뒷면이 보이게 떨어져 있어서 바닥에 있을 때는 아무것도 보이지 않았지만, 뒤집어보니 글씨가 적혀 있었다.

"오, 도표인데요." 요시무라가 들여다보았다.

거기에는 다음과 같이 적혀 있었다.

실업보험금 지급 총액

쇼와 24년(1949)　　　—

　　　25년(1950)　　　—

　　　26년(1951)　　　—

　　　27년(1952)　　　—

　　　28년(1953)　　25,404

　　　　　　　　　　—

　　　　　　　　　　—

　　　29년(1954)　　35,522

　　　　　　　　　　—

　　　　　　　　　　—

　　　　　　　　　　—

　　　30년(1955)　　30,834

　　　　　　　　　　—

　　　　　　　　　　—

　　　31년(1956)　　24,362

　　　　　　　　　　—

　　　　　　　　　　—

　　　32년(1957)　　27,435

　　　33년(1958)　　28,431

　　　　　　　　　　—

　　　　　　　　　　—

　　　34년(1959)　　28,438

　　　　　　　　　　—

"실업보험 금액이군요." 요시무라가 보면서 말했다.

다만 이 종잇조각은 여러 조각으로 찢어진 종이의 일부인 듯 보였다.

"이 주변에 이런 통계에 흥미가 있는 사람이 있을까요?"

"글쎄, 노동성 공무원 같은 사람이 있을지도 모르지."

도통 흥미가 가지 않는 통계였다. 그 종잇조각은 미야타 구니오가 쓰러져 있던 지점에서 약 10미터쯤 떨어져 있었다.

"이건 언제부터 여기 있었을까요?" 요시무라가 말했다.

"종이는 얇은 모조지군. 그다지 더럽혀지지 않았고. 요시무라, 비가 언제쯤 왔지?"

"글쎄요. 아마 네댓새 전에 내린 것 같은데요."

"이 얇은 종잇조각은 그후에 떨어졌어. 비를 맞은 자국이 없잖아. 비를 맞았으면 더 지저분해졌을 거야."

"미야타 구니오가 죽은 날은 사흘 전이죠. 그즈음 떨어졌을까요?"

"글쎄." 이마니시는 생각했다. "하지만 이런 건 미야타의 죽음과 아무 관계가 없을 거야. 설마 미야타가 이런 종이를 가지고 있었다고 생각하기는 어려우니까."

"혹시 모르니 전위극단 쪽에 물어보면 어떨까요. 연극 소도구이거나, 아니면 대사의 일부분일지도 몰라요."

요시무라의 말에 이마니시가 대답했다.

"그렇군. 이 종이가 바람에 날려 여기까지 왔다고 볼 수도 있겠지. 자네는 그렇게 생각하나보군."

"예, 그 가능성을 계산에 넣어도 괜찮겠지요."

"미야타가 아닌 누군가가 가지고 있었다고 보는 거지?"

"그렇습니다." 요시무라는 대답했다. "미야타와 아는 사이이고 이런 통계를 적은 사람, 그러니까 노동관계에 흥미를 갖고 있던 사람이 있을지도 모른다고 생각했죠."

"그러면 그 사람이 여기까지 미야타와 함께 왔다는 의미인가?"

"그럴지도 모릅니다. 아니면 미야타가 그 종이를 받아서 주머니나 다른 어딘가에 넣어 가지고 있다가 여기서 쓰러질 때 땅에 떨어뜨렸고, 나중에 바람에 날려 여기까지 굴러왔다는 추정도 가능하고요."

이마니시는 웃었다.

"그럴 것 같지는 않군. 미야타가 아무런 흥미도 없는데 이런 것을 받을 이유가 없으니까 말이야. 하지만 다른 사람이 미야타와 여기까지 함께 왔다는 건 꽤 흥미로운 이야기인데."

이마니시는 그 종이를 다시 한번 보았다.

"이건 뭘까?" 그는 종이 위를 가리켰다. "봐, 이 통계표는 쇼와 24년부터 작성되어 있지. 하지만 24년, 25년, 26년, 27년은 굵은 선이 그어져 있고 숫자는 공란으로 되어 있어."

"그건 이 숫자가 불필요했거나 잘 몰랐다거나 둘 중 하나겠지요."

"괜찮은 생각이야. 하지만 이것 봐. 이 28년과 29년 사이에는 굵은 선이 두 줄 그어져 있어. 그리고 29년과 30년 사이에는 굵은 선이 세 개나 그어져 있지. 옆쪽에도 물론 앞에 쓴 것 같은 연도는 적혀 있지 않고. 이 빈칸은 무엇을 의미하는 걸까?"

"글쎄요." 요시무라는 고개를 갸우뚱거리면서 들여다보았다. "모르겠습니다. 어쩌면 이 사이에 다른 숫자가 들어갈 수도 있겠는데요. 예를 들면 피보험자 수나, 수급자 수 등을 넣을 생각 아니었을까요?"

"그렇다면 위에 그 항목이 있어도 될 텐데, 그것도 없어. 아마 이건 적은 사람이 무언가를 잊지 않으려고 쓴 메모인지도 모르겠는데."

"악필이네요."

"응, 못 썼어. 마치 중학생이 쓴 것 같군. 하지만 요새는 대학을 졸업한 친구들도 글씨가 형편없으니까."

"이 종잇조각은 어떻게 할까요?"

"음, 혹시 참고가 될지도 모르니 내가 가지고 있지."

이마니시는 종잇조각을 수첩 사이에 끼워 주머니에 넣었다. 그 밖에 현장에서 새로 발견한 것은 없었다. 물론 지금 수첩 사이에 끼운 종잇조각도 미야타 구니오의 죽음과는 아무런 관계가 없을지도 모른다. 실업보험금 통계 같은 건 대체로 배우와는 관련이 없기 때문이다.

"일부러 이런 곳까지 데려와서 미안하군." 이마니시는 요시무라에게 말했다.

"아니에요, 무슨 말씀을. 저도 한 번은 봐두는 편이 좋지요. 이마니시 선배와 함께 와서 오히려 좋았습니다."

두 사람은 버스 정류장으로 걸어갔다.

이마니시는 경시청으로 돌아와 한동안 멍하니 있었다. 다행히 오늘은 사건 수사 활동도 없어, 같은 방 동료들은 장기나 바둑을 두면서 한가롭게 보내고 있었다.

이마니시는 갑자기 어떤 일이 떠올라 홍보과로 향했다.

"어이, 또 무슨 골치 아픈 조사라도 있나?"

이마니시의 얼굴을 보며 홍보과장이 물었다.

"뮈지크 콩크레트에 관해서 알고 싶습니다." 이마니시가 진지한 얼굴로 말했다.

"그게 뭔데?"

과장은 어이없다는 듯이 이마니시의 얼굴을 보았다.

"잘은 모르지만 음악인 듯합니다."

"자네와 음악이라니, 그다지 어울리지 않는 조합이구먼."

"딱히 제가 음악을 하겠다는 이야기는 아니고요. 뭐 적당한 자료 없을까요?"

"이런, 요전에는 사투리에 대해 물어보러 오더니, 오늘은 또 음악인가." 과장은 말은 그렇게 하면서도 일어나 사전 하나를 찾아 꺼내주었다. "이걸 보면 뭔가 있을 거야."

이마니시는 두꺼운 책을 펼쳤다. 그리고 백과사전의 작은 활자를 눈으로 좇았다.

뮈지크 콩크레트

구체음악具體音樂이라고 번역한다. 음악 소리든 아니든 상관없이 존재하는 모든 음향을 소재로 삼아, 거기에 다양한(전기적·기계적) 가공을 더해 테이프 몽타주 기법으로 구성한 음악을 말한다. 전자음악과 마찬가지로 연주자 없이 스피커를 통해 감상한다. 1948년 프랑스 기술자 피에르 셰페르에 의해 창조되어 음악계에 큰 충격을 주었으며, 일부 전위적 작곡가들의 지지와 협력을 얻어 점차 세계로 퍼져나갔다. 그 명칭은 소재음으로 주로 구체적 음향(자연음, 기계음, 사람의 목소리 등)을 사용하는 데에서 유래했지만, '구체음악'이라는 명칭은 오해를 부르기 쉽다. 이들 소재음은 모두가 음향 본래의 의미(발음의 원인, 목적 등)와는 관계없이 개개의 독립된 소리 그 자체, 다시 말해 '음향 오브제'로서 작곡가에게 인식되어 쓰일 뿐, '구체'라는 단어는 '구체적 내용'이나 '묘사' 등을 의미하지 않는다는 점에 주의해야 한다. 이 '음향 오브제'라는 사상은 종래 음악에는 전혀 존재하지 않았던 것으로, 쉬르레알리슴에서 왔다. 그러므로 구체음악은 기존의 어떠한 음악과도 단절된 지점에서 발생했다고 할 수 있다. 하지만 굳이 음악사에서 그 기원을 찾는다면, 1920년대 에드가르 바레즈의 전위적인 여러 작품(《아이오나이제이션》 등)이나, 이에 앞서 1910년대의 한 시기에 이탈리아에서 활동한 미래파(필리포 마리네티 등)의 소위 '소음 예술' 등을 들수 있다. 미래파에서 구체음악에 이르는 일련의 '소음 음악'은 본질적으로 기존의 음악 형태에 대해 부정적이고, 이 부정에서 출발해 종래 음악에서는 거들떠보지도 않았던 새로운 음 소재(소음 종류)가 지니는 강력하고 신선한 에너지와 표현력으로 음악계에 완전히 새로운 분야를 개척·확립하려는 움직임을 보이고 있다……

모로이 마코토

이마니시는 백과사전을 덮었다.

온통 어려운 이야기만 쓰여 있어서 전혀 머리에 남지 않는다. 음악을 모르니까 무리도 아니지만, 그렇다고 해도 뮈지크 콩크레트가 무엇인지에 대한 해답은 이 해설에서는 얻을 수 없었다. 꽤 어려운 음악이라는 것은 알았다. 지금까지의 음악과는 좀 다른 형태라는 것도 알았다. 하지만 구체적인 내용은 무엇 하나 머리에 들어오지 않았다.

"정말 감사합니다." 이마니시는 두꺼운 책을 반납했다.

"이해가 됐나?" 과장이 뒤돌아보며 물었다.

"아니요, 잘 모르겠습니다. 저한테는 좀 어렵네요." 이마니시는 쓴웃음을 지었다.

"그렇겠지. 음악과 자네는 전혀 인연이 없으니까. 어쩌다 또 그런데 흥미를 느끼게 되었나?"

"예, 갑자기 생각난 것이 있어서요." 이마니시는 적당히 얼버무리고 홍보과를 나왔다.

이마니시가 뮈지크 콩크레트에 대해 알고 싶었던 이유는 오늘 아침 신문에서 누보 그룹의 세키가와라는 남자가 같은 그룹 와가라는 남자의 음악을 비평한 기사를 읽었기 때문이다. 이마니시는 지금까지 누보 그룹에 특별히 주의를 기울이지 않았다. 단지 도호쿠 출장에서 돌아오는 길에 우연히 우고 가메다 역에서 마주쳤다는 인연만으로 어느 정도 홍미를 느낀 것에 불과했다.

하지만 죽은 미야타 구니오가 그 가메다에 갔으리라는 추측이 사실로 굳어진 지금은 사정이 조금 달라졌다. 이마니시가 가메다에 출장 갔을 때 같은 지역에 로켓 견학을 와 있던 누보 그룹에, 이번에는 다른 홍미가 더해진 것이다.

사실 그 그룹과 미야타 구니오의 '연기'가 관계있다고 보기는 어렵다. 하지만 어쨌든 이마니시는 오늘 아침 신문에서 화제가 된 뮈지크 콩크레트라는 음악을 알고 싶어졌다. 물론 반드시 알고야 말겠다는 것은 아니었다. 바쁠 때였다면 그런 것을 조사할 생각은 하지 않았을 터였다. 하지만 요즈음 사건도 없고 한가했기에 백과사전이라도 들여다보고 싶어졌던 것이다.

그건 그렇다 치고, 미야타 구니오는 무슨 목적으로 그런 곳에 가서 서성거려야만 했을까. 이것이 세타가야에서 돌아오는 길에 요시무라와 둘이서 이야기했던 의문점이었다.

저녁이 되었다. 요시무라에게 전화가 걸려왔다.

"이마니시 선배, 아까는 실례 많았습니다." 요시무라는 들뜬 목소리로 말했다. "그때 미야타가 왜 가메다에 갔는지 둘이서 얘기했잖아요. 저는 이제야 짐작이 갑니다."

"와, 그 얘기 듣고 싶은데."

"가마타 살인사건 당시의 신문을 찾아보았거든요. 그런데 사건이 일어나고 사나흘 정도 지나 신문기사에 조금씩 가메다와 도호쿠 사투리가 언급되기 시작했습니다. 즉 범인과 피해자로 보이는 사람이 그 역 앞 싸구려 술집에서 도호쿠 사투리 같은 말로 이야기했고, 가메다라는 이름이 나왔기에 경찰에서는 이 점을 중시하고 있다는 기사가 난 거지요."

"그렇군, 그래서?" 이마니시는 침을 삼켰다.

"이 신문기사가 미야타를 가메다로 이끌었다고 봅니다. 다시 말해 수사본부가 가메다와 도호쿠 사투리를 문제삼기 시작했으니까, 범인은 언젠가 도호쿠의 가메다가 수사 당국의 주의를 끌 거라고 생각하게 된 거겠지요."

"그렇군." 이마니시는 수긍했다. "거기까지는 신경쓰지 못했어."

"네, 저도 마찬가지였습니다." 요시무라의 목소리는 역시 들떠 있었다. "범인은 조만간 경시청의 관심이 도호쿠로 쏠리고 그곳에 가메다라는 지명이 있다는 사실이 밝혀질 것이며 수사의 초점이 그리로 맞춰지리라고 예상했다고 봅니다. 범인은 의도적으로 관심을 그쪽으로 쏠리게 하려던 게 아닐까요?"

"굉장한데." 이마니시는 전화 수화기에 대고 외쳤다. "그래, 그럴지도 몰라."

"그래서," 이마니시에게 칭찬받은 요시무라도 목소리가 상기되었다. "가메다에 뭔가 건수가 있어야만 했습니다. 경찰의 관심이 계속해서 가메다로 향하게 하기 위해서는 그곳에서 수상한 일이 일어나야만 했던 거죠. 범인은 그렇게 생각하지 않았을까요. 그것이 미야타가 연기한 '묘한 남자'의 출몰로 이어지고, 가메다 지역 경찰의 귀에 들어간 거고요. 그러니까 범인의 속임수였다고 봅니다."

이마니시는 고개를 끄덕였다.

"거기까지는 생각 못했어. 그럼 범인은?"

"그렇습니다. 범인은 도호쿠 출신 사람이 아닙니다. 다른 지역 사람이에요."

"그러면 미야타 구니오의 역할은?"

"물론 범인에게 놀아난 거지요. 아마도 미야타는 사정을 모르고 그 역을 맡았을걸요."

"그럼 범인은 미야타와 알고 지냈다는 말인가."

"물론 그렇지요. 그러한 일을 부탁받을 정도였으니까 꽤 친한 사이였을 겁니다."

"고마워." 이마니시는 엉겁결에 요시무라에게 감사 인사를 했다. "굉장한 데까지 추리를 해냈는걸. 정말이지, 잘해줬어."

"아닙니다."

전화기로 들려오는 요시무라의 목소리는 쑥스러워하는 듯했다.

"그냥 우연히 생각났어요. 그걸 그대로 이마니시 선배한테 전했을
뿐이고요. 아직 저도 제대로 생각해본 건 아니라 잘못된 추리인지도
모릅니다."

"아니야. 그렇다 해도 나한테 큰 참고가 되었어."

"그렇게 이야기해주시니 기쁩니다. 언제 또 만나뵙고 천천히 이야
기를 나누지요."

전화는 끊겼다.

이마니시는 등을 구부리고 책상 서랍에서 반으로 자른 담배를 꺼
내, 낡은 죽세공 파이프에 끼우고는 성냥을 켰다. 3년 전 아내와 함께
에노시마 섬에 갔을 때 산 파이프다. 그는 담배 연기를 내뿜으며 요시
무라가 전화로 말한 내용을 생각했다. 미야타 구니오가 가메다에 갔
던 이유는 알았다. 아마도 요시무라의 생각이 맞을 것이다.

그렇다면 범인에 대해 상상이 간다. 우선, 범인은 계속해서 가마타
살인사건에 신경쓰고 있었다는 점. 다음으로 미야타를 시선 끌기용으
로 이용할 정도면 미야타와 상당히 친한 친구였으리라는 점(단 이 경
우 미야타는 자신이 하는 연기의 진정한 의미를 알지 못했다). 마지막
으로 범인은 도호쿠가 아닌 다른 지방 사람이라는 점.

사실을 숨기기 위해서는 완전히 반대 방향으로 사람들의 시선을 끄
는 것이 상식이다. 이 경우 범인이 다른 지방 사람이기 때문에 도호쿠
로 수사의 관심을 돌렸다고 할 수 있다.

또하나는 미야타의 죽음이다. 미야타는 최근에야 진실을 알게 된

것은 아닐까. 그는 이마니시에게 그 사실을 털어놓고 싶었으리라. 하지만 그것은 바로 말하기에는 너무나 중대했다. 그가 하루의 유예를 요구했던 것은 이러한 이유에서다.

이마니시가 미야타에게 물어본 것은 자살한 나루세 리에코에 관해서였다. 하지만 미야타는 나루세 리에코와 관련해서 더욱 중요한 사실을 고백하고 싶었던 게 아닐까.

이마니시는 생각하면서 종이에 메모했다. 그리고 ①②③④라는 식으로 항목을 나누었다. 그는 이마에 손을 대고 자신이 쓴 메모를 가만히 주시했다. 그러고는 더 깊은 곳까지 생각해보려고 했다.

하지만 이 경우 가장 큰 장애물은 역시 미야타의 죽음이었다. 미야타의 죽음은 살인사건이 아니었다. 만약 그것이 타살이었다면 범인에 대한 단서를 찾는 것도 가능하다. 하지만 이것은 엄연히 자연사였다. 부검까지 했다. 심장마비가 틀림없었다. 미야타가 평소에 심장이 약했다는 사실은 주위 사람들도 알고 있었고, 경험이 풍부한 감찰의가 증명했다. 이마니시는 다만 이 배우가 너무 절묘한 시기에 죽은 점이 미심쩍었다. 하지만 이것도 우연이라고 한다면 그만이다. 감찰의가 말한 대로 심장마비는 때와 장소를 가리지 않고 일어나기 때문이다.

다음으로 중요한 것은 ④번 항목(범인은 도호쿠 사람이 아니다)이다. 이마니시의 머릿속에서 갖가지 생각이 복잡하게 뒤엉켰다. 그는 도호쿠와는 정반대에 있는 시마네 현 니타 군 니타초 가메다케를 떠올렸다. 도호쿠 사투리와 아주 유사한 언어를 사용하는 지방. 올해 더위가 한창 기승을 부릴 때 이마니시가 긴 기차 여행을 다녀온 지역이다. 하지만 그곳에 무엇이 있었는가. 아무것도 없었다. 범죄의 근원이라고 여길 만한 단서는 아무것도 얻지 못했다.

또 한 가지, ②번 항목을 보았다. 나루세 리에코다. 그녀와 관련해
서 미야타는 무언가 중요한 사실을 이야기하려 했다. 그렇다. 나루세
리에코가 범인한테서 부탁받아 피투성이 티셔츠를 주오 선에 뿌렸다.
이 점에서 알 수 있듯이, 그녀는 범인과 특별한 관계였고 게다가 이러
한 사실을 미야타 구니오도 알고 있었다.

미야타의 죽음은 이마니시에게 충격이었다. 그는 왜 이렇게 중요한
때에 죽었을까. 그의 죽음이 자연사였다는 사실을 의심하지는 않지
만, 시기적으로는 명백히 자연이 만들어낸 '타살'이었다.

2

집에 돌아와보니, 가와구치에 사는 여동생이 놀러와 있었다. 여동
생과 아내는 웃고 있었다.

"오빠, 안녕."

이마니시는 양복을 벗고 기모노로 갈아입었다.

"오늘은 무슨 일이야?"

이마니시는 여동생 앞에 앉아 차를 마셨다.

"일극* 초대권이 생겨서 연극을 보고 돌아가는 길에 잠깐 들렀어."

"어쩐지 오늘은 네 얼굴색이 좋다 했어. 부부싸움을 했으면 바로

---

* 1933년부터 1981년까지 도쿄 지요다 구에 있던 공연장인 일본극장. 혹은 거기서 공연
하는 연극을 지칭하는 말.

알 수 있지."

"오빠는 정말, 내가 언제 그랬다고."

여동생은 웃으면서 이마니시의 얼굴을 올려다보았다.

"오빠는 피곤한 얼굴인데."

"그런가."

"일이 바쁜가보네?"

"뭐 그렇지."

"하지만 오늘은 일찍 끝났네요?"

아내가 옆에서 말했다.

"나도 늙었나봐. 피곤하네."

"건강에도 신경써야 해."

여동생은 말은 그러면서도 연극을 보고 난 후라 매우 쾌활했다.

이마니시는 마음이 무거웠다. 근심이 얼굴에 드러났다. 아내와 여동생이 웃으며 나누는 대화에 낄 수 없었다.

그는 다다미 여섯 장만한 옆방으로 들어갔다. 낡은 책상이 놓여 있다. 간단한 책장에는 경찰 관련 도서가 있는 정도였다. 소설 종류는 그다지 읽지 않는 남자다.

이마니시는 서랍에서 수첩을 꺼냈다. 거기에는 메모가 적혀 있었다. 그는 차례로 수첩을 넘기며 전에 가메다케에 갔을 때 적은 부분을 되읽어보았다. 이러한 기분이 든 까닭은 미야타 구니오가 도호쿠로 묘한 연기를 하러 갔다는 사실을 알게 되었기 때문이다. 요시무라도 말했듯이 그것이 범인의 연출이었다면 범인은 도호쿠 사람이 아니다.

여기서 다시 한번 이마니시의 머릿속에 시마네 현의 산골마을이 떠올랐다. 도호쿠 사투리와 비슷한 말투, 그리고 '가메다'라는 이름. 아무리 봐도 이 지방이 안성맞춤이었다. 피해자도 거기서 오랫동안 경찰로 근무한 남자다.

이마니시는 수첩에 시선을 고정했다. 가메다케에서 들었던 피해자 미키 겐이치의 경찰 시절 이야기다. 미키 겐이치는 누구에게나 사랑받은, 부처님처럼 착한 남자였다. 친절하고, 친자식이 없어서인지 남을 돌보아주기를 좋아했다. 부인은 미키 겐이치가 미나리 경찰서로 전근했을 때 죽었다. 현재 미키 겐이치를 나쁘게 이야기하는 사람은 아무도 없다. 아무리 캐도 그를 칭찬하는 이야기뿐이다.

예를 들면 미키 겐이치는 일하는 여자들을 위해 탁아소를 만들었다. 탁아소 설립을 위한 기부금을 모으려고 친구나 독지가 들 사이를 이리저리 뛰어다녔다. 탁아소를 절에 만들어 다들 편하게 이용했다. 마을 사람이 생활고로 병에 걸려도 의사를 찾아가지도 못하고 약값도 내지 못하자, 미키 겐이치는 의사에게 부탁해 치료비 납부 기한을 늘려주고 약값은 자기 돈으로 냈다. 박봉을 쪼개 돈을 내주었던 것이다. 병약한 걸인이 찾아오자 돌봐준 적도 있었다. 이 지방은 숯을 굽는 사람이 많다. 그리고 산에 들어가 나무를 벌채하기 위해 겨울철 산속에서 생활하는 사람도 있다. 언제인가 나무꾼이 깊은 산속에서 급환으로 쓰러졌을 때, 미키 겐이치는 그 환자를 등에 업고 험난한 고개를 넘어 의사한테 데려다준 적도 있다. 그뿐만이 아니다. 마을에 분쟁이 일어나면 그곳에 가서 화해하도록 중재하고, 가정에 고민이 있으면 그 집에 가서 상담해주곤 했다.

이런 이야기를 지금 다시 메모로 읽으면서, 이마니시 에이타로는 미야자와 겐지의 시 한 구절을 떠올렸다.

동쪽에 병든 아이가 있으면
가서 간호하고
서쪽에 피곤한 어머니가 있으면
가서 볏단을 짊어지고
남쪽에 죽어가는 사람이 있으면
가서 두려워 말라고 말하고
북쪽에 싸움과 소송이 벌어지면
소용없으니까 그만두라고 말하고
가뭄이 들면 눈물을 흘리고
추운 여름이면……

미키 겐이치는 이 시에 있는 그대로의 남자였다. 그 사람이야말로
두메산골에 근무하는 경찰로서 어느 도시 경찰관보다도 훌륭한 일을
한 것이다. 같은 경찰의 한 사람으로서, 이마니시 에이타로는 미키 겐
이치에게 최상의 경의를 표할 수밖에 없었다.
　이같이 훌륭한 사람을 죽인 범인은 도대체 어떤 인간일까. 이마니
시 에이타로는 이 메모에서 단지 미키 겐이치의 선행만을 찾을 수 있
었다. 이마니시는 피해자를 조사하기 위해 현지에 갔지만, 그곳에서
듣고 돌아온 것은 범죄와는 조금도 인연이 없는 이력밖에 없었다. 이
곳에서는 미키 겐이치가 살해당할 만한 근거를 발견할 수 없었다. 다
시 말해 미키 겐이치에게는 어두운 면이 전혀 없었던 것이다. 그가 원

한을 살 만한 이유는 먼지만큼도 발견되지 않았다.

이마니시 에이타로는 수첩을 내려놓고 다다미 여섯 장 크기 방에 벌렁 누웠다. 뒤통수에 양팔을 베개 삼아 베었다. 천장은 낡아서 거무데데하다. 옆방에서는 아직도 아내와 여동생의 웃음소리가 이어지고 있다. 집 근처 모퉁이에서 버스가 지나가는 소리가 들려왔다.

다다미에 누워 자고 있던 이마니시는 무언가 생각난 듯이 벌떡 일어나 옆방으로 갔다. 아내와 여동생은 아직도 수다를 떨고 있었다.

"오빠, 여기 앉아서 같이 이야기라도 할래?" 여동생이 권했다.

"아니, 난 할 일이 좀 있어서."

이마니시는 옷걸이에 걸린 양복 주머니에서 작은 종이를 꺼냈다. 아직 옷장을 사지 못해서 옷을 옷걸이에 걸고 비닐 커버를 씌워놓은 형편이다.

그는 다시 방으로 들어왔다. 미야타 구니오가 사망한 세타가야의 밭에서 주운 종이다. 실업보험금 도표다. 이것이 미야타 구니오의 죽음과 관계있는지는 아직 모른다. 우연히 떨어져 있었을 수도 있다. 별다를 것 없는 숫자다. 도표를 보면 일본의 실업보험금은 점차 증가하는 추세다. 그만큼 세상이 불경기다. 쇼와 29년(1954)은 한국전쟁이 끝난 이듬해다. 전쟁특수가 사라져 중소공장이 줄줄이 문을 닫던 시절이다. 실업자가 많아진 것은 그 때문이리라. 숫자가 잘 보여주고 있다.

이러한 의미에서 보면 꽤 흥미로운 숫자지만, 사건과는 관계없는 일이다. 종이를 발견한 요시무라는 이 표를 작성한 사람이 미야타 구니오와 함께 있었을지도 모른다고 추측했다. 그것도 일리가 있는 생각이다. 이 종이는 비를 맞은 흔적이 없다. 미야타가 죽기 이삼일 전 밤에 도쿄에 비가 왔을 것이다. 따라서 이 종이가 미야타 구니오와 관련 있다고 보는 것은 크게 빗나간 생각도 아니다.

하지만 미야타가 들른 곳이야말로 그가 털어놓으려 했던 중요한 이야기와 어떤 관련이 있다고 이마니시는 생각한다. 이러한 통계를 쓸 만큼 노동계와 사회학에 흥미가 있는 사람은 아닐 것이다.

하여간 이 종이는 일단 보관해두자. 도움이 될지는 별개의 문제다. 그는 종이를 접어 미키 겐이치에 관해 메모한 수첩 사이에 끼웠다.

아내가 저녁식사가 준비되었다고 부르러 왔다. 이마니시는 여동생과 함께 셋이 식사를 했다.

"밥 먹자마자 미안하지만, 늦어질 것 같아 그만 집에 돌아갈게. 연극 본다고 아침부터 나와서." 여동생은 불안해했다.

"그럼 그 근처까지 산책도 할 겸 같이 가자."

"아냐, 괜찮아. 늘 다니는 길이니까."

"아니, 나도 좀 걷고 싶어."

실제로 머릿속이 복잡했다. 초저녁 거리를 산책하며 조금 기분전환을 하고 싶었다. 아내도 함께 가겠다고 해서 셋이서 가까운 역까지 가기로 했다. 가는 길에 아파트 앞에 이르자, 아내는 여동생에게 최근 이 아파트에서 젊은 여자가 자살했다는 이야기를 했다.

"그거 민폐예요. 그런 사람이 나오면." 여동생은 아파트 주인 입장에서 말했다.

"우리집에도 젊은 여자가 있는데 괜찮을까?" 여동생은 아파트 자살사건 이야기를 듣고 그렇게 중얼거렸다.

"아, 얼마 전 이사 왔다는 사람요?" 아내가 물었다.

"맞아요, 올케 언니."

"술집에서 일하는 아가씨라고 했지요?"

"예, 매일 밤늦게 들어와요. 하지만 꽤 착실해요."

"손님이 데려다주는 일은 없어요?"

"글쎄, 그건 잘 모르겠지만. 아무튼 집 현관을 들어올 때는 언제나 혼자예요. 술에 취해 있기는 해도 정신을 차려서 그런지 실수한 적은 없어요."

"대단한데요."

"예, 하지만 술장사잖아요. 문제라도 생기면 곤란해요."

"그런 사람이면 괜찮을 거예요."

"그렇게 생각하지만 조금 전 이야기를 들으니 걱정되네요."

거리의 환한 불빛 아래를 지나갔다.

"하지만 언니, 그 아가씨는 좀 대단해요." 여동생이 말했다. "대단히 어려운 책을 읽더라고요."

"어떤 책을 읽는데요?"

"무슨 이론서 같았어요. 요전에도 제가 볼일이 있어서 방에 들어갔더니 신문을 오리고 있는 거예요. 들여다보니 음악 평론이더라고요."

"음악에 관심이 있나봐요?"

"아니요, 음악에는 전혀 관심이 없다고 하던데요."

"어머, 그럼 왜 그런 기사를 잘라냈대요?"

"물으니까 거기 실린 비평이 재미있다고 하더라고요. 하지만 읽어보니 종잡을 수 없는 이야기라 저는 이해 못했어요."

그 목소리가 이마니시 귀에 들어왔다.

"야." 그는 여동생을 불렀다. "그 비평이라는 거, 뮈지크 콩크레트 아니었어?"

"그래, 맞아. 오빠, 잘 아네." 여동생은 놀랐다.

"음, 조금. 그런데 그 여자는 음악에 관심이 없다면서 그런 글을 읽었어?"

"응, 글을 쓴 사람이 대단히 머리 좋은 훌륭한 사람이라고 하던데."

"세키가와 시게오라는 사람이지?"

"깜짝이야. 오빠는 뭐든지 다 알고 있네."

이마니시는 침묵했다. 요즘 젊은이들은 세키가와 시게오를 그 정도로 숭배하는 걸까.

"그 어려운 책들은 어떤 책이야?"

"나는 뭔지 잘 모르겠어. 그런데 그 세키가와라는 사람 책이 두세 권 있더라고."

"그 아가씨는 언제나 그런 어려운 책을 읽어?"

"그렇지도 않아. 대중적인 잡지도 읽던데."

"이름은?"

"미우라 에미코."

"있잖아, 다음에 너희 집에 놀러갈 테니 그 아가씨 좀 자연스레 만나게 해줘." 이마니시는 말했다.

3

그다음날 이마니시 에이타로는 가와구치에 있는 여동생 집에 갔다. 2년 전에 지은 집은 외벽을 모르타르로 칠했다. 건평은 2층을 포함해 50평 정도로, 그것을 여덟 개의 방으로 나누어 하나씩 임대한 것이다. 현관을 들어가면 바로 오른쪽에 2층으로 올라가는 계단이 있다. 아래층 한가운데에 복도가 있고, 방이 양쪽으로 나뉘어 있다. 여동생 방은 오른쪽 첫번째다.

"어머나. 오빠, 빨리도 왔네."

여동생은 이마니시의 얼굴을 보고 깜짝 놀랐다.

"응, 요 앞 아카바네까지 올 일이 있어서."

"그랬구나. 어젯밤은 고마웠어."

"쇼는 회사에 갔어?" 매제에 대해 물었다.

"응…… 차 준비해줄게."

"오다가 좀 사왔어." 이마니시는 케이크가 든 상자를 꺼냈다.

"잘 먹을게."

"잠깐만."

"왜?"

"어젯밤 네가 이야기한, 그 뭐냐, 이 집에 산다는 술집 아가씨 말이야. 지금 잠깐 나랑 자연스럽게 만나게 해줘."

"이상하게 열을 올리시네. 뭔가 사건과 관련해서 짚이는 데라도 있어?"

"음, 아니, 별일 아닌데, 그냥 아무것도 모르는 척 만나보고 싶어.

오빠가 경찰이라는 이야기는 안 했지?"

"그런 얘기를 뭐하러 해. 오빠가 형사라고 말하면 모두 기분 나빠하면서 방을 나가버린다고."

"야, 그렇게 말하지 마. 이래 봬도 사람은 괜찮은데."

"그건 그렇지만 모르는 사람은 오빠 직업을 들으면 기분 나빠해."

"됐고. 어쨌든 그 아가씨 좀 여기로 불러줘. 차라도 마시자고 하면 오겠지. 아직 방에 있나?"

"응, 지금이 두시니까 빨래든 뭐든 할 시간일 거야. 긴자에 다섯시쯤 나가니까."

"좋아. 주전자는 내가 보고 있을게."

이마니시에게 떠밀리듯이 여동생은 방을 나갔다. 그사이 이마니시는 조금 초조했다. 앉은 자리를 두 번이나 바꾸었다. 이윽고 복도에서 두 사람의 발소리가 들렸다.

"오빠, 모시고 왔어."

여동생 뒤로 연노란색 스웨터를 입은 젊은 여자가 따라왔다.

"어서 들어오세요."

이마니시는 가능한 한 부드러운 얼굴로 상냥하게 청했다.

"오빠예요. 오늘 오랜만에 왔어요. 지금 막 차를 마시려던 참이라."

"실례합니다."

젊은 여성은 고분고분 방으로 들어왔다. 그런 다음 늘 신세를 진다고 인사했다.

"여기 앉으세요. 오히려 제 여동생이 여러모로 의지하고 있죠."

이마니시는 웃는 눈으로 아가씨의 얼굴을 가만히 관찰했다.

"일은 바쁘신가요?" 이마니시는 여동생네 세 들어 사는 사람에게 웃으면서 물었다.

"아니요, 그렇지도 않아요."

그녀는 귀여운 얼굴이었다. 스물네다섯 살인데 볼 주변에 젖살이 남아 있었다.

"힘드시겠네요. 이제 출근하세요?"

"예, 조금 이따가 나가요."

"밤에 늦어지면 돌아오기가 힘드시겠네요."

"예, 하지만 이젠 익숙해져서요."

"여기로 이사 오기 전에는 어디 사셨나요?"

"아……"

에미코는 순간 머뭇거렸다. 무심코 말하려다 급히 멈춘 눈치였다.

"그…… 여기저기 이사를 많이 다녀요."

"그렇군요. 역시 긴자로 출근하기 편한 곳을 생각하시겠네요. 여기에 오기 바로 전에 사시던 집은 다니기 편했나요?"

"저…… 아자부 근처였어요."

"아자부라. 좋은 곳이지요. 긴자에서도 가깝고……"

"하지만 세 들어 살던 아파트에 사정이 생겨서 남한테 팔렸지 뭐예요. 그래서 이곳으로 이사 왔어요. 여기서도 전철을 타면 시간이 그리 걸리지 않아 생각보다 편해요."

"맞아요." 옆에서 여동생이 끼어들었다. "가와구치라고 하면 도쿄 사람들은 꽤 멀다고 생각하지만, 오히려 도쿄 교외보다 훨씬 가까워요. 전철로 도심까지 30분밖에 안 걸리니까."

"하지만 그 뭐냐." 이마니시는 무심한 척 차를 마시면서 계속했다. "마지막 전철을 놓칠 때도 있지요?"

"그런 경우는 거의 없어요. 마담 언니도 제가 여기 사는 걸 알아서, 가능하면 막차 시간에 맞추어 일찍 퇴근하도록 해주거든요."

"그렇군요. 하지만 술 취한 손님한테 계속해서 잡혀 있을 땐 힘들겠어요?"

"예, 그런 일도 있지요. 하지만 그럴 때는 친구가 자연스럽게 바꿔줘요."

"그렇군요. 어때요, 요즘 술집 손님들은?"

"저희 가게는 비교적 점잖은 분들만 오세요. 그래서 별로 힘들지 않아요."

"저는 그런 곳에 간 적도 없고 갈 만한 돈도 없어 잘 모르지만, 뭐라더라, 요즘 주점이나 카바레에서는 회사 돈으로 술을 마시는 손님이 아니면 인기가 없다면서요?" 이마니시는 쓴웃음을 지으며 말했다.

"아니에요, 그렇지 않아요. 하지만 회사에서 왔다고 하면 돈은 걱정 없으니까, 가게 주인도 환영하지요. 일반인들은 아무래도 외상이 많고, 그 돈을 수금하기 힘들거든요. 외상은 모두 담당 아가씨 책임이 되니까요."

"그렇군요. 술도 마시고 재미있고 유쾌한 얘기로 말상대를 해준다고 해도, 그런 면에서는 좀 힘들겠네요."

이마니시는 여기서 어조를 바꾸었다.

"가끔 음악을 즐기시나요?"

"음악이요?"

에미코는 이마니시의 말에 놀란 눈을 했다.

"아니요, 그렇게 좋아하는 건 아니에요. 저는 음악을 잘 모르거든 요. 좋아한다고 해도 재즈 정도예요."

에미코가 눈을 동그랗게 뜬 이유는 이마니시 같은 남자가 갑자기 음악을 화제로 꺼냈기 때문이다.

"그러시군요. 아니, 저도 음악은 전혀 모르는데요. 하지만 뭐라더 라, 최근 대단히 새로운 음악이 나온 듯하더군요. 뮈지크 콩크레트라 고 아세요?"

"들어본 적은 있어요."

에미코는 바로 대답했다. 순간적으로 그 눈이 반짝였다.

"어떤 음악인가요?"

"저도 잘은 몰라요." 에미코는 갑작스레 곤혹스러운 얼굴이 되었 다. "그냥 이름 정도만 알지요."

"아, 그러세요. 저랑 마찬가지네요. 사실은 어제 무심코 신문을 읽 다가 그 단어를 봤어요. 뭐라고 할까, 솔직히 저 같은 사람은 가타카 나로 뜻 모를 단어가 줄줄이 나와서 쩔쩔맸지요. 그때 시간도 있고 해 서 뮈지크 콩크레트가 뭘까 하고 읽어보았는데, 아무래도 무슨 비평 같더군요. 하지만 읽어도 뭐가 뭔지 전혀 모르겠더라고요. 쓰인 문장 도 어렵고 내용도 굉장히 고상해 보였어요."

"아, 그거 세키가와 선생님이 쓰신 글이에요." 에미코는 갑자기 활 기를 찾으며 큰 소리로 말했다. "저도 그 글을 읽었어요."

"아, 그러세요?" 이마니시는 뜻밖이라는 표정을 지었다. "정말 놀 랍네요. 그런 글이 제대로 이해가 되시나요?"

"아니에요. 저도 어려워서 이해하지 못했어요. 하지만 세키가와 선생님이 쓰신 글은 대강 읽고 있죠."

"오, 개인적으로 아시는 분인가보죠?"

에미코는 눈빛에서 당혹감을 감추지 못했다. 대답하기까지 조금 시간이 걸렸다.

"아뇨. 이따금 가게에 오세요. 그래서 알게 되었어요."

"그렇군요…… 아니, 사실은 저도 세키가와 씨를 알고 있답니다."

"예?" 에미코는 놀란 얼굴을 했다. "어떻게 아시는데요?"

"아, 개인적으로는 전혀 관계가 없습니다. 이야기를 나눈 적도 없고, 그쪽도 저를 모르실 테고. 그런데 제가 얼마 전에 아키타 현에 갔다가 같은 역에서 세키가와 씨를 우연히 뵈었어요. 그때 세키가와 씨혼자만 계셨던 것은 아니고 친구분이 여럿 함께였지만, 어쨌든 그런 여행지에서 만난 사람에게는, 뭐라고 할까, 나중까지 특별한 친밀감을 느끼게 되더라고요."

"그런 일이 있으셨어요?"

에미코의 눈동자가 이마니시를 보며 급작스레 호의적인 기색을 띠었다.

"젊은 사람은 좋겠네요." 이마니시는 당시 일을 회상하듯이 말했다. "그때는 역에 네댓 명 정도 있었는데요. 듣기로는 로켓 견학을 하고 돌아가는 길이라는 것 같았어요. 모두 힘이 넘치더군요."

"그랬군요."

에미코는 초롱초롱한 눈으로 듣고 있었다.

"그 가운데 세키가와 씨가 있었어요. 저는 얼굴을 몰랐는데 함께 있던 사람이 잘 알고 있어서 가르쳐줬지요. 그후에 때때로 신문에서 얼굴 사진을 볼 때마다 반갑더라고요. 그래서 신문에 난 비평도 내용은 모르지만 읽었고요."

"그러셨군요?" 에미코는 가벼운 한숨을 쉬었다.

"세키가와 씨는 어떤 사람인가요? 가게에 이따금 오신다고 하셨는데."

"대단히 점잖은 분이세요." 에미코는 넋을 잃고 말했다. "그분은 다른 손님과는 달라요. 조용하고, 그분 이야기에서 여러모로 배우는 점이 많아요."

"훌륭한 손님이 가게에 오시는군요." 이마니시는 말했다. "세키가와 씨와 친하신가요?"

"아니요, 그렇게 친하지는 않아요." 그 순간 에미코의 얼굴에 살짝 당황하는 기색이 엿보였다. "그냥 가게 손님이라 아는 거예요."

"그러십니까. 저희 같은 사람은 잘 모르지만, 그런 예술가라면 일상생활은 어떨까요. 항상 책을 읽거나 사색하면서 살겠죠?"

"그럴지도 모르겠네요. 그런 일을 하려면 공부가 제일 중요할 테니까요."

"그렇지요. 저는 문외한이라 전혀 지식은 없지만, 비평가라고 하면 음악뿐만 아니라 다른 분야도 분석해야겠지요?"

"여러 가지가 있어요. 특히 세키가와 선생님은 원래 문예비평으로 출발하셨던 분이세요. 하지만 그분이 워낙 다재다능해서 문학뿐만 아니라 회화와 음악, 그리고 사회비평까지 하세요. 아무튼 영역이 상당히 넓답니다."

"역시, 젊은 나이에 대단한 지식이야." 이마니시는 감탄했다.

"먹을 것이 별로 없네요." 여동생이 햇귤을 가져왔다.

"어머, 괜찮아요." 에미코는 당황하며 손목시계를 봤다. "저도 이제 슬슬 출근 준비를 해야 해서요."

"아유, 이것만 들고 가요."

"예." 계속 권하자 에미코가 귤을 집었다.

"맛있는 귤이네요." 그녀가 귤을 먹으면서 칭찬했다.

그 사이에도 이야기는 계속되었다. 하지만 더이상 세키가와는 언급하지 않았다.

"잘 먹었습니다."

에미코는 정중하게 인사하고 일어나 나갔다. 이마니시는 그 뒷모습을 지켜보았다.

"어이," 이마니시는 여동생을 불렀다. "꽤 괜찮은 아가씨네."

"그렇지."

여동생은 이마니시 옆으로 다가와 앉았다.

"점잖은 아가씨야. 긴자의 술집 아가씨로는 보이지 않는다니까."

"그렇군. 그런데 세키가와라는 사람에게 꽤 호감을 품고 있네."

"맞아. 나도 그건 느꼈어."

"가게에 가끔 오는 손님이라고 했지만, 아무래도 그것만은 아닌 것 같아."

"어머, 그런가."

"너, 눈치 못 챘어?"

"뭘?"

"저 아가씨, 임신했어."

"뭐?" 여동생은 놀란 눈으로 오빠 얼굴을 돌아보았다.

"나는 그런 느낌 받았는데, 아닌가?"

여동생은 바로 대답하지는 않았지만 질렸다는 듯이 오빠를 바라보았다.

"오빠." 여동생은 가벼운 한숨을 쉬며 말했다. "용케 알았네. 남자면서."

"역시 그랬군."

"본인은 아무 말도 하지 않았지만 사실 나도 그렇지 않을까 싶었어."

"그랬냐."

"오빠 어떻게 알았어?"

"왠지 그런 느낌이 들어서. 처음 본 얼굴이지만 조금 경직된 표정이었어. 내 생각이지만 저 사람은 평상시에는 좀더 부드러운 얼굴이 아닐까. 게다가 귤을 다 먹었잖아. 난 너무 셔서 먹을 수도 없었는데."

"정말 그러네. 아직 귤이 달지 않은데도 말이야."

"너한테도 걸리는 일이 있었어?"

"없진 않았지. 저 아가씨, 언젠가 자기 방에서 토하고 있었거든. 그때는 뭔가 잘못 먹어 식중독에 걸렸나 했는데, 그후에도 몸 상태가 좀 이상하더라고."

"그랬구나."

"저, 오빠, 도대체 누구 아이일까. 역시 그런 일을 하니까, 술집에 오는 손님 아이를 밴 걸까?"

"글쎄." 이마니시는 담배를 피우면서 생각에 잠긴 얼굴이 되었다.

"그 세키가와라는 사람이 수상하지 않아?" 여동생이 말했다.

"그런 걸 어떻게 우리가 알겠어." 오빠는 약간 타이르듯이 말했다.
"함부로 말할 수는 없어."

"그건 그렇지만 우리끼리니까 하는 얘기지."

그러고 나서 얼마 있다가 방 바깥에서 가볍게 노크하는 소리가 들렸다.

지금 이러니저러니 이야기한 에미코가 외출복으로 갈아입고서 복도에서 무릎을 꿇고 있었다.

"그럼 다녀오겠습니다. 여러모로 감사했습니다." 에미코가 이마니시에게 인사했다.

"아니에요, 무슨 말씀을." 이마니시는 자세를 고쳐 앉았다.

"고생 많으십니다."

"조심해서 다녀오세요." 여동생도 말했다.

에미코를 지켜보던 여동생이 오빠를 뒤돌아보았다.

"그런 눈으로 봐서 그런지 모르겠지만 역시 그런가싶네."

4

덴엔초후에 있는 와가 에이료의 집은 전쟁 이전에 지어진 건물로 그다지 넓지는 않다. 하지만 내부는 그의 맘에 들게 개조했다. 2년 전에 산 집이다. 외관만 보면 낡아서, 근처의 넓고 으리으리한 저택들 사이에서 너무나도 초라해 보인다.

우윳빛 정장을 차려입은 다도코로 사치코가 현관 벨을 누르자 쉰 살 정도의 가정부가 나왔다.

"어머, 오셨어요." 중년 여자는 사치코에게 정중하게 머리를 숙였다.

"안녕." 사치코가 가볍게 답례했다. "에이료 씨는?"

"계세요. 들어오세요."

오래된 현관으로 들어갔다. 그러고서 바로 복도를 지나 증축한 별채로 안내했다. 별채라고 해도 평수로 따지면 다섯 평도 안 된다. 하지만 외벽은 콘크리트로 되어 있었다. 창은 작다.

가정부는 거기까지 가기 전에 설치된 인터폰을 눌렀다.

"지금 다도코로 씨께서 오셨습니다."

목소리가 들렸다.

"이쪽으로 모셔."

복도 막다른 곳에 별채의 문이 있다. 가정부는 가볍게 노크한 다음 문을 열고는 방에는 들어가지 않고 사치코 옆으로 물러나서 "들어가세요" 하고 권했다. 사치코는 안으로 들어갔다.

여기는 와가 에이료의 작업실이다. 평범한 책상과 책장이 있지만, 특이한 점은 방 한가운데 세워진 칸막이 너머로 기계 장치가 놓여 있다는 것이다. 꼭 방송국 스튜디오 조정실처럼 다양한 기구가 어지러이 놓여 있다. 기계 장치를 배경으로 앉은 와가 에이료가 테이프리코더를 만지고 있었다.

"어, 어서 오세요."

와가는 테이프리코더를 멈추고 일어났다. 스웨터 소매 밖으로 보이는 세련된 체크 셔츠는 지난번에 사치코가 골라서 보낸 것이다.

"안녕하세요."

조정실 같은 구역 밖에 세련된 의자 서너 개가 놓여 있다. 거기에는 간단한 테이블이 있어 스튜디오 휴게실 같은 모습이다.

"일하고 있었나봐요?"

"아니, 괜찮아요."

와가는 사치코에게 다가가 어깨를 안았다. 사치코는 얼굴을 들어 약혼자의 입맞춤을 오랫동안 받아들였다. 바깥에서는 소리가 들리지 않는다. 이 방은 그가 소리를 만드는 특별한 작업실이라서 모든 벽에 완벽한 방음장치가 되어 있기 때문이다.

"작업중인데 찾아와서 방해되지 않았어요?"

입술을 뗀 후 그녀가 핸드백에서 손수건을 꺼내 남자 입술에 묻은 립스틱을 닦아주며 말했다.

"아니, 막 쉬려던 참이었어요. 자, 여기 앉아요."

의자도 테이블도 세련된 디자인이었다. 집의 초라한 외관과는 달리 실내 장식은 화려했다. 사치코가 담배를 입에 물었다. 와가는 재빨리 라이터를 켰다.

"만약 작업하는 데 방해되지 않으면 함께 외출하지 않을래요?"

"응, 괜찮긴 한데, 무슨 일 있어요?"

"아빠가 지금 세이후엔에 가셨어요. 손님하고 같이 계시는데, 한 30분쯤 있다 우리에게 맛있는 걸 사주시겠다고 하셨어요."

"그거야 감사한 일이네요." 와가는 미소지었다. "사주신다면 어디라도 가야지요."

"그거 다행이네요."

"그런데 지금 몇시죠?"

"네시예요. 무슨 예정이라도 있어요?"

"아니, 그다음에 뭘 할지 생각했어요. 오랜만에 춤이라도 추러 갈까요?"

"정말 오랜만이네요."

"잠깐 기다려요. 작업 좀 매듭짓고요." 와가는 테이프리코더 쪽으로 갔다.

"뭐예요?"

"지금 구성해본 것을 재생하고 있어요. 일부분이지만 한번 들어볼래요?"

"예, 꼭 듣고 싶어요. 이번 작품의 주제는 뭐예요?"

"인간의 생명관을 표현하려고 생각중이에요. 그러기 위해서 소리가 지닌 에너지 같은 것을 모아봤어요. 이를테면 러시아워에 군중이 전철로 몰려들 때의 소리라든가 강풍이 윙윙거리는 소리, 공장의 굉음, 그것도 기계로 직접 녹음한 것이 아니라 공장 건물 바로 옆의 지면을 파서 마이크를 깊이 끼워넣은 다음 진동까지 녹음했어요. 이것을 분해하고 복합해서 음조를 정돈했지요. 잘됐는지 한번 들어볼까요."

와가는 테이프를 돌렸다.

어딘지 이상한 소리가 나기 시작했다. 그것은 쇳소리와 비슷했고, 뱃속에서 둔탁하게 울리는 소리 같기도 했다. 관현악기라는 기존의 도구를 배제하고 새로운 음을 만들어야 한다는 것이 작곡가 와가 에이료의 주장이었다. 보통 사람들이 들어서는 멜로디도 미적 관능도 느끼기 어려웠다. 온갖 잡다한 음이 기계적인 조작에 의해 느리게, 빠르게, 강하게, 약하게, 길게, 짧게, 변화무쌍하게 물결치듯이 울려나왔다. 거기에는 평범한 음악적 도취는 없었다. 무질서하고 난삽한 음향이 듣는 사람의 지능을 교묘하게 자극했다.

"어떤가요."

와가 에이료는 엔지니어 연구실같이 늘어선 장치를 뒤로하고 사치코를 바라보았다. 그녀는 넋을 잃고 듣고 있다가 바로 칭찬의 말을 쏟아냈다.

"훌륭해요. 이거, 분명 좋은 작품이 될 거예요!"

와가 에이료는 만듦새가 좋은 회색 양복으로 갈아입고, 사치코와 나란히 바깥으로 나갔다. 키가 크고 어깨도 넓어서 양복이 잘 어울렸다. 바깥에는 사치코의 자가용이 기다리고 있었다.

"그만 돌아가도 돼." 그녀는 자기 운전사에게 말했다. "나는 에이료 씨 차를 탈 거니까."

운전사는 인사를 하고 그녀 앞에서 물러났다. 와가 에이료가 차고로 가서 차를 가지고 왔다. 중형차다. 사치코 앞에 세우고 "타요"라며 정중하게 자동차 문을 열었다.

"저, 에이료 씨 옆에 탈래요."

와가 에이료는 다시 조수석 문을 열었다.

거리의 풍경이 두 사람 눈앞을 흘러간다.

"에이료 씨, 다음에 함께 드라이브하고 싶어요."

"그래요. 날씨도 좋으니 한번 나가고 싶네요."

와가는 앞을 바라본 채 핸들을 움직이면서 말했다.

"오쿠타마가 좋다고 하던데요. 하지만 에이료 씨는 바쁘죠?"

"아니, 시간을 조정해볼게요. 다음에 일정을 봐서 약속 잡아요."

"기뻐라."

차가 목적지에 도착하기까지 한 시간 넘게 걸렸다. 최근 도쿄의 도로는 교통 마비 상태로 가다 서다를 끝없이 반복하고, 조금 정체가 심한 교차로에서는 신호가 네 번은 바뀌어야만 통과할 수 있다. 트럭, 버스, 삼륜트럭, 택시 등 잡다한 자동차가 좁은 길에 북적거리며 긴 행렬을 만든다.

와가의 자동차는 이윽고 세이후엔 문 안으로 들어갔다. 원래 공작이 살던 저택이었는데, 정부에서 영빈관으로 지정했다. 광활한 택지는 도쿄 한가운데라고는 믿어지지 않을 만큼 그윽하고 고요한 정원을 이루고 있다.

현관에 차를 세웠다. 현관에는 친목 모임에 참여하는 단체의 이름이 적힌 안내판이 몇 개 늘어서 있었다. 테이블에 하얀 천을 깔고, 접수하는 사람이 앉아 있었다. 사치코가 내리자 남자들의 시선이 일제히 그녀 쪽으로 향했다.

"어서 오십시오."

나비 넥타이를 맨 남자가 앞으로 나와, 와가와 사치코에게 공손히 허리를 숙였다.

"아버지는 어디 계시지?"

"예, 쇼난테이에 계십니다."

"머네."

"예, 죄송합니다."

직원은 다도코로 사치코를 알고 있었다.

"안내해드리겠습니다."

"됐어, 어딘지 아니까."

"송구합니다."

본관 가운데 정원을 지나자 완만한 기복을 반복하는 비탈이 이어졌다. 언덕이 한눈에 들어왔다. 숲이 있고, 나무와 연못이 있고, 오래된 5층탑이 있다.

"에이료 씨."

사치코는 와가의 팔을 끌었다. 두 사람은 운치가 있는 샛길을 내려갔다. 두 사람과 만난 산책하던 손님이 놀란 듯이 사치코의 세련된 복장을 돌아보았다. 주위는 해가 지고 있었다.

쇼난테이는 이 거대한 정원이 들어선 언덕 중턱에 있는데, 거기까지는 상당히 먼 거리다. 도중에 연못, 탑 등을 보면서 지나갔다. 외국인 손님들이 서성거리고 있었다. 어둠이 내려앉으면서 푸르스름한 조명등이 켜지고, 넓은 잔디가 아름다운 빛깔로 빛났다.

쇼난테이는 다실로 꾸며져 있었다. 사치코가 문가로 가서는, "여기서 잠깐 기다려요. 제가 아빠에게 말하고 올게요"라며 와가를 기다리게 하고 먼저 들어갔다. 그녀는 생글생글 웃으면서 금방 도로 나왔다.

"마침 잘됐어요. 손님이 조금 전 막 돌아갔다네요. 아빠가 우리를 기다리고 계세요."

"그런가요."

와가는 사치코를 따라 정원의 징검돌을 밟고 갔다. 다다미 넉 장 반 크기의 객실에서 노신사가 여종업원 두 명을 옆에 두고 술을 마시고 있었다. 전직 대신인 다도코로 시게요시로, 현재 두 회사의 사장이면서 여러 중역을 겸하고 있다. 은발에 테 없는 안경이 어울리는 단정한 얼굴이다. 신문, 잡지에 자주 등장하는 얼굴인데, 실물은 사진을 보고 생각한 것보다 혈색이 좋고 살집이 있다.

"아빠. 같이 왔어요." 정원에서 사치코가 불렀다.

다도코로 시게요시는 딸 뒤에 있는 와가 에이료에게 눈길을 주었다.

"오오, 이리 들어오게."

와가 에이료는 머리 숙여 인사했다.

"안녕하십니까. 실례하겠습니다."

두 사람이 함께 신발을 벗자 여종업원이 바로 구두를 정리하기 위해 몸을 수그렸다.

"저, 무엇으로 준비할까요?" 여종업원이 다도코로 시게요시에게 물었다.

"너희들은 뭐가 좋으냐? 나는 이미 식사를 마쳤다만."

"정말 배고파요. 뭐든 좋아요. 에이료 씨는 뭘로 할래요?"

"저도 같은 것으로 하겠습니다."

다도코로 시게요시가 웃으며 말했다.

"자네 좋을 대로 주문하게."

"바비큐는 어떨까. 어때요, 에이료 씨?"

"좋아요."

"그럼 바비큐, 그리고 음료는 에이료 씨는 스카치 미즈와리*를 좋아해. 나는 핑크 레이디."

---

* 물과 얼음을 넣어 희석한 위스키.

"알겠습니다." 여종업원은 방을 나갔다.

"그동안 격조했습니다."

와가 에이료는 양손을 다다미 위에 짚고 다도코로 시게요시 앞에 머리를 숙였다.

"아닐세, 나야말로 자네와 더 자주 만나고 싶은데 말이지."

다도코로는 안경 너머로 웃음 지으며 흐뭇해했다.

"갖가지 용무로 사람을 만나고 다니다보니 좀처럼 시간이 나지 않네. 오늘은 마침 시간이 맞았어. 자, 거기 앉게."

다도코로 시게요시의 눈은 이미 자신의 사위를 보는 표정이었다.

"아빠, 오늘 손님은 누구였어요?"

"음, 오늘? 오늘도 정치가였어."

"또 정치가네요. 정치는 돈이 필요하잖아요. 재미없어요. 그런 돈을 조금 절약해서 우리 신혼집을 위해 쓰세요."

사치코는 서슴없이 말하면서 어리광 부리듯이 아버지를 바라보았다.

"준비되었습니다." 여종업원이 장지문 옆에 무릎을 꿇었다.

"그럼 저쪽으로 옮길까." 다도코로가 말했다.

"어머, 아빠. 식사는 아까 하셨다면서요."

"아, 식사는 필요 없어. 나도 너희와 함께 술이나 한잔하려고. 잠깐이니까 그렇게 귀찮게 생각하지 마라."

"어머, 그런 의미가 아니었는데요." 사치코는 목을 움츠리며 와가 에이료를 보았다.

세 명이 객실을 나오자 옆에는 바닥이 넓고 흙으로 된 이로리*가 있었다. 숯불이 이글거리고 그 위에 꼬챙이에 뀄 소고기와 돼지고기가 올려져 있었다. 여종업원 두 명이 굽고 있었다. 연기가 천장까지 자욱하게 피어올랐다.

"맛있겠다."

세 사람은 이로리를 둘러싸고 앉았다.

"와가 군."

"예."

"건배하지."

세 사람은 잔을 들었다. 잔에 담긴 내용물은 다도코로는 정종, 와가는 스카치 미즈와리, 사치코는 핑크 레이디였다.

"와가 군."

"예."

"일은 어떤가?"

"조금씩 하고 있습니다."

"아빠." 사치코가 옆에서 말했다. "에이료 씨는 정말 노력파예요. 제가 같이 오자고 했을 때도 일하고 있었어요."

"아닙니다. 잠시 새로운 곡 실험을 하고 있었습니다."

"나는 전자음악은 잘 모르지만, 다음에 한번 자네 작업실을 견학시켜주게."

"기다리고 있겠습니다."

"아빠는 완전 음치예요. 음악회에 가자고 해도 안 오신다니까요. 전자음악 같은 건 들어도 틀림없이 횡설수설하실 거예요."

---

* 방바닥 일부를 네모나게 파고 재를 깔아 불을 피우는 장치.

"횡설수설이라고 하니까 말인데 얼마 전 자네 음악에 대한 비평이 신문에 실렸더군. 그거야말로 나는 읽어도 도무지 이해할 수 없었네."

"세키가와 씨가 썼어요." 사치코가 보충 설명을 했다. "세키가와 씨는 에이료 씨와 함께 누보 그룹을 조직하고 있어요. 젊은 사람들끼리 모여 새로운 예술운동을 하는 거예요."

"그렇군. 그 비평은 칭찬하는 건지, 험담하는 건지."

"오히려 험담에 가깝지요." 와가가 꼬치 고기를 씹으면서 대답했다.

"세키가와 씨는 신랄한 신인 비평가예요. 최근 부쩍 유명해졌어요. 하지만 제가 보기엔 쇼맨십이 뛰어날 뿐이에요. 처음 인기를 끌었을 때도 선배를 앞에 두고도 전혀 개의치 않고 깎아내려서 매스컴의 주목을 받았거든요. 이번에 쓴 비평도 세키가와 씨의 허세가 돋보이죠. 동료라고 해도 자신의 글에 걸리면 가차없다는 걸 보여주려고 애쓰는 게 보인다니까요."

다도코로 시게요시는 싱글벙글 웃으며 듣고 있었다.

"그런 거구먼." 노신사는 고개를 끄덕였다. "사실 정계에도 그런 일이 있지. 어느 세계나 마찬가지로군."

"역시 인간이라 그럴까요. 하지만 예술가가 훨씬 노골적이라는 생각이 드네요."

"나는 예술가는 잘 모르지만 온갖 인간이 있는 법이지." 전직 대신은 느긋했다.

"그런데 와가 군." 대신이 포동포동한 얼굴로 음악가를 바라보았다. "자네, 미국 일정은 대략 결정됐는가?"

"예, 얼추 윤곽은 잡혔습니다."

"11월에 출발할 수 있겠나?"

"예, 문제없을 겁니다."

"이래저래 바쁘겠군."

"예, 이것저것 준비해야 하니까요. 미국에 조지 매킨리라는 남자가 있는데, 이 매킨리 역시 저처럼 각국의 전위음악가와 네트워크를 가지고 있고, 그런 의미에서 미국에서는 그가 주축이 되고 있습니다."

"그렇군."

"그 남자와 연락이 되었습니다. 그쪽의 음악회 중에서도 뉴욕의 화려한 무대에서 제가 리사이틀을 하게 되었습니다. 그러자면 작품을 적어도 열 곡 정도는 만들어야 해서요. 지금 그 작업을 열심히 하고 있습니다."

"거기서 인정받으면 어떻게 되나?"

"당연히 그쪽 레코드 회사에서 녹음도 하고, 미국의 그런 유명한 극장에서 리사이틀을 열면 일류 비평가들에게도 인정받게 되지요. 잘하면 세계적으로도 평가받을 수 있다고 봅니다."

"음, 잘해주길 바라네." 다도코로 시게요시는 장래의 사위를 격려했다. "나도 가능한 한 모든 지원을 하지."

"아빠, 와가 씨를 잘 부탁드려요." 사치코는 부탁했다.

"그래그래. 자, 나는 지금부터 다른 모임에 가야 해서." 다도코로 시게요시가 손목시계를 보며 말했다. "그럼 먼저 실례하네."

"네."

젊은 남녀는 일어서서 노인을 출구까지 배웅했다.

"다녀오세요."

"너희는 지금부터 어디 갈 예정이라도 있는 게냐?"

"예, 이것저것 계획이 있어요."

"그럼 늦니?"

아버지의 눈빛이었다.

"아니요, 열시까지는 들어갈게요."

두 사람은 세이후엔에서 나와 곧장 아카사카로 향했다.

나이트클럽에는 아직 손님이 그다지 많지 않았다. 마침 쇼가 있어 필리핀 사람 세 명이 마이크 앞에서 노래하고 손뼉 치면서 춤추고 있었다. 공연이 끝나자 홀이 밝아졌다. 밴드가 댄스곡을 연주하기 시작했다. 와가는 사치코에게 손을 내밀어 함께 홀로 나갔다. 곡은 빠른 룸바였다. 손을 잡고 능숙하게 발을 움직이면서 사치코는 행복에 겨워 와가에게 웃어 보였다. 두 사람의 몸이 밀착했을 때 그녀는 와가의 귓가에 속삭였다.

"행복해요."

10장
에미코

1

그 찻집은 긴자 뒷골목 모퉁이에 있다. 새벽 두시까지 영업한다. 밤 열한시 반이 지나면 이 가게는 특수한 손님으로 가득찬다. 카바레나 술집 여종업원들이 일을 마치고 여기서 숨을 돌리는 것이다. 커피를 마시거나 과자를 먹으면서 집으로 돌아가기 전에 잠시 하루의 피로를 잊는다.

열한시 반부터 얼마 동안 긴자 일대에서는 택시를 잡을 수 없다. 몇 백 채나 밀집한 술집과 카바레에서 쏟아져나온 손님과 여종업원 들이 일시에 차를 잡기 때문이다. 요즘 들어 이 시간이 불법 영업을 하는 자가용들이 돈 버는 시간이 되었다.

이 혼잡을 피하려고 자정이 지날 때까지 이 찻집에서 기다리는 사람도 있다. 그 밖에 손님이 은밀하게 거래를 한 아가씨와 여기서 만나기도 한다. 그래서 여기서는 평범한 손님은 보이지 않는다.

가게는 깔끔하게 꾸며져 있다. 손님 자리 입구에 주크박스가 놓여 있다. 여종업원이 10엔으로 음악을 즐긴다. 손님 자리는 몇 구역으로 나뉘고, 안쪽은 깊숙했다. 술집 여종업원을 기다리는 손님은 대부분 안쪽 자리를 선호한다.

막 10월이 되었고, 여자들의 옷도 모직 정장이나 원피스로 바뀌었다. 문을 열고 들어온 사람은 드물게 기모노를 입은 에미코였다. 그녀는 가게 안을 살펴보다가, 안쪽 자리에 이쪽으로 등을 보이고 앉아 있는 세키가와 시게오를 발견했다. 다른 손님을 꺼리듯이 얼굴을 약간 숙이고 다가가 세키가와 앞에 앉았다.

"죄송해요." 검은색 레이스 숄을 벗고 그녀는 기쁜 듯 미소지었다. "많이 기다리셨어요?"

세키가와 시게오는 힐끔 에미코를 보고, 곧장 시선을 피했다. 조명이 어두워서인지 표정까지 어둡고 우울해 보였다.

"20분 기다렸어." 찻잔에 커피는 거의 남아 있지 않았다.

"죄송해요." 에미코는 남남처럼 서먹하게 머리를 숙였다.

"조바심이 나서 혼났는데, 계속해서 가지 않고 눌러앉은 손님이 있어서 아무리 해도 빠져나오기 어려웠어요. 죄송해요."

여자가 주문을 받으러 왔다.

"레몬티 주세요."

여자가 돌아가자 에미코는 그에게 계속 말했다.

"제가 불러내서 불편하셨어요?"

상대방을 신경쓰는 얼굴이었다.

"바쁘니까." 세키가와는 무뚝뚝하게 말했다. "이런 행동은 안 했으면 좋겠어."

"죄송해요." 그녀는 거듭 사과했다. "하지만 꼭 얘기하고 싶었어요."

"무슨 일인데?"

"아니요, 나중에 말할게요."

바로 이야기하지 못한 것은 마침 그때 여자가 레몬티를 가져왔기 때문만은 아니다. 말할 수 없는 복잡한 고민과 망설임이 갑자기 그녀의 얼굴에 드러났다.

"지금은 말 못하는 거야?"

"예, 나중에요…… 아, 당신을 만나면 알려드릴 일이 있었어요."

에미코는 낮에 세키가와 시게오에게 전화해서 여기까지 오게 해놓고도 용건을 바로 꺼내지 않았다. 그러기 위해서는 그녀에게 어떤 결심이 필요한 것 같다. 지금 그녀가 세키가와에게 다른 이야기를 꺼낸 것은 그것을 말하기 위한 준비였다. 그녀가 하고 싶은 이야기와는 관계없는 내용이다.

"저, 아키타 현 쪽에서 당신과 만났다는 사람을 만났어요. 벌써 한 달도 더 지난 이야기지만……"

이것은 그녀에게 그다지 중대하지 않은 화제였다.

"아키타 현에서?" 세키가와가 갑자기 눈을 들어올렸다. 에미코가 뜻밖이라고 생각할 정도로 놀란 눈이었다.

"어떤 사람인데?"

"꽤 예전에 와가 선생님네와 함께 네댓 분이서 아키타 현에 가셨던 적이 있지요?"

"아아, T대학 로켓 연구소를 견학하러 갔을 때 말이로군."

"그래요, 그때예요. 무슨 역인지는 모르지만 근처 역에서 당신을 보았대요."

"내가 아는 사람이야?" 세키가와는 진지한 표정이었다.

"아니요, 모르실 거예요. 전혀 관계없는 사람이니까."

"어쩌다 그런 이야기가 나왔어?"

"당신 글이 실린 신문을 읽었다고 그러던데요. 당신 사진과 이름이 나와 있어서 그때 일이 생각났다고 했어요."

"가게 손님이야?"

"아니요. 제가 사는 아파트 주인아주머니의 오빠라는 사람이에요."

세키가와의 목소리가 잠시 끊겼다.

"왜 그 사람이 너한테 그런 이야기를 한 거지?"

"뮈지크 콩크레트 이야기를 하다가 나왔어요. 당신이 와가 선생님 비평을 쓰셨잖아요. 그래서 제가 그만 세키가와 선생님을 알고 있다고 말해버리는 바람에 거기서부터 이야기가 시작됐어요."

"알고 있다고 했어?"

"걱정하지 마세요. 가게에서 본 손님이라고 말해두었으니까요." 그녀가 말했다.

"설마 나와 네 관계를 눈치챈 것은 아니겠지?" 세키가와는 진지한 눈빛이었다

"그럼요." 그녀는 남자를 안심시키듯이 미소지었다. "어떻게 알겠어요."

"어떤 경우에도 내 얘기는 하지 말아줘." 세키가와는 언짢은 목소

리로 말했다.

"예, 그 점은 조심하고 있는데요……" 그녀는 미안하다는 얼굴을 했다. "하지만 당신 이야기가 나오면 저도 모르게 기분이 좋아져요. 앞으론 조심할게요."

"그 주인아줌마의 오빠라는 사람은 도대체 뭐하는 사람이야?"

주크박스에서는 숨죽여 우는 듯한 여자의 노랫소리가 흘렀다.

"저도 아주머니에게 물어보았지만 똑 부러지게 이야기해주지 않았어요. 하지만 대단히 친절해 보이는 좋은 아저씨였어요." 에미코는 아파트 아주머니의 오빠에 대해 세키가와에게 대답했다.

"그럼, 지금도 그 사람 직업은 잘 모르고?" 세키가와가 캐물었다.

"아니요, 알았어요. 아주머니 말고 아파트 사람한테 넌지시 물어보았거든요. 그런데 조금 의외였어요."

"뭐라고 했는데?"

"경시청 형사래요."

"형사?" 세키가와는 갑작스레 복잡한 얼굴이 되었다.

"그렇다고 하네요. 하지만 전혀 그렇게 보이지 않았어요. 인상도 아주 좋고 이야기 나누기 좋아하는, 괜찮은 분이었어요. 요즘 경찰은 옛날과 다른 것 같아요." 에미코는 계속했다. "가게에도 가끔 경찰이 오지만 무척 친절해요."

세키가와는 대꾸하지 않았다. 그는 담배를 꺼내 불을 붙이고 생각에 잠긴 채 잠자코 있었다.

가게에는 손님이 바뀌었다. 기다리던 상대가 와서 같이 나가거나, 그후 동행이 두세 명 더 들어오거나 했다. 자정을 넘긴 찻집은 초저녁

과는 손님 부류가 완전히 달랐다. 어떤 손님의 얼굴에도 피곤이 어려 있었다. 말소리도 작았다. 주크박스의 레코드가 작고 가늘고 공허하게 울고 있다.

"나갈까."

세키가와가 먼저 말했다. 전표도 자기가 집어들었다.

"아." 에미코는 아직 남은 레몬티를 바라보았다.

"여기에 좀더 있지 않으실래요?"

"이야기라면 다른 데서 듣지."

"알겠어요." 그녀는 순순히 따랐다.

"먼저 나가서 택시 잡아놓고 있어."

에미코는 고개를 끄덕이고 조용히 자리에서 일어나 가게를 나갔다. 세키가와는 2분쯤 지나 일어났다. 다른 칸막이 자리에 앉은 손님에게 얼굴을 보이고 싶지 않은 듯 고개를 숙인 채 계산대로 걸어갔다. 바깥으로 나가니 에미코가 택시를 세워놓고 기다리고 있었다.

세키가와는 먼저 탔다. 두 사람은 자동차가 달리는 방향을 응시한 채 한동안 말이 없었다. 에미코가 손을 살짝 뻗어 세키가와의 손가락을 쥐었지만, 그는 강한 반응은 보이지 않았다.

"저기요, 제가 당신 이야기를 괜히 했나요? 혹시 그 일로 기분이 상하셨다면 죄송해요."

에미코는 남자의 어두운 옆얼굴을 들여다보며 사과했다.

"이봐." 조금 있다 세키가와가 불쑥 그녀를 불렀다. "지금 사는 집에서 이사해."

에미코는 세키가와의 말을 이해하기 어렵다는 듯 되물었다.

"뭐라고 하셨어요?"

세키가와는 도라노몬 부근의 등불이 스쳐지나가는 모습을 바라보며 말했다.

"그 집에서 이사하라고."

"어째서요?"

에미코는 눈을 동그랗게 떴다.

"또요? 요전에 막 이사했잖아요? 아직 두 달밖에 안 됐다고요."

그녀의 목소리는 울적했다.

"제가 떠든 게 잘못이었어요? 그래서 다른 데로 옮기라는 거예요?"

세키가와 시게오는 대답하지 않았다. 그 대신 불쾌한 듯 담배만 뻑뻑 피웠다. 자동차는 아카사카의 거리를 나와 불빛이 어두운 밤 깊은 거리를 달리고 있다.

"그 형사는 지금까지 아파트에 자주 왔어?" 세키가와는 잠시 뒤 말했다.

"제가 이사하고 나서는 처음 온 것 같아요."

"너와 이야기했을 때는 네가 먼저 그 남자에게 말을 걸었나?"

"아니요, 그렇지 않아요. 차를 마시자면서 아주머니가 부르러 오셨어요. 그래서 가보았더니 그 오빠라는 사람이 앉아 있더라고요. 같이 차를 마시면서 그런 이야기를 하게 되었죠."

"그렇다면 그 형사라는 남자가 너를 부르라고 했겠군."

이 말을 에미코는 의외라고 생각한 듯했다.

"설마, 그럴 리가 있겠어요. 그냥 우연이에요. 거기까지 생각하시는 건 좀 비약 아닐까요?"

"뭐, 상관없어." 세키가와는 힘주어 자르듯이 말했다. "어쨌든 그 아파트에서 빨리 이사하도록 해. 내가 다른 곳을 알아볼게."

에미코는 이 남자의 속마음을 알고 있었다. 이전 아파트에서는 학생들이 자신의 얼굴을 봤다는 이유로 이사하라고 말했다. 이번에도 아파트 주인아주머니의 오빠가 형사이고, 그 사람 입에 세키가와의 이름이 오르내린 일을 신경쓰고 있는 것이다. 세키가와는 언제나 그녀와의 관계가 남에게 알려질까봐 극도로 경계한다. 원래 신경질적인 성격이지만, 이 문제와 관련되면 그는 극단적으로 변한다.

"당신이 맘에 안 든다면 지금 아파트에서 나올게요." 여자는 순순히 말했다.

에미코는 문득 남자의 말에 언제나 순종하는 자신이 불쌍하다고 느꼈다. 남자의 태도는 그녀가 지금부터 하려는 말에 검은 그림자를 드리웠다. 세키가와는 담배를 자동차 재떨이에 비벼 끄고 있다.

"벌써 밤이 되면 춥네요." 에미코는 마음에도 없는 이야기를 했다. 남자 기분이 언짢아 보이면 습관적으로 기분을 풀어주려 노력한다. 특히 오늘밤은 기분이 좋아야만 한다.

세키가와는 아직 말이 없다.

아카사카의 네온사인이 보이기 시작했다. 자동차는 아카사카 미쓰케를 향해 달리고 있었다.

오른쪽에 새로 지은 큰 호텔이 있었다.

"어머." 창가 쪽을 보고 있던 에미코가 갑자기 세키가와의 무릎을 짚었다. "저 사람, 와가 선생님 아니에요?"

이 호텔 근처에 나이트클럽이 있다. 정문만 밝았다. 고급 차가 그곳에 모여 있었다. 홀에서 나온 손님들이 돌아갈 시간이었다. 외국인이 많다. 서부극 의상 같은 빨간 옷을 입은 도어맨이 손전등을 흔들면서 자동차를 부르고 있었다. 그 손님들 가운데 와가 에이료의 모습이 있었다.

"오호." 세키가와도 몸을 내밀고 보면서 말했다.

"아름다운 분하고 함께 계시네요. 저분이 피앙세이신가봐요?"

"맞아, 다도코로 사치코지."

두 사람의 시선은 차를 기다리며 우두커니 서 있는 와가와 사치코에 꽂혔다. 두 사람의 모습은 이쪽 자동차의 속도 때문에 빠르게 뒤로 흘러갔다.

"행복해 보여요." 에미코가 한숨을 내쉬었다.

"뭐가?" 세키가와는 냉소를 띠고 있었다.

"곧 결혼하시죠. 그전에 저렇게 교제를 즐기고 있잖아요." 에미코는 자신의 처지와 비교하며 말을 흘렸다.

"과연 그럴까." 세키가와는 말했다.

"어머, 왜요? 저렇게 행복해 보이는데요."

"지금은 그렇겠지. 하지만 그 누구도 내일 일은 어떻게 될지 모르는 거야."

"그런 말이 어디 있어요. 친구시잖아요. 축하해주셔야죠?"

"물론 축하해주고 싶어. 하지만 현실은 너처럼 형식뿐인 말만으로 끝이 아니야. 친구니까 더더욱 형식적인 말을 하고 싶지 않아."

"무슨 일 있으셨어요?" 에미코는 세키가와의 옆얼굴을 걱정스레 바라보았다.

"아무 일도 없어." 세키가와는 뿌리치듯이 답했다. "아무 일도 없지만, 와가는 대단한 야심가니까 진정 그녀를 사랑하는지는 알 수 없어. 그의 목적은 역시 다도코로 시게요시이고, 장인을 배경으로 출세하려는 거야. 이런 것이 여자의 행복이 될 수 있을까?"

"그러다 애정이 생기면 그걸로 충분하지 않나요?"

"글쎄."

세키가와는 이 말이 맘에 들지 않은 모양이다.

"그런 형태의 애정에 파탄이 오지 않으면 행복이겠지."

"하지만 부러워요. 만약 그렇다고 해도, 지금 저 두 사람은 어디든 저렇게 당당하게 갈 수 있잖아요. 우리는 언제나 다른 사람들의 눈을 피해서 만나야 하는데 말이에요."

세키가와는 대답하지 않고, 창 너머로 스쳐지나가는 아오야마의 어두운 거리를 바라보고 있었다.

롯폰기 교차점을 건넌 부근에는 독특한 레스토랑이 많다. 게다가 새벽 세시경까지 문을 연다. 이 일대가 심야에 특별한 모습을 하게 된 것은 그다지 오래된 일이 아니다. 부근에는 러시아 요리, 이탈리아 요리, 오스트리아 요리, 헝가리 요리 등의 색다른 가게가 산재해 있다. 가게 경영자도 일본인이 아니라 어떤 언론인은 이곳을 도쿄 조계*라는 별명으로 부르기도 했다.

세키가와 시게오는 도로에 홀로 밝은 빛을 비추고 있는 한 레스토랑 앞에 차를 세우게 했다. 붉은 융단을 깐 계단을 올라가자 넓은 공

---

* 19세기부터 2차세계대전 시기까지 중국 개항도시에 있던 외국인 거주지.

간이 나왔다.

"어서 오십시오." 웨이터가 안으로 안내했다. 내부는 두 개의 방으로 나뉘어 있다. 구석 자리에 젊은 남녀 두세 쌍이 보인다.

세키가와는 하이볼을 주문했다.

"너는?"

"술은 이제 됐어요." 에미코는 대답했다. "오렌지주스 주세요."

웨이터가 돌아갔다.

"할 이야기란 게 뭐야?"

세키가와는 에미코를 보았다. 다른 아베크족도 낮은 목소리로 이야기하고 있다. 시간이 시간인지라 음악도 흐르지 않았고 가게 앞 전철 선로에서 들리던 소리도 끊겼다. 심야의 찻집은 역시 독특한 분위기를 자아낸다. 세키가와의 말에도 에미코는 다음 말을 잇지 못하고 있었다. 고개를 숙이고 머뭇거렸다.

"낮에 전화할 정도니 어지간히 중요한 이야기라고 생각해서 이렇게 일부러 온 거야. 빨리 말해봐."

"죄송해요."

사과는 전화한 일에 대한 것이다. 세키가와는 에미코에게 전화는 곤란하다고 습관처럼 말했기 때문이다. 그래도 에미코는 입을 다물었다. 웨이터가 가져온 주스만 열심히 들이켜고 있었다.

"과음했어?" 세키가와는 여자를 살피며 말했다.

"아니요." 에미코는 작게 고개를 저었다.

"제법 목이 말랐나본데?"

"예."

"배고프지는 않고?"

"괜찮아요."

세키가와가 하이볼을 마시고 있자니 웨이터가 마른안주를 가지고 왔다. 훈제 연어 조각이었다. 에미코는 그 접시를 가만히 보고 있다.

"먹고 싶으면 먹어." 세키가와는 그녀의 시선을 눈치채고 접시를 내밀었다.

"고마워요. 하지만 이것만 먹을게요."

그녀는 연어 옆에 놓인 레몬 조각을 이쑤시개로 찔렀다. 그러고는 입에 넣고 더없이 맛있게 먹었다.

"너는 그렇게 신 게 맛있어?"

세키가와는 그녀의 얼굴을 살펴보았다. 그 순간 문득 무언가를 눈치챘는지 표정이 흔들렸다. 세키가와 시게오는 에미코의 얼굴을 노려보듯이 보았다. 갑자기 의자를 뒤로 물리고 그녀 쪽으로 다가갔다.

"너, 설마……?" 귓가에 작게 말했다.

에미코는 순식간에 얼굴이 빨개졌다. 그때까지 움직이던 손도 갑작스레 멈췄다. 꼼짝 않고 있었지만 몸 안쪽에서부터 힘이 잔뜩 들어갔는지 경직되어 있었다.

"그렇군."

세키가와는 재차 진지한 눈으로 그녀를 바라보았다. 에미코는 대답 없이 고개만 끄덕였다. 세키가와도 다음 말을 하지 않았다. 그는 갑자기 시선을 피하며 술잔을 들었다. 술잔을 입에 대면서도 시선은 다른 곳에 고정하고 움직이지 않았다. 침묵이 한동안 이어졌다.

"정말이야? 틀림없는 거지?"

이렇게 말한 것은 시간이 꽤 지나고 나서였다.

"예." 에미코는 가는 목소리로 쥐어짜듯이 대답했다.

"몇 개월이래?"

그 질문에 대한 답도 한참 뜸을 들이더니 용기를 내서 대답했다.

"거의 4개월이래요."

세키가와는 잡은 술잔을 깨버릴 듯이 손가락에 힘을 주었다.

"멍청하긴."

그는 에미코를 보면서 화를 참는 목소리로 말했다.

"왜 지금까지 그걸 말 안 하고 있었어?"

눈동자가 고개를 숙인 여자의 앞머리 부근을 매섭게 노려보고 있었다.

"하지만 이야기하면 또 지난번처럼 될 것 같았단 말이에요." 입술을 깨물고 말하는 듯한 목소리였다. 세키가와는 다시 술잔을 들어 입술에 대고 있다.

"당연하지." 그는 술을 한 모금 마신 후 말했다. "당연한 처사야."

"아니요."

여자는 돌연 얼굴을 들었다. 지금까지 보인 적 없는 강한 눈빛이었다.

"전에는 당신 말을 따랐지만 지금은 후회하고 있어요."

"후회?"

"예, 제 말을 당신은 들어주지 않으셨어요. 얼마나 속상했는지 몰라요…… 하지만 이번에는, 이번에야말로 제 생각대로 하고 싶어요."

"안 돼." 남자는 말했다. "지금 무슨 말을 하는 거야. 상식이란 게 있

에미코 63

긴 한 거야?"

"……."

"지난번에 내 말대로 한 덕에 별 탈 없이 지금까지 온 거야. 네가 하고 싶은 대로 했어봐. 우리는 오히려 불행해졌을 거라고."

세키가와는 크게 한숨을 내쉬고는 말을 이어나갔다.

"일시적인 감상이나 흥분으로 결정해서는 안 돼. 너는 상황을 좀더 객관적으로 봐야 해. 먼저, 태어날 아이를 생각해봐. 그 아이가 얼마나 불행해질지……"

"아니요." 그녀는 격렬하게 저항했다. "저, 이번만은 제가 하고 싶은 대로 하겠어요."

그 가느다란 목소리에 결연한 무언가가 깃들어 있어, 세키가와는 말을 멈췄다.

"부탁이에요. 부디 이번만은 제 소원을 들어주세요." 남자의 굳은 표정에 대고 호소했다. "벌써 두번째예요. 처음에는 당신이 하라시는 대로 했어요. 하지만 그게 잘못이었다는 것을 깨달았어요. 어떻게 해서라도 제가 책임질게요."

"책임?" 세키가와는 에미코를 불쾌하다는 듯이 바라보았다. "무슨 말을 하는 거야?"

"저 혼자서 키울게요."

"말이 되는 소리를 해." 세키가와는 진저리가 난다는 투로 말했다. "그런 일시적인 감상으로 언제까지 계속할 수 있다고 생각하는 거야. 오히려 불행해질 뿐이야."

"아니요, 상관없어요. 행복하지 않아도 좋아요. 당신의 애정을 제 손에서 절대로 놓지 않고 키워가는 것만으로도 행복해요."

세키가와는 체념한 얼굴로 그녀를 외면했다. 그러고는 술잔에 남은 술을 단숨에 들이켰다. 얼음이 부딪치는 소리가 났다.

여자는 서글픈 듯 고개를 떨구었다.

"아무튼." 세키가와는 감정을 억누르며 말했다. "거기에는 난 절대 찬성 못해. 내가 하라는 대로 해."

"……"

"넌 지금 자기 감정에만 빠져 있어. 앞으로 어떻게 될지 생각도 안 하지. 만약 네 뜻대로 했다고 쳐. 너는 반드시 후회하게 될 거야."

"아니요." 그녀는 단호하게 말했다. "절대로 그럴 일은 없어요. 제 일은 제가 알아서 할 생각이에요."

"네 입장만 생각하고 말하면 안 돼."

세키가와의 목소리는 달래는 어조로 바뀌었다.

"이봐, 에미코. 네 기분은 이해해. 하지만 사랑만으로는 아무것도 해결되지 않아. 기분에 휩쓸려 저지른 일이 예상치 못한 결과를 가져오는 경우가 많단 말이야."

"당신은 저한테 애정을 품고 계시긴 한가요?" 여자는 슬프게 말했다.

"알잖아?"

"그렇다면…… 그렇다면, 그렇게 말씀하시지 않았겠죠."

그녀는 어깨를 들썩였다. 이제는 안색마저 창백해졌다.

"제 말에 찬성해주셔야 하는 것 아닌가요?"

여자의 나지막한 목소리는 떨리고 있었다. 눈에도 눈물이 고여 있었다.

"에미코." 세키가와는 갑자기 그녀의 어깨를 부드럽게 토닥였다.

"나가지. 나가서 이 문제를 천천히 의논해보자."

에미코는 손수건으로 눈가를 누르고 있었다.

2

자정이 지난 이 일대는 인적도 끊겨 정적에 잠겼다. 낮에도 조용한 거리였다. 양쪽에는 커다란 집이 있고 긴 담벼락이 늘어서 있다. 길은 가파른 언덕이고, 바닥에는 포석이 깔려 있다. 외등 불빛이 돌의 윤곽에 따라 그늘을 드리운다.

세키가와 시게오는 외투 주머니에 양손을 찔러넣었다. 에미코가 옆에 바짝 붙어 서서 남자 팔에 팔짱을 꼈다. 두 사람의 그림자가 언덕을 천천히 지나간다. 가끔 택시 헤드라이트가 두 사람을 비추고 지나갔다.

"어떤 일이 있어도 너는 포기할 수 없다는 얘기군."

조금 전 이야기를 이어나갔다. 남자의 언짢은 표정도 조금 전 그대로였다. 에미코는 남자의 어깨에 얼굴을 바짝 붙이고 있었다.

"죄송해요."

사과는 하지만 그 목소리에서 결연함이 느껴졌다.

"이번에는 제 결정을 뒤집고 싶지 않아요."

에미코는 자기의 말이 남자를 언짢게 했다는 사실을 알면서도 주장을 되풀이했다.

"절대로 당신에게 피해를 끼치지 않을게요."

여자는 연인의 노여움이 두려워서 쩔쩔매는 듯했고, 말투도 애원조였다.

"피해?" 세키가와는 정면을 응시한 채 걷고 있었다. "내가 입을 피해만 얘기하는 것이 아니야. 이건 너를 위해서 하는 말이기도 해."

고갯길은 일단 내리막이다가 다시 오르막이 나온다. 이 주변은 외국 대사관과 공사관 등이 있어 검은 숲이 에워싸고 있다.

"아무리 해도 안 되겠어?" 세키가와가 마지막으로 확인하듯이 물은 이유는 여자의 결심이 확고부동하다는 것을 깨달았기 때문이다. 에미코는 잠자코 있었다.

이 침묵은 그녀의 결심이 바뀌지 않으리라는 것을 남자에게 전했다. 여자가 임신 4개월에야 밝힌 것도 그 때문이다.

"그래……" 세키가와는 어둠 속에서 한숨을 쉬었다.

"죄송해요." 그녀의 목소리는 떨렸다. "무슨 일을 해서라도 제 손으로 지켜나가겠어요. 당신 이름을 밝히거나 하는 일은 없을 거예요."

"할 수 없군." 세키가와는 불쑥 말했다.

"예?" 여자는 놀란 듯이 얼굴을 들었다.

"할 수 없다고 말했어."

"그러면……?"

"네 생각에 따르는 길밖에 없겠지." 세키가와는 자신의 생각을 곱씹듯이 말했다.

"그럼 제 뜻대로 허락해주시는 거예요?" 그녀는 숨이 가빠졌지만 아직 기쁨을 억누르고 있었다.

"졌어." 남자가 내뱉었다. "너의 고집에 졌어."

그제야 에미코는 세키가와의 팔을 힘껏 껴안았다. 조금 전까지 완전히 풀이 죽어 있던 에미코가 갑자기 활기찬 모습이 되었다.

"기뻐요." 그녀는 세키가와의 팔을 붙잡고 흔들었다. "기뻐요. 정말로요!"

그녀는 온몸으로 그에게 격렬하게 매달렸다. 그러고는 얼굴을 남자가슴에 비벼댔다. 세키가와가 걸을 수 없을 정도로 안겨들었다. 에미코는 남자의 가슴에 얼굴을 파묻고 어깨를 들썩이고 있었다.

"뭐야, 울어?"

세키가와가 그녀의 허리에 손을 얹고 끌어안았다. 말투도 조금 전까지와는 달랐다. 실제로 그녀는 흐느껴 울고 있었다. 머리도, 볼도, 어깨도 감동으로 떨리고 있었다. 옷깃 사이로 보이는 하얀 목덜미에서는 달콤한 향기가 났다.

"미안해." 세키가와가 상냥하게 말했다. "네가 그 정도로 결심했다면, 더이상 나도 왈가왈부하지 않겠어. 가능한 한 네 말대로 협력할게."

"정말요?" 여자는 울음 섞인 목소리로 물었다.

"정말이래도. 내 말투가 너에겐 조금 잔인했을지도 몰라."

"아니에요." 그녀는 머리를 세차게 흔들었다. "왜 그런 말씀을 하셨는지 저도 잘 알고 있어요. 그러시는 게 당연해요. 하지만 이번만은 제 안의 생명을 지키고 싶어요. 저의, 아니 당신의 피를 물려받은 생명을 지키고 싶어요……"

에미코는 감동한 나머지 다음 말을 잇지 못하고 입술을 가볍게 떨었다. 세키가와는 느닷없이 여자의 어깨를 끌어안고 그녀 입술에 자신의 입술을 밀어붙였다. 여자의 뺨에 흐르는 눈물이 차갑게 스쳤다.

옆의 담벼락 위로 무성하게 자란 나무가 삐죽 고개를 내밀고 있었다. 그 어둠 아래에 두 사람은 오랜 시간 끌어안은 채 서 있었다. 갑자기 자동차 헤드라이트가 두 사람의 모습을 쓸듯이 비추고는 옆으로 사라졌다. 두 사람은 떨어져서 걷기 시작했다.

"걱정하지 않아도 돼."

세키가와는 에미코에게 용기를 북돋워주었다.

"나도 할 수 있는 일은 하겠어. 그 대신……" 그는 걸으면서 말을 이었다. "내가 하라는 대로 해. 가게도 당장 그만둬."

에미코로선 생각지도 못한 친절한 말이었다.

"하지만 아직 괜찮아요." 그녀는 기쁜 듯이 대답했다.

"아니, 지금이 가장 중요한 시기야. 무리할 필요 없어. 몸이 상하면 어쩔 거야?"

"예." 손수건을 꺼내 눈물을 닦았다.

"가게 마담에게는 내일이라도 이야기하고 그만둬. 아, 다른 이유를 대고, 가게를 그만두고 싶다고만 해."

"예, 그렇게 할게요."

"그만두는 이유는 오늘밤 잘 생각해두고."

"예."

에미코는 5분 전과는 확 달라진 모습으로 씩씩하게 걷고 있었다.

"자, 이제 됐어. 결론이 났으니 앞으로는 내 말대로 하는 거야."

지나가는 택시 운전사가 어두운 길을 걷고 있는 남녀를 옆눈으로 보면서 달려갔다.

3

　이마니시 에이타로가 오랜만에 일찍 집에 돌아왔더니, 안에서 가와구치에 사는 여동생 목소리가 들렸다. 얼마 전 여동생 집에 다녀오고 나서 벌써 한 달이 지났다. 목소리를 들어보니 오늘도 부부싸움을 하고 온 것은 아닌 듯했다.

　"지금 왔어요?" 아내가 현관에 나왔다. "유키 고모가 와 있어요."

　이마니시는 잠자코 구두를 벗고 올라갔다.

　"오빠, 또 놀러왔어." 여동생은 오빠를 올려다보았다.

　"응, 요전에는 내가 갔지."

　이마니시가 양복 벗는 것을 아내가 거들었다.

　"오늘 그 일로 왔는데."

　"뭐야, 그 일이라니?"

　"오빠가 물어봤던 그 술집 아가씨가 갑자기 이사를 가버렸어."

　"뭐야?" 이마니시는 넥타이를 풀던 손을 멈추었다. "이사했다니, 언제?"

　순간 눈빛이 예리해졌다.

　"어제 오후."

　"어제 오후? 벌써 방을 비운 거야?"

　"응, 나도 놀랐어. 어제 오후에 갑자기 말을 꺼내더라고. 그렇게 이사 가는 법이 어디 있담."

"그래서 어디로 이사 갔어?"

"어쨌든 본인은 센주 쪽으로 이사한다던데."

"센주 어디래?"

"그건 자세히 말하지 않았는데."

"멍청하긴." 이마니시 에이타로는 대뜸 여동생을 나무랐다. "그런 일을 왜 지금에야 말하는 거야? 왜 본청에 있는 나한테 곧장 연락하지 않았어?"

"그 여자가 그렇게 중요했어?" 여동생은 뜻밖이라는 얼굴을 했다.

"너는 몰라. 이사했다고 지금 이야기할 게 아니라, 이사할 때 이야기해주었으면 얼마나 도움이 되었겠냐고. 게다가 이사 간 곳도 모른다는 게 말이 돼?"

"그러면 처음부터 그렇게 이야기하지 그랬어." 여동생은 오빠에게 혼나서 불만스러운 표정을 지었다.

"그런 건 전혀 물어보지 않았으니, 나중에 이야기해도 될 줄 알았지……" 여동생이 투덜대는 것도 당연했다. 하지만 설마 두 달 만에 이사하리라고는 이마니시도 전혀 예상 못 한 일이다.

"이삿짐센터는 어디야?"

"글쎄." 여동생은 그것도 눈여겨보지 않은 듯했다.

"참 답답한 녀석일세." 이마니시는 느슨히 푼 넥타이를 다시 졸라맸다. "여보, 옷 줘."

"어머, 또 어디 가요?" 아내가 놀라서 쳐다보았다.

"지금 바로 이 녀석 집에 갈 거야."

"어머나." 아내와 여동생은 얼굴을 마주보았다.

"지금 저녁 차리던 참인데요. 유키 고모도 이제 왔는데 조금 더 천천히 있다가 가면 어때요?"

"급해. 어이, 유키." 이마니시는 여동생을 재촉했다.

"얼른 나랑 너희 집으로 가자. 여자가 어디로 이사 갔는지 알아내야 해."

"그 여자가 무슨 나쁜 짓이라도 했어?" 여동생은 눈을 동그랗게 떴다.

이마니시 에이타로는 가와구치의 여동생 집에 갔다. 여동생은 에미코가 무슨 나쁜 일을 저질렀는지 계속해서 오빠에게 물었다. 오빠가 일부러 함께 집에 올 정도로 열심이었기 때문이다.

"아니, 특별히 나쁜 짓을 한 건 아니야. 하지만 조금 신경쓰이는 점이 있어. 나중에 알아볼 게 아니라, 지금 서두르면 새로 이사 간 곳에 대한 단서를 찾을 수 있을지도 몰라. 그 여자 방은 어디야?"

여동생은 이마니시를 2층으로 데리고 갔다. 2층은 다섯 칸으로 나뉘어 있고 에미코가 있던 방은 가장 안쪽이었다.

여동생이 문을 열고 불을 켰다. 살던 사람이 막 떠난 방은 썰렁했다. 방이 서향이라 다다미가 노을에 붉게 물들어 있었다. 세간을 놓아두었던 자리만 색이 달랐다. 방에는 아무것도 남아 있지 않았고, 필요 없는 물건은 에미코가 벽장 구석에 한데 모아두었다. 화장품이나 빈 비누 상자, 헌 신문지, 오래된 잡지 등이 쌓여 있었다. 떠나간 사람이 이 방에 남긴 유일한 흔적이었다. 청소는 깔끔하게 되어 있었다. 어제 오후에 이사했다더니, 뒤처리는 제대로 한 상태였다.

"얌전하고 착한 여자였어." 여동생은 오빠에게 말했다. "술집 아가씨라기에 좀 칠칠맞지 못한 사람인가 했는데, 보통 사람보다도 깔끔한 편이더라고."

여동생은 그녀가 좀더 이곳에 살았으면 하는 말투였다. 이마니시는 오래된 신문과 잡지를 다다미 위에 펼쳤다. 특별히 이상한 점은 없다. 오래된 잡지는 비교적 인텔리층이 읽는 종합잡지였다. 이마니시는 그중 하나를 들고 훌훌 넘겼다. 그러고는 목차를 펼쳐 대충 눈으로 훑었다. 다른 잡지도 손에 들었다. 역시 목차가 있는 페이지를 펼치고 훑어보았다. 그는 고개를 끄덕였다. 다음으로 화장품과 빈 비누 상자를 열어보았다. 안에는 오래된 포장지 등이 깨끗하게 접혀 있었다. 이것도 에미코의 꼼꼼함을 말해주고 있었다.

이마니시는 그러한 것들을 늘어놓고 보다가 상자 구석에서 성냥갑을 발견하고 꺼냈다. 술집 성냥이었다. 이마니시는 상표에 붙어 있는 이름을 읽었다. 클럽 보뇌르였다.

"여기야? 근무했던 곳이?" 이마니시는 여동생에게 검은 바탕에 노란색으로 이름을 새긴 성냥을 보여주었다.

"그럴지도 모르겠네. 나한테는 아무런 이야기도 하지 않았지만."

이마니시는 그 빈 성냥갑을 주머니에 넣었다. 그 밖에 별달리 눈에 띄는 건 없어서 그대로 두었다.

"어제 오후 이사했을 때, 어느 이삿짐센터에서 이삿짐을 가지러 왔는데?"

"글쎄, 그게…… 신경 안 썼어."

"하지만 이삿짐센터 사람을 보기는 했지?"

"응, 봤어. 남자 두 명이 이 방에서 삼륜트럭으로 짐을 옮기고 있었으니까."

"이 부근에 이삿짐센터는 어디 있어?"

"역 앞에 두 군데 있는데."

이마니시는 2층에서 내려왔다. 그러고는 바로 현관에서 구두를 신기 시작했다.

"어머, 오빠." 여동생이 놀라서 불렀다. "벌써 가?"

"응." 구두끈을 묶으며 대답했다.

"일부러 왔는데. 차라도 마시고 가지."

"그럴 시간 없어. 또 시간 나면 올게."

"꽤 서두르네."

이마니시는 구두끈을 다 묶고 나서 허리를 폈다.

"아, 오빠. 미우라 씨가," 여동생은 에미코의 성을 입에 올렸다. "다시 여기 들르면 이것저것 물어볼까? 그렇게 신경쓰이면."

"음." 이마니시는 탐탁지 않다는 표정을 짓고 있었다. "이젠 여기 안 올 거야."

"그럴까?"

"그 여자는 내가 경시청에 근무하는 것을 안 거야. 그래서 서둘러 이사한 거지."

"어머나, 난 그런 이야기는 하지도 않았는걸."

"네가 말하지 않았어도 이 아파트에 사는 사람에게 들었을 테지."

"그럼 역시 떳떳하지 못한 부분이 있는 거네?" 여동생은 눈을 크게 떴다.

"아직 뭐라고 말할 순 없어. 우선 네 말대로 만에 하나 그 여자가 오면 물어보도록 해."

이마니시는 여동생 집을 나와 빠른 걸음으로 역을 향했다. 역 앞에는 이삿짐센터가 두 군데 있었다. 그는 그중 한 집인 야마다 운송점에 먼저 들어갔다.

"경찰입니다."

이마니시는 처음부터 경찰수첩을 보였다.

"어제 오후, 이 근처 ××초 ××번지 오카다라는 집에 이삿짐을 나르러 간 적 없습니까? 거기 아파트에서 미우라 씨라는 사람이 이사했는데요."

"글쎄요."

남아 있던 사무원이 다른 사람에게 물어보았다.

"아무래도 우리 쪽은 아닌 것 같은데요."

사무원이 이마니시 앞에 돌아와서 대답했다.

"만약 그런 일이 있었다면, 어제 일이니까 바로 알 수 있거든요. 이 앞 이토 운송점이 아닐까요?"

"예, 감사합니다."

이마니시는 바로 근처에 있는 다른 이삿짐센터에 들어갔다. 여기에서도 같은 이야기를 들었다.

"예, 어제라고요? 아무래도 그런 기억은 없는데요." 사무원은 그렇게 말하면서도, "혹시 모르니 종업원에게 물어보죠"라며 사무실을 나가 유리문으로 칸막이한 옆 화물 하치장으로 갔다. 알전구 불빛 아래 젊은 남자 서너 명이 소형 트럭에서 짐을 내리고 있었다. 얼마 안 있어 사무원은 젊은 남자를 데려왔다.

"역시 저희가 맡지 않았습니다. 하지만 그 주소에서 이삿짐을 나르는 것을 이 사람이 지나가다가 봤답니다."

"자네," 이마니시는 젊은 이삿짐센터 직원에게 물었다. "이사하는 건 어디서 봤나?"

"손님이 말씀하시는 집 주소 앞에서요."

"이삿짐센터가 있었나?"

"그렇습니다. 삼륜트럭에 두 명이서 옷장이며 경대 등을 싣고 있었어요."

"어느 이삿짐센터인지 알아?"

"알죠. 삼륜트럭 화물칸 옆에 크게 이름이 쓰여 있었으니까요. 오쿠보 쪽에 있는 야마시로 운송점이었습니다."

"오쿠보 어디 쪽인가?"

"역 바로 앞이에요. 서쪽 출구로 나가면 바로 보입니다."

"정말 고맙네."

이마니시는 이토 운송점을 나왔다.

여동생의 이야기로는 에미코는 센주 쪽으로 이사 갔다고 했다. 에미코가 자기 입으로 여동생에게 알려준 것인데, 지금 들은 이야기로는 이삿짐센터는 오쿠보에서 왔다고 한다. 센주와 오쿠보는 전혀 다른 방향이다. 이 점도 에미코가 갑작스레 이사한 것 못지않게 부자연스러운 일이다. 이마니시는 전철을 타고 신주쿠로 돌아가, 주오 선으로 갈아타고 오쿠보로 향했다.

서쪽 출구에 내리자, 정말 이삿짐센터 직원이 말한 대로 큰길가 대여섯번째 집에 야마시로 운송점이 커다란 간판을 내걸고 있었다. 저녁이었지만 앞으로 가니 불빛이 환한 가게 안에 사람이 움직이고 있었다. 여기서 신분을 밝혀야 할지 조금 망설였지만, 손쉽게 처리하기 위해 경찰수첩을 보였다. 장부를 펼쳐놓고 있던 여사무원이 일어서서 이마니시의 이야기를 들었다.

"아, 미우라 씨요. 그건 저희가 이사를 맡았습니다." 여사무원이 바로 대답했다.

"짐을 보낸 곳은 아시나요?"

"그게, 새집으로 직접 옮기지는 않았어요."

"그럼요?"

"고객의 요청으로 일단 이곳으로 가져왔습니다."

"여기로요?" 이마니시는 침침한 전등이 켜져 있는 창고를 둘러보았지만, 짐작되는 물건은 없었다.

"그런데 그 이삿짐은 바로 가져가셨어요."

"그렇다면 일단 이곳으로 짐을 가져와 내려놓고, 미우라 씨가 다시 가지러 왔다는 말이네요?"

"네."

"왜 이중으로 그런 수고를 했을까요?"

"그러게요. 저희 쪽에서도 번거로웠죠. 다행히 바로 짐을 가지러 오셨기에 그다지 귀찮지는 않았지만요."

"마찬가지로 미우라라는 여자분이 가지러 왔습니까?"

"아니요, 여자분이 아니라 스물일고여덟 살 정도 된 남자였어요."

"삼륜트럭을 몰고요?"

"맞아요. 하지만 소형 트럭이라 두 번에 걸쳐 짐을 날라가셨어요."

"그 삼륜트럭에 상호는 쓰여 있지 않았습니까?"

"아니요. 상호는 없었습니다. 그건 이삿짐센터 차가 아니라 개인 소유 차량이었어요."

"그 남자는 스물일고여덟 살 정도라고 하셨죠." 이마니시는 그 사람의 인상에 대해 질문했다. "생김새는 어땠나요? 이를테면 말랐다든가, 뚱뚱하다든가, 머리 모양 같은 것 말입니다."

"글쎄요…… 비쩍 마른 분이었어요." 여사무원은 생각 끝에 대답했다.

"아니, 그렇게 마르지는 않았는데요." 같이 있던 다른 남자가 끼어들었다. "꽤 살집이 있었어요."

"그래? 그랬던가?" 여사무원은 자신 없다는 듯이 뒤돌아보았다.

"아니, 그렇지 않아. 그렇게 뚱뚱하지 않았어." 책상 맞은편에 앉아 있던 남자가 자신의 의견을 말했다. "머리는 깔끔하게 가르마를 탔던 거 같아. 피부는 희고 안경을 쓴 남자였어."

"안경은 안 썼는데." 여사무원은 곧장 반대했다.

"아니, 썼어."

"저는 안 쓰고 있었다고 생각하는데요." 그녀는 다른 남자에게 얼굴을 돌리고는 어떻게 생각하느냐고 묻는 듯한 얼굴로 쳐다보았다.

"글쎄, 안경을 썼던 것 같기도 하고, 안 썼던 것 같기도 하네."

이목구비 특징도 세 사람의 이야기가 저마다 달랐다. 짐을 나른 것은 고작 어제 일이다. 그런데도 벌써 이렇게 엇갈리는 것이다.

"복장은 어땠어요?"

이번에도 세 사람 이야기가 다 달랐다. 한 남자는 점퍼를 입고 있었다고 하고, 한 남자는 검은 스웨터였다고 하고, 여사무원은 양복이라고 했다. 키도 컸다고 하는 사람과 작았다고 하는 사람으로 나뉘었다. 그 남자가 이 가게에 모습을 비친 시간은 20분이 채 되지 않았다. 결국 이삿짐센터 사무원들은 바빴던 탓인지 남자를 제대로 보지 못했다는 이야기가 된다.

"짐을 두 번에 걸쳐 가지러 왔다고 말씀하셨죠?" 이마니시는 다른 질문을 했다.

"네."

"어디로 짐을 옮긴다고 말했나요?"

"글쎄요, 그런 이야기는 듣지 못했어요."

"그럼, 처음에 짐을 가지러 와서 옮기고 두번째로 가지러 오기까지 대충 얼마나 걸렸나요?"

"글쎄요. 세 시간쯤 되었을 거예요." 이에 대해서는 세 사람 모두 같은 생각이었다.

"협조 감사합니다."

결국 이 정도의 탐문 결과에 만족해야 했다.

이마니시는 오쿠보 역에서 전차를 타고 긴자 방향으로 향했다. 전차 안에서 그는 생각했다. 에미코는 여동생 집에서 갑작스레 이사했고, 그 행선지도 남이 모르게끔 계획한 흔적이 있다. 짐칸을 단 삼륜트럭을 운전했던 남자가 에미코의 짐을 두 번에 걸쳐 옮겼지만, 그 남자에 대한 이삿짐센터 직원의 증언이 저마다 달랐다. 하지만 나이와 두 번 옮긴 간격은 대략 일치했다.

그 남자는 짐을 상당히 먼 곳으로 옮긴 것이 확실하다. 세 시간이라고 하면 삼륜트럭으로 상당한 거리를 왕복한 것이다. 짐을 내리는 시간을 포함한다 하더라도 말이다.

4

이마니시 에이타로는 아홉시경 긴자 뒷골목으로 들어갔다. 주머니에 넣어둔 성냥의 상호가 그의 목적지를 가르쳐준다. 에미코가 이사한 뒤 방에 남아 있던 성냥이다.

클럽 보뇌르는 건물 안에 있었다. 계단을 올라가자 작은 술집 몇 개가 모여 있었다. 클럽 보뇌르는 그 안쪽에 있었다. 문을 열고 들어가자, 담배 연기가 자욱한 가운데 희미한 조명이 흐릿하게 보였다.

"어서 오세요."

이마니시는 카운터 앞에 앉았다. 입구는 좁았지만 안은 의외로 넓었다. 칸막이 좌석에는 손님이 가득했다. 장사가 잘되는 가게인 듯했다. 하이볼을 주문하고 슬며시 뒤돌아 손님들 자리를 훑어보았다. 양장이나 기모노를 입은 여종업원이 앉아 있거나 서서 다니고 있는데, 열 명 정도는 되는 것 같았다. 어느 얼굴이 에미코인지 알 수 없었다. 카운터에 앉았기 때문에 여종업원이 옆에 오지는 않았다.

"이봐." 이마니시는 바텐더에게 말을 걸었다. "에미코 씨는 없나?"

바텐더는 가볍게 고개를 까닥하고는 살짝 웃으면서 대답했다. "에미코 씨는 어제 가게를 그만두었습니다."

"뭐, 어제?" 이마니시는 깜짝 놀랐다.

"예."

"그거 참 갑작스럽군." 이마니시는 중얼거렸다. 짐작하던 것들이 다 보기 좋게 엇갈렸다. 에미코는 이사와 동시에 이 가게를 그만둔 것이다.

"그러게 말입니다. 저도 조금 놀랐어요. 본인이 기어코 그만두겠다며 매달리는 바람에 결국 마담도 승낙했죠."

"어디 다른 데로 옮긴다고 하던가?"

"아니요, 그런 것은 아니고 뭐라더라, 잠시 고향에 내려간다고 했다던데요."

"정말이야?"

바텐더는 히죽히죽 웃었다.

"글쎄요. 진짜인지 아닌지 저희는 잘 모르죠."

이마니시 에이타로는 과감히 자신의 신분을 밝히기로 했다. 될 수 있으면 그렇게 하고 싶지 않지만, 이런 친구들을 상대할 때 그러지 않고는 결말이 나지 않는다.

"마담은 있나?"

"예, 계십니다."

"미안하지만 여기로 살짝 불러주지 않겠나?"

바텐더의 눈빛이 처음으로 달라졌다.

"이런 사람이야."

이마니시는 나직한 목소리로 말하며 경찰수첩을 꺼내 보였다. 바텐더는 이마니시에게 머리를 숙여 인사했다. 그러고는 서둘러 카운터

밖으로 나가서 냉큼 손님 테이블로 다가갔다. 잠시 후 바텐더가 마담을 데리고 돌아왔다. 마담은 서른두셋 정도로 큰 키에 커다란 눈이 매력적인 여자였다. 고급스러운 기모노 차림이다.

"어서 오세요." 그녀는 이마니시에게 애교 섞인 인사를 했다.

"미안합니다. 잠깐 물어볼 게 있는데, 에미코라는 여자가 어제 그만두었다고요?"

"예, 그런데요?"

"무슨 그만둘 만한 사정이 생겼습니까?"

"고향에 돌아간다고 했어요. 저도 갑작스러운 일이라 놀랐답니다. 이 가게에서 꽤 오래 일했고 그애 단골도 꽤 많아서 지금 그만두면 저도 곤란하거든요. 그렇게 이야기했는데 울며 매달리기에 결국 승낙했죠…… 그런데 에미코에게 무슨 일이 있었나요?"

"아니요, 그런 건 아닙니다만, 참고로 묻고 싶은 일이 조금 있어서요. 마담은 에미코 씨 집을 알고 계신가요?"

"가와구치 근처라고 들었어요."

"어제 그곳에서 이사했습니다."

"어머, 그건 몰랐네요."

마담은 정말 놀란 듯했다.

"그럼 에미코 씨가 담당한 손님은 대략 어떤 사람들입니까?"

"그야 여러 종류였지요. 그애는 얌전하고 순정파라고 할까요, 그런 타입이라서 손님도 조용한 분들이 많았던 것 같아요."

"그 손님 가운데 세키가와 씨라는 분이 있었나요?"

"세키가와 씨? 아아, 그 누보 그룹?"

"그래, 그래요."

"예전에는 자주 와서 에미코를 지명하시곤 했는데 요즘에는 통 오시지 않아요."

"예전이라면 언제쯤인가요?"

"그러니까 벌써 일 년쯤 되었을까요?"

"그 이후 전혀 오지 않았습니까?"

"전혀는 아니지만, 거의 오시지 않았어요. 두 달에 한 번 정도 보일까 말까 하는 정도였고, 대개 다른 분과 같이 오세요."

"그 세키가와 씨와 에미코 씨가 특별한 관계는 아니었을까요……"
이마니시는 마담에게 물었다.

"글쎄, 그럴까요. 전에는 자주 오셨고 에미코를 지명해서 부르곤 하셨지만, 그후 일은 모르겠네요."

"하지만 갑자기 오지 않았다는 것은, 오히려 두 사람의 관계가 비밀리에 진행되고 있었다는 뜻이 아닐까요?"

"그러네요. 이런 데서 일하는 여자는 좋아하는 사람이 생기면 오히려 가게에 오지 못하게 하니까요. 정말 에미코도 그럴지 모르겠네요."
마담은 여기까지 말하고, "세키가와 선생님이 정말로 에미코와 그런 관계였을까요?"라고 거꾸로 이마니시에게 물었다.

"아니, 그건 저도 모릅니다." 그는 말끝을 흐렸다. 이마니시도 이런 것을 추궁당하면 곤란했다. 특별히 수사와 관계있는 일도 아니다.

"세키가와 선생님과 그 아이에게 무슨 이상한 일이라도 있었나요?" 마담은 계속해서 물었다.

"아니, 아무것도 없습니다. 딱히 에미코 씨가 무슨 짓을 저질렀다

는 건 아닙니다. 단지 아까도 말했듯이, 그녀에게 살짝 물어보고 싶은
것이 있어서 왔을 뿐입니다."

사실 세키가와와 그녀가 어떤 관계라 한들, 결국에는 남 일에 공연
한 참견을 하는 셈이다. 이렇게 되면 형사 입장에서는 대단히 곤란해
진다. '개인'의 흥미로 봐주지 않기 때문이다.

"하지만 세키가와 선생님이 설마 에미코와……" 마담은 반신반의
하는 눈치였다.

"아니, 그 점도 어떤지 모릅니다. 저도 따로 확인한 게 아니니까
요." 이마니시는 이야기가 복잡해지는 것을 막았다. "혹시 나중에 올
지도 모르니까, 만약 에미코 씨의 새로운 근무처나 주소를 알게 되면
알려주세요."

그는 묘한 입장이 되어 클럽 보뇌르를 나왔다.

긴자의 뒷골목을 걸으며 새삼스레 자신의 모순을 깨달았다. 에미코
도 세키가와도 전혀 수사대상이 아니다. 따라서 그 두 사람을 추적해
봤자 헛다리다. 하지만 에미코가 갑자기 여동생 집에서 이사 나간 것
이 아무래도 이해가 가지 않았다. 분명 자신이 형사임을 알고 당황해
서 이사한 것이다.

게다가 이사 방법도 기묘했다. 생각하기에 따라서는 꺼림칙한 뭔가
가 있어서 숨겼다고도 볼 수 있다. 물론 엄밀히 말하면, 이 기묘한 행
동도 특별히 형사가 추적할 이유는 없다. 그럼에도 그는 에미코의 행
방에 드리운 어두운 그림자를 느꼈다. 확실한 이유가 있어서가 아니
라 이른바 예감 같은 것이었다.

경찰은 언제나 사건이 일어난 뒤가 아니면 수사권을 발동할 수 없

다. 경찰은 범죄예방 차원에서는 완벽히 무력하다. 피해가 생겨야 비로소 움직일 수 있다. 예감만으로는 수사할 수 없다…… 이마니시는 과거에도 여러 차례 이러한 모순에 부딪히곤 했다.

11장
그녀의 죽음

1

저녁 열한시 십오분이었다. 전화를 받은 간호사가 자기 방으로 들어가 잠자리에 들려고 했던 시간이기에 똑똑히 기억했다. 전화 목소리는 남자였다.

"거기 우에스기 의원입니까?"

"예, 그렇습니다."

"산부인과 우에스기 선생님이시죠?"

"예, 그렇습니다만."

"급한 환자가 있는데, 의사 선생님께서 급히 와주실 수 없을까요?"

나중에 간호사가 진술한 바에 따르면 젊은 남자의 목소리였다고 한다.

"성함이 어떻게 되시죠?"

"아니, 처음 연락드리는 사람입니다."

아직 우에스기 의원에서 한 번도 진찰을 받은 적이 없는 환자라는 의미다.

"도대체 무슨 일이세요?"

"임신한 여자가요, 갑자기 쓰러졌는데 출혈이 심하고 의식이 없습니다."

"그러시군요. 오늘밤은 너무 늦었는데 내일 가도 될까요?"

"내일 아침이면 죽을지도 모릅니다."

남자의 목소리는 간호사를 협박하는 것처럼 들렸다.

"잠깐 기다려주세요. 선생님께 여쭤보겠습니다."

간호사는 수화기를 놓고 복도를 따라 안으로 들어갔다. 의원 뒤에 의사가 사는 안채가 있었다.

"선생님." 간호사는 안채 복도에 서서 장지문 너머로 의사를 불렀다. "선생님."

장지문 너머는 아직 불이 켜져 있다. 의사는 깨어 있다.

"무슨 일이야?"

"위급한 환자라며 전화가 왔습니다."

"위급한 환자라니, 어디에서?"

"초진 환자랍니다. 임신부가 쓰러져 출혈이 심한 것 같아요."

"가능하면 거절하도록 해." 의사는 귀찮아했다.

"그게, 몹시 중태라서 내일 아침까지 놔두면 죽을지도 모른다고 하는데요."

"누가 그래?"

"남자 목소리예요. 환자 남편이 허둥대고 있는 게 아닐까요."

간호사는 자신의 추측을 말했다.

"어쩔 수 없지." 죽을지도 모른다는 말이 의사에게 전해진 것 같았다. "자세히 주소를 물어보게."

간호사는 전화기로 돌아왔다.

"지금 찾아가겠습니다."

"예, 정말 감사합니다." 안심한 목소리였다.

"댁은 어디시죠?"

"소시가야 오쿠라 정류소에서 북쪽으로 큰 도로가 있습니다. 거기를 곧장 가면 묘진샤라는 신사가 있는데요. 그 신사 옆을 따라서 왼쪽으로 들어와서 삼나무 울타리가 있는 집으로, 구보타 야스오라는 문패가 걸려 있습니다."

"구보타 씨이신가요?"

"아니요, 저는 구보타 씨 집 뒤채에 세 들어 살고 있습니다. 뒤에도 여닫이문이 있으니 그곳으로 들어오셔도 괜찮습니다."

"성함은 어떻게 되시죠?"

간호사가 전화 상대에게 물었다.

"미우라라고 합니다. 미우라 에미코입니다. 에미코가 환자 이름이에요."

"알겠습니다."

"그럼 바로 오시는 건가요?"

"예, 바로 가겠습니다."

"부탁합니다."

간호사는 그다지 기분이 좋지 않았다. 막 잠자리에 들려던 참에 방해를 받았기 때문이다. 간호사가 열탕 소독기에 주사기 등을 넣고 준비하고 있으려니 안에서 의사가 나왔다. 쉰 살이 넘은 남자다. 감기에 걸려서 기침을 하고 있다.

"이봐, 준비는 됐나?"

"예, 지금 막 열탕 소독을 마쳤습니다."

의사는 환자에게 가져갈 주사약을 가지러 약국으로 갔다.

"3호실이 비어 있지?" 의사는 나와서 간호사에게 물었다.

"예."

"상황을 봐서 환자를 이곳으로 데려올지도 몰라. 안에 들어가 집사람에게 청소해두라고 하게."

의사는 가방에 도구를 채워넣었다. 자동차는 의사가 직접 운전했다. 간호사는 조수석에 앉았다.

"음, 신사 근처라고 했던가?"

"묘진샤 뒤쪽이에요."

의사는 인적이 끊긴 도로를 달렸다. 이 주변은 거리인가 싶으면 어느새 밭이 보이고, 다시 짧은 시가지가 나온다.

이윽고 헤드라이트가 전방의 검은 숲을 비추었다. 도리이*가 있다.

"여기겠죠."

간호사가 왼쪽의 작은 길을 가리켰다. 그 길을 달리자 다시 두 갈래로 나뉘었다. 의사는 숲 옆으로 난 길로 갔다. 이 부근부터 집을 찾기

---

* 신사 입구에 세우는 문.

위해 서행했다.

"저 집 아닌가요?"

간호사는 삼나무 울타리를 발견하고 말했다. 다가가 헤드라이트를 밝게 비추자, 문패에 '구보타 야스오'라고 적혀 있다. 두 사람은 그곳에 차를 세우고 내렸다.

"뒤쪽 별채에 세 들어 사는데 거기에 따로 여닫이문이 있대요."

정말로 문이 있었다. 의사가 손전등을 켜고 나무문을 밀자 저절로 열렸다. 별채를 바로 알아볼 수 있었다. 안채와는 세 간 정도 떨어진 작은 집이었다. 여기에 전등빛을 비추자 작은 현관 옆에 '미우라'라고 쓴 종이가 문패 대신 붙어 있었다.

"실례합니다."

간호사가 격자문 바깥에서 사람을 불렀다. 격자문 안쪽에 어둑한 불이 켜져 있다.

"실례합니다."

아무도 나오지 않는다.

"안에 있든지 하겠지. 상관없으니 문을 열게."

문은 아무런 저항 없이 열렸다. 간호사가 의사를 먼저 들어가게 했다. 현관은 좁았다.

"실례합니다."

역시 사람이 나오지 않는다.

"이상한데. 환자를 돌보고 있기라도 한가."

여기는 부부만 세 들어 사는 집이라 생각하며 의사는 중얼거렸다. 아무리 불러도 사람이 나올 기색은 없었다. 의사는 약간 화가 났다.

한밤중에 전화해 자려고 누운 사람을 불러놓고는 아무도 나오지 않는 법이 어디 있담.

"상관없으니 자네가 들어가보게."

의사는 간호사에게 명령했다. 간호사는 머뭇거렸지만, 의사 말을 듣고 어쩔 수 없다는 듯이 구두를 벗고 좁은 현관으로 들어갔다. 장지 문을 여니 정면은 벽이었다. 왼쪽이 다다미방으로 통하는 창호지 문이었다.

"실례합니다. 계세요?"

간호사는 계속 불렀다. 그러나 역시 대답은 없었다. 사람 발소리조차 들리지 않는다.

"선생님, 아무도 나오지 않는데요."

"좋아, 내가 들어가보지."

의사는 구두를 벗었다. 다다미방에는 전등이 켜져 있다. 사람이 없을 리가 없다.

의사는 문을 열었다. 안에는 전등이 켜져 있지만, 환자를 생각해서 인지 전등갓이 수건으로 덮여 있었다. 그래서 방안은 어두웠다. 다다미 여섯 장만한 방이었고, 그 한가운데에 요가 깔려 있었다. 사람이 이불을 덮고 누워 있다. 베개 옆으로 머리카락이 보였다. 처음에는 남편이 얼음이라도 사러 갔나 싶었다. 하지만 여기서 멍하니 돌아오기를 기다릴 수만은 없다. 의사는 이불을 걷었다. 여자가 벽 쪽으로 얼굴을 향하고 자고 있었다.

"여보세요."

간호사가 환자 옆으로 다가가 낮은 목소리로 깨웠다.

"저기요."

대답이 없었다.

"잠든 걸까요?" 간호사는 의사를 돌아보았다.

"자고 있다면 별로 걱정할 필요는 없지."

의사는 손전등을 든 채로 이불 끝자락을 돌아 환자 얼굴 쪽으로 앉았다.

"미우라 씨."

의사는 환자의 얼굴을 들여다보며 말했다. 의사가 불러도 환자의 얼굴에는 아무런 반응도 나타나지 않았다. 몹시 고통스러운 표정이다. 눈썹을 찌푸리고, 입을 살짝 벌려 이를 드러내고 있었다. 의사는 잠시 살펴보다가 갑자기 지금까지와는 목소리가 달라졌다.

"이봐, 이 집에 사람 없나?"

"예?"

"주변에 가서 찾아봐."

간호사는 의사의 목소리로 환자가 중병임을 짐작했다. 부엌이라고 생각되는 곳으로 갔다.

"집에 아무도 안 계세요?"

두세 번 불렀지만 역시 대답이 없다.

"선생님, 아무도 없는데요."

간호사는 의사 뒤로 돌아왔다. 의사는 이미 이불을 걷고 환자 가슴에 청진기를 대고 있었다. 심각하게 심장 소리를 듣는 모습이 간호사 눈에는 보통 일이 아닌 듯 보였다. 간호사가 부르는 소리에 깼는지 안채에서 사람들이 나왔다. 쉰 살 정도의 부부였다.

"무슨 일이세요?"

문지방 너머에 부인이 놀란 얼굴로 서 있었다.

"저는 우에스기라는 의사입니다만."

"예, 선생님은 잘 알죠."

"조금 전 전화를 받고 이 집에 왔습니다. 그래서 환자를 진찰하고 있는데, 이 환자의 남편은 없나요?"

"남편요?" 집주인이 대답했다. "그런 사람은 없어요. 이 여자분은 혼자 이사 왔는데요."

"혼자라고요? 하지만 조금 전 전화를 한 사람이 있었는데요." 의사는 간호사를 보았다.

"예, 남자 목소리였어요. 빨리 여기로 와달라고 했다고요."

"아니요. 그 전화는 저희가 한 게 아니에요. 애초에 이 여자분이 아프다는 것도 까맣게 몰랐는데요."

"선생님, 도대체 무슨 일인가요?"

부인이 조심조심 방으로 들어와 이불 끝자락 쪽에서 환자를 들여다보았다.

"위독합니다." 의사는 말했다.

"뭐라고요? 위독하다고요?" 부부는 동시에 서로를 쳐다보았다.

"그것도 아주 절망적이에요. 심장이 희미하게 뛰고 있지만 이미 때를 놓쳤어요."

"무, 무슨 일이지요?"

"이 여자는 임신부입니다."

"임신부?"

"임신했다고요. 4개월 정도로 보입니다. 자세히 진찰해봐야 알겠지만…… 유산이네요."

유산이라는 말을 입 밖에 내기까지 의사는 약간 뜸을 들였다. 다른 생각이 있지만 일단은 무난한 말을 선택했다는 느낌이었다. 부부는 얼굴을 마주보았다.

"선생님, 어떻게 하면 좋을까요? 큰일났네요." 부인이 말했다.

"보통은 입원하겠지만, 이 상태로는 입원해도 절망적이에요."

"이거 큰일났는데."

집주인이 말했다. 그 말투에는 여기서 죽으면 낭패라는 불쾌함이 노골적으로 드러나 있었다.

"친척은 없나요?" 의사가 물었다.

"예, 아무도 없습니다. 애초에 오늘 이사 온 여자인걸요."

"오늘요? 그것참……"

의사는 환자의 얼굴을 다시 바라보았다. 그러고는 간호사에게 즉시 강심제 주사를 놓으라고 지시했다.

"의식이 있나요?" 집주인이 들여다보며 물었다.

"아니요, 거의 없어요."

그 목소리에 갑자기 여자의 입술이 움직였다. 의사가 놀라 쳐다보았다.

"……그만하세요. 아아, 싫어, 싫어. 미칠 것 같아. 이제 그만해요, 그만, 그만해……"

창백한 얼굴의 여자가 잠꼬대처럼 중얼거렸다.

"이마니시 선배."

젊은 형사가 수화기를 들고 이마니시 에이타로를 불렀다.

"전화요."

이마니시 형사는 책상에서 '수사 보고서'를 쓰고 있었다. 그는 지금 작은 사건 하나를 맡고 있었다.

"그래." 그는 의자를 빼고 일어섰다.

"다나카 씨라는데요."

"다나카?"

"여자예요."

이마니시 에이타로의 기억에는 없다. 하기야 사건을 맡고 있으면 기억에 없는 사람에게 종종 전화가 걸려오곤 한다.

"이마니시입니다." 그는 수화기를 들고 말했다.

"어제는 실례했어요." 여자 목소리였다.

"아, 네." 이마니시는 상대방 정체를 몰라 당황했다.

"다나카라고 해도 모르시겠지요. 어제 형사님이 들르셨던 클럽 보뇌르 사람입니다."

"아아." 이마니시는 고개를 끄덕이며 전화기에 대고 웃었다. "그때는 감사했습니다."

이마니시는 에미코의 행방을 알려주기 위한 전화임을 직감했다. 어젯밤 그 술집을 찾아갔고 마담이 직접 전화를 건 이상, 그렇게 생각하지 않을 수 없다.

"사실 에미코와 관련해 알려드리고 싶은 일이 있는데요. 이미 알고 계신가요?"

역시 그랬다.

"아니, 아직 잘 모르는데요. 어디 있습니까?"

"에미코가 죽었어요."

"죽었다고요?" 이마니시는 멍해졌다. "정말인가요?"

"그럼 아직 모르셨나보네요. 실은 어제저녁 형사님이 돌아가시고 나서 에미코가 새로 이사한 집 주인이라는 사람에게 전화가 왔어요. 에미코가 가지고 있던 성냥으로 저희 가게를 알았다고요. 에미코가 사망했으니 빨리 부모님께 연락하고 싶다고, 그런데 연락처를 모르니 가르쳐달라고 하더라고요."

"저런, 도대체 어떻게 죽었나요?"

이마니시는 아직 경악에서 벗어나지 못했으면서도 순간 에미코가 살해되었다고 생각했다. 하지만 타살이었다면 당연히 수사1과로 연락이 왔을 테니 그렇지는 않을 거라고 고쳐 생각했다.

"듣기로는 그애가 임신중이었고, 넘어졌는지 어쨌는지 부딪힌 곳이 잘못되는 바람에 죽은 것 같다네요."

"……"

"저, 그애가 임신한 건 전혀 눈치채지 못한 터라 그 이야기를 듣고 놀랐어요."

마담은 에미코가 죽은 것보다 임신했다는 사실에 더 놀란 듯했다.

"대체 에미코 씨는 어디에서 죽었나요?"

"세 든 방에서요. 이사하고 바로 그렇게 됐다고 하던데요."

"주소는요?"

이마니시는 한 손에 연필을 들었다.

"그 집주인이라는 사람에게서 들은 주소를 말씀드릴게요. 세타가야 구 소시가야 ××번지, 구보타 야스오 씨예요. 에미코는 그 집 뒤채를 빌렸대요."

"고맙습니다."

이마니시는 서둘러 인사를 했다.

2

소시가야 안쪽에는 아직 밭이 많다. 구보타 씨의 집도 바로 옆이 제법 넓은 밭이었고, 그 앞이 다시 한적한 주택가로 이어졌다. 이마니시가 만나보니 구보타 야스오라는 사람은 쉰 살 정도의 사람 좋아 보이는 남자였다.

"어쨌든 저도 놀랐습니다." 구보타는 형사의 질문에 대답했다. "자정이 다 되었는데, 난데없이 뒤쪽 별채에서 의사가 우리를 부르는 겁니다. 막 이사 온 여자가 죽어가고 있다고요. 놀라서 가보니 이미 숨이 넘어가기 일보직전이더라고요."

"그럼 선생님이 의사를 부르신 게 아니네요?"

"예. 제가 부르지도 않았는데, 누가 의사에게 전화를 걸어 알린 것 같더군요."

"뭐 하나 묻겠습니다. 이 집 뒤쪽 별채를 빌릴 때 당사자가 직접 와서 부탁했나요?"

"예, 본인이 왔습니다. 제가 뒤쪽 별채를 바로 근처 역 앞 부동산에 내놓았거든요. 거기서 듣고 왔다던데요."

"그렇군요."

"저도 설마 이런 일이 벌어질 줄은 생각도 못했습니다. 여자 혼자
인데다가 차분하고 좋은 사람 같아서 바로 계약했거든요."

"본인이 술집에 나간다고 말하던가요?"

"아니요, 그때는 말하지 않았습니다. 어쨌든 낮에는 양재학원에라
도 다니고 싶다고 말한 게 다라, 술집 여종업원인 줄은 전혀 몰랐죠.
죽은 후에 방을 살펴보니 본인 짐에서 술집 성냥이 나왔어요. 그래서
어젯밤 거기에 연락했습니다."

"이삿짐을 날라올 때는 어떻게 왔나요?"

"그게 사실 잘 모릅니다. 그저께 저녁에 짐을 가지고 왔어요. 저희
집은 아시다시피 뒤쪽에서 직접 별채로 드나들게 되어 있지요. 삼륜
트럭 소리나 짐을 들이는 기척은 있었지만, 저녁이었고 저도 귀찮아
서 들여다보지 않았습니다."

"짐은 몇 번 정도 옮겼나요?"

"글쎄요, 삼륜트럭 소리가 두 번 난 것 같으니, 두 번 아닐까요."

두 번이라는 말은 야마시로 운송점 직원의 증언과 같았다. 시각도
거의 일치한다.

"방을 계약한 날과 짐을 가져온 날이 같나요?"

"그렇습니다. 아침에 여자 본인이 왔지요. 그날 밤 바로 이사했습
니다."

"이사할 때 누가 도와주거나 하는 소리는 못 들으셨나요?"

"저희는 보셔서 아시겠지만 본채와 별채 사이에 마당이 있어요. 게

다가 덧문을 꼭 닫으면 더욱더 뒤쪽 소리가 들리지 않습니다. 그래서 이삿짐센터 사람들 말고 도와주러 온 사람이 있었는지 신경쓰지 못했지요."

이마니시 에이타로는 별채를 살펴보았다. 시신은 이미 치우고 없었다.

"경찰 쪽에서 시신을 가져가서 사실 안심했어요." 이마니시 옆으로 따라온 집주인이 말했다. "아무리 기다려도 시신을 인수해 갈 친인척이 오지 않아서, 이대로 놔두면 어쩌나 걱정했거든요."

이마니시는 아직 그대로 놓여 있는 에미코의 유류품을 바라보았다. 수납용 옷장, 장롱, 경대, 책상, 트렁크, 그리고 아직 끄르지 않은 짐꾸러미…… 그는 짐꾸러미를 제외하고 다른 물건들은 열어보거나 서랍을 빼서 대충 살펴보았다. 특별히 눈에 띄는 것은 없었다. 이사하고서 하룻밤밖에 지나지 않은 터라 대부분 정리되지 않은 상태였다.

"이불은 피투성이가 되어 어쩔 수 없이 개키고 멍석으로 싸서 뒤쪽 창고에 넣어두었어요. 그것도 어서 어떻게 하고 싶네요."

집주인은 예상치 못한 성가신 일에 넌더리를 냈다.

"부검이 끝나면 어떻게 되나요?" 그는 이마니시에게 물었다.

"글쎄요, 인수자가 나타나지 않으면 공동묘지에 매장할 수밖에 없겠지요."

"짐은 어떻게 되고요?"

"경찰에서 무슨 지시가 있을 겁니다. 조금만 참고 기다려주세요."

이마니시는 구두를 신었다.

구보타 씨 집에서 우에스기 산부인과 의원까지는 걸어서 20분 정도였다. 우에스기 의원은 주변과 너무나 잘 어울리는 대문 안쪽에 세워져 있었다. 주택을 개조했는지 현관까지 가는 길에 양쪽으로 정원석과 나무가 있는 정원이 있었다.

"아무튼 놀랐습니다." 얼굴을 내비친 우에스기 의사는 이마니시에게 말했다. "가보니 그런 상태더군요. 이미 어떻게 손쓸 도리가 없었어요."

"사인은 뭡니까?"

"넘어지면서 복부를 강타당한 탓에 갑자기 유산했어요. 태아도 죽어서 나와 있었고요. 직접적인 사인은 과다출혈입니다. 복부를 살펴보니 확실히 내출혈이 있었습니다. 그러니까 넘어졌을 때 멍이 들었다는 얘기죠."

"선생님이 진찰하실 때는 의식이 없었나요?"

"갔을 때는 없었던 것 같습니다. 하지만 숨을 거두기 전에 잠깐 의식이 돌아왔는지 묘한 말을 중얼거렸습니다."

"예? 묘한 말요?"

"완전히 의식이 돌아온 상태가 아니다보니 잠꼬대 같은 말이었지만…… 그만하세요. 아아, 싫어, 싫어. 미칠 것 같아. 이제 그만해요, 그만…… 뭐 그런 말이었어요."

"잠깐만요." 이마니시는 급히 수첩을 꺼냈다. "다시 한번 말씀해주세요."

우에스기 의사는 그 말을 되풀이했다. 이마니시는 수첩에 꼼꼼히 적고 따라 읽었다.

"그만하세요. 아아, 싫어, 싫어. 미칠 것 같아. 이제 그만해요, 그만…… 이렇게 말했다는 거지요."

"대충 그런 말이었습니다."

"선생님이 바로 관할 경찰서에 신고하신 이유가 있습니까?"

"제가 처음부터 진찰한 환자가 아니기 때문입니다. 아무래도 제가 사망진단서를 쓸 수는 없었어요. 나중에 문제가 되면 곤란하잖아요. 그래서 우선 경찰에 신고해 행정해부*를 요청한 겁니다."

"훌륭한 조치였습니다."

이마니시는 칭찬했다. 실제로도 그 시신이 바로 화장터로 보내져 재가 되어서는 곤란했다.

"그런데 선생님, 그 환자 때문에 병원에 전화한 사람이 집주인이 아니라던데요."

"그렇습니다. 전화로 연락을 받았습니다. 마침 잠자리에 들기 전이었어요. 열한시 좀 넘어서던가, 저녁 반주를 물리려는 참에 간호사가 전화가 왔다면서 왕진은 어떻게 할 거냐고 묻더군요."

"그 목소리는 남자였습니까, 여자였습니까?"

"잠깐 기다리세요. 간호사를 부르죠."

스물일고여덟 살 정도에 생기 없는 얼굴을 한 간호사가 왔다.

"젊은 남자 목소리였어요." 간호사는 의사의 말을 듣고 이마니시에게 대답했다. "한 번 거절했지만, 갑작스레 쓰러져 출혈이 심하고 의식이 없으니 빨리 왕진해달라고 했어요."

"그 사람이 자기 아내라고 말하지는 않았습니까?" 이마니시가 물

---

* 행정상의 절차를 위해서 행하는 변사자의 부검.

었다.

"아니요, 특별히 그런 이야기는 하지 않았지만, 저는 환자의 남편이라고 생각했어요. 내일 아침에 진찰받으시라고 하니까, 그 사람이 내일이면 죽을지도 모른다고 말하더라고요."

죽을지도 모른다…… 이마니시는 그 말을 듣고 잠시 생각에 잠겼다.

"경찰에서 어제 시신을 가져갔습니까?" 그는 의사에게 물었다.

"그렇습니다. 환자 심장이 멈춘 것은 그날 밤 오전 0시 23분이었습니다. 저는 간단하게 사후 처치를 하고 돌아와서 날이 밝자마자 경찰에 연락했습니다. 그러니까 아마 어제 오전중에 도립 감찰의무원으로 옮기지 않았을까요?"

"정말 여러모로 감사했습니다."

이마니시는 고개 숙여 인사하고 병원을 나왔다. 그는 소시가야 오쿠라에서 신주쿠행 전철을 탔다. 이대로 곧장 오쓰카 감찰의무원으로 갈 생각이었다. 전철이 역에서 멀어지고, 창 너머로 잡목림이 흘러갔다. 그 사이사이 밭이 있었다.

이마니시는 잡목림을 바라보다가 문득 이전에 이 근처에 왔던 것을 떠올렸다. 그것도 불과 한 달 전 일이었다. 미야타 구니오가 죽은 현장이 여기서 멀지 않았다. 이마니시는 그것을 깨닫고, 수첩을 꺼내 서둘러 차례로 넘겼다. 미야타 구니오의 시신이 있었던 장소는 세타가야 구 가스야초 ××번지다. 방금 자신이 갔던 소시가야의 집과는 아주 가까웠다. 풍경이 비슷한 것도 당연했다.

"또 오셨네."

감찰의무원 의사가 이마니시 에이타로의 얼굴을 보고 웃으면서 말했다. 미야타 구니오의 일로 지난달 초순에 왔던 것을 기억해서다.

"이번에는 무슨 일입니까?" 의사는 싱글싱글 웃었다.

"선생님, 살인은 아니지만 어제 아침 행정해부로 이곳으로 들어온 미우라 에미코의 시신 때문에 왔습니다."

"아, 저 시신요?" 의사는 뜻밖이라는 얼굴이었다. "저 시신이 뭐가 이상한가요?"

"아니요, 특별한 사건은 아닙니다. 그 시신에 대해 조금 물어보고 싶은데, 부검하신 선생님은 누구신가요?"

"접니다." 의사가 웃으며 말했다.

"아, 그러세요. 부검 소견은 어떻습니까?"

"역시 과다출혈로 인한 사망입니다. 임신했고요."

의사는 가볍게 이야기했다. 이렇게 가볍게 이야기하느냐, 심각하게 설명하느냐에 따라 대부분 사건의 성격을 가늠할 수 있다.

"아하, 그럼 역시 병사인가요?"

"병사죠. 병사라고 해도 임신 4개월의 태아를 가진 몸으로 넘어졌으니까, 그 압박으로 태아가 사망하고 유산이 시작된 겁니다. 이른바 사산이지요."

"사산이 틀림없겠지요?"

"제가 보기에는 그런데, 명형사님께서는 뭐 의심 가는 구석이 있으신가보죠?"

"굳이 이야기를 하자면, 여러 가지 묘한 일이 있습니다."

여기서 이마니시는 간단하게 에미코에 대해 말했다. 새집으로 이사하자마자 사고가 일어났으며, 의사에게 전화를 건 것은 남자 목소리였는데 에미코의 사망 후에 남자가 모습을 감추었다는 정황 등을 자세히 이야기했다.

"그건 이상하네요." 의사의 얼굴에서 처음으로 웃음이 사라지고 눈빛이 조금 진지해졌다. "틀림없이 남자가 전화로 의사를 불렀단 말씀이시죠."

"예, 그렇습니다. 그런데 죽었는데도 전혀 모습을 보이지 않네요."

"음," 의사는 잠시 생각하더니 말했다. "그거야 뭐, 역시 그 여성과 특별한 관계였던 남자겠지요. 그 남자가 아이 아버지일지도 모르겠네요. 하지만 흔히 그러듯, 여자가 죽으면 자신의 평판에 금이 갈까봐 결국 쓰러진 여자에게 돌아오지 않았다고 봐야겠군요."

"저도 같은 생각입니다. 선생님, 사인이 사산이라고 하셨는데 부검에서도 그렇게 나온 거죠?"

이마니시는 분명히 해두고 싶었다.

"사인은 틀림없습니다. 복부에 내출혈이 있는데, 넘어졌을 때에 받은 타박상이더군요. 그래요, 외부의 힘이 가해진 흔적은 아닙니다."

"즉 살인은 아니라는 말씀이시죠?"

"살인은 아닙니다. 갑작스러운 사산으로 생긴 과다출혈로 인한 사망입니다."

"임신부가 넘어져서 사망하는 예가 흔히 있습니까?"

"없지는 않아요. 단지 무척 운이 나쁜 경우라고 할 수 있죠."

"복부에 타박상 같은 피하출혈이 있다고 하셨는데, 타박상이 틀림없습니까?"

"틀림없습니다."

"그 상처 상태를 보고 어떤 장소에서 넘어졌는지 짐작하실 수는 있습니까?"

"다시 말해 부딪힌 건데요. 역시 돌 같은 것이겠지요. 상피가 벗겨지지 않은 것으로 보아 모나지 않은 둥근 돌이라고 생각해도 무관하겠습니다."

"태아는 어땠나요?"

"제가 보았을 때에는 태아가 이불 위에 나와 있었습니다. 그래서 태아도 함께 이곳으로 가져와서 검사했지요. 태아는 모친 뱃속에 있을 때 이미 죽어 있었습니다."

"죽어 있었다고요?"

"따라서 유산이라고도 볼 수 있습니다. 원래 태아가 나온 상황에는 모친의 쇼크로 분만된 것인지 태내에서 죽어서 나온 것인지를 판별합니다. 그 여자분의 경우 이미 태아가 사망하고, 유산이 시작되기 직전에 넘어지는 바람에 불행이 이중으로 찾아온 겁니다. 출혈이 많았던 것도 그래서였어요. 대략 2천 시시 정도였습니다."

"다시 한번 여쭙겠습니다만," 이마니시는 끈덕지게 매달렸다. "부검 당시 내장에 특별한 이상은 없었나요?"

"아하, 이마니시 형사님은 임신부의 죽음이 타살이 아니냐고 묻고 싶으신 거군요?"

"그렇습니다."

"형사님 입장에서는 역시 거기까지 확인하고 싶으시겠죠. 하지만 아쉽게도 제가 보기에는 독극물을 마신 징후는 없었습니다."

"예." 이마니시는 석연치 않은 얼굴이었다. "태아의 성별은 무엇이 었나요?"

"여자아이였습니다."

대답한 순간 의사의 얼굴이 어두워졌다.

이마니시도 갑자기 눈앞이 캄캄해진 기분이었다.

"예, 여러모로 감사했습니다."

"아뇨, 뭐든지 의심쩍은 것이 있으면 물어보세요."

"나중에 다시 문의드릴 일이 있을지도 모릅니다."

"그 임신부에게 무슨 문제가 있나요?"

"아니요, 아직 그렇게 확실하지는 않습니다. 하지만 전후 사정을 보았을 때 명확하지 않은 부분이 있어서요."

"하지만 부검 소견으로는 타살의 흔적이 보이지 않습니다."

"알겠습니다. 감사합니다."

"이마니시 형사님, 부검이 끝났는데 유족은 언제 시신을 인수하러 올까요?"

"관할 경찰서에서 아직 연락이 없나요?"

"아직 없었습니다. 듣기로는 본인 고향에 조회하고 있다던데."

이마니시는 다시 기분이 울적해졌다.

이마니시 에이타로는 감찰의무원을 나왔다. 태아는 여자아이였다고 한 의사의 마지막 말이 언제까지나 그의 머릿속에 맴돌았다. 이마니시는 장차 엄마가 되었을 에미코의 얼굴을 눈앞에 그려보았다. 가와구치의 여동생 집에 갔을 때 그녀를 처음 만났지만, 술집 여자라는 직업에서 받는 인상과는 전혀 다른 사람이었다. 흔히 보는 평범한 젊은 여자처럼 세파에 닿지 않은 순진함이 보였다. 말씨도 정중했고 행동도 얌전했다. 여동생도 꼼꼼한 성격이라고 칭찬했다.

의사의 설명으로는 그녀의 죽음에 특별히 수상한 점은 발견되지 않는다. 넘어지면서 복부에 강한 타격을 입고 피를 흘린 것이 원인이라고 한다.

하지만 에미코가 이마니시를 만나고 한 달 만에 이사한 것은 무슨 까닭일까. 여동생은 아니라고 하지만, 이마니시는 에미코가 형사라는 자신의 직업을 알았기 때문이라고 생각한다. 이사 절차도 평범하지 않았다. 처음 이삿짐을 가지러 온 것은 이삿짐센터였지만, 그것을 새 집으로 옮긴 것은 다른 사람이었다. 가져간 짐을 잠시 이삿짐센터에 두고, 자가용으로 보이는 삼륜트럭으로 다른 사람이 나른 점은 지나치게 작위적이다.

에미코가 위독하다는 것을 우에스기 의사에게 알린 사람도 아무래도 삼륜트럭으로 짐을 옮긴 그 남자 같다. 이 남자의 인상은 알지 못한다. 오쿠보 역 앞 야마시로 운송점에서는 청년 같다고 했고, 우에스기 의원 간호사도 전화 목소리가 젊었다고 했다.

그 남자는 틀림없이 여자가 위독할 때 함께 있었다. 그런데 왜 전화로 의사에게 알리기만 하고 모습을 감추었을까. 마치 살인범이기라도 한 양 말이다. 비록 부검을 통해 에미코의 죽음이 타살이 아니라는 사실을 알게 되었지만, 이 점은 충분히 의심할 만하다. 게다가 에미코가 죽은 소시가야의 집은 미야타 구니오가 죽은 한적한 밭과 그렇게 멀지 않은 거리다. 이 두 지점의 거리는 직선거리로 치면 2킬로미터쯤이나 될까. 이것도 묘한 우연의 일치다.

또 한 가지 마음에 걸리는 부분이 있다. 미야타 구니오의 죽음은 이마니시가 그를 만나고 싶어한 바로 그 무렵에 일어났다. 미야타와 긴자의 찻집에서 만나기로 약속하고, 그로부터 중요한 이야기를 들을 수 있으리라 기대한 순간 갑작스레 찾아온 죽음이었다. 에미코는 이마니시가 그녀가 새로 이사한 곳을 찾고 있을 때 죽었다. 말하자면 두 사람 모두 이마니시가 찾던 사람인 것이다. 여기서도 공통점이 있었다.

장소도 그렇고 상황도 그렇고, 사망 조건이 너무나도 비슷했다. 그리고 두 사람 모두 타살이 아닌 자연사인 점도 똑같았다.

이마니시는 전차에 흔들리며 생각에 잠겼다. 도쿄 도 노면전차는 스이도바시에서 간다 방면으로 느릿느릿 달리고 있었다. 전차는 사색하기 좋은 장소였다.

이마니시는 수첩을 꺼냈다. 에미코가 숨을 거두며 잠꼬대처럼 중얼거렸다고 의사 우에스기가 알려준 말이다.

"그만하세요. 아아, 싫어, 싫어. 미칠 것 같아. 이젠 그만해요, 그만……"

이것은 도대체 누구에게 한 말일까.

그리고 무엇을 '그만해'달라고 소리친 것일까.

3

이마니시 에이타로의 수첩에는 다음과 같이 적혀 있었다.

세키가와 시게오

쇼와 9년(1934) 10월 28일생

본적: 도쿄 도 메구로 구 가키노키자카 1028번지

현주소: 메구로 구 나카메구로 2103번지

아버지 세키가와 데쓰타로, 어머니 시게코

약력: 히몬야 소학교, 메구로 고등학교, R대학 문학부 졸업. 주
로 문예비평에 관여.

가족: 아버지 쇼와 10년(1935) 사망, 어머니 쇼와 12년(1937) 사
망, 형제 없음, 독신.

현재 거주지에 쇼와 28년(1953) 이사, 집주인은 나카메구로 316
번지 오카다 쇼이치. 따로 가정부를 두지 않고 이웃 나카무라 도요
(54)가 통근 파출부식으로 도와주고 있음.

취미: 음악, 유도 2단, 술은 많이 마시지 않지만 상당한 애주가
(일본 술보다 양주를 즐김).

성격: 직업상 사교적이지만 실제로는 고독을 즐김. 생활태도는
꼼꼼한 편.

교우관계: 또래 젊은 문화인이 많음.

사흘 후 이마니시 에이타로는 나카메구로의 세키가와 시게오 집에
일을 도와주러 가는 나카무라 도요를 찾아갔다. 나카무라 도요는 골목
안 조그만 집에 살고 있다. 10년 전에 남편과 사별하고, 현재는 아들
부부와 함께 지낸다. 아직 손자가 없기에 세키가와의 부탁으로 낮에만
집안일을 봐주러 다닌다.

이마니시 에이타로가 찾아간 것은 오후 아홉시가 넘어서였다. 나카무라 도요는 키가 크고 마른 여자였다.

"저는 흥신소에서 온 사람입니다만," 이마니시 에이타로는 현관 앞에 나온 나카무라 도요에게 말했다. "잠깐 세키가와 씨에 관해서 여쭤어보고 싶은데요."

"무슨 일이세요?"

흥신소에서 왔다는 말에 나카무라 도요는 눈이 휘둥그레졌다.

"날마다 세키가와 씨 댁에 일을 도와주러 가시지요?"

"예, 그런데요. 지금도 세키가와 씨 댁에서 막 돌아온 참이에요."

"사실은 혼담 때문에 왔습니다."

"어머, 혼담이라고요?" 나카무라 도요는 흥미진진한 표정을 드러냈다. "세키가와 씨의 혼담이군요. 어떤 혼담이 들어왔나요?"

"그게 조금 말하기 그렇습니다. 의뢰하신 분이 반드시 비밀에 부쳐달라고 해서요. 그래서 아주머니께 세키가와 씨에 대해서 이것저것 여쭤보고 싶은데요."

"아이고, 그거 경사스러운 이야기네요. 제가 아는 것이라면 뭐든 이야기해드릴게요."

"감사합니다."

현관에서 이어지는 안쪽 다다미방에서는 그녀의 아들과 며느리인 듯한 부부의 모습이 보였다.

"여기서는 조금 그러니, 죄송하지만 함께 요 앞까지 가주실 수 있을까요. 뭐 좀 먹으면서 천천히 이야기를 듣고 싶은데요."

나카무라 도요는 갓포기*를 벗고 숄을 두르며 이마니시를 따라나섰다. 큰길 건물을 두세 채 지나자 중국음식점이 나왔다.

"어떠세요, 여기서 완탕이라도 먹을까요?" 이마니시는 도요를 돌아보았다.

"좋아요." 도요는 웃었다.

두 사람은 처마밑에 빨간 초롱이 달린 가게 유리문을 열었다. 가게 안은 김이 서려 있었다. 두 사람은 구석 테이블에 마주보고 앉았다.

"여기 완탕 두 개." 이마니시는 주문하고 담배를 꺼냈다. "한 대 피우세요."

나카무라 도요는 담배를 좋아하는지, 고개를 살짝 까딱이며 담배 한 개비를 집어들었다. 이마니시는 성냥을 켜 불을 붙여주는 서비스를 했다.

"그런데 말이죠." 이마니시가 입을 열었다. "아주머니도 힘드시겠네요. 이른 아침부터 저녁까지 세키가와 씨 집에서 파출부 일을 하시려면."

나카무라 도요는 입을 오므리며 연기를 뱉었다.

"아니요, 생각보다 편해요. 세키가와 씨가 독신이잖아요. 저도 집에서 놀고 있기도 뭐하고, 충분히 용돈벌이 정도는 되니까요."

"몸이 건강하셔서서 다행이네요. 사람은 일할 수 있을 때 일하는 게 오히려 건강에 좋을지도 모르죠."

"그럼요. 저도 이렇게 세키가와 씨 집에 일하러 나가고부터는 감기 한번 안 걸렸는걸요."

---

* 요리할 때 덧입는 소매 달린 가운.

이마니시는 잡담을 하면서 어떻게 알아낼까 고민했다. 이윽고 완탕
두 그릇이 나왔다.

"어서 드세요."

"사양하지 않을게요."

나카무라 도요는 생긋 웃으며 나무젓가락을 입으로 뜯었다. 후루룩
거리며 완탕 국물을 맛있게 마시기 시작한다.

"어때요, 세키가와 씨는 까다로운 성격인가요?" 이마니시는 질문
을 시작했다.

"아니요, 그렇게 까다롭지 않아요." 그녀는 완탕을 씹으며 대답했
다. "아무튼 다른 가족이 없어서 저는 정말 편해요."

"하지만 글을 쓰는 사람은 성미 까다로운 사람이 많다고 하잖아요?"

"그러네요. 원고를 쓸 때는 자기 방에 틀어박혀서 저도 절대로 들
어오지 못하게 해요. 뭐, 저로서는 오히려 편하지만요."

"일할 때에는 문을 닫고 있나요?"

"예, 잠그지는 않지만 안쪽에서 꼭 닫아요."

"오랜 시간 그러고 있나요? 그러니까, 방에 틀어박혀 있는 시간 말
입니다."

"그날그날 상황에 따라 다르죠. 길 때는 대여섯 시간이나 안 나오
기도 하고요."

"그 서재는 어떤 방인가요?" 이마니시 에이타로는 나카무라 도요
에게 물었다.

"서재는 서양식으로 꾸며져 있어요. 다다미 여덟 장만한 방이에요.
북향 창에 책상을 두고, 바로 옆에 세키가와 씨가 혼자서 잘 수 있는

침대가 있고, 벽에 책장이 늘어서 있죠."

이마니시는 가능하다면 서재를 보고 싶었다. 하지만 편의상 흥신소 사람이라고 밝혔다고는 하나 가짜 신분으로 타인의 방을 살펴보는 것은 직업적 양심이 허락지 않았다. 경찰은 어떤 집이라 하더라도 거주자의 승낙 없이는 들어갈 수 없다. 가택수색 영장을 가지고 있을 때만 가능하다.

이마니시는 흥신소 직원이라고 거짓말한 것만으로도 양심의 가책을 느꼈다. 하지만 어쩔 수 없는 일이었다. 처음부터 형사라고 하면, 나카무라 도요는 겁을 먹고 한마디도 하지 않았을 테니까.

"그 집 창은 어떤 모양입니까?"

"창은 북쪽으로 두 개, 남쪽으로 세 개 정도 있어요. 그리고 서쪽에 두 개 더 있고요, 동쪽이 출입문이에요."

"그렇군요." 이마니시는 머릿속에 대충 모습을 그렸다.

"그런데⋯⋯" 나카무라 도요는 갑자기 이상하다는 생각이 들었는지, 완탕을 먹으면서 이마니시의 얼굴을 보았다. "그런 것이 결혼 조사에 필요한가요?"

이마니시는 조금 당황했다.

"아, 실은, 그 뭐냐, 그게, 의뢰인 부탁사항 중에, 세키가와 씨의 생활환경도 알고 싶다고 해서요." 그는 얼버무렸다.

"그런가요, 딸을 시집보내는 부모님 입장에서는 세세한 것까지 알고 싶겠네요." 나카무라 도요는 간단히 수긍했다.

"이건 그냥 제 생각인데요," 이제는 그녀가 나서서 이야기를 늘어놓기 시작했다. "세키가와 씨는 그렇게 글을 쓰는 사람이지만 젊은 나

이인데도 뭐라고 할까, 잘나가잖아요. 그래서 꽤 바빠요. 수입도 평범
한 회사원이라면 과장 정도 된다고 전에 저에게 웃으며 말하더라고
요."

"그렇군요, 그렇게 수입이 많군요."

"예, 일도 많아요. 게다가 가끔 잡지 좌담회라든가 라디오 방송이
라든가 하는 자잘한 일들이 있으니까요. 저는 뭐가 뭔지 어려워서 잘
모르지만, 우리 아들 말로는 신세대 기수로서 인기가 대단하다고 하
던데요."

"그런 것 같더군요."

"이런 상황이면 만약 신부가 오더라도 생활하는 데는 문제없을 거
예요."

"알겠습니다. 의뢰인에게 그렇게 전하면 안심하시겠네요. 그나저나
또 한 가지 안심시켜드리고 싶은데, 세키가와 씨는 여자친구가 있나
요?"

"글쎄요." 나카무라 도요는 완탕 국물을 꿀꺽 들이켰다. "아직 젊은
사람이고 생김새도 그리 나쁘지 않고, 그 정도 수입과 사회적 명성이
있으니까 애인이 없는 편이 이상하겠지요."

나카무라 도요는 완탕 국물을 끝까지 다 마시고 입가를 손수건으로
닦았다.

"그럼 여자가 있습니까?" 이마니시 에이타로는 몸을 앞으로 숙였다.

"저는 있다고 생각해요."

"세키가와 씨는 여자를 집에 데리고 오지 않나요?"

"예, 그런 경우는 한 번도 없었어요."

"그럼, 여자가 있다는 건 어떻게 아시나요?"

"가끔 전화가 걸려오거든요."

"아주머니도 들어보신 적 있으세요?"

"전화가 두 대라서 세키가와 씨 방으로 돌려주게끔 되어 있어요. 여자한테서 걸려오는 전화를 가끔 받은 적이 있답니다. 젊은 여자였고 예쁜 목소리였어요."

"그렇군요. 이름은요?"

"늘 이름을 말하지 않았어요. 세키가와 씨를 바꿔주면 바로 알 거라면서요. 그래서 보통 사이는 아니라고 생각했지요."

"말 되네요. 그럼 최근에도 전화가 온 적이 있습니까?"

"아니요, 없어요. 그러고 보니 요새 좀 뜸한 것 같네요. 원래 전화가 그렇게 자주 걸려오지는 않았지만요. 가만있자, 한 달에 두세 번 정도였어요."

"그 정도면 조금 적은 편이네요. 아주머니는 세키가와 씨와 그 여자분이 통화하는 내용을 들어보신 적 있으세요?"

"그런 적은 없어요. 세키가와 씨는 언제나 서재에서 통화하니까요."

"하지만 느낌으로 알잖아요. 이를테면 깊은 관계인지, 아니면 단순한 여자 친구인지?"

"저는 꽤 깊은 사이가 아닐까 생각해요. 하지만 이건 제 상상일 뿐이니까요. 정확한 것은 모르지요."

"오는 전화 중에 여자 목소리는 그 여자 하나인가요?"

"아니요, 한 명은 아니에요."

"예? 한 명이 아니라고요?"

"예, 몇 명 더 있어요. 하지만 그건 세키가와 씨의 일과 관련된 전화인지, 제 앞에서도 아무렇지 않게 통화하거든요. 반드시 서재에서 통화하는 사람은 그 여자 하나예요. 뭐, 그전 일은 저도 모르지만요."

"……"

"이런 것이 혼담에 지장을 줄까요?" 나카무라 도요는 조금 걱정스러운 얼굴을 했다.

"아니요, 제가 의뢰인한테 적당히 설명하겠습니다. 그 여자는 이제 관계없으니까요." 이마니시는 무심코 말실수를 했다.

"어머나, 그런 건 어떻게 아세요?" 나카무라 도요는 놀란 얼굴을 했다.

"아니, 왠지 그런 느낌이 들었을 뿐이에요. 아, 그리고 또 한 가지 여쭤보고 싶은 게 있는데요." 이마니시는 차를 마시며 말했다.

"이달 6일 저녁에 세키가와 씨는 집에 있었나요, 아니면 외출하고 없었나요?"

"6일이라. 닷새 전이네요. 글쎄, 어땠더라…… 아무래도 저는 그 집에서 저녁 여덟시면 나오니까요." 나카무라 도요는 대답했다. "그 이후 일은 제가 알 수가 없지요. 하지만 6일이라면, 세키가와 씨는 확실히 제가 돌아오기 두 시간 정도 전에 외출했어요."

"그건 어떻게 아시나요? 아니, 6일이 확실한가요?"

"그날 저희 집에 사돈어른이 오셨어요. 아들 부부가 오늘은 빨리 오라고 말했기 때문에 그날을 기억하지요."

"아, 그러시군요. 그럼 세키가와 씨는 6일 오후 여섯시경부터 틀림없이 외출했군요?"

"확실하다니까요. 그런데 이런 것까지 조사에 필요한가요?"

나카무라 도요는 점차 미심쩍다는 얼굴이 되었다.

"아니요, 조금 마음에 걸리는 것이 있어서 물어봤어요. 하지만 대수로운 일은 아닙니다. 그런데 아주머니." 이마니시 에이타로는 화제를 바꿨다. "세키가와 씨 집에 여자한테서 전화가 걸려왔을 때 꼭 서재에 들어가 통화하는 사람은 한 사람뿐이라고 하셨잖아요. 그전 일은 모른다고도 하셨지요?"

"예."

"그러니까 제가 묻고 싶은 건요, 아주머니가 아시는 사람만 해도 그런 전화를 한 사람만 건 게 아니라는 느낌이 들거든요. 어떠세요?"

"글쎄요." 아주머니는 생각에 잠겼다. "경사스러운 혼담인데, 세키가와 씨를 곤란하게 할 이야기를 하기도 좀 그러네요."

"아니요, 걱정하지 말고 말해주세요. 상대편에게 전해서 좋은 것과 나쁜 것은 제가 잘 구별할 테니까요."

"그래요, 실은 생각하시는 대로랍니다." 아주머니는 털어놓았다. "세키가와 씨가 반드시 서재에서 전화를 받는 여자가 실은 또 한 사람 있었어요. 하지만 그쪽 여자는 요새 통 전화를 안 하더라고요."

"언제쯤부터 전화가 오지 않았나요?" 이마니시 에이타로는 나카무라 도요의 입가를 응시했다.

"글쎄요. 벌써 한 달도 더 되었네요."

이마니시 에이타로는 깜짝 놀랐다. 나루세 리에코가 자살한 것이 그즈음이 아니었던가. 잠깐만, 이것은 좀더 물어보지 않으면 안 된다.

"그 여자 이름은 모르시나요?"

"모르죠. 역시 세키가와 씨를 바꿔달라고만 했어요. 제 생각으로는 술집 여자가 아닐까 싶어요."

"술집 여자?"

이마니시의 예상은 약간 빗나갔다. 나루세 리에코는 극단 사무원이었다.

나카무라 도요는 계속 말했다.

"아주 천박한 말투였어요. 묻는 태도도 거칠었고요."

약간 이상했다. 나루세 리에코가 그런 말투를 썼을까. 하지만 시기상으로는 일치한다. 도요가 전화로 듣기에 따라서는 나루세 리에코의 목소리를 그렇게 느꼈을지도 모른다고 이마니시는 생각을 바꿔먹었다.

"그 여자에게서는 확실히 한 달쯤 전부터 전화가 오지 않았다는 말씀이시죠?"

"그래요. 요즈음은 조금 전에도 말했듯이 목소리가 예쁜 여자 한 사람뿐이에요."

두 사람 사이에 잠시 침묵이 흘렀다. 이마니시가 생각에 잠겨 있자 나카무라 도요는 빤히 그의 얼굴을 쳐다보았다.

"세키가와 씨는 친구를 집에 데려와서 함께 노는 일은 없나요?" 이마니시는 다시 질문을 시작했다.

"아니요, 그런 적은 없어요. 어떤 이유에서인지 세키가와 씨는 사람을 꺼리는 편이에요. 친구가 놀러온 일은 좀처럼 없었어요. 손님이라고는 잡지 편집자 정도예요."

"그렇군요. 하지만 꽤 잘 노는 편 아닌가요. 저녁때 귀가도 늦죠?"

"조금 전에도 말했듯이, 저는 여덟시까지만 일해서 그 이후 일은 몰라요. 하지만 말씀하신 대로 밤에는 늦게 귀가하는 것 같아요. 이웃 주민 이야기로는 새벽 한시쯤에 주차하는 소리가 난다고 하던데요." 나카무라 도요는 말했다.

"역시 청춘이네요. 그리고 이건 다른 이야기인데, 세키가와 씨 고향이 어디인지 아시나요?"

"그 사람은 자기 얘기를 저에게 별로 하지 않아요." 나카무라 도요는 조금 불만스러운 듯이 대답했다. "하지만 출신지야 호적을 보면 알잖아요?"

"압니다. 저도 일단 사본을 떼어보았거든요. 도쿄 메구로가 본적으로 되어 있더라고요."

"도쿄라고요?" 아주머니는 생각에 잠겼다. "글쎄, 이상하네요. 도쿄 출신 같지는 않은데요. 저는 도쿄 토박이라 지방은 잘 모르지만, 그 사람 말투는 토박이 도쿄 사람은 아니에요."

"그럼 어디라고 생각하세요?"

"그거야 모르죠. 하지만 그런 느낌이 들어요. 사본에 본적이 도쿄라고 적혀 있나요?"

"그렇던데요."

물론 이마니시는 세키가와 시게오가 도쿄 출신이 아니라는 사실을 알고 있다. 메구로 구청에서 확인한 호적원부에는 다른 곳에서 본적을 옮겨왔다고 되어 있었다.

"여러 가지로 감사했습니다." 이마니시 형사는 나카무라 도요에게 정중하게 인사했다.

"아니요, 저야말로 잘 먹었어요."

나카무라 도요와 헤어지고, 이마니시는 노면전차 방향으로 언덕을 올라갔다. 먼지를 머금은 바람이 발치에 불었다. 이마니시는 어깨를 움츠리고 고개를 숙인 채 걸었다.

4

그리고 나흘이 지났다. 이마니시가 외근 나갔다가 경시청으로 돌아와보니 책상에 편지봉투 두 개가 있었다. 한 통은 요코테 시청, 다른 한 통은 요코테 경찰서에서 온 것이었다. 이마니시는 요코테 시청에서 온 봉투를 뜯었다.

조회하신 세키가와 시게오 씨의 본적에 관해 회답드립니다.
세키가와 시게오 씨는 쇼와 32년(1957)에 요코테 시 야마우치 마을 1361번지에서 도쿄 도 메구로 구 가키노키자카 1028번지로 호적을 옮겼습니다.

이것은 메구로 구청 호적원부에서 알아낸 이적 사항이 틀림없는지 확인하고자 옛 주소지에 문의한 것이었다. 이어서 그는 요코테 경찰서 봉투를 뜯었다.

전략, 수사1과 제2509호 조회에 대해 다음과 같이 회답드립니다.

요코테 시 야마우치 마을 1361번지에 관해 조사한 결과, 현재는 농기구 판매상 야마다 쇼타로(51) 소유의 가옥으로 되어 있고 본인이 거주하고 있습니다. 세키가와 시게오 및 아버지 세키가와 데쓰타로, 어머니 시게코의 생전 모습을 물어본 결과, 본인은 위의 세 사람에 대해 아는 바가 전혀 없다고 했습니다. 본인 말에 따르면 해당 번지에 이사해온 것은 쇼와 18년(1943)으로 당시에는 잡화상 사쿠라이 히데오의 소유였고 그 이전 일은 모른다고 했습니다. 또한 사쿠라이 히데오에 대해 조사해본바 그는 간사이 방면으로 이사했으므로, 더 알아보시려거든 새 주소지인 오사카 시 히가시나리 구 스미요시 ××번지로 조회하시기 바랍니다. 또한 세키가와 일가에 대해 알 만한 사람을 찾아보았으나, 그 사정을 아는 사람이 없어 부득이 조사를 중단했습니다. 이상과 같이 회답드립니다.

이마니시 에이타로는 실망했다. 아키타 현 요코테 시에서 세키가와 시게오의 흔적은 사라진 것이다. 하지만 이마니시는 마지막 노력을 기울였다. 아직 오사카로 이사했다는 사쿠라이가 남아 있다. 이 남자라면 세키가와 시게오의 아버지 데쓰타로를 알지도 모른다. 단, 본인이 오사카로 옮긴 주소에 살고 있는지는 분명하지 않다.

아무튼 마지막까지 실마리를 찾아갈 작정이다. 이마니시는 책상 서랍에서 관공서용 복사 편지지를 꺼내 연필로 문의 편지를 쓰기 시작했다. 편지를 다 쓰고 봉투에 넣은 다음 수신인을 적는데, 젊은 형사가 이마니시 옆으로 왔다.

"이마니시 선배, 소포 왔습니다."

"어, 고마워."

가늘고 긴 소포였다. 소포 꼬리표에는 '도쿄 경시청 수사1과 이마니시 에이타로 귀하'라고 적혀 있고, 뒤에는 '시마네 현 니타 군 니타초 가메다케 주판 주식회사'라고 인쇄되어 있다. 그 옆에 '기리하라 고주로'라고 붓으로 적혀 있었다.

이마니시 에이타로는 곧장 소포를 풀었다. 케이스에 든 주판이 나왔다. 케이스에는 '운슈 특산 가메다케 주판'이라고 쓰여 있었다. 이마니시는 주판을 꺼냈다. 적당한 크기였다. 테두리는 검은 나무였고, 알은 매끈매끈하고 묵직했다. 전체적으로 검은빛이 났다. 손가락으로 주판알을 튀겨보니 정말 매끄럽게 움직였다.

기리하라 고주로라고 하면, 올여름 이즈모 사투리를 들으러 가메다케까지 가서 만난 노인이다. 이마니시는 기리하라 노인을 잊고 지냈지만 노인은 이마니시를 잊지 않았던 것이다. 지금 와서 기리하라 노인이 왜 이런 것을 보냈는지 이마니시는 짐작이 가지 않았다. 따로 편지가 없기에 노인의 의도는 알 수 없었지만, 아마도 뭔가 생각난 김에 보낸 모양이었다. 주판을 케이스에 넣으려는데 접힌 종이가 케이스 안에서 밀려나왔다. 선물에 곁들인 편지라니, 기리하라 노인다운 방법이었다. 이마니시는 편지를 펼쳐보았다.

이마니시 에이타로 귀하

삼가 그동안 어떻게 지내고 계시는지 문안 인사 올립니다. 소생은 변함없이 운슈 산속에서 근근이 살아가고 있사옵니다. 이번에 소생의 아들이 경영하는 공장에서 신제품이 나왔습니다. 기존 규격에서 약간 축소하고 사무상의 편의를 고려해 새로운 방법으로 제작한 신제품입니다. 그 시험 제작품을 소생의 아들에게 받아, 실례를 무릅쓰고 주판 하나를 보내는 바입니다. 이번 여름에 이곳에 오셨던 기념으로 생각하고 받아주신다면 기쁘기 한량없겠습니다.

　주판 튀기는 손이 쌀쌀해지는 가을날 마을

고주로 드림

　시골 사람은 친절하다. 이마니시 에이타로는 가메다케의 다실이 있는 정원을 떠올렸다. 그곳에 앉아 있는 쭈글쭈글한 노인의 목소리가 이 편지에서도 들리는 듯했다.

　하이쿠 구절도 기리하라 노인에게 어울렸다.

　그 집은 에도 시대의 오랜 하이쿠 시인들이 자주 들르던 곳이다. 이마니시도 하이쿠를 읊는지라 노인의 편지가 한층 더 친절하게 느껴졌다. 그 당시 멀리까지 찾아갔다가 목적을 이루지 못하고 돌아왔었다. 하지만 그 덕분에 기리하라 노인을 알게 된 것이다. 알아듣기 어렵던 노인의 즈즈 사투리가 귀에 아른거렸다.

　즈즈 사투리 때문에 상당히 고생했다. 세키가와 시게오도 도호쿠 출신 같다. 이마니시 에이타로는 가메다케 주판을 서랍에 조심스레 넣고, 책상 위에서 턱을 괴었다.

　세키가와 시게오는 유년 시절, 메구로에 살던 다카다 도미지로라는 사람에게 맡겨졌다. 학교 생활기록부를 보면 다카다는 세키가와 시게오의 친척이라고 되어 있지만, 호적상으로는 그렇지 않다. 그렇다고 다카다 도미지로가 도호쿠 출생이냐 하면, 본적지는 도쿄로 되어 있다. 세키가와 시게오처럼 타지에서 이사 온 것은 아니다.

　도쿄 출신 다카다 도미지로와 아키타 현 요코테 출신 세키가와 시게오가 도대체 어떤 관계로 연결된 것인가. 호적상에서 보면 친척이 아님은 확실하다. 하다못해 요코테에 죽은 세키가와 데쓰타로를 아는 사람이 있다면 이러한 사정을 알지도 모른다고 생각했지만, 요코테 경찰서의 회답은 그러한 기대를 저버렸다.

　유일하게 남은 희망은 세키가와 데쓰타로가 살았던 집에 한때 거주한 적이 있는 사쿠라이 히데오라는 남자다. 이 사람은 오사카로 이사 갔다고 하니, 알아보면 거기에서 작은 단서라도 나올지 모른다.

　하지만 여태껏 해온 조사를 돌이켜보면 이것도 소용없을 거라고 이마니시는 시무룩한 얼굴로 생각했다.

12장
혼미

1

이마니시 에이타로는 세키가와 시게오에 대해 여러 가지 조건을 상정해보았다.

(1) 가마타 살인사건 때 피해자의 동행인(범인)도 약간 사투리를 썼다.

× 세키가와 시게오는 아키타 현 요코테에서 태어났다. 범인은 가마타에서 그다지 멀지 않은 곳에 살고 있었다고 추정된다. 조차장을 현장으로 고른 것도 그 주변 지리에 익숙했기 때문이라고 볼 수 있다.

× 세키가와 시게오는 메구로 구 나카메구로 2103번지에 산다. 가마타와 메구로는 메카마 선을 타고 갈 수 있는 곳이다.

(2) 범인은 피해자 미키 겐이치를 살해하면서 상당량의 피를 뒤집어썼을 것이다. 따라서 범행 후에 전철을 이용했다고 보기는 어렵다.

택시를 조사했지만 해당자를 찾지 못했다. 하지만 신고가 없었다고 해서 택시에 대한 가능성을 완전히 배제할 수는 없다. 운전사가 혈흔을 눈치채지 못하고 태웠을 수도 있고, 특히 밤이었기에 얼마든지 속일 수 있었다. 다른 가능성으로는 자가용 이용이 있다.

× 세키가와 시게오는 운전면허가 있다. 하지만 자가용이 없다.

(3) 범인은 피 묻은 옷을 처분했다.

× 나루세 리에코는 피가 묻은 셔츠를 작게 잘라 주오 선 야간열차에서 뿌렸다. 그러므로 나루세 리에코는 범인과 어떠한 관계가 있다.

× 나루세 리에코와 세키가와의 연결 고리는 아직 분명치 않다. 하지만 나루세 리에코는 실연의 아픔을 암시하는 글을 남기고 자살했다. 실연으로 인한 충격이 아니라, 그녀가 범인에게 협력한 일에 대해 도덕적 책임을 느끼고 자살했다고도 볼 수 있다.

그러나 현시점에서 세키가와 시게오와 나루세 리에코의 관계는 확실하지 않다. 그녀는 내성적인 성격에다 남자친구와 관련된 소문도 없었지만, 그것만으로 세키가와와 아무 관계가 없었다고 단정지을 수는 없다. 아무도 모르게 교제했을 수도 있다.

나루세 리에코는 전위극단의 사무원이었다. 그곳에는 기묘한 죽음을 맞이한 배우 미야타 구니오가 속해 있다. 미야타와 세키가와 시게오는 업무적인 관계로 면식이 있었다. 누보 그룹이 전위극단의 후원자였기에, 그 연장선상에서 세키가와 시게오와 나루세 리에코가 알았을 가능성도 생각할 수 있다.

(4) 나루세 리에코의 죽음은 확실히 자살이다. 유서 같은 아리송한 문구로도 알 수 있듯이, 자살 원인은 실연으로 추정된다.

× 세키가와 시게오는 미우라 에미코와 관계가 있었다. 에미코는 사망 당시 이미 임신 4개월이었다.

× 나루세 리에코의 실연이 에미코의 존재를 알면서 시작됐다고 쳐도 불합리하지 않다. 미야타 구니오는 나루세 리에코에게 마음을 두고 있었던 것 같다. 따라서 그가 나루세 리에코와 세키가와 시게오의 관계를 눈치챘다고 해도 이상하지 않다. 그는 이마니시 에이타로에게 무언가를 말하고 싶어했다. 대단히 중대한 이야기였다. 미야타가 하루 생각할 시간을 달라고 할 정도다. 그런 미야타가 급사한 장소는 세타가야 구 가스야초 ××번지라는 한적한 지역이다.

× 메구로와 세타가야는 근접해 있다. 세키가와 시게오의 집에서 미야타 구니오가 쓰러져 있던 현장까지는 택시로 20분 정도 걸린다.

가마타 살인사건 당일 세키가와 시게오의 알리바이를 추궁할 방법은 없다. 이미 5개월이나 지난 일이고, 사람들의 기억도 희미해지고 있다. 단 미우라 에미코가 사망한 시간에 세키가와는 집에 없었다. 이는 세키가와의 집에서 가정부로 일하고 있는 나카무라 도요의 증언이다.

다음으로 에미코 자신의 문제다. 그녀는 가와구치에 있는 이마니시의 여동생 집에서 오후 늦게 나갔다. 그리고 소시가야에 있는 구보타 소유의 새로 빌린 집에는 대략 여덟시 정도에 도착했다고 한다. 그러나 구보타의 집에서는 이삿짐이 도착한 소리만 듣고 에미코가 그때 왔다고 짐작한 모양이다. 실제로는 에미코의 모습을 보지는 못했다. 그렇다면 이삿짐만 뒤편 별채로 옮기고, 막상 본인은 오지 않았을지도 모른다는 추정도 가능하다.

이상한 남자의 전화로 의사가 불려나온 시간은 대략 열한시 무렵이다. 그때 에미코는 이미 사망 직전이었다. 이러한 사실을 고려해보면 여덟시경 구보타의 집에 이삿짐은 들어왔지만 에미코는 도착하지 않았을지도 모른다.

그럼 가와구치의 여동생 집을 나와 술집에 가서 그만두겠다는 이야기를 마무리짓고 나서 그녀는 어디에 있었을까? 의사 진단에 따르면 그녀는 넘어져 유산했고 그 출혈로 사망했다고 하는데, 대체 어디서 넘어졌단 말인가. 구보타의 집은 아니다. 감찰의무원 의사의 이야기로는, 예를 들면 둥근 돌 같은 것에 세게 부딪혔다고 했다. 하지만 구보타의 별채에서 그런 물건은 발견되지 않았다.

여기서 우선 이마니시가 세운 가정은 다음과 같은 순서로 정리할 수 있다.

에미코의 짐은 이삿짐센터 직원이 가와구치의 여동생 집에서 갖고 나와 일단 가게에 놔두었다. 잠시 후 젊은 남자가 가지러 왔다. 이삿짐은 두 차례에 걸쳐 운반되었다. 왕복하는 데 세 시간이 걸렸다고 한다. 이사를 마친 시각은 대략 여덟시경이다. 이것은 구보타의 증언과 일치한다.

그사이 에미코는 긴자에서 곧장 소시가야로 가지 않고 다른 장소에 있었다. 이삿짐만 그 청년이 나른 것이다. 다시 말해 긴자의 술집을 나와 소시가야의 구보타 집에서 의사에게 진찰을 받기까지 에미코의 행적은 완전히 수수께끼다. 이것만 확실하게 안다면 이마니시도 마음을 놓을 수 있다. 이 열쇠를 쥐고 있는 사람은 짐을 나른 남자다. 그리고 의사에게 전화한 남자다. 아마 이 두 사람은 동일인일 것이다.

이마니시는 생각할수록 이해가 되지 않았다. 그러다 문득 자신이 살인사건도 무엇도 아닌 단순한 병사를 집요하게 뒤쫓고 있다는 사실을 깨달았다. 에미코의 죽음은 자연사다.

이마니시는 연필로 턱을 두드리다가 마음을 다잡고 책상 앞 전화 다이얼을 돌렸다.

"요시무라?" 이마니시는 수화기에 대고 말했다.

"그렇습니다. 아, 이마니시 선배세요."

오랜만에 들어보는 목소리다. 후배지만 한동안 만나지 않으면 왠지 그리워진다. 지금 생각에 지쳐서 머리가 아픈 상황이라 그런지, 이 젊은 형사에게서 일종의 휴식을 기대하고 싶었다.

"잘 지내셨어요? 정말 연락도 드리지 못하고 죄송합니다." 요시무라는 목소리에 웃음을 머금고 있었다.

"어때, 오랜만에 퇴근길에 만날까?"

"좋습니다."

"바쁜가?"

"그렇지도 않습니다. 이마니시 선배는 어떠세요?"

"특별하게 바쁜 것도 아니야. 아무튼 만나지."

"알겠습니다. 그럼 늘 만나는 곳인가요?"

"그래."

전화를 끊었다. 경시청 근무 시간이 끝나자 이마니시는 그대로 시부야로 향했다. 철교 옆에 있는 어묵집이다. 여섯시 반이면 이 거리는 인파가 몰리는 시간이지만 어묵집은 비어 있었다.

"어서 오세요." 여주인이 냄비 맞은편에서 이마니시에게 미소를 지었다. "왜 이렇게 오랜만에 오셨어요."

여주인은 언제나 같이 오는 두 사람의 얼굴을 기억했다.

구석에서 요시무라가 웃으면서 손을 들었다.

"여기요."

이마니시는 요시무라와 나란히 앉았다.

"오랜만이네요."

"정말 그러네. 사장님, 어서 술 좀 데워줘요."

그는 요시무라를 바라보았다.

"어때?" 뒷말은 목소리를 낮추고 물었다. "예의 조차장 사건은 그 이후로 별다른 일 없어?"

이런 장소에서 그런 이야기를 하고 싶지 않았지만 요시무라의 얼굴을 보니 질문을 참을 수가 없었다. 마침 그 생각을 하던 참이었기 때문이다.

요시무라는 가볍게 머리를 흔들었다.

"아무것도 나오지 않았네요. 저도 시간이 나면 살펴보고 있지만요."

수사본부가 해산되면 이후에는 임의수사를 하는데, 자칫하면 사건 수사는 거의 중단되다시피 한다. 형사가 개인적으로 웬만큼 매달리지 않으면 수사가 계속되기는 어렵다.

"쉽지 않군."

마침 술이 나왔기에 이마니시는 요시무라와 술잔을 부딪쳤다. 잠시 두 사람은 말이 없었다.

"이마니시 선배 쪽 상황은 어떠세요?" 요시무라가 물었다.

"음, 조금씩 하고는 있지만 자네와 마찬가지로 좀처럼 진도가 나가지 않아."

이마니시는 자신의 생각을 이야기하고 싶었다. 이야기하다보면 도중에 뭔가 좋은 지혜가 떠오를 것 같은 생각도 들었다. 하지만 이제막 술을 마시기 시작한데다, 아직 그럴 맘도 들지 않았다. 머잖아 요시무라에게 다 털어놓을 작정이었다. 이렇게 서로 속속들이 알고 지내는 젊은 동료와 술을 마신다는 건 좋은 일이다. 여태껏 답답하고 개운하지 않던 마음이 이 시간만이라도 가벼워진다.

"이마니시 선배와 도호쿠에 갔다 온 지 벌써 다섯 달이 되었네요."

요시무라가 말을 꺼냈다.

"그렇군. 6월에 접어드는 시기였지……"

"의외로 더웠던 기억이 나네요. 저는 도호쿠라고 해서 속옷도 두툼하게 입고 갔는데."

"시간 참 빠르군."

이마니시는 술을 머금고 실눈을 지었다. 그로부터 여러 가지 일이 있었다. 세월이 한참 흐른 것 같기도 했고, 요시무라의 말마따나 바로 며칠 전 일처럼 느껴지기도 했다. 그후에도 이마니시는 이즈모까지 달려갔을 정도로 이 사건에 최선을 다했다.

이때 요시무라의 어깨를 한 남자가 가볍게 두드렸다.

"여어."

요시무라가 뒤돌아보더니 그 남자를 보고 웃었다.

"오랜만이네."

이마니시가 보니 모르는 사람이었다. 요시무라 또래로 보였다.

"잘 지내?" 요시무라가 물었다.

"잘 지내지."

"뭐하고 지내?"

"보험 외판원을 하고 있어. 아무리 해도 실적이 오르지 않네."

그때 요시무라가 이마니시에게 살짝 속삭였다.

"소학교 시절 친구예요. 죄송하지만 5분 정도 저 친구와 이야기 좀 할게요."

"아, 괜찮아. 천천히 얘기 나누고 와."

이마니시는 고개를 끄덕였다. 요시무라는 자리를 떴다. 이마니시는 혼자가 되었다. 그 모습이 쓸쓸해 보였는지, 여주인이 친절하게 신문을 꺼내주었다.

"고마워요."

석간이었다. 이마니시는 신문을 펼쳤다. 특별한 기사는 없었다. 그래도 무료함을 달래기 위해 신문을 넘겼다. 가을맞이 생활 정보 기사 등이 크게 실려 있었다. 문화면에는 음악, 미술 행사 등에 관해 흥미 위주의 기사들이 있었다.

이마니시는 그 제목을 훑어보다가 문득 눈에 익은 활자를 발견했다. '세키가와 시게오'라는 글자다. 이번 가을 음악계에 대해 세키가와 시게오가 짧은 글을 쓴 것이었다. 이마니시는 술잔을 내려놓고 그 기사에 코를 박고 읽었다.

「와가 에이료의 작업」이 그 짧은 글의 제목이었다. 이마니시는 주머니에서 황급히 안경을 꺼내 귀에 걸쳤다. 전등 불빛 아래에서는 안경 없이는 작은 글자를 읽을 수 없었다.

신문에는 이렇게 적혀 있다.

올해 음악계도 작년에 이어 전위음악 이론으로 시끄럽다. 하지만 이론이 이러니저러니하고 논하는 것은, 예술 그 자체 앞에서는 의미가 없다.

전위음악이라고 하면, 이미 와가 에이료 등은 신인 작곡가라고 말할 수 없게 되었다. 몇 년 전 아주 신기해하며 뮈지크 콩크레트나 전자음악을 들여다본 비평가 무리는 와가 에이료의 시도를 외국풍을 모방하는 정도로밖에 보지 않았다. 사실 몇 년 전의 와가 에이료는 그런 말을 들어도 할말이 없는 부분도 있었다.

그러나 현재 와가 에이료는 수많은 독창적인 작품을 발표하여 모방을 졸업하고 창작자가 되었다. 물론 작품 하나하나는 각각의 결함이 있고, 우리 입장에서도 할말이 있다. 사실 나 역시 그의 작품에 꽤 신랄한 비평을 해왔다.

하지만 이 새로운 음악을 그 누구도 인정할 수밖에 없게 된 현재, 와가 에이료의 존재를 인정해야만 한다. 바꾸어 말하면 와가 에이료는 그만큼 성장한 것이다.

사실 외국에서 직수입한 예술은 그 모델을 외국 작품에 의존할 수밖에 없는 것이 당연하다. 이것은 와가 에이료의 불명예가 아니다. 19세기 전기의 회화는 세잔을 얼마나 모방했는가. 또한 아스카* 중기의 회화는 중국의 수당隋唐을 얼마나 모방했는가. 음악도 이러한 숙명적인 원시 모방에서 벗어날 수 없다. 문제는 그것을 얼마큼 소화했는가, 그 안에서 얼마큼 독자성을 만들어내는가에 있다.

———

* 아스카 지방을 중심으로 6세기 후반부터 7세기 중엽까지 불교 미술이 발달했던 시기.

와가 에이료의 예술은 그가 전위음악에 몰두한 이래 이 년도 채 되지 않았지만, 돌이켜보면 새삼 그 성장 속도에 놀란다. 우리가 개개의 작품에 한눈을 파는 사이 그는 시간의 흐름과 함께 어느새 여기까지 성장한 것이다. 조금씩, 그리고 확실하게 와가 에이료는 서구의 영향에서 벗어나 본연의 독창성을 창조해가고 있다.

물론 이 새로운 예술에 시선을 빼앗겨 무턱대고 추종하는 자들은 많다. 하지만 확실한 기반을 지닌 와가 에이료의 실력에는 도저히 미치지 못한다. 짧은 기간이지만 그것을 하나의 역사로 바라보았을 때, 나는 놀라움에 눈이 휘둥그레진다. 꾸준히 노력을 거듭해서 드디어 열매를 맺은 그 풍부한 재능으로 한층 더 비약하리라 그에게 기대를 걸어본다.

이마니시는 이것을 읽고 어렵쇼, 라고 생각했다. 물론 음악에 대해서는 전혀 모른다. 이런 이론적인 글도 버거웠다. 하지만 얼마 전 세키가와 시게오가 와가 에이료에 대해 쓴 비평과 지금 이 신문에서 읽은 글은 상당히 느낌이 달랐다. 문외한이라 잘 모르겠지만, 전보다 지금 글이 훨씬 칭찬하고 있는 것처럼 보였다. 이마니시가 자신의 생각을 분명히 하려고 다시 한번 처음부터 읽고 있을 때, 요시무라가 옆자리로 돌아왔다.

"죄송합니다." 그는 이마니시와 나란히 앉았다.

"요시무라." 이마니시 에이타로는 요시무라에게 신문을 보여주었다.

"오, 세키가와 시게오네요."

요시무라도 그 글자가 가장 먼저 눈에 들어온 모양이었다.

"우선 읽어봐."

요시무라는 잠자코 읽기 시작했다. 잠시 활자를 좇다가, 다 읽고서 "역시"라며 한쪽 팔꿈치를 테이블에 기대었다.

"어떤가. 난 잘 모르겠지만, 이 글은 역시 와가 에이료를 칭찬하고 있지?"

"예, 그렇습니다." 요시무라는 두말없이 대답했다. "대단한 칭찬인데요."

"음." 이마니시는 잠시 생각하다가 중얼거렸다. "비평가가 단기간에 견해를 뒤집을 수도 있을까?"

"무슨 말씀이세요?"

"예전에 세키가와가 와가 에이료의 음악에 대해 쓴 글을 읽은 적이 있어. 그때는 이렇게 칭찬하지 않았어."

"그렇군요."

"문장은 이미 잊어버렸지만, 그렇게 좋게 평가하지는 않는 글이었어. 그런데 이걸 읽어보면 그때와는 느낌이 전혀 달라. 아주 떠받들고 있잖아."

"원래 비평가란 사람들이 그때그때 변덕이 심하다니까요." 요시무라가 말했다.

"오, 그런가."

"예, 저도 잘 모르지만, 친구 중에 저널리스트가 있는데요. 그 친구를 통해 들었습니다. 요컨대 비평가도 인간이라 그때그때 기분에 따라 비평도 달라진다고 하더라고요."

"그렇다면 이 글을 쓸 때 세키가와 시게오도 기분이 좋았던 걸까?"

"글쎄요. 하지만 이 글은 최근 활동에 대한 총평 같은 거니까, 생각보다 상대방을 치켜세워준 게 아닐까요." 요시무라가 핵심을 찌르는 말을 했다.

"그런가."

이마니시는 모르겠다는 표정을 지었다. 이해하기 어려운 이유는 그 자신이 이런 글의 세계를 잘 모르기 때문이다. 어쨌든 남을 칭찬하는 것은 나쁘지 않은 일이다.

이마니시는 요시무라와 잔을 기울이면서 그제야 그동안의 수사 성과를 이야기할 마음이 들었다. 하지만 그것은 세키가와 시게오를 거의 피의자에 가깝게 놓은 견해였다. 아무리 상대가 요시무라라도 그런 생각을 털어놓는 것은 신중해야만 했다.

방금 신문기사에서 세키가와의 이름을 보고 이마니시는 생각을 바꾸었다. 이야기는 잠시 보류하기로 했다. 설명은 언제든지 할 수 있다. 조금 더 자신의 생각을 정리하고 나서 해도 늦지 않다.

"이마니시 선배, 이제 슬슬 일어날까요?" 요시무라가 먼저 말했다. 이미 술병도 네댓 병 비웠다.

"그렇군. 적당히 취기도 돌고. 나갈까?"

하지만 이마니시는 세키가와의 비평이 아직 마음에 걸렸다.

"여기, 계산."

이마니시가 말하자, 요시무라가 당황하며 주머니에 손을 넣었다.

"아니요, 오늘은 제가 내겠습니다. 언제나 이마니시 선배한테 얻어먹기만 해서요."

"이런 것은 연장자가 내는 거야."

이마니시가 막았다. 여주인은 볼품없이 크기만 한 주판을 잡아끌어 계산하고 있었다. 이마니시는 그 모습을 보고 코트 주머니에 아무렇게나 쑤셔넣은 '가메다케 주판'을 떠올렸다.

"요시무라, 좋은 걸 보여주지."

"예, 뭔가요?"

이마니시는 옆에 둔 코트를 집어들었다.

"이거야." 주머니에서 케이스에 든 주판을 꺼냈다.

"오, 가메다케 주판이네요." 요시무라가 상표를 읽었다.

"전부 750엔입니다. 매번 감사합니다." 여주인이 술값을 말했다.

"이봐요, 사장님. 이것 좀 봐요." 이마니시는 요시무라가 손에 든 주판을 턱짓으로 가리켰다. 검고 반드르르한 작은 주판알 하나하나가 전등 불빛을 머금었다. 요시무라는 기분좋은 듯이 손가락으로 알을 튀겼다.

"꽤 매끄럽고 좋네요."

"주판으로는 일본에서 최고라더라고. 그 지방 업자의 선전문구이기는 하지만, 실물을 보니까 꼭 과대선전도 아닌 것 같아."

"어디서 만든 거예요?" 여주인이 들여다보았다.

"이즈모, 그러니까 시마네 현 안쪽이죠. 두메산골이에요."

"어디, 저한테도 좀 보여주세요."

여주인은 주판을 손에 들고 요시무라와 마찬가지로 알을 튀겨보더니, "훌륭한 주판이네요"라고 이마니시에게 말했다.

"올여름 이 주판 생산지에 간 적이 있어요. 그때 거기서 알게 된 사람이 이번에 보내주더군요." 이마니시가 설명했다.

"어머, 그렇구나."

"와, 최근에 보내준 건가요?" 요시무라가 옆에서 이마니시의 얼굴을 들여다보며 물었다.

"그래. 오늘 받았어."

"그쪽에서 또 뭔가 생각난 게 있대요?"

"아니, 그때 만난 기리하라라는 노인이 말야, 아들 공장에서 만든 거라면서 보내주더군."

"아, 전에 들었습니다." 요시무라는 끄덕였다. "역시 시골 사람은 인정이 있군요."

"그래. 나도 좀 의외였어. 올여름에 딱 한 번 만났을 뿐인데 말이야." 이마니시는 술값을 치렀다.

"매번 감사합니다." 여주인은 머리를 숙였다.

이마니시는 주판을 코트 주머니에 다시 집어넣고 요시무라와 함께 어묵집을 나왔다.

"흥미로운 일이야."

이마니시는 요시무라와 어깨를 나란히 하고 걸었다.

"가메다케 일을 까맣게 잊고 있던 참에 이런 것을 받다니."

"그때는 이마니시 선배도 상당히 의욕적으로 이즈모에 가셨지요."

"그래. 확실하다싶어 단단히 마음먹고 갔지. 한창 더울 때였어. 그렇지만 이제 두 번 다시 그 산에 갈 일은 없겠지. 이런 일을 하고 있으면 생각지도 못한 지역에 갈 일이 생긴다니까."

철교 옆길을 걸었다.

"그러고 보니 기리하라 노인이 자작 하이쿠를 편지에 써서 보냈어…… 주판 튀기는 손이 쌀쌀해지는 가을날 마을."

"역시. 저는 좋은 하이쿠인지 아닌지는 잘 모르지만 내용이 실감 나는데요. 하이쿠 얘기가 나와서 말인데, 요새 이마니시 선배 하이쿠를 보지 못했네요."

"바빠서."

요시무라가 말한 대로였다. 요새 한동안 하이쿠 수첩이 새하앴다. 사건에 쫓겨서 여기저기 분주하게 뛰어다니는 것도 아닌데, 역시 이런 데서 마음의 여유가 없는 게 드러난다.

"오늘 자네를 만나 좋았어." 이마니시는 무심코 말했다.

"왜요? 그다지 말씀을 듣지도 못한 것 같은데요."

"아니, 자네와 만난 것만으로도 왠지 기분이 풀렸어."

"이마니시 선배는 이전 사건을 꾸준히 쫓고 계시죠. 그리고 지금 어떤 작은 벽에 맞닥뜨린 건가요?"

"이를테면 그런 상황이지." 이마니시는 얼굴을 손으로 쓱 문질렀다. "여러 가지 하고 싶은 이야기가 있지만, 솔직히 지금은 머리가 혼란스러워."

"이해합니다." 요시무라 형사는 미소지었다. "하지만 이마니시 선배니까, 얼마 안 있어 정리되겠지요. 저는 그때까지 기대하고 있겠습니다."

2

이마니시는 열시쯤 집에 돌아왔다.

"오차즈케가 먹고 싶은데." 그는 아내 요시코에게 말했다. "요시무라와 한잔했어."

"요시무라 씨는 잘 지내세요?" 아내가 이마니시의 윗옷을 벗기며 물었다.

"응."

"잠깐 집에도 놀러오고 하지."

"바쁘겠지."

"당신도 변함없이 바쁘네요."

아내는 이마니시가 최근 이삼일 연속 집에 늦게 돌아와서 그렇게 생각하는 것 같았다. 이마니시는 가족에게 업무 이야기를 많이 하지 않는다.

"이런 것을 받았어." 그는 코트에서 주판을 꺼냈다.

"어머."

손에 들고 상자에서 꺼냈다.

"와, 훌륭한 주판이네요. 어느 분이 주셨어요?"

"올여름 시마네 현에 갔을 때 그곳에서 알게 된 주판 공장 노인이."

"아, 그때?"

아내가 끄덕였다. 그녀는 이마니시가 그곳으로 출장 갈 때 도쿄 역에서 배웅했다.

"당신에게 줄게." 이마니시는 말했다. "이걸로 열심히 가계부를 적고 알뜰하게 살림하도록 해."

"우리처럼 빈약한 살림살이로는 이렇게 훌륭한 주판이 울겠어요."

그러면서도 요시코는 소중하게 장롱에 넣었다. 이마니시가 책상에 편지지를 꺼내 기리하라 고주로에게 보낼 감사 편지의 문구를 고민하고 있을 때, 아내가 부르러 왔다.

"차려놨어요."

이마니시는 만년필을 내려놓고 일어섰다. 식탁에는 무 조림과 양념해서 말린 정어리 등이 있었다.

"무가 맛이 들었어요." 요시코가 이마니시의 밥그릇에 차를 따르면서 말했다.

"음." 이마니시는 소리를 내며 오차즈케를 입안에 그러넣었다.

"가마타라······" 이마니시는 중얼거렸다.

"예, 뭐라고요?" 요시코가 들여다보며 물었다.

"아니, 아무것도 아니야."

이마니시는 간이 밴 정어리를 씹고 무를 먹었다. 가마타라, 라는 말은 무의식중에 입 밖에 낸 것이었다. 이마니시는 밥을 먹을 때 한 가지 습관이 있다. 무언가 생각할 거리가 있으면, 먹는 내내 머릿속으로 온통 그것에만 집중한다. 밥을 먹고 반찬을 입에 넣으면서 혼자 사색에 잠기는 것이다. 식사가 사고에 일종의 리듬감을 불어넣어준다. 이럴 때면 그는 아무런 상관도 없는 말을 중얼거린다. 중얼거리면 사고가 명확해진다. 지금 가마타라고 말한 것은 물론 그 사건을 머릿속에서 반추하고 있었기 때문이다.

늦은 식사가 끝났다. 이마니시는 책상 앞으로 자리를 옮겨 편지지에 감사 편지를 쓰기 시작했다.

격조했습니다.

이번에 생각지도 못한 훌륭한 물건을 보내주셔서 정말 감사합니다. 전혀 예상치 못했던 일이라 놀랐습니다. 보내주신 주판은 저희 같은 문외한이 보기에도 상당히 훌륭하더군요. 오랫동안 소중하게 잘 보존하도록 하겠습니다. 다만 저 같은 사람은 이렇게 훌륭한 작품을 잘 활용할 수 없어서 안타까울 뿐입니다. 하지만 그곳에서 이처럼 훌륭한 주판이 만들어진다는 것을 앞으로 기회 있을 때마다 사람들에게 알리도록 하겠습니다.

가메다케 주판을 보니, 말씀하신 대로 제가 그곳을 방문했을 때의 기억이 눈에 선하게 떠오릅니다. 그때는 정말 감사했습니다. 그리고 주판과 관련해 지어 보내주신 하이쿠도 추억에 잠겨 읽어보았습니다.

그곳도 가을을 맞이해 마을을 둘러싼 주변 산들이 얼마나 아름다워졌을지, 그곳의 경치가 그리워집니다……

여기까지 단숨에 적고 이마니시는 문장을 다시 읽어보았다. 그런데 이제 어떻게 써야 하나. 여기서 글을 마쳐도 상관없지만, 감사 편지로서는 조금 싱겁다. 자신도 기리하라 노인을 흉내내어, 답례로 하이쿠를 지어서 같이 보낼까 했다. 하지만 좋은 생각이 떠오르지 않았다. 최근 하이쿠를 짓지 않았더니 이쪽 머리가 굳은 것 같다. 이마니시가 펜을 멈추고 생각에 잠겨 있으니, 요시코가 차를 가지고 와서는 들여다보았다.

"감사 편지예요?"

이마니시는 그 핑계로 담배에 불을 붙였다.

"이쪽에서 뭔가 답례로 보내면 어때요?" 요시코가 말했다.

"그렇지, 뭐가 좋을까?"

"글쎄요. 도쿄 물건이라고 해도 특별한 것이 없네요. 역시 아사쿠사의 김 같은 게 무난하지 않을까요?"

"내일 백화점에 가서 보내주지 않겠어? 그런데 비싸겠지?"

"비싸다고 하더라도 천 엔이면 충분해요."

"그럼 그렇게 해줘."

이마니시는 편지 말미에 "또한 약소하나마 답례품을 따로 보내드렸습니다. 부디 받아주시면 감사하겠습니다"라는 문구를 잊지 않고 쓰자고 생각했다. 그러나 담배꽁초가 수북이 쌓여가도록 하이쿠는 좀처럼 짓지 못했다. 공연히 기리하라 고주로 노인의 얼굴만이 눈앞에 어른거렸다.

그때였다. 이마니시는 느닷없이 전기에 감전이라도 된 것 같았다. 머릿속에 번쩍이는 빛이 비스듬히 가로질렀다. 그는 담뱃재가 무릎에 떨어질 때까지 꼼짝 않았다. 그대로 10분 정도 가만히 있었다. 그러다 갑자기 꿈에서 깨기라도 한 양 편지의 뒷부분을 맹렬한 기세로 써나가기 시작했다. 지금까지 생각하고 있던 맺음말과는 전혀 다른 내용이었다.

3

이마니시 에이타로는 아침에 일어나 편지 한 통을 더 썼다. 어젯밤 늦게까지 기리하라 노인에게 편지를 썼지만, 편지를 또 한 통 보내야 할 상대가 있었다.

그 생각이 난 것은 오늘 아침 잠자리에서였다. 이마니시는 아침에 일찍 눈을 뜬다. 이부자리에서 느긋하게 담배 한 대를 피우는 습관이 있다. 그러고 있을 때 문득 생각지도 않았던 것이 떠오르곤 했다. 어딘가에 아직 졸음이 가시지 않은 이완된 의식 상태에서, 밑에서 기품이 떠오르듯이 딱 생각나는 것이다.

가마타 조차장에서 살해당한 미키 겐이치는 이세 신궁 참배 후 곧장 도쿄로 왔다. 이것은 양자 미키 쇼키치가 경시청에 와서 증언한 것이다. 그때는 이세 신궁 참배를 마치고 바로 집으로 돌아갈 예정이었는데 도중에 마음이 바뀌어 도쿄 구경을 왔겠거니 하고 단순하게 생각했다. 하지만 미키 겐이치가 그 예정을 바꾼 계기가 있었던 것은 아닐까. 단순히 마음이 바뀌었다는 것만으로는 설명할 수 없는 필연성이 있진 않았을까. 미키 겐이치가 이세 신궁 참배 도중에 도쿄행에 오른 이유가 그가 살해된 원인과 연결되어 있는지도 모른다……

이마니시 에이타로는 담배를 재떨이에 비벼 끄고, 침상에서 일어나 세수를 하고 책상 앞에 앉았다. 지난밤 쓴 기리하라 노인에게 보낼 편지는 봉투에 들어 있었다. 그는 지난밤 쓰던 편지에 이어서 계속 써나가기 시작했다. 수취인은 미키 쇼키치였다.

그동안 잘 지내셨는지요.

저는 경시청 수사과 형사입니다. 기억하실지 모르겠지만, 아버님의 불행한 사건으로 미키 씨가 도쿄에 올라오셨을 때 말씀을 여쭈었던 사람입니다.

아시는 바와 같이 그 사건은 여태껏 범인의 윤곽이 잡히지 않아, 돌아가신 아버님께도 진심으로 면목이 없습니다. 하지만 저희가 수사본부를 해산했다고 해서 범인 추적을 그만둔 것은 아닙니다. 극악무도한 범인을 기필코 찾아내, 하루라도 빨리 아버님의 혼령을 위로해드리고 싶습니다. 또한 저희는 수사에 임하여 어떠한 수단을 동원해서라도 범인을 체포하려 합니다. 사건이 미궁에 빠지게 하는 일은 절대로 없도록 하겠습니다.

사건은 대단히 곤란한 상태입니다. 해결을 위해 아무래도 유족분들의 협조를 얻지 않으면 안 될 것 같습니다. 이와 관련해 아버님께서 이세 신궁을 참배하러 가신 이후 도쿄 가마타에서 시신으로 발견되기까지 어디어디를 여행하셨는지 알고 계시다면 알려주시기 바랍니다. 예를 들어 며칠에는 어디에서 어느 숙소에 묵으셨는지를 알면 큰 도움이 되겠습니다.

그때 여쭈어봤고 당시에도 여행 도중 온 그림엽서가 다라고 대답하셨지만, 그 이후로 지금 제가 문의드리는 사항에 대해 새롭게 밝혀진 사실이 있으면 상세히 알려주십시오.

그리고 닷새가 지났다. 그 닷새간 이마니시 에이타로에게 특별한 변화는 없었다. 새로운 작은 사건 두세 건에 손댄 정도였다. 하지만 그 사건들은 바로 해결되었다.

그날 밤 이마니시가 집에 돌아오니 책상 위에 봉투가 놓여 있었다. 뒤를 보니 '오카야마 현 에미초 ××거리 미키 쇼키치'라고 펜으로 또박또박 쓰여 있었다. 이마니시는 옷도 갈아입지 않고 서둘러 편지를 열어보았다. 이 답장을 기다리고 있었다.

안녕하십니까. 보내주신 편지 잘 받아보았습니다. 돌아가신 아버지 때문에 여러 가지로 번거롭게 해드려 죄송합니다. 또한 편지를 읽어보고, 돌아가신 아버지를 위해 범인 검거에 불철주야 노력하고 계시다는 사실을 알고 감격했습니다. 유족으로서는 되도록 수사에 협력하고 싶은 마음이지만, 역량이 모자라 도움을 드리지 못하는 점 애석하게 생각합니다.

돌아가신 아버지는 제 입으로 말씀드리기는 뭐하지만, 남에게 온정을 베푸는 분이지 결코 원망을 살 분은 아니고, 여러 번 말씀드린 바와 같이 정말 선량한 분입니다. 이러한 분을 살해한 범인이 언제까지 밝혀지지 않는다는 것은 있을 수 없는 일이고, 하늘도 그것을 용납하지 않으리라고 봅니다. 저희는 매일 아침저녁으로 불단에 향을 올리고 범인이 꼭 잡히기를 기원합니다.

문의하신 사항에 대해서는 다음과 같이 회답드립니다.

돌아가신 아버지가 여행지에서 보내신 그림엽서는 전부 여덟 통입니다.

○ 4월 10일 — 오카야마 역 앞 오미야 여관

○ 4월 12일 — 고토히라초 ×× 사누키 여관
○ 4월 18일 — 교토 역 앞 고쇼 여관
○ 4월 25일 — 히에이잔 산
○ 4월 27일 — 나라 시 아부라코지 야마다 여관
○ 5월 1일 — 요시노
○ 5월 4일 — 나고야 역 앞 마쓰무라 여관
○ 5월 9일 — 이세 시 ××초 후타미 여관

대략 이상과 같습니다.

이것으로 알 수 있듯이, 돌아가신 아버지는 4월 7일 이곳에서 출발한 이후 마음 내키는 대로 각지를 여행하셨습니다. 예를 들면 오카야마 시에서 하루 묵은 것은 가까운 고라쿠엔이나 구라시키 등에 가서 지인을 찾아간 겁니다. 사누키로 건너가서는 당연히 곤비라 신을 참배하고 다카마쓰에서 야시마를 구경하셨겠지요. 돌아가신 아버지는 늘 그 이야기를 하셨으니까요.

교토에서는 여유 있게 머물며 비와 호수도 보시고 히에이잔 산도 오르셨습니다. 거기서 요시노까지 가서 옛 유적지를 방문하셨습니다. 아버지는 역사 유적에 관심을 갖고 계셨지요.

나고야에서도 나흘 정도 구경하며 다니셨습니다. 그 이후에 드디어 염원하던 이세 신궁 참배를 한 것입니다. 모두 그림엽서이기는 하지만, 거기에 쓰인 짧은 소식도 실로 즐거운 여행을 하고 있다는 감상뿐입니다. 돌아가신 아버지는 이세 신궁 참배를 마치고 바로 귀향하실 예정이었습니다. 실제로 나고야에서 보내신 그림엽서에도 앞으로 사흘만 있으면 고향에 돌아간다고 적혀 있습니다. 거기에는 도쿄에 가신다는 이야기는 한마디도 없습니다.

이마니시 에이타로는 그다음날도 한 통의 편지를 받았다. 시마네 현의 기리하라 고주로 노인에게서 온 것이었다. 겉봉에는 달필인 붓글씨가 쓰여 있다. 편지지도 고상한 일본 종이였다. 검은 글자가 눈에 쏙쏙 들어왔다. 이마니시 에이타로는 다섯 장에 걸쳐 쓴 편지를 읽었다. 미키 겐이치에 대해 문의한 사항에 관한 답장이었다.

이마니시는 그 편지를 몇 번이나 다시 읽었다. 전직 순경인 미키 겐이치의 '선행'을 상세하게 기록한 편지였다. 미키 겐이치의 당시 선행은 지금까지도 여러 번 들었다. 기리하라 노인의 편지는 그것을 좀더 구체적으로 기록한 것이었다. 이마니시는 그것을 서랍에 소중하게 넣어두었다. 서랍에는 어제 미키 쇼키치로부터 온 편지도 함께 들어 있었다.

이마니시 에이타로는 그날 종일 생각에 잠겼다. 경시청에 나가 일을 하고 있어도 그 생각이 머리에서 떠나지 않았다. 그러다 어느 곳에 문의 편지를 썼다. 저녁 무렵 이마니시는 계장에게 가서 이틀 휴가를 신청하겠다고 했다.

"이게 웬일이야." 계장은 이마니시의 얼굴을 보고 웃었다. "자네가 이틀 연속 휴가를 신청한 경우는 지금까지 없었지?"

"예. 조금 피곤해서요……" 이마니시는 머리를 긁적거렸다.

"건강 조심하는 게 좋아. 사흘, 아니 나흘을 쉬어도 괜찮아."

"아니요, 이틀이면 충분합니다."

"어디 여행이라도 가나?"

"예, 이즈 근처 온천에 가서 온천물에 느긋하게 몸을 담그고 올 생각입니다."

"그거 좋은 생각인데. 아무튼 자네도 그동안 너무 일에만 몰두했지. 사람은 쉬지 않으면 과로로 무슨 병이 걸릴지 몰라. 어쨌든 온천에라도 가서 안마사도 부르고 푹 쉬고 와."

계장은 이마니시의 휴가 신청서에 도장을 찍고 과장에게 보내주었다. 이마니시는 일찌감치 경시청을 나와 서둘러 집으로 돌아갔다.

"잠깐 여행 좀 다녀올게. 지금 바로 출발하니까 준비 좀 해줘."

"출장이에요?"

이마니시의 안절부절못하는 모습을 보고 요시코가 물었다.

"출장은 아니야. 휴가야. 이틀 정도 간사이 쪽에 다녀올게."

"간사이? 어머, 갑작스럽게. 왜 그런 마음을 먹었어요?"

"별일 아니야. 갑자기 기차를 타고 멀리 가고 싶어졌어."

"오늘밤 기차예요?"

"그래. 마음먹었더니 하루라도 빨리 가고 싶어졌어."

"혼자서?"

"혼자서."

"이상하네. 무슨 일이라도 있어요?"

"아니, 일 같은 건 없어. 이세 신궁에 참배하고 오는 것뿐이야."

요시코는 어이없다는 듯이 웃었다.

"나 참, 이번에는 무슨 바람이 불었을까?"

4

다음날 아침, 열차는 나고야 역에 도착했다. 이마니시 에이타로는 플랫폼을 걸어 긴테쓰 산구 선으로 갈아탔다. 이세 시까지 두 시간 정도 걸린다. 이마니시는 이세 시라고 하면 도통 실감이 나지 않았다. 예전부터 부르던 우지야마다 시*라는 이름이 훨씬 이세 신궁에 참배하러 왔다는 기분을 불러일으킨다. 전쟁 전에 한 번 온 적이 있는데, 시내는 그다지 변하지 않았다.

후타미 여관은 바로 찾았다. 역에서 걸어서 오륙 분 정도 거리였다. 여관 앞을 자연스레 지나가면서 보니 단체 손님들을 배웅하느라 몹시 붐볐다. 아직 열시경이었다. 지금 곧장 숙소로 가기보다는 조금 더 시간이 지나고 나서가 나을 듯했다. 여관은 점심때가 가장 한가하다. 무엇을 물어보기에도 그즈음이 좋다.

이마니시 에이타로는 그사이 이세 신궁에 가보기로 했다. 모처럼 여기까지 왔는데 참배도 하지 않고 돌아가기는 좀 그랬다. 이마니시 에이타로는 다이쇼** 초반에 태어난 남자다.

내궁은 전에 왔을 때와 비교해도 그다지 변하지 않았다. 참배객도 많다. 다만 얼마 전 태풍으로 피해를 입었는지, 경내의 나무들이 쓰러지거나 시들어 있었다.

이마니시는 어제 마음먹자마자 오늘 자신이 이세 신궁에 와 있는 것을 생각하니 묘한 기분이 들었다. 참배를 한 시간 정도로 마치고 후

* 이세 시의 옛 이름. 1955년, 주변 일부가 통합되면서 명칭이 이세 시로 바뀌었다.
** 일본 연호 중 하나. 1912년부터 1926년까지다.

타미 여관 앞으로 돌아오니, 현관은 조용했고 청소도 되어 있었다.

이마니시 에이타로는 물을 뿌린 현관 앞에 섰다. 이런 여행에서는 대개 현지 경찰에게 명함을 주고 수사 협조를 부탁하지만, 이번에는 정식으로 수사하러 온 것이 아니었다. 이마니시로서는 과연 성과가 있을지 자신이 없었다. 이전에 도호쿠와 산인 지방까지 멀리 출장을 가서도 그 두 곳 모두 아무런 성과 없이 끝났다. 그런 염려 때문에도 계장에게 솔직하게 이야기하지 못했던 것이다.

젊은 여종업원이 청소하던 복장으로 현관에 나왔다.

"어서 오세요."

손님을 보고 당황해하며 마룻바닥에 손을 짚는다.

안내받은 방은 2층 뒤쪽이었다. 새로 지은 이 건물 정면은 역으로 곧장 향하는 넓은 도로지만, 뒤쪽은 어지럽게 엉켜 있는 마을 지붕만 보이는 삭막한 전망이었다.

하늘에 비행기 한 대가 천천히 날아가고 있었다. 현관에 나온 여종업원과는 다른 여자가 차를 가지고 왔다.

"아가씨." 이마니시는 명함을 꺼냈다. "나는 이런 사람인데, 주인이나 안주인이 계시면 잠깐 뵙고 싶다고 말 좀 전해주겠소?"

여종업원은 이마니시의 명함을 손에 들고 조금 놀란 얼굴이 되었다.

"잠깐 기다려주세요."

명함에는 도쿄 경시청 수사1과 신분이 적혀 있다. 이마니시 에이타로는 담배를 피우며 주인이나 안주인이 나오기를 기다렸다. 창밖으로는 지붕만 보였다. 그중 한층 커 보이는 건물이 영화관인 모양이었다. 도코노마*에는 이세 신궁의 숲을 그린 수묵화가 걸려 있었다. 다른 벽에는 후타미가우라의 부부 바위를 그린 그림이 걸려 있었다.

이런 것들을 차례차례 살펴보는 사이 20분 정도가 지났다.

"실례합니다."

후스마** 바깥에서 남자 목소리가 들렸다.

"들어오세요."

이마니시가 앉은 채로 대답하자, 머리가 벗어진 쉰 살 정도의 남자가 후스마를 열고 모습을 보였다.

"저희 여관에 와주셔서 감사합니다."

후스마를 닫고, 남자는 이마니시 앞에서 긴장하며 인사했다.

"제가 이 집 주인입니다. 멀리까지 수고가 많으십니다."

공식적인 출장이 아니라 이마니시도 꺼림칙했지만, 무언가를 묻기에는 역시 당당하게 신분을 밝히는 편이 손쉽고 편리하다.

"자, 여기 앉으시죠." 이마니시는 주인 남자를 앞으로 불렀다.

"감사합니다."

접객업소 사람들은 대부분 경찰 쪽 사람에게 정중하다. 이 여관 주인의 태도에서도 손님이 아니라 경찰을 대하는 저자세가 노골적으로 드러났다.

"언제 여기에 오셨습니까?" 주인은 이마니시에게 물었다.

"어젯밤 출발했습니다. 오늘 아침 막 도착했지요." 이마니시는 가능한 한 상냥한 얼굴을 했다.

---

* 일본 건축에서 객실 정면에 바닥을 한 층 높여 만든 곳. 족자를 걸고 꽃병 등으로 장식하는 공간이다.
** 나무로 틀을 짜 양면에 종이나 천을 붙인 문.

"그럼 몹시 피곤하시겠네요."

주인은 말할 때마다 머리를 조아렸다. 도쿄 경시청에서 일부러 왔다고 하니 내심 걱정이 되는 모양이다.

여관에는 다양한 사람들이 묵는다. 도난사건도 빈번하다. 손님 중에는 수배중인 범인도 있다. 이러한 일들이 나중에 여관에 예상치 못한 피해를 주는 것이다.

"실은 좀 여쭈어보고 싶은 것이 있어 도쿄에서 찾아왔습니다." 이마니시는 차분하게 말을 꺼냈다.

"아, 그러십니까." 주인은 작은 눈으로 이마니시의 눈치를 살폈다.

"아니, 걱정하실 만한 일은 아닙니다. 참고하려고 물어보는 것뿐이니까요."

"예."

"올해 5월 9일에 이곳에 묵은 손님에 대해 알고 싶습니다. 번거로우시겠지만 잠시 숙박부를 보여주시겠습니까?"

"예예, 알겠습니다." 주인은 탁상 위에 있는 전화를 들고 숙박부를 가져오라고 지시했다.

"그런데 형사님도 고생이 많으시네요." 주인은 마음을 조금 놓았는지 가볍게 이마니시의 노고를 위로했다.

"예, 뭐…… 일이니까요."

"하지만 도쿄 경시청 분이 오신 것은 처음입니다. 물론 이런 장사를 하고 있다보니, 이곳 경찰서에는 언제나 폐를 끼치고 있습니다만."

이야기 도중에 여종업원이 들어왔다. 주인은 여종업원에게서 숙박부를 넘겨받았다.

"음, 5월 9일이라고 하셨죠?"

"그렇습니다."

주인은 철해놓은 전표를 차례로 넘겼다.

요즈음 숙박부는 예전처럼 장부가 아니라 전표 형식이다.

"여기 있네요. 이 부분이 5월 9일입니다만." 주인은 이마니시 쪽으로 얼굴을 들었다.

"성함이 어떻게 되시나요?"

"미키 겐이치라는 사람입니다." 이마니시가 말했다.

"미키 씨라? 아, 마침 여기 있네요."

주인은 이마니시에게 숙박부를 그대로 건네주었다. 이마니시는 그 것을 받아들고 보았다.

현주소: 오카야마 현 에미초 ××거리

직업: 잡화상

이름: 미키 겐이치, 51세

그야말로 성실해 보이는 글씨체로, 날림도 없이 또박또박 쓴 글자였다. 이마니시는 이 글씨를 한참 동안 바라보았다. 살해당한 불행한 미키 겐이치의 필적이다. 이 글씨와, 이마니시가 가마타 조차장에서 현장 검증했을 때 본 끔찍한 시신이 아무래도 연결되지 않았다.

이 글씨를 숙박부에 적을 때 미키 겐이치도 자신의 앞날에 비참한 운명이 도사리고 있다고는 생각지 못했으리라. 그는 오카야마 현 산 속 깊은 곳에서 평생 그리던 시코쿠를 돌고 긴키의 명소를 방문한 다음 드디어 염원하던 이세 신궁에 온 것이다. 그렇게 생각해서인지 그 글씨에서도 긴장감이 엿보이는 듯했다. 숙박부 옆에는 '스미코'라는 담당 여종업원의 이름이 있었다.

"이 사람은 9일 하룻밤만 묵었네요?" 이마니시는 주인에게 물었다.

"예, 그러네요." 주인도 숙박부를 들여다보았다.

"사장님은 이 손님을 모르시죠?"

"예, 저는 언제나 안쪽에 있으니까요."

"스미코라는 사람이 담당 여종업원이었네요?"

"그렇습니다. 물어보실 것이 있으면 여기로 스미코를 부를까요?"

"부탁합니다."

주인은 또 수화기를 들어 여종업원을 불렀다.

스미코는 스물두세 살 정도 된, 키는 작지만 제법 성실해 보이는 종업원이었다. 옷차림새에는 그다지 신경쓰지 않았지만 뺨이 발갛다.

"스미코, 이 손님께서 네가 담당했던 손님에 대해서 좀 물어보고 싶으시단다. 기억하는 대로 모두 말씀드리도록 해." 주인은 여종업원에게 말했다.

"스미코 씨지요?" 이마니시는 웃는 얼굴로 말했다.

"예."

"기억하는지 모르겠지만 숙박부에는 당신이 담당했다고 되어 있는데, 이런 사람을 기억합니까?"

이마니시는 숙박부를 여종업원 앞에 보여주었다. 스미코는 가만히 보고 있다가 "하기노마 방이네요"라고 혼잣말처럼 중얼거리며 생각하더니 이윽고 확실히 대답했다.

"아! 기억나요. 틀림없이 제가 담당했던 손님이에요."

여종업원이 기억한다기에, 이마니시 에이타로는 손님의 인상과 특징을 말해보라고 했다. 여종업원의 말을 들어보니 미키 겐이치가 틀림없었다.

"말투는 어땠나요?" 이마니시는 물었다.

"글쎄요. 조금 독특한 말투였어요. 왠지 즈즈 사투리 같아서, 저는 도호쿠 지역 분이 아닐까 생각했어요."

이마니시는 분명 틀림없다고 생각했다.

"그렇게 알아듣기 어려웠나요?"

"예, 확실하게 알아들을 수 없었어요. 그런데 숙박부에는 오카야마 현이라고 쓰여 있어서 손님은 도호쿠 분 아니세요, 하고 여쭤봤더니 말투 때문에 자주 오해를 받는다며 웃으시더라고요."

"도호쿠 사투리로 오해받는다고 한 거지요?"

"네. 자신이 오래 살던 마을도 이런 사투리를 쓴다고 말씀하셨어요."

여종업원의 이야기를 들어보면, 미키 겐이치는 이 여종업원과 허물없이 이야기를 나눈 것 같다.

"그 손님은 이곳에 묵었을 때 별다른 점은 없었나요?"

"예, 이렇다 할 이상한 기미는 없었는데요. 여기 도착하셨을 때가 바로 낮에 신궁 참배를 마치고 난 후였고, 내일은 고향으로 돌아간다고 하셨어요. 아, 그렇지. 이상하다면 이상한데, 그렇게 말해놓고 갑자기 다음날 도쿄에 간다고 하신 거예요."

"예? 그다음날 도쿄에 간다고 했군요?"

거기가 중요한 부분이다.

"맞아요."

그럼 미키 겐이치가 고향으로 돌아가려던 예정을 변경한 것은 이 여관에 머문 다음날임이 분명하다.

"그 손님은 몇시쯤 이 여관에 들어왔나요?"

"저녁 무렵이었어요. 분명 여섯시쯤이었다고 기억합니다."

"숙소에 들어와서는 한 번도 바깥에 나가지 않았나요?"

"아니요, 외출하셨어요."

이마니시 에이타로는 그 외출에 주목했다. 이세 신궁에는 전국 각지에서 사람들이 참배하러 온다. 미키 겐이치가 외출했을 때, 도중에 우연히 누군가 아는 사람을 만난 것이 아닐까. 그 우연한 만남이 미키 겐이치가 도쿄행을 결심한 원인은 아닐까.

"단순한 산책이었습니까?" 그는 그녀에게 질문을 계속했다.

"아니요, 영화를 보러 간다고 말씀하셨어요."

"영화요?"

"지루해서 영화라도 보고 오겠다고, 영화관은 어디냐고 물으셔서 제가 가르쳐드렸거든요. 아, 여기 창문에서도 보이네요. 저 높은 건물이에요."

조금 전 이마니시가 창에서 내다보았던 영화관이었다.

"그럼 영화관에서 돌아온 것은 몇시쯤이었나요?" 이마니시 에이타로는 여종업원에게 물었다.

"글쎄요. 아홉시 반 정도 아니었을까요. 아마 그즈음일 거예요."

"그러니까 영화가 끝난 무렵이네요."

"그렇지요."

이마니시 에이타로는 조금 실망했다. 만약 미키 겐이치가 영화를 보러 가는 길에 누군가 만났다면, 숙소로 돌아온 시간은 훨씬 일렀거나 늦었을 것이다. 영화가 끝난 시간에 돌아왔다면 일단은 그가 누구와도 만나지 않았다고 봐야 한다.

"방에 돌아왔을 때 손님 상태는 어땠나요? 이미 오래전 일이라 기억해내기 어렵겠지만 잘 생각해보세요."

"글쎄요." 여종업원은 그곳에 앉아 있는 주인의 얼굴을 힐끔 보고 고개를 갸우뚱했다.

"중요한 일이니까 잘 생각해서 틀리지 않게 대답해야 해." 주인도 거들었다. 그런 말을 듣자 여종업원의 얼굴도 점점 심각해졌다. 이마니시는 조금 당황했다.

"아니요, 그렇게 심각하게 생각하지 않아도 돼요. 편하게 생각나는 대로 말해주세요."

"글쎄요." 여종업원은 가까스로 대답했다. "돌아오셨을 때 특별히 별다른 모습은 없었던 것 같아요. 다만 다음날 아침식사 시간을 조금 늦추고 싶다고 말씀하신 게 다예요."

"그러니까 다음날이면 손님이 출발한 날이지요?"

"맞아요. 처음에는 고향에 돌아가니까 여덟시쯤 아침을 달라고, 아홉시 이십분 기차를 타고 싶다고 하셨거든요."

"그럼 어떻게 바꿨는데요?"

"아침은 열시가 좋겠다고, 상황을 봐서 저녁까지 이 숙소에 있을지도 모른다고 하셨어요."

"저녁까지 말이죠." 이마니시는 적극적으로 관심을 보였다. "그 이유에 대해서는 아무 말도 없었나요?"

"아무런 말씀도 하지 않으셨는데요. 다만 계속해서 뭔가 생각하시는 것 같았어요. 저에게도 그다지 말씀이 없으셔서, 저도 안녕히 주무시라고 인사만 하고 바로 방을 나왔지요."

"그렇군요. 그럼 다음날 아침엔 그 시간에 식사를 하던가요?"

"예. 그대로 열시에 아침을 준비해서 드렸어요."

"그러고 나서 저녁까지 방에 있었고요?"

"아니요, 그렇진 않았고요. 점심 무렵 영화관에 다녀오셨어요."

"예? 영화관?" 이마니시는 놀랐다. "영화를 무척 좋아하는 사람이었나보네요."

"아니요. 그것이, 같은 영화관이었어요. 제가 볼일이 있어 나가면서 도중까지 함께 갔기 때문에 알아요."

"지난밤에 본 영화를 다시 한번 보러 갔다고요?"

이번에는 이마니시가 곰곰이 생각할 차례였다. 여행지에서 같은 영화를 두 번 연속 본다…… 심지어 아이도 젊은이도 아닌, 이미 쉰을 넘긴 노인이. 그 영화의 어떤 점이 미키 겐이치의 흥미를 끌었을까.

"다음날 그 영화를 보고 돌아와 그날 밤에 이 여관을 떠났군요." 이마니시는 여종업원에게 물었다.

"예. 맞아요."

"몇시 기차로 출발했습니까?"

"그건 제가 접수대의 시간표를 보고 가르쳐드려서 기억합니다." 주인이 대답했다.

"방에서 전화로 물어보시기에 22시 20분 나고야발 상행선 준급행과 연결되는 긴테쓰 전철을 알려드렸습니다."

"그 열차는 도쿄 역에 몇시에 도착하나요?"

"도쿄 역에는 다음날 새벽 다섯시에 도착합니다. 이 열차를 이용해 도쿄에 가시는 손님이 많아서 기억하고 있지요."

"여기서 출발할 때도 그 손님이 특별히 이상한 얘기를 하진 않던가요?" 이마니시 에이타로는 다시 여종업원의 얼굴을 보았다.

"아니요, 그런 생각은 안 들던데요. 그저 지난밤에 오카야마 현으로 돌아가신다더니 왜 도쿄 쪽으로 가시느냐고 살짝 물어보긴 했어요."

"그렇군요. 그랬더니요?"

"갑자기 생각이 났다고 하셨어요."

"갑자기 생각이 났다, 그뿐입니까?"

"예, 그렇게만 들었습니다."

"그랬군요." 이마니시는 잠시 생각하다가 물었다. "그 손님이 본 영화는 뭐였습니까?"

"글쎄요, 그건 생각이 안 나요."

"그럼 됐습니다. 제가 조사해보면 알겠지요. 바쁘신데 정말 감사합니다."

"그럼 이 정도로 괜찮으시겠습니까?" 주인이 옆에서 말했다.

"예, 큰 참고가 되었습니다. 사장님, 숙박비를 계산해주세요."

"아, 벌써 출발하십니까?"

"저도 그 열차를 이용해서 도쿄로 돌아갈까 합니다. 아직 시간 여

162

유가 있는 것 같아서요."

"그러십니까."

이마니시 에이타로는 숙박비를 내고 여관을 나왔다. 하지만 곧장 역으로 가지 않고 그대로 영화관으로 향했다. 영화관은 상점가 가운데에 있었다. 밖에는 요란한 그림 간판이 걸려 있고, 시대극 두 편이 상영중이었다. 입장권을 받는 사람에게 지배인을 만나고 싶다고 말하며 명함을 꺼내자 안으로 안내해주었다. 건물 어두운 뒤쪽으로 돌아가자 문이 닫힌 방이 나왔다. 문을 열자 덩그러니 넓은 방에서 화가가 다음에 상영될 영화 간판을 물감으로 그리고 있었다. 지배인은 뒷짐 지고 보고 있다가 이마니시의 명함을 보고는 친절하게 맞이했다.

"갑작스러운 질문입니다만, 5월 9일에 상영한 영화가 무엇이었는지 기억하십니까?" 이마니시는 바로 물어보았다.

"5월 9일에 상영한 영화요?"

지배인은 도쿄에서 온 형사가 느닷없이 물어서 놀란 듯했다.

"예, 그 영화 제목을 알고 싶습니다." 이마니시가 말했다.

"아하, 그게 사건과 무슨 관계라도 있습니까?"

"아니요, 참고로 좀 알고 싶을 뿐입니다. 바로 알 수 있나요?"

"찾아보면 바로 알 수 있습죠."

지배인은 이마니시를 데리고 그 방을 나와 영사실 가까이 있는 사무실로 들어갔다. 벽에는 영화 포스터가 덕지덕지 붙어 있고, 책상 위에는 서류가 어지럽게 놓여 있다. 젊은 남자가 혼자서 장부를 보며 주판을 튀기고 있었다.

"어이, 5월 9일에 우리 가설극장에 걸려 있던 영화가 뭐였지? 좀 찾아봐."

젊은 남자는 바로 앞에서 장부를 빼냈다. 페이지를 넘기더니 금방 알아냈다.

"하나는 〈도네의 풍운〉, 그리고 〈남자의 폭발〉입니다."

"들으신 대로입니다." 지배인이 옆에서 이마니시에게 말했다. "하나는 시대극, 하나는 현대극입니다."

"어디 영화입니까?"

"저희는 난에이 영화 전속이라 다 난에이 작품입니다."

"미안하지만, 그 영화 팸플릿이라든지 배우 이름이 나와 있는 건 없습니까?"

"벌써 상당히 오래된 영화라 있을까 모르겠네요. 이봐, 그거 보여드려."

지배인은 젊은 남자에게 명령했다. 젊은 남자는 책상 서랍과 구석 선반을 뒤지더니 몇 겹으로 포개진 포스터 더미 아래에서 종이 한 장을 끄집어냈다.

"간신히 찾았네요." 지배인은 팸플릿을 받아 이마니시에게 건네주었다. "출연자 명단입니다."

"감사합니다."

〈도네의 풍운〉과 〈남자의 폭발〉 모두 요즈음 인기 있는 배우가 주연을 맡고 있었다. 단역 이하의 자잘한 조연들까지도 이름을 길게 나열해두었다. 예를 들면, '여종업원 A, B, C'라든가 '부하 A, B, C'에도 친절하게 이름이 적혀 있었다.

"이 영화는 지금 다른 데서라도 상영하고 있을까요?"

이마니시는 팸플릿을 정성스레 접어 주머니에 넣었다.

"글쎄요. 오래전 영화라 재상영 전문관에서도 이미 끝났을 겁니다."

"그런 경우 필름은 회사로 반환합니까?"

"그렇습니다. 상영이 끝나면 회사로 돌려보내죠. 그 영화도 회사 창고에 있을 겁니다."

"예, 감사합니다." 이마니시는 머리를 숙였다.

"아, 이 정도면 충분하세요? 그 영화가 무슨 사건과 관련이 있나보죠?"

그때 이미 이마니시는 사무실 밖으로 나가고 없었다.

13장
실마리

1

이마니시 에이타로가 도쿄로 돌아오자마자 한 일은 영화사와 협상하는 것이었다. 그는 긴자에 있는 난에이 영화사 기획부에 여러 차례 찾아갔다. 〈남자의 폭발〉과 〈도네의 풍운〉, 그리고 이세에서 확인한 상영 당시의 뉴스 영화를 함께 보여달라는 것이 이마니시의 부탁이었다. 영화사는 흔쾌히 승낙해주지 않았다. 필름은 창고에 있으니 가져오는 거야 어렵지 않지만 영사기를 돌릴 형편이 되지 않는다는 것이다.

영사실은 항상 가득차 있다. 주마다 두 번, 신작영화가 나오기 때문에 늘 사람들을 초청해 시사회를 연다. 그래서 한 사람을 위해 세 시간 반 동안 두 편이나 되는 영화를 영사하기는 곤란하다고 했다.

"대체 그런 영화가 범죄 수사에 무슨 참고가 됩니까?"

상대방이 물었다.

"참고랄 것까진 없지만 그럴 만한 사정이 있어서 그러니 꼭 보여주
셨으면 좋겠습니다. 영화관에서 상영중이라면 당연히 그리로 가겠지
만, 어디에서도 상영하지 않는지라 여기 말고는 부탁드릴 데가 없어
서 그렇습니다. 수사에 직접 관계되는 건 아니지만 모쪼록 양해 좀 해
주세요."

이마니시는 이유를 분명히 밝힐 수 없었다. 그 점이 괴로웠다. 경시
청에서 정식으로 공문을 보내 요청하면 손쉬울 일이었지만 이마니시
는 상관에게 거기까지 부탁할 수 없었다. 그의 추측에 불과하니 될 수
있으면 개인적으로 영화사의 호의에 기대고 싶었다.

"그럼 조만간 영사실이 빌 때 연락드리겠습니다."

직원은 그런 말까지는 해주었다. 그러나 그렇게 약속했어도 좀처럼
연락이 오지 않았다. 이마니시는 초조해하며 사나흘을 기다렸다. 그
러던 중 부탁했던 담당 직원으로부터 전화가 걸려왔다.

"오늘 오후부터 영사실이 비니 오세요."

이마니시는 곧장 달려갔다. 난에이 영화사의 영사실은 한 극장의
지하실에 있었다.

"도와주셔서 정말 감사합니다." 이마니시는 담당 직원에게 감사를
표했다.

"겨우 비어서 말이죠. 아무튼 천천히 보고 가세요."

이마니시는 오류십 명은 거뜬히 앉을 수 있는 관객석 정중앙에 홀
로 자리를 잡았다. 평소 비평가나 신문기자 등 관계자를 초청해 거의
만석을 이루는 곳인데 오늘은 이마니시 한 사람만을 위해 영화를 상

영하는 것이다. 그도 마음이 편치만은 않았다.

영화가 시작되었다.

일반적인 영화관에서 볼 때와 달리 이곳은 화면 크기가 절반 정도밖에 되지 않았다. 그래도 영화관에서 보는 것 이상으로 배우들의 목소리나 배경음악은 생생하게 들렸다.

우선 처음은 뉴스였다. 정치 토픽부터 시작해 사회 기사로 넘어가 끔찍한 교통지옥과 새로 개통한 지역 전차 등이 차례차례 비치고, 이윽고 스포츠 토픽까지 나온 뒤 끝났다.

다음은 시대극 〈도네의 풍운〉이었다. 도네가와 강을 둘러싼 도박사 간의 다툼을 다룬 영화였다. 이오카 스케고로 일파와 사사가와 시게조 일파가 화려하게 등장하는 가운데 히라테 미키가 활약했다.

이마니시는 눈을 크게 뜨고 깜박이지도 않은 채 화면을 응시했다. 물론 줄거리가 흥미진진해서는 아니다. 그는 아무리 비중 없는 단역이라도 등장인물에서 시선을 떼지 않았다. 〈도네의 풍운〉은 한 시간 반 만에 끝났다. 화면에 '끝'이라는 글자가 뜨고 장내가 밝아졌다. 이마니시 에이타로는 한숨을 쉬었다.

필름이 낡아 화면에 비가 내렸다. 이마니시는 화면에 나오는 아무리 사소한 등장인물도, 예를 들어 똘마니, 행인, 포졸 한 명까지도 빠짐없이 살펴보았다. 그 탓에 영화가 끝나자 눈이 매우 피로했다. 그 영화에서 아무것도 건지지 못한 탓도 있다.

5분 정도 쉬고 나서 담당 직원이 말했다.

"다음 영상 틀겠습니다."

"부탁합니다."

이마니시 에이타로는 좌석에 고쳐 앉았다. 이윽고 다시 어두워지고 〈남자의 폭발〉이라는 제목이 나왔다. 배역은 프로그램을 봐서 대강 알 수 있었지만 이마니시는 배우의 이름과 얼굴을 모른다. 영화를 즐겨 보지 않는 편이라 어느 이름이 누구인지 알지 못했다. 젊었을 때는 그나마 영화관에 가끔 갔던 터라 예전 배우들은 눈에 익지만 최근 젊은 스타들은 전혀 아는 바가 없었다.

〈남자의 폭발〉은 현재 한창 인기를 끌고 있는 젊은 배우가 주인공이었다. 이 영화 역시 야쿠자 영화라 그런지 총성이 수시로 울려퍼졌다. 이마니시는 이번에도 〈도네의 풍운〉 때와 같이 작은 단역까지 꼼꼼히 살폈다. 잠깐밖에 등장하지 않는 행인이나 술집 손님, 야쿠자의 부하도 한 명 한 명 얼굴을 확인했다.

줄거리가 머릿속에 전혀 들어오지 않았다. 어렴풋이나마 파악한 내용은 역시 번화가에서 우두머리 격인 두 인물이 세력권 다툼을 벌이고 주인공 청년이 통쾌한 액션을 펼친다는 별 볼 일 없는 줄거리였다.

그러나 현대물이라 도쿄의 여러 장소가 빈번히 등장했다. 술집이 많은 긴자 뒷골목은 물론이요, 붐비는 유라쿠초 거리나 빌딩 내부, 심지어 하루미 부두의 창고거리에 이르기까지 현지 촬영이 많았다. 따라서 배경에 인물도 많이 등장했다. 이마니시 에이타로의 관심사는 주연급 배우가 아니었다. 오히려 단역이나 엑스트라에 주목했다.

드디어 한 시간 반이 지났다. 장내가 밝아졌을 때, 이마니시는 의자에 멍하니 앉아 있었다. 이번 영화에도 그를 만족시킬 인물이 없었던 것이다.

"이것으로 전부 끝났습니다. 어떠셨나요?" 담당 직원이 말했다.

"수고를 끼쳐 죄송합니다." 이마니시는 의자에서 일어났다. "덕분에 느긋하게 볼 수 있어서 이제 이해가 되었습니다."

"그렇습니까. 관람객 한 명을 위해 특별히 영화를 두 편이나 튼 것은 선생님이 처음입니다." 담당 직원은 웃었다.

"여러모로 감사했습니다."

이마니시 에이타로는 지하실에서 밖으로 나왔지만 강렬한 햇빛에 눈이 부셔 잠시 눈을 가리고 있었다. 이마니시 에이타로는 한동안 힘없이 걸었다. 기세 좋게 영화를 두 편이나 봤지만 아무것도 발견하지 못했다. 예상은 보기 좋게 빗나갔다.

미키 겐이치는 이세에서 〈도네의 풍운〉과 〈남자의 폭발〉을 두 번이나 보았다. 어린아이도 아니고, 그가 두 번이나 영화를 본 것은 그 영화 안에 특히 흥미를 끄는 장면이 있었기 때문이리라.

겐이치는 일단 숙소에 돌아왔지만 다시 한번 그 영화가 보고 싶어졌다. 자신의 눈으로 좀더 제대로 확인하고 싶었던 것이다. 숙소로 돌아왔을 때 미키 겐이치가 골똘히 생각에 잠겨 있었다고 숙소 여종업원은 증언했다.

그러나 이마니시가 방금 본 두 편의 영화에도 뉴스 영화에도, 미키 겐이치가 두 번이나 봐야 할 만큼 중요한 장면은 없었다.

2

이마니시 에이타로가 경시청으로 돌아오니 책상에 갈색 봉투가 놓여 있었다. 봉투 뒷면에는 '오카야마 현 고지마 군 ××무라 지코엔 요양원'이라고 적혀 있었다. 이마니시는 곧바로 봉투를 뜯었다.

이거야말로 그가 그토록 기다려왔던 것이다. 전에 가메다케의 기리하라 노인에게 의뢰했던 용건으로 답장이 왔고, 그후 그와 관련해서 지코엔 요양원에 문의 편지를 보냈다.

도쿄 경시청 수사1과 1계
이마니시 에이타로 순사부장님께

문의하셨던 모토우라 지요키치 씨에 대해 알려드립니다.

모토우라 씨는 쇼와 13년(1938)에 시마네 현 니타 군 니타초사무소의 소개로 이곳에 왔습니다. 그후로 줄곧 이곳에서 요양했는데, 쇼와 32년(1957) 10월에 사망했고 본적지에 사망 신고를 했습니다(본적지는 이시카와 현 에누마 군 ××무라 ××번지).

참고로 모토우라 씨가 이곳에서 요양할 때는 지인에게 편지 한 통 오지 않았고 찾아오는 사람도 없었습니다.

혹시 몰라 여기 호적초본의 내용을 적어 보내드립니다.

부(성명생략 사망)
　　　　　　　　　　장남
모(성명생략 사망)

호주 모토우라 지요키치
　　　메이지 38년(1905) 10월 21일생
　　　쇼와 32년(1957) 10월 28일 사망

아내 마사

메이지 43년(1910) 3월 3일생

쇼와 10년(1935) 6월 1일 사망

(아내 마사는 이시카와 현 에누마 군 야마나카초 ××번지 야마
시타 주타로의 차녀, 쇼와 4년 4월 16일 혼인 신고)

장남 히데오

쇼와 6년(1931) 9월 23일생

이상 간략히 답변을 드립니다.

지코엔 요양원 서무과장 드림

이마니시는 이 편지를 가만히 응시했다. 그가 이 짧은 글에서 눈을
떼기까지 담배 한 대는 충분히 피우고도 남을 시간이 흘렀다. 물론 편
지 내용이 어려워서는 아니었다. 여기에 적힌 호적초본 내용을 보고
수많은 생각이 떠올랐기 때문이다. 영화사 영사실에 다녀온 고단함도
이 편지 한 장으로 절반은 가셨다.

이마니시는 예의바른 남자였다. 그는 서랍에서 편지지를 꺼내 즉시
감사 편지를 쓰기 시작했다. 그러나 그게 전부가 아니었다. 감사 편지
를 다 쓰자 이번에는 새로 문의 편지를 쓰기 시작했다.

전략, 갑작스럽지만 다음 사항을 조사해주시기 바랍니다.

이시카와 현 에누마 군 야마나카초 ××번지 야마시타 주타로 씨
의 근친자 또는 친척이 현재 그곳에 거주하고 있다면 주소와 성명

을 알려주시기 바랍니다.

수취인은 이시카와 현 야마나카 경찰서였다. 이마니시는 다 쓴 편지를 한 번 읽어보곤 다시 펜을 들어 한 줄을 덧붙였다.

매우 긴급한 사항이오니 모쪼록 조사 잘 부탁드립니다.

이마니시가 귀가한 것은 여덟시경이었다. 현관은 잠겨 있었다. 집안은 깜깜했고 안에서 자물쇠가 걸려 있었다. 귀가한 이마니시는 아내가 집을 비워도 열쇠가 어디 있는지 알고 있었다. 이마니시는 현관 옆 화분 바닥에서 열쇠를 꺼내 문을 열었다. 불을 켜자 식탁 위에 아내가 급히 날려쓴 메모가 놓여 있었다.

유키 고모가 놀러와서 오랜만에 둘이서 영화 보러 가요. 다로는 혼고에 갔어요. 아홉시까지는 돌아올 예정인데 반찬은 찬장에 넣어두었으니 꺼내 드세요.

이마니시는 양복 차림 그대로 찬장을 열었다. 동네 생선가게에서 떠온 듯한 회와 소고기 무 찜이 그릇에 담겨 있었다. 그는 식탁으로 접시를 가져왔다. 요즘엔 전기밥솥이라는 편리한 물건이 나와 아무 때나 밥솥을 열어도 김이 모락모락 난다. 화로에는 주전자가 놓여 있었다.

이마니시는 밥에 차를 붓고 그 위에 찐 무를 얹었다. 차가운 무와 뜨거운 밥이 기분좋게 뒤섞여 혀에서 목구멍으로 넘어갔다. 혼자서 밥을 먹으며 오늘 오카야마 현 지코엔 요양원에서 온 답장 내용을 생각했다. 밥을 먹으며 생각에 잠기는 것은 즐거운 일이다. 아내가 없어서 방해받지 않을 수 있었다.

더운 밥을 먹고 나서야 옷을 갈아입어야겠다는 생각이 들었다. 이쑤시개를 물고 석간신문을 멍하니 들여다보고 있으려니 현관이 열리는 소리가 들렸다.

"어머, 돌아왔네."

아내의 목소리와, 둘이서 킥킥대는 웃음소리가 들렸다.

"다녀왔어요."

아내가 조금 미안하다는 듯이 웃으며 들어왔다. 뒤이어 가와구치에 사는 누이동생이 생글거리며 얼굴을 내밀었다.

"미안해요. 유키 고모가 놀러와서 제가 별생각 없이 영화나 보러 가자고 하는 바람에."

"어머, 아니야. 내가 올케 언니를 불러낸 거야."

서로 감싸주고 있다. 이마니시는 신문을 계속 읽었다. 두 여자는 옆 방에서 옷을 갈아입으며 아직도 영화 이야기를 하고 있었다. 가와구치에 사는 누이동생은 영화를 매우 좋아해 배우의 연기에 대해서도 떠든다. 아내가 평상복으로 갈아입고 나왔다.

"식사했어요?"

"응, 먹었어."

"당신이 돌아오기 전에 들어올 생각이었는데……"

"오빠, 여기 선물." 여동생이 단밤 봉투를 내밀었다.

"뭐야. 너, 오늘 안 들어갈 거냐?"

여동생은 올케 언니의 평상복을 입고 있었다.

"응, 우리 남편이 또 출장을 가서."

"정말이지, 싸웠다면서 찾아오고 출장 갔다면서 자러 오고. 이래서야, 원. 영화는 어땠어, 재밌었어?"

"그냥, 뭐."

아내와 여동생은 이마니시 옆에서 아직도 영화에 대해 이러쿵저러쿵 떠들었다. 이마니시는 신문에서 조금 얼굴을 들었다.

"실은 나도 오늘 영화를 보고 왔어."

"어머, 오빠, 정말이야?" 여동생은 좀처럼 영화를 보지 않는 오빠의 말에 놀랐다.

"그래서 오늘 저녁에 늦게 들어온 거예요?" 아내가 물었다.

"설마. 나는 업무 때문에 본 거야."

"흐음, 형사가 일로 영화를 봐요?"

"경우에 따라서는."

"뭘 봤는데요?"

"〈남자의 폭발〉이랑 〈도네의 풍운〉."

"어머나." 여동생은 웃음을 터뜨렸다. "꽤 옛날 영화네."

"너, 그 영화 알아?"

"봤으니까. 벌써 반년이나 지났어. 지루한 영화였지?"

"그렇더라."

이마니시는 다시 신문으로 눈을 돌렸다. 아내가 옆에서 밤을 까고 있었다. 껍질을 까서는 이마니시가 읽던 신문 위에 올려두었다.

신문기사는 지루했지만 달리 읽을 만한 것이 없어서 훑어보고 있을 뿐이었다.

강력 초음파를 응용하여 초경질 합금에 구멍을 내는 혁명을 일으키다. 교쿠토 야금에서는 최근 강력 초음파의 원리를 응용하여, 지금까지 불가능하다고 여겨졌던 경질 금속의 구멍 가공에 성공했다. 쓰임새가 제한적이었던 기존 절단기와 달리 자유롭게 구멍을 뚫을 수 있을 뿐만 아니라 안쪽 깊은 곳까지도 철저하게 가공할 수 있어서, 이 신기술의 응용 여하에 따라서는 앞으로 자유로운 형태로 절삭할 수 있는 가능성도 생겼다. 이 업체는 자사의 기술 혁명 덕분에 그간 어려움을 겪었던 경질 합금의 대량 가공에 커다란 비약을 이룰 것이라고 말한다. 이 공정은 기존 방식보다 열 배의 가공이 가능하여 각계에서는 혁명적인 기술 완성이라 칭하고 있다.
또한 임의의 형태를 한 금속공구를 가공해야 할 금속에 대고 주파수 16~30킬로사이클, 진폭 10~30미크론의 진동을 주면서 그 사이에 카보런덤 등의 연마입자를 물에 섞어 공급해주면 공구와 똑같은 모양의 구멍을 만들어낼 수 있다. 공구를 회전시키지 않으므로 원형이 아닌 다양한 형태의 구멍을 만들 수 있다는 것이 특징이다.

따분한 기사다. 결국 멍하니 활자를 보고 있을 뿐, 귀는 여동생과 아내의 이야기 소리를 듣고 있다.
"영화도 본편보다 예고편이 더 재밌죠?" 아내가 말했다.

"맞아요. 그럴 수밖에 없는 게, 예고편은 관객을 끌어모으기 위해 재미있는 부분만 편집해놓은 거니까요." 여동생이 말했다.

"오늘밤 본 예고편도 꽤 재미있어 보이지 않았어요?"

"그러게요."

이마니시는 신문을 내려놓았다.

"저기, 영화관에서는 반드시 예고편을 상영하나?"

"그 당시 예고편 말이죠?"

다음날 이마니시 에이타로가 영화사를 방문하자 낯익은 담당 직원이 싫은 기색 하나 내비치지 않고 장부를 조사해주었다.

"예, 상영했네요. 그다음주 개봉 예고와 예보, 두 편을 했어요."

"예보가 뭡니까?"

"그러니까, 대작이 있으면 그걸 한 달쯤 전부터 조금씩 선전하기 시작하는 겁니다. 다음주 개봉 예고는 말 그대로 그다음주에 상영하는 영화를 예고하는 거고요." 담당 직원은 설명했다.

"그다음주 개봉작은 뭐였습니까?"

"〈끝없는 지평선〉입니다. 현대극이지요."

"예보는요?"

"그건 외국 영화네요."

"외국 영화요?"

그렇다면 문제될 것이 없다.

"그 화면엔 일본인은 한 사람도 안 나오겠네요." 이마니시는 다시 한번 확인했다.

"물론입니다. 미국 영화니까 미국 장면밖에 안 나오죠…… 그러고 보니 그전에 도쿄에서 로드쇼가 열렸을 때 촬영한 스냅 컷이 딸려 있습니다. 평판이 뛰어난 대작이다보니 말이지요. 로드쇼 당시에는 황족까지 나란히 참석해서 봤을 정도였지요."

"하하, 그런 것들이 예보에 나오는군요."

"그렇습니다."

"계속 염치없는 부탁을 해서 죄송하지만, 그걸 보여주실 수는 없을까요?"

"글쎄요." 담당 직원은 당혹스러운지 고개를 갸웃했다. "예고편 필름은 창고에 그리 오래 보관하지 않아서요. 지금 남아 있을지는 찾아보지 않으면 모르겠네요."

"그럼 일정 기간이 지나면 그 필름들은 폐기 처분하시나요?"

"그렇습니다. 안 그래도 창고가 필름으로 가득하니까요. 기한이 되면 지체 없이 처분합니다."

"처분은 어떻게 하시죠?"

"필름을 조각조각 잘라서 폐기업자에게 팝니다. 저희는 그 작업을 잭이라고 부르고 있지요."

"그럼 그걸 찾아봐주시면 안 될까요?"

담당 직원은 필름 창고에 가더라도 금방 알 수 있는 것이 아니니 한 시간쯤 뒤에 와보라고 했다. 이마니시 에이타로는 일단 밖으로 나왔다. 영화관에서 상영하는 영화는 극영화와 뉴스 영화뿐이라고 생각했는데 옳거니, 예고편도 있었다. 알면서도 부록이라는 느낌이 들어 무심코 넘긴 것이다. 여기에 의외의 맹점이 있었다. 이마니시는 한 시간쯤 터덜터덜 산책하고 나서 영화사로 돌아왔다.

"아아, 알아냈어요." 담당 직원은 이마니시의 얼굴을 보자마자 자리에서 일어났다. "다음주 개봉 예고편은 있는데요, 외국 영화의 예보편은 역시 처분했더라고요. 아깝네요. 겨우 사흘 전에 업자에게 넘겼거든요."

다음주 개봉작의 예고편을 봤지만 그다지 도움이 되지 않았다. 〈끝없는 지평선〉이라는 제목이었는데 단순히 영화 장면 짜깁기에 감독과 카메라맨의 모습이 간간이 나올 뿐이었다. 예고편은 3분 정도 만에 어이없이 끝나고 말았다.

"정말 감사합니다. 계속 신세만 지네요."

이마니시는 담당 직원에게 면목이 없었다. 어제부터 이마니시 때문에 네 편의 필름을 틀어준 셈이었다.

"예보편은 외국 영화라고 하셨죠?"

"예."

예보편은 이미 필름을 잘라 업자에게 처분했다고 했다.

"영화 제목은 무엇이었습니까?"

"〈세기의 길〉이라고 합니다."

"거기엔 영화 장면 외에 로드쇼 풍경이 찍혀 있다고 하셨죠? 분명그리 들었습니다만."

"그렇습니다."

"복사본이 여러 개 있었을 텐데 한 편이라도 어딘가 남아 있을 가능성은 없습니까?"

"글쎄요, 그렇지는 않을 겁니다. 처분할 때는 한꺼번에 하니까요.

그래도 무슨 말씀을 하시려는지는 잘 알겠어요. 어딘가에 남아 있다면 꼭 알려드리죠."

"꼭 좀 부탁합니다."

이마니시로서는 그 말밖에 할 수 없었다. 이미 처분했다면 찾을 방도가 없다. 복사본도 없다니 아쉽지만 다른 방법이 아주 없는 것은 아니었다.

이마니시는 요시무라에게 전화를 걸었다.

"지난번엔 반가웠어."

"제가 더 반가웠죠." 요시무라가 말했다.

"요시무라, 자네 영화 좋아해?"

"갑자기 그런 건 왜 물어보세요? 좋아하긴 하는데요."

"〈남자의 폭발〉이라는 영화 봤어?"

요시무라가 수화기 너머에서 웃음을 터뜨렸다.

"그건 안 봤어요."

"그런가."

이마니시는 조금 실망스러웠다. 그렇지만 반드시 〈남자의 폭발〉 상영 때만 〈세기의 길〉의 예보편을 상영했으리란 법은 없었다.

"자네, 〈세기의 길〉이라는 외국 영화 봤나?"

"예, 그건 봤습니다."

"그럼 그 예보편은 봤어?"

"예보편이라면 훨씬 전부터 선전하는 거 말씀이시죠?"

"그래, 맞아."

"음…… 아, 봤어요. 봤습니다."

"봤다고?"

"예, 로드쇼 풍경을 기록한 거 말씀이시죠?"

"그거야!" 이마니시는 부르짖었다. 실제로 부르짖음이라고 해야 할 정도였다. "자네, 오늘 당장 만나고 싶은데. 방금 그 이야기를 자세히 듣고 싶어."

"영화 이야기 말입니까?"

"그래. 그 예보편 내용 말인데, 나랑 만나기 전까지 가능한 한 기억을 되살려줘."

이마니시는 가마타 경찰서에 갔다. 요시무라는 형사실에 있다가 이마니시의 얼굴을 보자 곧장 함께 밖으로 나왔다.

"서에서 차라도 드시면 좋겠지만, 아무래도 다른 사람들 눈이 있어서 느긋하게 이야기를 할 수가 없더라고요."

경찰서 맞은편에 작은 찻집이 있어서 그리로 들어갔다.

"잘 다녀오셨어요?" 요시무라가 갑자기 물었다. 이마니시가 이세에서 돌아온 뒤 처음 만나는 것이다.

"그쪽은 어땠습니까?"

"아니, 실은 그 얘기를 좀 하려는데 말이야."

이마니시는 지금까지의 경과를 자세히 이야기했다.

"그런 상황이고, 그렇게 돌아온 뒤부터는 줄곧 헛수고만 하고 있어. 문제는 미키 겐이치가 무엇을 보고 움직였나 하는 거지. 이건 결국 외국 영화의 예보편이라고밖에 생각할 수 없어. 한데 필름은 영화사에서 벌써 처분해버렸다는 거야. 자네가 그 예보편을 봤다면 어떤 내용이었는지 기억나는 대로 들려주겠어?"

"어디 보자." 요시무라는 팔짱을 꼈다. "꽤 한참 전 일이니까 거의 잊어버렸지만요…… 예보편이니까 역시 영화 내용 소개가 중심이었습니다. 영화 하이라이트 장면을 편집해놓았지요."

"도쿄의 로드쇼 풍경이 있었다지?"

"있었어요. 황족 내외가 나란히 그 영화를 보러 와서 주로 그 장면이 나왔어요."

"그 밖에 또 어떤 장면이 있었지? 영화 장면 말고."

"그 밖에는……" 요시무라는 고개를 숙이고 필사적으로 기억을 떠올리려 애썼다.

"유명 인사들은 안 나왔어? 행사장 풍경이라든가 하는 장면에서……" 이마니시는 암시를 던져주려 했다.

"있었다, 있었어요." 요시무라는 갑자기 고개를 들었다. "그런 스냅 장면이 분명 있었어요. 누구였는지는 기억이 나지 않지만요."

"그중에 누보 그룹 녀석들은 없었고?"

"잠시만요. 지금 그걸 생각하고 있던 참입니다." 요시무라는 다시 고개를 푹 숙였다.

"……여러 사람이 나왔는데요. 소설가며 감독이며 일본의 스타 하며……" 그는 혼잣말처럼 천천히 중얼거리다가 말했다. "누보 그룹이라는 말은 없었지만 아무래도 나왔던 것도 같아요. 젊은 예술가로 보이는 사람들이 여럿 나왔을 겁니다. 그때는 신경쓰지 않고 본 거라 기억이 가물가물하네요."

"그런가."

요시무라는 기억이 분명치 않다고 했다. 역시 당시의 필름을 보는 수밖에 없다. 하지만 필름은 처분되어 다시 보기는 불가능하다. 그러나 이마니시는 요시무라의 이야기에서 대강 파악이 되었다고 생각했다.

좋아, 그 화면에 누보 그룹이 나왔다고 가정해보자. 미키 겐이치는 그중 한 인물의 얼굴을 보고 갑자기 도쿄로 갈 마음을 먹었다. 문제는 그 얼굴이 누보 그룹의 누구냐는 것이다.

3

이마니시 에이타로의 수첩에는 다음과 같은 메모가 적혀 있다.

- 세키가와 시게오

  쇼와 9년(1934) 10월 28일생

  본적: 쇼와 32년(1957), 아키타 현 요코테 시에서 도쿄 도 메구로 구 가키노키자카 1028번지로 옮김

  현주소: 메구로 구 나카메구로 2103번지

  아버지 세키가와 데쓰타로, 어머니 시게코

  가족: 부친 쇼와 10년(1935) 사망, 모친 쇼와 12년(1937) 사망, 형제 없음, 독신

- ××××

  쇼와 8년(1933) 10월 2일생

184

본적: 오사카 시 나니와 구 에비스초 2-120

현주소: 오타 구 덴엔초후 6-867

• 모토우라 지요키치

본적: 이시카와 현 에누마 군 ××무라 ××번지

메이지 38년(1905) 10월 21일생

쇼와 32년(1957) 10월 28일 사망

아내 마사

메이지 43년(1910) 3월 3일생

쇼와 10년(1935) 6월 1일 사망

이시카와 현 에누마 군 야마나카초 ××번지

야마시타 주타로의 차녀, 쇼와 4년(1929) 4월 16일 혼인 신고

장남 히데오

쇼와 6년(1931) 9월 23일생

한 사람의 호적 사항이 한 장 정도 추가되어 있었다. 이마니시 에이타로는 어째서 이 인물을 수첩에 추가로 적어넣었을까.

이마니시는 평론가 세키가와 시게오와 그가 신문에 투고한 글이 아직도 신경쓰였다. 딱히 이렇다 할 정도의 문제는 아닐지도 모른다. 그러나 형사란 자고로 의심을 해야만 먹고살 수 있는 직업이 아니던가.

물론 이마니시 에이타로는 어려운 말은 모른다. 또한 최근 평론가의 글을 대할 때는 처음부터 열등감을 느낀다. 축적된 지식으로 무장한 근엄한 글이기 때문이다. 무슨 말을 하는 건지 이마니시로서는 알

수가 없다. 세키가와 시게오의 그 글은 이해하기 쉬웠으나 그것을 액면 그대로 받아들여도 좋은지 그로서는 자신이 없었다. 하물며 이런 평론가의 글은 글자의 행간에 숨어 있는 의미를 파악해야 한다. 그것을 예민하게 읽어내지 못하면 '일본어를 모르는 머리 나쁜 독자' 취급을 받을 것 같았다.

아무튼 머리가 나빠도 상관없다. 이마니시는 자신이 느낀 대로 생각한다. 게다가 누보 그룹 멤버 중에서 이마니시가 관심 있는 인물은 세키가와 시게오뿐만이 아니다. 그 외에도 여러 젊은 예술가들이 있다. 극작가며 음악가며 소설가며 시인이며 화가며, 그야말로 각양각색이다.

이마니시는 와가 에이료에 대해 문의해서 두 가지 답을 받았다. 그 중 하나는 오사카 시 신카와초 나니와 구청 호적과에서 받은 호적초본이었다.

오사카 시 나니와 구 에비스초 2-120

아버지 에이조
메이지 41년(1908) 6월 17일생
쇼와 20년(1945) 3월 14일 사망

어머니 기미코
메이지 45년(1912) 2월 7일생
쇼와 20년(1945) 3월 14일 사망

본인

쇼와 8년(1933) 10월 2일생

이마니시는 세 이름을 머릿속에 떠올렸다.

(A) 쇼와 9년(1934) 10월 28일생
(B) 쇼와 8년(1933) 10월 2일생
(C) 쇼와 6년(1931) 9월 23일생

본적지도 제각각이다. 한 명은 도쿄, 한 명은 오사카, 한 명은 이시카와 현이다. 이마니시는 연필 끝으로 세 명의 이름을 두드리며 오랫동안 생각에 잠겼다. 달력을 들여다보았다. 오는 일요일에 이어 월요일까지 공휴일이었다.

"나, 이번주 토요일 밤부터 호쿠리쿠 쪽으로 좀 다녀올게." 이마니시가 귀가해 아내 요시코에게 한 말이었다.

"또 가게요?" 바로 얼마 전 이세에 다녀온 직후라 아내는 의아하다는 표정이었다.

"놀러가는 게 아니야." 이마니시는 짜증스러운 목소리로 대답했다. "나도 당분간은 휴가를 얻을 수 없을 것 같아서 말이야. 이번 이틀 연휴가 절호의 기회라고."

"출장으로 가면 안 돼요?"

"말하기 좀 곤란해. 수확이 있을지 확신이 없어서 말이지. 이시카와 현까지 다녀올 건데, 여비는 좀 있을까?"

"그 정도 여유는 있긴 한데요."

"다행이네. 꼭 좀 빼줘."

"이시카와 현 어디로 가게요?"

"야마나카라는 온천 근처야."

"어머나, 좋은 데로 가네요. 돌아올 때 기념품 사오는 거 잊지 마요."

이마니시는 여태 아내와 함께 온천에 가본 적이 한 번도 없었다. 아내의 말에 이마니시는 마음 한구석이 아려왔다.

"응, 알겠어. 그나저나 어렵게 모은 돈인데 미안해."

"아니에요. 어쩔 수 없지요. 일 때문인데요."

이마니시는 이번에야말로 수확을 건져 돌아오고 싶었다. 생각해보면 얼마 전의 출장을 포함해 여기저기 다녔지만 번번이 허탕만 쳤다.

이튿날, 그는 요시무라에게 전화를 걸었다.

"나는 내일 토요일 밤부터 이시카와 현 야마나카에 갈 거야."

"야마나카요?" 요시무라가 수화기 너머에서 큰 소리를 냈다.

"야마나카, 야마시로, 아와즈 온천도 있는…… 그 야마나카에요? 이번에는 무슨 일로 가십니까?" 요시무라가 전화에 대고 물었다.

"이번에도 예전 그 일로 가는 거야." 이마니시는 조금 겸연쩍어하며 대답했다.

"흠, 여기저기 꽤 신경쓰이는 게 있나보군요?"

"뭐, 그런 셈이지."

"이마니시 선배, 제가 도와드릴 일이 있으면 말씀해주세요."

요시무라가 의기충천한 목소리로 말했다. 원래 이번 사건은 요시무라의 관할 구역에서 발생한 일이었다. 실제로 수사본부가 해산되고 나서도 그 관할 경찰서는 임의수사를 하게 되어 있었다. 임의수사인 만큼 전담 수사관을 두지는 않지만, 요시무라는 처음부터 이 사건에 가장 열의를 보인 형사였다.

"알겠어." 이마니시는 잠시 생각하고 말했다. "내일 밤 도쿄 역에서 출발할 거야. 시간은 저녁 아홉시 사십분이고."

"21시 40분이군요. 알겠습니다. 배웅할 겸 나가겠습니다."

토요일 밤, 이마니시는 슈트케이스를 들고 도쿄 역 플랫폼에 서 있었다. 배웅하는 사람들 가운데에서 요시무라가 다가왔다.

"오, 와주었군." 이마니시는 웃었다.

"고생이 많으십니다." 요시무라는 꾸벅 고개를 숙이고 나서 말했다. "이번에는 출장으로 가시는 게 아닌가요?"

"출장을 가겠다고는 도저히 입이 떨어지지 않아서 말이야. 다행히 연휴잖아. 오늘부터 연휴 동안 놀러가는 모양새가 됐어. 아내가 비상금을 털어줘서 크게 도움이 되었지. 기분은 조금 언짢은 모양이지만."

"이야, 선배네 사모님은 정말 대단한 분이세요."

"이봐, 그런 쓸데없는 이야기는 그만하고. 자네에게 부탁하고 싶은 게 있는데." 이마니시는 좌우를 살폈다. "귀를 좀 빌려줘."

이마니시가 요시무라의 옆으로 다가가 속삭였다. 요시무라는 눈을 휘둥그레 떴다.

"알겠습니다." 이야기가 끝나자 요시무라는 이마니시의 얼굴을 보고 크게 고개를 끄덕였다.

"돌아오실 때까지 꼭 마무리해두겠습니다."

"부탁해."

발차 시각 5분 전, 아내 요시코가 인파를 뚫고 다가왔다.

"여보, 이거 기차에서 먹어요." 그녀는 보자기로 싼 꾸러미를 내밀
었다.

"뭐야?"

"나중에 열어보면 알 거예요."

"미안해. 여러모로 돈이나 쓰게 하고."

이마니시는 저도 모르게 서먹하게 인사말을 했다.

열차가 플랫폼을 떠나 작아졌을 때, 요시무라는 옆에 서 있는 요시
코에게 말했다.

"사모님도 힘드시겠어요. 뭐, 이마니시 선배 같은 사람도 좀처럼
보기 드물긴 하지만요."

"일벌레다보니 어쩔 수 없네요." 요시코는 대답했다.

4

세키가하라 부근에서 날이 밝았다. 마이바라에서 호쿠리쿠 선으로
갈아탔다. 요고노우미 호수에 아침 햇살이 쏟아졌다. 시즈가타케 산
악지대에는 벌써 눈이 쌓여 있었다. 다이쇼지에 내린 것은 정오가 지
나기 전이었다.

이마니시 에이타로는 전차에 올랐다. 작은 전차는 남쪽 산속을 향

해 달렸다. 야마시로를 지나쳤다. 평야가 좁아지면서 산에 가로막혀 멈춘 곳이 종점인 야마나카 온천이었다. 전차에서 내린 사람 가운데 절반은 온천에 요양하러 온 사람들이었다. 이곳까지 오자 간사이 방언이 묘하게 귀에 걸렸다.

이마니시는 수첩을 꺼내고 역 앞에서 자신의 행선지까지 가는 방법을 물었다. 역 앞에서 곧바로 온천 마을이 시작되었다. 그러나 이마니시가 볼일이 있는 곳은 그곳에서 떨어진 산 쪽이었다. 이마니시는 택시를 불렀다.

자동차는 시골길을 달렸다. 길 옆에 강이 흐르고 있었다. 저멀리 집들이 모여 있는 곳이 야마나카 온천이었다.

"손님은 여기 처음 오시나요?"

중년의 운전사가 고개를 돌리지 않은 채 물었다. 그렇다고 대답하자 또 거푸 묻는다.

"온천에 오신 게 아니고요?"

"아, 온천에 온 건 맞지만 아는 사람이 있어서 잠시 들렀다 가려고." 이마니시는 담배를 피우며 대답했다.

산 위에 차가워 보이는 구름이 떠 있다.

"××무라로 손님을 모시는 일이 거의 없어서요."

"호오, 그렇게나 외진 곳인가?"

"아무것도 없는 곳이니까요. 게다가 거긴 마을이라고 해도 많아봤자 쉰 가구 정도밖에 없거든요. 여기저기 흩어져 있고요. 다들 어렵게 살다보니 거의 택시를 타지 않아요."

"그렇게 낙후된 마을인가."

"가난하지요. 야마나카, 야마시로 부근은 간사이 방면에서 오는 손님들 덕에 흥청망청하는데 8킬로미터도 채 떨어지지 않은 그 지역에서는 먹고살 걱정을 하는 사람이 많아요. 세상살이란 게 참 묘하죠. 아차……" 운전사는 입을 다물었다.

"손님은 ××무라에 친척이라도 계십니까?"

"아니, 친척은 아니고. 야마시타 씨 댁에 찾아가보려고."

"야마시타 씨요? 저 마을 사람 절반이 야마시타라는 성을 써요. 성 말고 이름은 뭔가요?"

"야마시타 주타로라고 하는데."

"한번 물어볼까요?"

운전사는 자기 입으로 거의 오지 않는 곳이라고 한 것처럼 그 마을에 대해 아는 것이 별로 없는 모양이었다. 길은 평지에서 산길로 접어들었다. 방치된 좁은 밭이 산속 곳곳에 보였다. 길이 나쁜 탓에 자동차는 배처럼 흔들렸다. 고갯길을 두 개 정도 넘었을 때였다.

"손님, 저기가 ××무라입니다. 지금은 야마나카초에 편입되었지만요. 보시는 대로 마을이라고 부르기도 뭐한 곳이지요."

운전사가 가리키는 곳에 작은 지붕이 여기저기 흩어져 있었다. 운전사는 제가 물어볼까요, 하고 말했지만 이마니시는 거절했다. 택시도 집 근처까지 가지 않고 조금 떨어진 곳에서 내렸다.

자동차가 멈춘 곳에는 농가가 대여섯 채 늘어서 있었다. 늘어서 있다고 해도 집과 집 사이에 밭이 있어 띄엄띄엄했다. 눈이 많이 내리는 지역이라 그런지 지붕의 차양이 큼지막했다.

스물두세 살쯤 먹은 여자가 어린아이를 업고 밖에 서 있었다. 이마니시가 가까이 다가갔다. 그 여자는 택시가 섰을 때부터 이마니시를 노려보고 있었다.

"말씀 좀 여쭙겠습니다." 이마니시가 가볍게 고개를 숙여도 상대방은 미소조차 짓지 않았다.

"야마시타 주타로 씨 댁은 어디입니까?"

여자는 화장기가 전혀 없었다. 노동 탓인지 피부가 거칠었고 주근깨가 있었다.

"야마시타 주타로 씨 댁은," 여자가 천천히 말했다. "저기 산 너머에 있어요." 턱으로 가리키는 곳에는 산등성이가 있었다.

"감사합니다."

"저기, 잠시만요."

이마니시가 가려는데 여자가 불렀다.

"야마시타 주타로라는 사람, 벌써 죽었어요."

이마니시도 어느 정도 예상한 일이었다. 살아 있더라도 상당한 고령일 터였다.

"이런, 언제쯤 돌아가셨습니까?" 이마니시는 발걸음을 멈췄다.

"어디 보자, 벌써 십이삼 년도 더 전이지요."

"그러면 지금은 누가 거기에 계십니까?"

"지금요? 지금은 그분 딸인 오타에 씨가 결혼해서 살고 있지요."

"그렇군요. 따님 성함이 오타에 씨인가보군요. 그럼 남편분 성함은 뭐죠?"

"쇼지 씨라고 해요. 지금 거기 가더라도 집에 있을지 모르겠네요. 밭에 나가 있을 수도 있어요."

"감사합니다."

이마니시 에이타로는 택시로 돌아왔다. 저 산등성이 건너편에 가달라고 말하자 운전사는 썩 내키지 않는다는 표정을 지었다.

"손님, 길이 무척 험할 겁니다."

실제로 차가 겨우 지나가는 좁은 길인데다 여태껏 지나온 도로 이상으로 울퉁불퉁했다. 그러나 이마니시로서는 무슨 일이 있어도 가야만 했다.

"미안하구먼. 조금만 더 고생해주게. 수고비도 얹어줄 테니까."

"그런 건 안 주셔도 되는데요."

운전사는 마지못해 승낙했다. 차는 거의 논두렁이나 다름없는 좁은 길을 달렸다. 비탈길이라 밭도 계단식으로 되어 있었다. 차는 힘겹게 달렸다. 산등성이를 넘자 또다시 풍경이 바뀌었다. 바다에 비유하자면 만(灣)처럼, 산이 마을을 안고 있는 지형이었다. 그곳에도 마을이 네다섯 채씩 산기슭에 흩어져 있었다.

이마니시는 차에서 내려 논두렁 같은 좁은 길을 걸었다. 밭을 갈고 있는 노파가 보였다. 이마니시는 그 앞에서 걸음을 멈췄다.

"저기, 말씀 좀 여쭙겠습니다." 정중하게 말을 걸었다. "야마시타 주타로 씨 댁은 어디입니까?"

노파는 괭이를 든 채 허리를 폈다.

"주타로는 이미 예전에 죽었는데요." 노파는 결막염이라도 앓고 있는지 눈가가 짓물러 있었다.

"그분 데릴사위인 쇼지라는 분이 살고 계시다고 들었는데요."

이마니시는 아까 들은 대로 물어보았다.

"쇼지 집은 저 집이우."

노파는 허리를 죽 펴고 흙투성이 손가락을 들었다. 대여섯 채 있는 농가 중 가장 안쪽에 있는 집이었다. 구릉을 따라 집이 늘어서 있어서 초가지붕 꼭대기만 보였다. 이마니시가 감사를 표하고 발걸음을 떼려 하자 노파가 말했다.

"이봐요, 쇼지를 찾아가도 지금은 없어요."

"흠, 외출하셨나요?"

"쇼지는 돈 벌러 멀리 나가 있다우."

"돈 벌러 멀리요? 어디로 갔습니까?"

"잘은 모르지만 오사카 쪽으로 갔다는 것 같은데요. 이곳은 앞으로 봄이 될 때까지 남자 일손이 필요 없으니까요. 대부분 타지로 일하러 간다우."

"그럼 지금은 누가 살고 있죠?"

"쇼지 마누라가 살고 있다우. 마누라라고 해도 쇼지는 데릴사위로 들어왔으니 원래 그 집에서 태어난 딸이에요. 오타에라고 하지요."

"오타에 씨라고요. 감사합니다."

이마니시는 발걸음을 옮겼다. 농가는 어느 집이든 가난해 보였다. 집은 작고 낡았으며 더러웠다. 이마니시가 앞을 지나가자 낯선 남자가 걸어가는 모습을 문간에 서서 쳐다보는 노인도 있었다.

맨 위에 있는 집까지 가는 길목에 계단처럼 돌이 놓여 있었다. 이마니시는 말라붙은 밭 사이를 산을 타듯이 걸어올라갔다.

집 앞에 도착하자 낡은 기둥에 '야마시타 쇼지'라고 쓴 명패가 걸려 있었다. 문은 닫혀 있었다. 옆으로 돌아가보았지만 그곳도 덧문까지 닫혀 있었다. 이 집 전체가 빈집이라는 느낌을 주었다. 이마니시는 다시 앞으로 돌아와 문을 두드렸으나 대답이 없었다. 그런데 문에 손을 대자 잠겨 있지 않은지 저절로 덜그럭거리며 열렸다.

"실례합니다, 계세요?"

이마니시는 어두운 안쪽을 향해 말했다. 안에서 작은 사람 그림자가 언뜻 보였다. 그 사람은 말도 없이 이마니시 쪽으로 천천히 걸어왔다.

밝은 데서 보니 머리가 크고 마른 남자아이였다. 열한두 살쯤 되었을까. 꾀죄죄한 행색이다.

"아무도 안 계시니?"

이마니시는 남자아이에게 물었다. 아이가 아무 말 없이 눈을 치뜨는데 한쪽 눈이 하얗다. 다른 쪽 눈도 눈동자가 작다. 이마니시는 순간 움찔했다.

"어른은 안 계시니?"

이마니시가 조금 큰 목소리로 묻자 안쪽에서 인기척이 들렸다. 아이는 입을 다문 채 이마니시를 올려다보고 있다. 오싹한 한쪽 눈이 그에게 혐오감 같은 것을 불러일으켰다. 어린아이인데도 당장 가엾다는 생각이 들지 않았다. 아이의 창백한 혈색을 보자 병에 걸린 듯한 느낌이 강하게 들었다.

안쪽 어두운 곳에서 사람이 나타났다. 이마니시는 시선을 옮겼다. 쉰대여섯 살 정도로 보이는 여자였다. 머리숱이 적고 이마가 조금 벗어졌다. 얼굴도 부은 듯 창백했다.

"야마시타 쇼지 씨 댁이지요?" 이마니시는 여자에게 머리를 숙였다.

"예, 그런데요."

여자는 탁한 눈으로 이마니시를 보았다. 애꾸 아이의 엄마인 듯했다. 이마니시는 이 여자가 쇼지의 부인인 오타에라고 직감했다. 고개를 끄덕이는 표정이 영 어정쩡하다.

"저는 모토우라 지요키치 씨와 친분이 있는데요."

이마니시는 이렇게 말하며 여자의 얼굴을 살폈다. 그러나 졸려 보이는 눈동자는 조금도 움직이지 않았다.

"오카야마 현에서 지요키치 씨와 좀 알게 되었어요. 이곳이 지요키치 씨 부인의 고향이라고 들어서 근처에 오게 된 김에 들러봤습니다."

"그러세요." 오타에는 고개를 조금 끄덕였다. "아무튼 여기에 좀 앉으시지요."

오타에라는 여자가 처음으로 한 인사다운 말이었다. 남자아이는 아직 하얀 한쪽 눈을 뜨고 보고 있다.

"얘, 저쪽으로 가 있어."

오타에는 남자아이에게 손짓했다. 아이는 묵묵히 어슬렁어슬렁 걸어 뒤쪽으로 사라졌다.

"여기 앉으세요."

아이가 사라진 뒤쪽을 보고 있던 이마니시에게 오타에가 권했다. 어두운 마루 끝에 얇은 방석이 깔려 있다.

"감사합니다." 이마니시 에이타로는 앉았다.

"신경쓰지 않으셔도 됩니다." 그는 차를 내올 준비를 하는 그녀에게 말했다.

오타에는 이마니시에게 쟁반 위에 놓인 찻잔을 내밀었다. 조금 지저분했지만 이마니시는 거리낌없이 한 모금을 마셨다.

"남편분인 쇼지 씨는 현재 댁에 안 계시다고 들었습니다."

"예, 오사카에 나가 있어요." 오타에는 이마니시와 마주보고 앉았다.

"저는 묘한 인연으로 제부이신 지요키치 씨와 알게 되었는데, 정말 좋은 분이셨지요."

"폐를 끼쳐드린 것은 아닌지 모르겠네요."

오타에는 머리를 조아렸다. 그녀는 아무래도 이마니시를 오카야마 지코엔 요양원의 직원이나 의사 정도로 생각하는 모양이었다. 말하자면 요양원에서 지요키치와 알게 되었다고 생각하는 것이다.

"지요키치 씨로부터 야마나카 온천에 관한 이야기를 여러 번 들어서요. 저도 한번 와보고 싶다고 생각하던 차에 마침 오게 되어서 들러보았습니다."

"예, 그러시군요."

"좀 여쭈어보겠는데요. 동생분인 마사 씨는 쇼와 10년(1935)에 돌아가셨다고 들었습니다만, 자제분은 어떻게 되었습니까? 지요키치 씨와 동생분 사이에서 태어난 남자아이 말입니다."

"히데오 말씀이신가요?" 오타에가 되물었다.

"예, 맞습니다. 히데오라고 들었습니다. 지요키치 씨가 자주 말씀하셨지요. 한데 히데오 군은 지요키치 씨가 지코엔에 들어오기 전 생이별했다고 하던데요."

"예, 맞아요…… 지요키치가 뭐라던가요?"

"아뇨, 그저 히데오는 그후 어떻게 지내고 있는지 궁금하다는 말 정도였습니다."

"그랬군요. 동생은 히데오를 낳고 4년 있다 죽었어요. 죽을 때까지 아이가 크는 것을 보지 못했지요."

"그건 무슨 뜻이죠? 동생분은 지요키치 씨와 헤어져 이곳 친정에 와 계셨던 게 아닌가요?"

"잘 알고 계시는 것 같으니 숨김없이 말씀드리자면, 동생은 지요키치가 그런 병에 걸린 후 바로 헤어졌어요. 뭐, 동생도 잘한 것은 없지만 병이 병이니만큼 어쩔 수가 없었을 거예요. 그런데 지요키치는 자식을 끔찍이 아낀지라 히데오를 데리고 여행을 떠났다고 해요."

"그건 언제쯤 일인가요?"

"분명히 쇼와 9년(1934)쯤이었을 거예요."

"지요키치 씨가 여행을 떠났다면 어딘가 목적지가 있었나요?"

"예, 목적지라 하기는 뭣하지만, 그런 병에 효험이 있다는 절들을 돌아다니기 시작했대요."

"그렇다면 전국을 돌아다녔겠군요. 순례를 다닌 셈이네요."

"그런 것 같아요."

"그때 자제분을 데리고 다니셨을 텐데, 지금 그 아이는 어디에 있는지 모르세요?"

"지요키치가 어디를 돌아다녔는지는 모르겠어요. 심지어 생모인 동생조차 연락이 되지 않았으니까요." 오타에는 고개를 조금 숙인 채 대답했다. "동생은 지요키치와 헤어지고 오사카에 있는 요릿집에서 일했어요. 그러나 그것도 일 년뿐이었고 동생도 곧 병에 걸려 그곳에서 죽었지요."

만났을 때는 표정이 없는 여자라고 생각했지만 이야기하다보니 오타에는 외모와는 달리 강인한 여자였다.

"그럼 동생분도 지요키치 씨와 히데오 군의 소식은 전혀 알지 못한 채 돌아가셨겠네요?"

"예, 동생한테서 가끔 편지가 왔는데, 남편이 아들을 데리고 어디로 갔는지 전혀 알 수가 없다고 쓰여 있었어요."

"그럼 요새는 어때요? 조카 히데오 군 말입니다. 분명 올해 서른이지요?"

"그런가요." 오타에는 그제야 손가락을 꼽으며 세어보았다. "벌써 그런 나이가 되었나요."

"연락이 전혀 없나보군요?"

"없어요. 그 아이는 죽었는지 살았는지조차 모르겠어요."

"제가 지요키치 씨에게서 들은 바로는, 지요키치 씨가 오카야마 현 지코엔에 오신 게 쇼와 13년(1938)인데 그때 시마네 현에 있는 시골에서 생이별했다고 하더군요."

"그렇군요. 저희는 전혀 몰랐어요."

"그후 히데오 군이 어떻게 되었는지 몰라서 지요키치 씨가 걱정하셨는데요, 그럼 히데오 군이 그후에 어떻게 되었는지 전혀 모르시나요?"

"예, 지요키치가 시마네 현에서 아이와 헤어졌다는 것도 지금 이야기를 듣고 처음 알았어요."

"다른 지역 관청에서 히데오 군의 거주 신고나 호적초본, 등본 요청이 들어온 적은 없었나요?"

"없었어요. 이곳 구청 직원은 저도 잘 알아서 가끔 이야기는 나옵니다. 히데오는 그후 어떻게 되었을까, 혹시 다른 지역에서 죽었다 해

도 신원만 확실하면 분명 구청으로 서류가 왔을 텐데, 하고 이야기하
곤 했어요."

"그렇군요."

오타에는 한숨을 쉬었다.

"여하튼 동생도 운이 없었어요. 남편인 지요키치가 그런 불행한 병
에 걸린 줄 모르고 결혼했는데 갑자기 증상이 나타나 동생도 깜짝 놀
랐지요. 지요키치가 아이를 너무 아껴 줄곧 데리고 다녀서 혹시 병이
아이에게 옮진 않았을까 걱정도 했고요. 동생은 결국 고생만 하다 죽
고 말았네요."

"그럼 마지막으로 하나만 더 여쭙겠습니다." 그는 말했다. "가끔 낯
선 젊은 남자가 이곳을 불쑥 찾아오거나 하는 일은 없었나요?"

이마니시는 그 남자를 히데오라고 가정하고 말했다. 히데오가 어머
니의 고향을 안다면 그리움에 훌쩍 찾아오지는 않았을까 물어보는 것
이다.

"아뇨, 그런 사람은 한 번도 본 적이 없어요."

이마니시 에이타로는 오타에의 집을 나왔다. 오타에는 문 앞까지
그를 배웅했다. 그녀는 이마니시가 택시가 있는 곳까지 내려가는 것
을 컴컴한 입구를 등지고 서서 바라보고 있었다. 이마니시는 내려가
는 길에 두 번이나 돌아보며 손을 흔들었다. 그 집도 그렇지만 마을
전체가 음울했다.

택시에 올라타 막 달리려는데, 길가에 서 있는 남자아이가 보였다.
남자아이도 창문으로 내다보는 이마니시를 올려다보았다. 야마시타
의 집에 갔을 때 먼저 나왔던 애꾸 소년이었다. 묘하게 어두운 기분에

사로잡혀 이마니시는 마음 한구석이 찜찜했다. 비슷한 또래인 탓에 아들 다로가 겹쳐 떠오르는 것이었다.

그러나 이곳에 온 목적은 달성했다. 이마니시가 알고 싶었던 것은 야마시타 히데오라는 지요키치의 아이가 어떻게 되었는지다. 오타에의 이야기로 다음과 같은 사실만은 분명해졌다.

① 히데오는 지요키치가 데리고 여행을 떠난 후 소식을 모른다.

② 히데오는 생사가 분명치 않다. 그러나 본적지 구청에 사망 신고가 들어온 적은 없다.

③ 히데오로 추정되는 인물이 이 근처를 들른 적은 없다.

④ 현재 히데오에 대해 아는 사람은 이 마을에는 없다.

이마니시 에이타로는 끝으로 매우 중요한 일을 했다. 오타에에게 어떤 사람의 사진을 보여준 것이었다. 신문에서 오려낸 사진이었다.

"글쎄요." 오타에는 사진을 조금 바라보다 고개를 갸웃했다. "그게, 그 아이가 네 살 때 헤어졌으니까 이 사람이랑 닮았는지는 뭐라 말할 수가 없네요."

"그래도 동생분이나 지요키치 씨와 닮은 부분은 없습니까?"

"흠, 아비와는 닮지 않은 것 같네요. 그렇게 말씀하시니 동생과 눈매가 좀 닮은 것 같기도 하지만 잘 모르겠어요."

그러나 그 정도 대답만으로도 만족했다. 여기서 이 사진을 확인할 수 있으리라고는 처음부터 기대하지 않았다.

이마니시 에이타로는 야마나카 온천 마을에 도착해 택시에서 내렸다. 마침 시장하던 터라 눈에 띈 음식점에 들어갔다.

"메밀국수 주세요."

그가 메밀국수 국물을 마시고 있으려니 가게에 있던 라디오에서 경제 시황을 보도하고 있었다.

"……주식 시황을 말씀드리겠습니다. 우선 개황을 말씀드리면, 오전 장에서 도쿄시장은 그중 재료 포함 주식 매입세가 이어졌고, 점차 차익매물이 늘어 전체적으로 상승 하락이 다양했습니다. 다음으로 일반종목에서는 화학약품, 차량기기, 금속공업, 후발주자로는 석탄, 종이가 두드러진 한편, 수익률이 높은 전력 주에도 매입세가 나타났습니다. 자동차, 전기 등 우량주에는 차액 벌이가 늘어 값싼 항목들이 눈에 띄었습니다…… 니혼 석유 132엔, 1엔 하락. 쇼와 석유 125엔, 2엔 하락. 마루젠 석유 116엔, 3엔 상승. 미쓰비시 석유 192엔, 4엔 하락. 도아 연료 283엔, 변동 없음. 다이쿄 석유 127엔, 1엔 상승…… 요코하마 고무 134엔, 1엔 하락. 아사히 유리 276엔, 4엔 상승. 이타 유리 446엔, 6엔 상승. 니혼 시멘트 146엔, 변동 없음. 다이이치 시멘트 거래 없음……"

국수를 먹으며 듣던 이마니시는 눈앞에 산 모양의 선이 기어가는 그래프를 떠올렸다.

"……나고야 설탕 188엔, 변동 없음. 오사카 설탕, 거래 없음. 시바우라 설탕, 거래 없음. 도요 설탕, 거래 없음. 덴사이 설탕 205엔, 변동 없음. 요코하마 설탕 340엔, 변동 없음. 유키지루시 148엔, 변동 없음. 기린 맥주 550엔, 변동 없음. 다카라 주조 163엔, 변동 없음……"

변동 없음, 변동 없음이라……

그 말은 이마니시의 지금 상황을 가리키는 듯한 기분이 들었다. 여러모로 움직이고 있지만 대체 얼마나 전진한 것인지. 전체로 보면 이전 상태에서 거의 달라진 것은 없다.

먼 북쪽 지방까지 사비를 털어 왔지만, 이곳에서도 결정적인 실마리를 찾지 못했다. 이마니시의 눈앞에 주가 그래프가 하나의 곡선이 되어 기어가고 있었다. 작은 산, 큰 계곡을 그리며 굴절하는 커브……

머릿속에 문득 배우 미야타 구니오가 죽은 현장 근처에서 주운 한 장의 종잇조각이 떠올랐다. 거기에도 숫자들이 나열되어 있었다.

이마니시는 국수를 다 먹고 수첩을 꺼내 베껴 적은 숫자를 다시 읽어보았다.

쇼와 28년(1953) 25,404
29년(1954) 35,522
30년(1955) 30,834
31년(1956) 24,362
32년(1957) 27,435
33년(1958) 28,431
34년(1959) 28,438

라디오에서 들은 주식 시황 숫자가 이 실업보험금 지급 총액을 연상시킨 것이다.

이 숫자는 과연 미야타 구니오의 죽음과 관계있는 것일까.

우연히 그곳에 떨어져 있었던 것일까, 아니면 미야타 구니오의 죽음과 어떤 식으로든 관련이 있는 것일까. 미야타 구니오가 이런 숫자에 관심이 있었다고는 생각되지 않는다. 그럼 누군가 그곳에 버리거나 떨어뜨렸다는 말인데, 그 누군가는 미야타 구니오와 관계있는 인물일까.

이마니시 에이타로는 수첩을 덮었다. 야간열차를 탈 예정이었다. 이곳에 온 목적은 일단 달성했지만, 온천에 들어가 느긋하게 하룻밤 묵을 기분은 나지 않았다.

그는 음식점을 나왔다. 거리를 걷다보니 온천 기념품 가게가 늘어서 있었다. 그는 그중 한 곳에 들어갔다. 어느 가게나 마찬가지로 온천 기념품이라고 하면 수건이나 양갱, 만주 같은 것이 대부분이다. 다로에게 줄 양갱을 사고 무심히 진열대를 보다 칠기로 된 허리띠 장식이 눈에 띄었다. 이마니시가 그것을 보고 있자니 여자 점원이 다가와 물었다.

"어서 오세요. 쓰실 분 나이가 어떻게 되세요?"

이마니시는 쑥스러운 표정을 지었다.

"서른일곱인데요." 아내의 나이였다.

"그럼 이게 좋을 것 같네요."

여자 점원은 칠기 허리띠 장식을 대여섯 개 늘어놓았다. 이마니시는 그중에서 하나를 골라 포장했다. 야마나카 온천에 와서 아내를 위해 산 단 하나의 선물이었다.

14장
무성無聲

1

이마니시 에이타로는 호쿠리쿠에서 돌아온 다음날 경시청에 출근
했다. 경시청에서 요시무라에게 전화를 걸었다.

"잘 다녀오셨어요." 일찍 돌아온 것에 요시무라도 놀랐다. "무척 빨
리 다녀오셨네요?"

"왕복 모두 야간열차를 탔거든."

"피곤하시죠?"

"하루 쉬었으니 그렇게 피곤하지는 않아. 자네, 오늘밤에 이야기를
좀 하고 싶은데 집으로 와줄 수 있을까."

"괜찮으세요? 피곤하실 텐데요."

"아냐, 괜찮아. 맞다, 전골이라도 먹자고."

"그럼 찾아뵙겠습니다."

다행히 급한 사건은 없었다. 이마니시는 여섯시 반쯤 귀가했다.

"여보, 오늘밤 요시무라가 올 거야." 그는 아내에게 말했다. "바로 준비 좀 해주지 않겠어? 전골을 먹자고 했거든."

"그래요? 요시무라 씨도 오랜만이네요."

"오래간만이지."

"그래도 여보, 피곤하지 않아요?"

"요시무라도 같은 말을 하던데, 뭐, 하루 쉬었으니 괜찮아. 슬슬 올 때가 되었으니 좀 서둘러야겠는데."

"예, 예." 요시코는 주방으로 가려다 말고 뒤돌아보며 말했다. "여보, 그 허리띠 장식, 옆집 아주머니에게 보여주었어요."

이마니시가 야마나카 온천에서 사온 칠기 기념품 얘기다.

"칭찬 들었어요. 참 예쁘다고요. 제게 좀 화려하지 않을지 걱정했는데 잘 어울리는 모양이에요."

작은 기념품이었는데 이렇게 기뻐할 줄은 몰랐다. 아내는 모처럼 그곳까지 갔으니 하룻밤 푹 쉬고 오지 그랬느냐고 했다. 그러나 이마니시는 그럴 기분이 나지 않았다. 사비로 가도 역시 출장 간 것 같은 느낌이 들었다.

한 시간 정도 지나 안녕하세요, 라고 인사하며 요시무라가 들어 왔다.

"어머, 어서 오세요."

현관에서 요시코와 요시무라가 인사를 나누는 소리가 들렸다.

"왔습니다."

아내 뒤를 따라 요시무라가 싱글벙글 웃는 얼굴을 내밀었다.

"어이, 피곤할 텐데 와줘서 고마워."

"이마니시 선배야말로 피곤하실 텐데요. 왕복 모두 야간열차를 타는 게 쉬운 일이 아니죠."

"하긴 아직도 등이 아파. 젊었을 때는 아무렇지도 않았는데 역시 나이를 먹었나봐."

"아니에요, 젊은 사람들도 힘들어요. 이마니시 선배의 체력에는 항상 놀랍니다."

"너무 치켜세우지 말라고."

요시코가 소고기 전골냄비를 가져왔다.

"별로 차린 건 없네요." 쟁반에 날라온 술병과 술잔을 내려놓았다.

"귀찮게 해드려서 죄송합니다."

요시코가 두 개의 술잔에 술을 따랐다.

"아무튼 건배하지. 둘 다 몸은 튼튼하니 말이야."

요시무라도 눈높이까지 잔을 들었다.

이마니시 에이타로는 젓가락으로 냄비를 저으면서, 이따금 물을 붓거나 설탕을 넣으며 간을 맞추었다.

"그쪽은 어떻던가요?" 술잔이 두세 순배 오간 후 요시무라가 본론을 꺼냈다.

"일단 그쪽 사람을 만나긴 만났는데."

이마니시는 야마나카 온천 인근 마을에서 있었던 일들을 전부 들려주었다. 요시무라는 중간중간 오호, 역시 하고 맞장구를 쳐가며 열심히 들었다.

"대강 이런 상황이야. 대단한 수확은 없었지만 애초에 생각했던 것은 물어보고 왔지." 이마니시는 이야기를 끝냈다.

"그렇지만 그것만으로도 상당한 증거인데요." 요시무라는 이마니시의 이야기를 다시 한번 머릿속에서 정리하고 있는 듯했다.

"자네, 많이 좀 들어. 고기가 너무 익어버리잖아."

"예, 잘 먹겠습니다."

"이 근처 가게에서 사온 거라 좋은 고기는 아니지만…… 그런데 요시무라, 자넨 어땠지?"

"이마니시 선배가 가신 후 곧장 찾아보았습니다. 아직 하루밖에 지나지 않아 충분히 알아내지는 못했지만요. 그곳에서 꽤 재미있는 소문을 들었어요."

"호오, 그게 뭔가?" 이번에는 이마니시가 눈을 빛냈다.

"이웃과 왕래가 별로 없어서 잘은 모르겠지만, 평판이 나쁘지는 않은 모양입니다."

"그렇군."

"그 근처는 의외로 큰 집이 많았어요. 그래서 원래 이웃끼리 친하게 지내는 경우는 별로 없다는데, 특히 그 사람은 예술가다보니 이웃 사람들도 가까이하기 어려워하는 듯했어요."

"그런 곳이었군. 그래서 재미있는 소문은 뭔데?"

"실은 말이죠." 요시무라가 술잔을 비웠다. "그 부근은 원래 물건을 강매하는 잡상인이 많다고 해요. 그 잡상인 이야기인데요……"

"음."

"잡상인이 그 집에 들어갔다고 합니다. 족히 30분은 버티고 있었다는데, 그 집을 나왔을 땐 얼굴이 새파래져 있었다고 하더군요."

"잡상인이 새파란 얼굴을 했다니. 어째서? 혼쭐이라도 났나."

"아니요, 그런 건 아니고요. 집으로 들어가 현관에서 물건들을 늘어놓고 물건 자랑을 하기 시작했답니다. 응대한 사람은 집주인이었는데요, 그러다가 잡상인이 무슨 생각을 한 건지, 자기가 먼저 잽싸게 물건들을 챙겨 아무 말 없이 집에서 나왔대요. 이 이야기는 가정부가 이웃에 말해서 퍼진 모양입니다."

"그렇군."

"물건 자랑을 늘어놓던 녀석이 갑자기 입을 다물고 물러났다고 하니, 신기하다고들 떠든 것이죠."

"아무래도 사줄 것 같지 않아서 그랬나보지."

"아뇨, 그건 아닌 것 같아요. 녀석들은 백 엔짜리 물건이라도 사주지 않으면 쉽사리 물러서지 않으니까요."

"그럼 왜 그런 거지."

요시무라는 잡상인 이야기를 계속했다.

"어찌된 영문인지 잘은 모르겠지만요. 아무튼 잡상인이 조용히 물러난 것은 사실입니다. 그런데 그게 전부가 아니었어요. 그후 이삼일 있다 또다른 잡상인이 그 집에 들어갔답니다. 그런데 신기하게 그 잡상인도 똑같이 물건 자랑을 하다 말고 허겁지겁 물건들을 챙겨 도로 나왔다더군요."

"뭐야, 어떻게 된 거지?"

"그 이유를 모르겠어요. 이건 좀 흥미로운 이야기 같아서 이마니시 선배를 만나면 들려드려야겠다고 생각했지요."

이마니시는 말없이 냄비에 물을 부었다. 요시코가 새 술병을 들고 왔다.

"정말 맛있게 잘 먹고 있습니다." 요시무라가 머리를 숙였다.

"아니에요, 차린 것도 없는걸요."

요시코가 나가자 술잔을 비운 이마니시가 얼굴을 들었다.

"자네, 그 잡상인 이야기는 분명 흥미로운데. 언제 이야기지?"

"열흘 정도 전이었다고 합니다."

"두 잡상인이 연이어 그런 행동을 보였다는 얘기지?"

"그렇습니다."

"자네, 그 잡상인을 어떻게든 좀 찾아봐줄 수 없겠어?"

"잡상인 말입니까?" 요시무라는 입에 물었던 고기를 젓가락으로 잘랐다. "그야 못 알아볼 것도 없죠."

"어떻게든 그 두 사람을 찾고 싶어. 꼭 만나서 이야기를 듣고 싶군."

"뭔가 참고가 될 만한 게 있습니까?"

"그 이야기를 물어볼 작정이야. 자세히 말이야."

"이마니시 선배가 정 그러시다면 제가 손을 써보겠습니다. 그 녀석들은 개인으로 움직이는 게 아니라 조직이 있으니까요. 그 부근에 가면 어떻게든 알 수 있을 겁니다."

"부탁해. 서둘러주면 좋겠어."

"그럼 내일 당장 알아보겠습니다. 그 방면 일을 담당하는 사람을 알고 있으니까요."

이마니시는 잠시 술잔을 내려놓고 담배를 피우기 시작했다. 혼자 무언가 생각하는 눈치였다.

"아, 그리고 또하나 부탁하신 게 있었죠. 그 필름 말인데요."

212

"아아, 그거?"

"지금 한창 찾고 있대요. 전국으로 배포한 필름은 거의 회수되었지만, 아직 어딘가 남아 있을지도 모른답니다. 앞으로 이삼일 지나면 분명히 대답해줄 수 있을 거라더군요."

"그렇군. 고마워."

"그나저나, 꽤 오래 걸리긴 했지만 아무튼 이 사건도 조금씩 실마리가 잡혀가는 느낌이네요."

"그렇게 생각해?"

"예, 그야 아직 전말이 소상히 밝혀진 건 아니지만 감이 와요. 뭔가 해결되기 직전의 기분이에요."

수사본부를 두고 많은 형사가 사방팔방 움직이는 수사는 아니다. 본부가 해산되면 사건 수사는 거의 중단된 것이나 마찬가지다. 형사들도 줄 잇는 다른 사건들에 쫓긴다. 그 와중에 틈틈이 조금씩 진행하는 임의수사는 고독하고 힘든 일이었다.

2

그로부터 이틀이 흘렀다. 저녁 무렵, 이마니시가 즐겨 찾는 시부야의 단골 어묵집에서 기다리고 있자니 요시무라가 한 남자를 데리고 들어왔다.

"오래 기다리셨죠."

요시무라 옆에 있는 남자는 서른이 조금 넘어 보이고 광대뼈가 나온 눈썹이 옅은 남자였다. 가죽점퍼를 입고 있었고 머리 모양만 봐도 한눈에 백수라는 것을 알 수 있었다.

"이 사람이에요. 다나카라고 합니다."

"안녕하세요."

다나카라고 불린 눈썹이 옅은 남자는 요시무라 옆에서 이마니시에게 정중하게 고개 숙여 인사했다. 그 태도도 보통 사람과는 달라서 처음부터 묘하게 예의가 바르고 허물없이 구는 부분이 있었다.

"고생했어. 아무튼 여기 앉아."

이마니시는 그 남자를 옆에 앉혔고, 남자를 사이에 두고 요시무라도 앉았다.

"아주머니, 술 한 병 주세요." 이마니시가 주문했다.

"다나카는 말이죠." 요시무라가 얼굴을 이마니시에게 돌린 채 설명했다. "아사쿠사 방면의 사쿠라다 조직 사람입니다. 구로카와라고 한 명이 더 있었는데, 지금 다른 쪽에 가 있나봅니다. 그래서 다나카만 데려왔습니다. 실은 관할 서에 아는 사람이 있어서 소개받았어요."

그저께 밤, 요시무라가 이마니시 집에 와 소고기 전골을 먹으며 잡상인 이야기를 했다. 그때 말한 남자를 벌써 찾아내 오늘 데려온 것이었다.

"자, 우선 한 잔씩 듭시다."

세 잔에 술이 채워졌고, 이마니시는 잔을 들었다.

"이야, 감사합니다. 잘 먹겠습니다."

사쿠라다 조직 사람이라는 다나카는 잔을 들고 머리를 숙였다.

"아냐, 바쁜데 번거롭게 한 건 아닌지 모르겠네." 이마니시는 미소지었다.

"그럴 리가요. 형사님들께 항상 신세를 지고 있으니 저라도 도움이 될 만한 일이 있다면 무엇이든 하겠습니다." 다나카는 머리를 숙이고 말했다.

"이야기는 대강 요시무라에게서 들었는데, 자네, 강매하러 가서 묘한 경험을 했다고."

"예예," 다나카는 손으로 머리를 긁적였다. "깜짝 놀랐어요. 그런 일까지 형사님들 귀에 들어갔으리라곤 생각 못했거든요."

"흥미로운 이야기던데. 자네에게 한번 자세히 듣고 싶어서…… 그 일 말이야, 자네가 그 집에 들어가 물건들을 늘어놓았을 때 이상한 일이 있었다고 했지?"

"그렇습니다. 그런데 형사님, 그 일의 발단은 제가 아니고요. 쓰네 녀석이 먼저입니다."

"쓰네?"

"다른 한 명인 구로카와 말입니다." 요시무라가 설명을 덧붙였다.

"아아, 그런가. 그래서 쓰네가 어쨌다는 건가?"

"쓰네가 돌아와서 이상한 이야기를 하는 겁니다." 다나카는 잔에 담긴 술을 바라보며 이마니시의 물음에 대답했다. "그게, 그날은 덴엔 초후 안쪽을 돌아다녔대요. 그러다가 한 집에 들어가 물건을 꺼내 선전을 늘어놓았답니다. 주인으로 보이는 젊은 남자가 나와서 얘기를 말없이 듣더래요. 그런데 잠시 후에 머리가 멍해지고 기분이 나빠졌다더라고요. 조금 낌새가 이상해 잽싸게 그 집에서 나왔다는 겁니다. 그런 이야기를 하기에……"

"그래서 자네가 쓰네 대신 간 거지?" 요시무라가 옆에서 물었다.

"예, 그랬습니다. 쓰네 녀석이 약해빠진 소리를 한다 싶어서, 그런 집이라면 내가 한번 가보겠다고 직접 나섰죠. 친구가 그런 볼썽사나운 꼴을 당했다고 하니까 복수까지는 아니어도 왠지 오기가 생기더라고요."

"자네는 언제 그 집에 갔지?"

"이틀 지난 다음에요. 그때는 점찍은 집에 양말을 들고 갔습니다."

"쓰네가 갔던 집이 틀림없나?"

"틀림없어요. 쓰네 녀석한테서 어딘지 자세히 듣고 갔으니까요."

"그래서 어떻게 됐지?"

"처음에는 가정부로 보이는 아주머니가 나왔어요. 제가 물건을 늘어놓자 안으로 들어가 주인을 데려왔죠. 스물일고여덟 살 정도 되어 보이는 젊은 남자였어요. 묘하게 화려한 셔츠와 바지를 입었더군요. 이 남자가 쓰네가 꼬리를 말고 도망친 상대라고 생각하니, 저는 선전에 한층 더 힘을 썼지요. 여러 가지 말들을 늘어놨어요. 대부분은 이쯤 되면 안색이 변하는데, 그 남자는 아무렇지도 않게 제 얘기를 듣고 있더라고요, 그런데……"

다나카는 고개를 저었다.

"아무래도 안 되겠다 싶었어요. 점점 머릿속이 멍해지는 겁니다. 스스로도 이상하게 느꼈을 정도였어요. 그러다 갑자기 몸속이 찡 하고 울리는 것처럼 상태가 나빠졌죠. 엘리베이터 타고 내려갈 때 찡 하고 울리는 그런 느낌이었어요. 기분이 너무 안 좋아지더라고요."

"기분이 안 좋아졌다는 건 예를 들어 어떤 거지?"

"왠지 가슴속이 답답해지면서 토할 것 같은 느낌요. 저도 제 낯빛이 나빠지는 걸 알겠더라고요. 안 되겠다고 생각해서 재빨리 보자기에 물건들을 집어넣고 나왔는데, 더이상은 쓰네를 비웃을 수가 없었죠."

"그때 집안에 이상한 점은 없었나?"

"그게, 아무것도 없었어요. 적막할 정도로 조용했지요."

"아무 소리도 안 들렸고?"

"안 들렸어요. 원래 그 동네가 조용하다보니 집안이 고요하던데요."

"흠, 이상한 이야기로군."

이마니시는 잔을 내려놓았다.

"그러게 말이죠, 형사님. 저도 처음 겪는 일이었어요."

그로부터 사흘 후, 순경 한 명이 경시청으로 이마니시 에이타로를 찾아왔다.

"이야."

이마니시는 그 얼굴을 보고 자신의 책상 옆으로 데려왔다.

"지난번에는 번거로운 부탁을 드렸죠." 이마니시는 머리를 숙였다.

"아닙니다."

순경은 히가시초후 경찰서의 파출소 소속이었다. 서른이 넘은 뚱뚱한 사내다.

"말씀하셨던 일 말인데요."

"예, 예." 이마니시는 의자에서 상체를 내밀었다.

"그 집에 가보았습니다. 잡상인 강매로 피해가 없었는지 조사한다는 구실로 주인과 만났어요."

"어이구, 고생 많으셨습니다."

"옆 구역에서 잡상인이 붙잡혔는데 댁에도 들렀다는 진술이 있어 조사차 나왔다고 하자, 주인이 자기네는 물건을 사지 않아서 피해가 없었다고 말하더군요."

"음."

"이 이야기를 하면서 저는 되도록 현관에서 시간을 끌었는데요."

"얼마나 계셨죠?"

"글쎄요, 넉넉잡아 15분 정도 있었던 것 같습니다. 처음에 세상 사는 이야기부터 하다가 잡상인 피해에 대해 천천히 꼬치꼬치 캐물었으니까요."

"그래서 뭐 이상한 점은 없었습니까?"

"주의를 기울였지만, 별달리 이상한 점은 없었습니다."

"집안은 어땠나요?"

"말소리고 뭐고 전혀 나지 않았습니다. 기껏해야 부엌에서 가정부가 접시를 씻고 있는 소리밖에 들리지 않던데요."

"기분이 나빠지거나 하지는 않았나요?"

"아니요, 그런 일은 전혀 없었습니다. 말씀을 듣고 저도 신경을 썼는데 말이죠, 상태가 나빠지거나 하지는 않던데요."

"그렇군요."

이마니시는 책상을 손가락으로 톡톡 두드렸다. 생각에 잠긴 눈빛이었다.

"결국 아무것도 이상한 점이 없어서 15분쯤 있다가 그 집을 나왔습니다."

"그렇습니까." 이마니시는 석연치 않은 얼굴을 하고 있었다.

"한번 더 여쭤볼게요, 집안에서 이상한 점은 보이지 않았나요?" 이마니시는 포기할 수 없다는 듯 되물었다.

"그렇습니다. 평범한 집이었습니다. 저는 아주 쾌적하던걸요."

파출소 순경은 그 일을 보고하려고 이마니시를 찾아온 것이다.

"정말 감사합니다." 이마니시는 머리를 숙였다.

"이걸로 된 건가요?"

"예, 그렇습니다…… 또 뭔가 부탁할 일이 있을지도 모르는데 그때도 잘 좀 부탁하겠습니다."

"물론입니다. 파출소에 있으면 사고가 나지 않는 한 한가하니까 언제든 말씀하세요."

이마니시 에이타로는 파출소 순경을 경시청 현관까지 배웅했다. 순경은 차가운 바람이 부는 전차 거리 쪽으로 갔다. 이마니시가 방으로 돌아왔을 때였다.

"이마니시 형사님, 지금 막 형사님에게 전화가 왔는데요."

젊은 형사가 수화기를 든 채 불렀다. 이마니시는 수화기를 받아들었다.

"이마니시 형사님이십니까?"

상대방은 젊은 남자였다. 이마니시 형사님이십니까, 라고 묻는 걸 보니 일반인 같다.

"저는 난에이 영화사에서 일하는 사람입니다."

"아, 안녕하세요."

이마니시 에이타로는 언젠가 부탁했던 〈세기의 길〉 예보편 필름 때문임을 금세 알아차렸다. 그때의 담당 직원이었다.

"요전부터 계속 번거롭게 해드려서 죄송합니다."

"아닙니다. 그 〈세기의 길〉 예보편이 딱 하나 남았더라고요."

"그게 정말입니까?" 이마니시는 귀가 솔깃해졌다. "꼭 좀 봤으면 좋겠는데요."

"도호쿠 지방 쪽 영화관에 굴러다니던 것을 겨우 회수했어요. 오늘 영사실이 비니 언제든 보실 수 있습니다."

"정말 다행입니다. 그럼 지금 당장 가겠습니다."

"알겠습니다. 준비해두겠습니다."

이마니시는 경시청을 뛰쳐나왔다.

황궁 해자에 백조가 추위에 움츠리며 떠 있다. 가로수의 나뭇가지 끝이 바람에 흔들려 노란 잎들이 떨어져내린다.

기다리고 기다리던 필름이 드디어 발견된 것이다. 처분한 뒤에 딱 하나가 남아 있었다니 행운이었다. 거의 포기한 상태였다. 이번에야말로 실마리를 찾은 느낌이다.

그나저나 덴엔초후 집 사건은 정말 이상하단 말이야.

잡상인이 두 명이나 갔다가 둘 다 기분이 이상해져 잽싸게 나왔다고 한다. 전날 밤 그 당사자를 불러 이야기를 들었다. 그의 표현에 따르면 그 집 현관에서 이야기하던 중에 꼭 엘리베이터가 내려갈 때처럼 몸이 울리는 기분 나쁜 느낌이 들었다고 한다. 그러다 머리가 무거워지고 구역질이 났다는 것이다. 게다가 집안은 고요했다. 소리라고

220

해봤자 부엌에서 들려오는 접시 달그락거리는 소리 정도였다. 주인은 말없이 잡상인의 설명을 듣고 있었다고 한다. 잡상인이 한 명이었다면 당시의 생리현상으로 속이 안 좋아졌을 수도 있으나 두 명 다 상태가 똑같았다는 것은 당사자의 몸 상태 탓이 아니다.

이상하다. 대체 무슨 일일까. 확인차 관할 파출소 순경에게 그 집을 찾아가보게 했다. 순경은 그 집 현관에서 15분 정도 시간을 끌며 지켜보았지만 기분은 상쾌했고 아무런 변화도 없었다고 한다. 순경은 이마니시에게 이렇게 보고한 후 방금 돌아간 참이다. 즉 잡상인들만 기분이 이상해지는 걸 느꼈고 다른 사람은 아무렇지도 않았다는 얘기다. 어찌된 일인지 영문을 알 수가 없다. 대체 무엇일까.

이마니시가 이러한 생각을 하며 전차 손잡이에 몸을 맡긴 사이 어느새 미하라바시 정류장에 도착했다.

"어서 오세요."

난에이 영화사 건물에 들어가자, 최근 들어 많은 도움을 주고 있는 담당 직원이 이마니시의 얼굴을 보며 웃었다.

"형사님, 지금 바로 영사실로 오시죠. 준비는 다 되어 있습니다."

이마니시는 시사실에 홀로 앉았다. 장내가 어두워지자 심장이 떨렸다. 대체 어떤 영상이 펼쳐질까. 아니, 그 필름에서 미키 겐이치는 무엇을 발견한 것일까. 이마니시는 미키 겐이치와 완전히 한몸이 되어 화면을 응시했다.

〈세기의 길〉은 미국 영화로, 상당한 대작이었다. 배경을 고대 오리엔트로 설정한 매우 장대한 영화다. 상영 시간이 길어 중간에 10분 쉬는 시간을 두어도 전후편 합쳐 세 시간 이상 되었다.

예보편에서는 우선 제작 의도부터 설명하기 시작했다. 그것이 끝나자 도쿄 일반 공개에 앞선 로드쇼 당시의 풍경이 뉴스 영화 방식으로 나왔다.

도쿄 일류 극장의 광경이 비쳤다. 어느 황족이 입장해 늘어선 관계자 일동 앞을 인사하고 지나갔다.

이마니시는 눈을 크게 뜨고 보았다. 황족을 환영하는 영화 관계자들의 얼굴이 잠깐 스쳐지나갔지만, 미키 겐이치가 흥미를 보일 만한 인물은 보이지 않았다.

다음 화면은 당일 그곳을 찾은 각계 명사들의 스냅 컷이다. 신문, 잡지 등에 자주 등장하는 얼굴들이 홀 여기저기에서 담소를 나누고 있었다. 재계 인사도 있었으나 대부분 문화예술계 인사들이었다.

이마니시는 숨죽이고 화면을 응시했다. 화면은 계속해서 바뀌었다. 이마니시는 눈도 깜박일 수 없었다. 명사들은 작은 무리를 지어 이야기하거나 웃고 있었다. 여기에 해설이 흘러나왔다. 화면에 얼굴이 나올 때마다 성우가 그 사람의 이름을 말했다. 이마니시가 아는 얼굴은 없었다. 아니, 이마니시가 기대하는 얼굴은 나오지 않았다.

화면은 다시 바뀌어, 영화 감상 장면이 비쳤다. 어두운 좌석에서 열심히 스크린을 바라보는 관객들의 얼굴이 희미하게 떠올랐다. 그들 중에도 이마니시가 기대한 얼굴은 없었다.

다시 황족의 얼굴이 나왔다. 옆에 있는 사람이 설명해주고 있었다. 또 화면이 바뀌어 유명인들의 관람 장면이 나왔다. 그러나 새로운 인물은 보이지 않았다. 그나마도 겨우 삼사 초 정도였다. 스크린은 이윽고 컬러로 바뀌고 〈세기의 길〉 장면이 시작되었다. 그러고는 영화를 소개하며 끝이 났다.

이마니시가 멍하게 있는 동안 장내에 불이 들어왔다.

"어떠셨습니까?"

어느새 담당 직원이 이마니시 옆에 서 있었다. 이마니시는 눈을 비볐다.

"죄송하지만 한 번만 더 보여주시면 안 되겠습니까?"

상영 시간은 사오 분이었다. 잠시라도 한눈을 팔다간 놓쳐버리기 십상이다. 이마니시는 다시 한번 확인하고 싶었다. 마치 미키 겐이치가 이세에서 같은 영화를 두 번이나 본 것처럼.

기사는 처음부터 다시 틀어주었다. 이마니시는 이번에도 눈에 온 신경을 집중했다. 꽉 쥔 손에 땀이 배었다. 그러나 결국 새로운 발견은 없었다. 이거야말로 결정적인 단서라고 믿었는데 마지막 희망까지 완전히 사라지고 말았다. 이마니시는 영화 시사실에서 나와 밖을 걸었다.

대체 미키 겐이치는 이세의 영화관에서 무엇을 본 것일까? 〈세기의 길〉 예보편도 아니었다. 이마니시는 자신의 눈을 믿는다. 한 장면도 놓치지 않으려고 스크린에 구멍이 뚫릴 정도로 응시했다. 놓쳤다고는 생각하지 않는다. 방금 전 예보편은 두 번이나 되돌려 보았다.

자신은 모르지만 미키 겐이치는 아는 무엇인가가 그 네 편의 영화 화면 어딘가에 있었단 말인가. 이마니시는 미키 겐이치가 도쿄로 온 동기를 전적으로 이세의 영화 관람에서 찾고 있었다. 이외에 다른 가능성은 없다.

범인은 자신의 모습을 딱 한 번 제삼자에게 들켰다. 가마타 조차장

부근의 싸구려 술집에서였다. 한쪽 구석에서 피해자와 둘이 소곤거리며 이야기를 나누었던 남자다. 그 남자야말로 범인이 아니라고는 보기 어렵다. 목격자로는 그 술집에서 일하는 여자와 손님이 있다. 이 정도면 증인은 충분하다. 그러나 아직까지 범인의 흔적조차 발견하지 못하고 있다.

그건 그렇고, 미키 겐이치는 이세에서 상경해 가마타의 싸구려 술집에서 범인과 만났으나 그사이 시간상으로 그다지 간격이 크지는 않다. 미키 겐이치는 5월 9일에 이세 시에 있는 후타미 여관에서 묵었다. 그는 9일 밤 영화를 보고 10일 낮에 다시 영화관에 갔다가 그날 밤 출발했다. 그는 여관에서 나고야발 22시 20분 열차를 타기 위해 갈아탈 긴테쓰 전철을 물어보았다. 만약 미키 겐이치가 이 기차를 이용했다면 11일 새벽 네시 오십구분에 도쿄 역에 도착했을 것이다.

그의 시체가 가마타 조차장에서 발견된 것은 12일 새벽 세시 조금 넘어서다. 그러나 부검 결과 그의 사망 추정 시각은 11일 밤 열두시에서 한시 사이였다. 그렇다면 11일 아침 도쿄에 도착한 미키 겐이치는 바로 그날 밤 살해된 셈이다. 도쿄에 도착해서 이곳 공기를 열아홉 시간밖에 마시지 못한 셈이 된다.

그 시간 동안 피해자가 뭘 했느냐가 문제인데 행적이 묘연하다. 그러나 미키 겐이치가 도쿄에 만나러 온 남자가 범인임은 틀림없다.

그뿐만 아니라 살해 방법이 잔인했다. 조차장 전차 아래에 시체를 두었다. 손으로 목을 졸라 살해한 후 돌로 마구 친 것으로 보나 시체를 첫차 아래에 둔 것으로 보나, 범인은 피해자에게 깊은 원한을 품고 있던 인물로 보인다.

3

미키 겐이치는 이세의 영화관에 두 번이나 갔다. 두 번이나 가야만 했다. 이 경우 세 가지를 생각해볼 수 있다.

① 미키 겐이치는 네 편의 영화 중 무언가에 흥미를 느꼈다. 그리고 그것이 상경의 동기가 되었다. 그러나 이마니시와 같은 제삼자로서는 그게 무엇인지 알 수가 없다. 미키 겐이치만이 알 수 있는 장면이 있었던 것이다.

② 이마니시가 중요한 장면을 놓쳤다.

③ 영화와는 관계없는 다른 일이 있었다.

이마니시는 이중 ②의 가능성은 없다고 자신했다. 온몸의 신경을 모아 화면을 응시했다. 어떤 작은 움직임도 놓치지 않았다고 믿는다.

①의 경우는 조금 자신이 없었다. 그러나 미키 겐이치만이 알고 제삼자는 모르는 경우는 이마니시의 생각으로는 있을 수 없는 일이었다.

마지막으로 영화 외의 일이다. 이마니시는 영화관이면 영화 관람과 연관이 있다고 생각해왔다. 그러나 과연 그렇게 단정해도 될까.

이마니시는 ③의 경우가 가장 연구해볼 만한 케이스라고 생각했다. 미키 겐이치가 두 번이나 영화관에 간 것은 영화 이외의 것을 확인하기 위해서였을지도 모른다. 영화 이외의 것이라면 무엇일까. 사람일까. 관객은 아니다. 관객은 한 번밖에 오지 않는다.

영화관이 미키 겐이치가 상경하는 계기가 되었다는 확신은 변함없다. 그럼 무엇이란 말인가. 영화관에 미키 겐이치가 아는 사람이 근무하고 있었을까. 이즈음부터 슬슬 골치가 아파졌다.

이마니시 에이타로는 경시청으로 돌아갔다.

문제는 이세 시에서 벗어나지 않는다. 역시 그곳에 열쇠가 있는 듯
했다. 그렇다. 영화관 사장에게 편지를 써보자. 미키 겐이치를 아는
사람이 영화관 직원 중에 있는지 알아야 한다. 미키 겐이치가 그곳에
간 날 이후 영화관을 그만둔 직원이 있는지도 중요하다.

이왕이면 사장의 간략한 약력도 요청해야겠다. 미키 겐이치는 어쩌
면 영화관 사장을 만나러 갔는지도 모르기 때문이다. 괜찮은 생각 같
다. 그렇다. 이 점은 꼭 조사해볼 필요가 있다. 그렇다면 사상에게 직
접 편지를 쓰기보다는 그 지역 경찰에게 부탁하자.

이마니시는 책상 서랍에서 편지지를 꺼내 이세 경찰서 수사과장에
게 의뢰 편지를 쓰기 시작했다.

옆에서는 동료가 한가로이 장기를 두고 있었다.

"장군이다, 장군. 이제 끝이야." 동료의 목소리가 밝게 울렸다.

"그렇게 간단히 질 수는 없지. 외통수 같지만 아니거든."

이마니시 에이타로는 이세 경찰서가 답장을 보내주기를 기다렸다.
편지는 하루면 그쪽에 도착할 것이다. 그때부터 조사에 착수하면 간
단히 끝날 일이다. 그러나 그곳 경찰서도 바쁠 테니 이삼일 미룰지도
모른다. 그러고 나서 편지가 오려면 사오 일은 걸린다. 이마니시는 이
런 것까지 계산하며 눈이 빠지게 기다렸다. 답장은 예상보다 일찍 도
착했다. 문의 편지를 보내고 나흘이 지나서였다. 이마니시는 모든 일
을 제쳐두고 우선 그 봉투부터 뜯었다.

문의하신 내용에 대해 답변드립니다.

말씀하신 영화관은 아사히 영화관입니다. 영화관 주인은 다도코로 이치노스케이며 나이는 49세입니다. 다도코로 씨에게 직원들에 대해 물어봤지만, 말씀하신 인물과 만난 사람은 물론 이야기를 나눈 사람도 없다고 합니다.

또한 그날은 분명 말씀하신 대로 극영화 두 편과 다음주 개봉 영화 예고편, 그리고 〈세기의 길〉 예보편을 상영했습니다. 그 외에는 단편 영화도 광고 영화도 상영하지 않았습니다.

다도코로 씨도 당일 미키 씨와 만난 일이 없다고 합니다. 다도코로 씨는 오래전부터 이세 시에서 살았으며 일개 영화사 직원으로 출발해 오늘날 영화관 사장이 된 입지전적인 인물입니다. 현재 1남 1녀를 두고 있습니다. 후쿠시마 현 니혼마쓰 시 부근 ××무라 출신입니다. 그러나 청년 시절 고향을 떠나온 이후 줄곧 이세 시에 살고 있습니다.

이와 같이 간략히 보고드립니다.

이로써 미키 겐이치가 영화관에 두 번 간 것은 어떤 인물을 만나기 위해서가 아님을 확인했다. 그렇다면 역시 그 네 편의 영화인가. 아니다. 그럴 리 없다. 다른 뭔가가 있다. 미키 겐이치는 다른 뭔가를 보았다. 그렇지 않고서야 두 번이나 갈 이유가 없으며 그후 곧장 예정을 변경하여 상경할 이유도 없다. 그를 살해 장소인 도쿄로 불러들인 것은 무엇일까.

이세 경찰서로부터 기껏 답장을 받았으나 이것만으로는 아무것도 해결되지 않았다. 오히려 당혹스러움만 깊어질 뿐이었다. 이마니시는 생각에 잠겼다.

옆에서는 젊은 형사가 피의자를 신문하고 있었다.

"지금 사는 곳은?"

피의자는 35, 36세 정도에 얼굴이 창백하고 마른 남자였다. 젊은 형사 앞에서 고개를 푹 숙이고 있다.

"후카가와 쪽 베드하우스*에 묵고 있습니다."

"이름을 다시 말해봐."

"사사오카 하루오입니다."

"본적은?"

"후쿠오카 현 무나가타 군 쓰야자키초 ××번지입니다."

"지금도 그곳에 호적이 있나? 이쪽으로 본적지를 옮기거나 하지는 않았고?"

"안 옮겼습니다."

호적이라는 단어가 귀에 들어와서 이마니시 에이타로는 무심코 옆을 보았다. 젊은 피의자는 면목이 없다는 듯 어깨를 축 늘어뜨린 채 풀이 죽어 있었다.

"전과는?"

이마니시 에이타로는 잡상인이 들어간 그 집 일이 아직도 신경쓰였다. 그 집에 직접 확인하러 갈 생각도 했다. 잡상인이 두 명이나 그 집 현관에서 이상한 기분을 느꼈다. 그러나 파출소 순경은 아무런 이상

---

* 침대만 있는 간이 숙박시설.

한 점이 없었다고 했다……

그러나 이마니시가 가는 건 조금 곤란했다. 그의 얼굴을 상대방에게 들키게 되기 때문이다. 당분간 이쪽 얼굴을 들키고 싶지 않다. 요시무라도 마찬가지다. 나중에 어떤 일이 벌어질지 알 수 없다. 그러니 상대방이 벌써 이쪽 얼굴을 알게 되면 곤란했다.

"전과 2범. 이번에도 절도죄로군." 옆에서 젊은 형사가 피의자를 조사하고 있었다. "그 집에는 어디로 들어간 거야?"

"뒤로 들어갔습니다."

"뒷문 말이지. 문이 잠겨 있었을 텐데?"

"유리문이어서 그 부분을 촛불로 그슬려서 잘라냈고요. 깨진 유리를 조용히 빼내고 안에 손을 넣어서 자물쇠를 열었습니다."

"그리로 들어가서 이 부엌으로 나왔단 말이지." 형사는 약도를 보며 물었다.

"예, 그렇습니다."

"그래서 어떻게 했지?"

이세 시의 영화관 문제가 해결되지 않고 있다. 미키 겐이치는 그곳에서 무엇을 보고 상경할 마음을 먹었을까. 이마니시의 머릿속에서는 두 가지 생각이 교차하고 있었다.

"거기서 식칼을 들고 어쩔 작정이었지?"

"어쩌다보니 그렇게 되었습니다. 부엌 선반에 있는 식칼이 눈에 띄어서 혹 소란스럽게 굴면 이걸로 겁을 주면 되겠다고 생각했어요."

"그리고 나서 2층으로 올라갔군."

"그렇습니다."

"아래층은 뒤져보지 않았나?"

"귀중품은 2층에 있을 거라고 생각했습니다."

"그다음엔 어떻게 했지?"

더는 이마니시도 알 도리가 없어 자리에서 일어났다. 마침 퇴근 시간도 가까웠다. 그는 책상 위를 정리했다.

"그럼 먼저 들어갈게."

옆에서 피의자를 조사하고 있는 형사에게 인사하고 나왔다. 밖으로 나오자 어두워져 있었다. 전철 불빛도 자동차의 헤드라이트도 눈이 부셨다. 이마니시가 전철 선로를 따라 걷고 있자니 건너편에서 대여섯 명의 그림자가 다가왔다.

"안녕하세요."

건너편에서 목소리가 들려왔다. 경비과 직원들이었다. 이마니시가 아는 얼굴들이다.

"수고하네." 이마니시는 말했다. "날마다 고생이 많군."

"이제 이삼일만 있으면 되는데요." 상대는 웃었다.

최근 정계에 대대적인 변화가 있었다. 내각이 총사퇴하고 새 내각이 들어선 것이다. 경비과 직원들은 수상 관저 경비를 담당하고 있었다.

이마니시는 다음날 아침 이부자리에서 신문을 읽었다. 1면에 새 내각의 인물들이 실려 있다. 전부터 신문에서 다루긴 했는데, 어젯밤 심야에 인사가 확정된 것이다. 이마니시는 커다란 활자로 나열된 이름을 골라 읽었다.

외무대신 미쓰이 고로(야마가타 현 선출, 당선 5회, 64세)

대장대신 모로오카 히데오(지바 현 선출, 당선 3회, 68세)

통산대신 야스다 다케시(오사카 부 선출, 당선 4회, 54세)

농림대신 다도코로 시게요시(후쿠시마 현 선출, 당선 6회, 61세)

후생대신 호쓰타 미쓰오(시마네 현 선출, 당선 5회, 48세)

문부대신 하마다 가즈오(에히메 현 선출, 당선 4회, 52세)

이마니시는 대신 명단에서 다도코로 시게요시의 이름을 발견했다. 이 사람은 전에도 장관직을 맡은 적이 있는 보수당 유력 정치가다. 온화한 성격으로 잘 알려진 인물로 이번에도 대신에 임명되었다.

다도코로 시게요시는 다른 일로도 언론에 알려져 있다. 딸이 신예 조각가여서 부녀의 사진이 자주 잡지 등에 실린다.

그러나 이마니시는 다른 의미로 이 신임 대신에게 흥미가 생겼다. 대신들 이름 옆에는 선거구가 적혀 있다. 다도코로 시게요시가 후쿠시마 현 출신이라는 사실은 처음 알았다. 이 사람이 후쿠시마 현 출신이었던가. 그렇게 생각하며 신문 활자를 유심히 들여다보고 있었다.

"여보." 문 너머에서 아내의 목소리가 들렸다. "슬슬 일어날 시간이에요."

이마니시는 신문을 내려놓았다. 새로운 내각이 탄생하든 반대 정당이 정권을 잡든 이마니시 같은 하급 공무원에게는 영향이 없다. 이마니시는 부스럭거리며 자리에서 일어나 세수를 했다. 양치질을 하고 있자니 된장국 냄새가 풍겼다. 파 냄새도 섞여 있었다.

준비를 끝내고 식탁 앞에 앉았다. 아내도 함께 그릇을 입에 갖다

대면서 무슨 말을 했지만 이마니시는 대답하지 않았다. 그저 듣고만 있었다. 아니, 듣고 있는지 안 듣고 있는지도 모르게 묵묵히 밥만 먹었다.

외무대신 미쓰이 고로…… 농림대신 다도코로 시게요시…… 이마니시는 리듬처럼 입속에서 중얼거렸다.

—다도코로 시게요시가 후쿠시마 현 출신이었던가.

그는 된장국 그릇을 내려놓고 찻잔으로 손을 가져갔다. 엽차 향이 코를 간지럽혔다.

—후쿠시마 현…… 잠깐.

이마니시는 고개를 갸웃했다.

—가만있자, 이 현에는 연고가 있는데.

"잘못 자서 목이 뻐근한가봐요?"

이마니시가 계속 고개를 갸웃거리자 아내가 맞은편에서 물었다. 이마니시는 말이 없었다.

—아, 맞아.

이마니시는 찻잔을 내려놓았다.

—이세 영화관 극장주가 분명히 후쿠시마 현 출신이었는데. 니혼마쓰 시 부근 ××무라에서 태어났댔지.

4

새로운 농림대신 다도코로 시게요시의 저택은 아자부 이치베초 고

232

지대에 있었다. 그날 저녁 대신 임명식에서 돌아온 다도코로 시게요시는 모닝코트 차림으로 친척들의 축하를 받고 있었다. 깔끔한 백발에 단정한 풍모다. 그는 혈색 좋은 얼굴 가득 미소를 띠고 있었다. 대신직은 두번째였지만 몇 번 되어도 기쁜 듯했다. 손님들이 끊임없이 찾아오는 통에 다도코로 시게요시가 겨우 한숨 돌린 것은 밤 아홉시가 되어서였다.

그는 부인이 식당에 준비해놓은 간단한 축하연으로 자리를 옮겼다. 가족끼리 모여 축배를 들기로 한 것이다. 다도코로 사치코는 어머니를 돕고 있다가 와가 에이료가 이 집에 도착하자 그 옆에 딱 붙어 있었다.

"축하드립니다." 와가 에이료는 미래의 장인에게 머리를 숙였다.

"고맙네." 기분이 좋은지 다도코로 시게요시의 기품 있는 눈이 연신 웃고 있다.

"여러분. 자리에 앉으세요."

다도코로 시게요시의 동생 부부와 부인의 조카, 사치코의 동생들 등 일고여덟 명 정도가 식탁에 둘러앉았다. 다도코로 시게요시가 상석에 앉고 그 옆에 부인이 앉았다. 와가 에이료와 사치코는 대신 부부 맞은편에 앉았다. 노인도 있고 아이도 있다. 식탁에는 일류 레스토랑에서 초빙한 요리사가 솜씨를 부린 진수성찬이 차려져 있었다. 이 자리에서 가족이 아닌 사람은 비서뿐이었다.

"여러분. 술잔에 술이 채워졌나요?" 부인이 테이블을 둘러보았다.

"자, 지금부터 아버님을 위해 건배합시다." 누구보다도 부인의 얼굴이 상기되어 있었다.

"아버님, 축하드려요."

"숙부님, 축하드립니다."

혈연관계에 따라 대신을 부르는 호칭도 제각각이었으나 모두가 눈높이까지 술잔을 들어올렸다.

"고맙네." 신임 대신은 만면에 웃음을 띠었다.

"아빠, 앞으로 힘내세요." 모두가 술잔을 입에 가져간 뒤 사치코가 맞은편에서 큰 소리로 말했다.

"문제없어."

다도코로 시게요시의 경력을 봤을 때 농림대신이라는 위치가 백 퍼센트 만족스럽지는 않다고들 했지만 이는 파벌 간 균형 때문이며, 다도코로 시게요시에게는 기대되는 부분이 있다고 신문에 나와 있었다.

아무튼 당사자는 기분이 좋았다. 웃음소리가 넘치는 작은 연회가 시작되었다.

이날 밤 와가 에이료는 하얀 줄무늬가 들어간 진회색 양복을 입었다. 하얗게 빛나는 와이셔츠에 검은색 무늬가 들어간 밝은 빨간색 넥타이를 단정히 매고 있었다. 언뜻 보기에도 멋쟁이인데다 원래 양복이 잘 어울리는 체격과 말쑥한 용모가 어우러져, 이 자리에 앉아 있는 고급스러운 차림새의 사람들 가운데서도 유독 빼어난 자태를 뽐냈다.

옆에 앉은 사치코도 이날 밤은 진홍색 드레스를 입고 가슴에 카틀레야 꽃을 장식했다. 역시 훌륭한 차림이었다.

정면에 앉은 둘의 모습을 다도코로 시게요시는 흐뭇하게 바라보며 부인에게 속삭였다.

"어쩐지 오늘밤은 내 축하연이 아니라 젊은이들의 결혼식 같구려."

부인은 웃었다.

"어머, 아빠, 무슨 말씀 하셨어요?"

부모의 귓속말에 사치코가 고개를 내밀고 책망했다.

즐거운 식사가 한창 진행되는 중이었다. 가정부가 사치코에게 다가와 작은 목소리로 손님이 왔다고 전했다. 사치코는 옆에 앉은 와가에이료에게 이야기했다. 와가는 고개를 들어 다도코로 시게요시를 보았다.

"왜 그러니?" 아버지가 얼른 눈치를 채고 사치코에게 물었다.

"지금 와가 씨네 누보 그룹이 아빠한테 축하 인사를 하고 싶다고 오셨대요. 세키가와 씨, 다케베 씨, 가타자와 씨예요."

"흠, 그것참 세심한 청년들이네." 대신은 소탈하게 말했다. "자네 동료들이군. 사치코도 아는 사람들이겠지?"

"예, 평소에 늘 얼굴을 보는걸요. 전에 와가 씨가 교통사고로 입원해 있는 동안에도 문병을 와주셨어요."

"누보 그룹은 꽤 의리가 있구면." 다도코로 시게요시가 미소지었다.

"응접실에서 맞을까요?" 부인이 말했다.

"아냐, 여기가 괜찮을 것 같아. 격식 차릴 손님들도 아니고 여기서 함께하는 편이 가족 같은 느낌이 들어서 좋겠어."

테이블이 넓어서 앉을 자리는 넉넉했다. 부인이 가정부에게 세 명분의 요리를 바로 가져오라고 말했다. 가정부에게 안내를 받으며 세키가와를 선두로 세 젊은이가 들어왔다. 세 명 모두 이 상황에 당황하고 주저하는 모습이었다. 와가 에이료가 의자에서 일어나 친구들을 보며 웃었다.

평론가 세키가와 시게오, 극작가 다케베 도요이치로, 화가 가타자와 무쓰오 세 사람은 자세를 가다듬고 곧장 대신 옆으로 걸어갔다.

"대신이 되신 걸 축하드립니다."

다도코로 시게요시도 자리에서 일어났다.

"이렇게 와주어서 고맙네."

부인도 인사를 했다.

"일부러 찾아와주셔서 감사합니다. 조촐하지만요. 가족끼리 모여 축하하던 참이에요. 자, 어서 저기 앉으세요."

세 명의 자리가 새롭게 만들어졌다. 어린아이들은 새로 온 손님들을 신기하다는 듯 바라보고 있다.

세키가와는 와가의 어깨를 두드리고는 자리에 앉았다. 새로 술잔이 놓였다.

"축하드립니다."

먼저 입을 연 사람은 역시 세키가와였다. 이어서 다른 두 명도 술잔을 들었다.

"고맙네."

다도코로 시게요시는 정중하게 고개를 숙여 인사했다. 와가가 일어서서 세 명의 의자 뒤로 다가가 "잘 와주었어"라고 말했다. 뒤이어 사치코도 친근하게 인사를 건넸다.

"세 분 다 바쁘실 텐데 와주셨네요."

"아니요, 무엇보다 경사스러운 일 아닙니까. 열 일 제쳐놓고 달려왔지요." 세키가와는 대표로 대답했다.

"의외로 참 든든하네."

천장에는 북유럽풍 민속 공예품 샹들리에가 달려 있었다. 밝은 불빛 아래 사치코의 진홍빛 드레스가 빛났다. 세 사람의 시선에는 가벼운 감탄이 깃들었다.

"이야, 오늘밤은 마치 와가의 결혼식 예행연습 같은데요." 세키가 와가 농담처럼 말했다.

축하연에 세 명의 새로운 손님이 더해져 분위기가 더욱 고조되었다. 젊은 세 사람은 처음부터 달변을 뽐냈다. 잘 떠들고 잘 마셨다. 다도코로 시게오시는 미소를 지으며 고상한 젊은이들의 예술론에 귀를 기울였다.

가장 활발히 이야기하는 사람은 평론가였다. 펜 놀림과 견주어도 뒤지지 않을 말솜씨였다. 다른 두 명은 실제 예술을 하는 이들이라 논리로는 평론가 세키가와 시게오를 따라가지 못했다. 세키가와는 새로운 예술론을 나이든 관료 출신인 다도코로 시게요시도 이해하기 쉽게 설명했다. 말하자면 기존의 예술은 모두 부정하고 자신들의 손으로 진정한 예술을 창조하겠다는 논리였다.

"저희는 와가의 음악에도 현 단계로는 아직 불만을 느끼고 있습니다." 그는 장래의 대신 사위를 보며 거침없이 퍼부었다. "그렇지만 기존 작품과 비교해본다면 와가의 음악은 저희의 이상에 가깝습니다. 그런 점에서 창조기의 작품으로서 그의 작업에 기대를 걸어도 좋다고 생각합니다. 후대 사람들이 현재의 불완전함을 보완해줄 테지요. 그러나 그것과는 별개로 거칠게나마 새로운 분야를 개척한 와가의 공적은 인정해주어야 한다고 봅니다."

"콜럼버스의 달걀이네요." 사치코가 거들었다.

"그렇습니다. 해보면 별것 아니지만 창조는 위대한 겁니다. 저는 지금까지 와가에게 여러 가지 불만을 쏟아냈지만, 그것은 그를 인정하기 때문이죠."

"와가." 옆에서 극작가가 끼어들었다. "평론가 녀석들에게는 역시 맛있는 음식을 대접해야 한다니까."

일제히 웃음이 터졌다.

이때 가정부가 전보를 들고 왔다. 다도코로 시게요시가 받아들고 펼쳐 읽은 다음 말없이 옆자리의 부인에게 건넸다. 무늬가 들어간 축하용 전보용지다. 부인이 모두에게 전보를 읽어주었다.

"대신, 취임을, 축하드립니다, 다도코로, 이치노스케…… 어머, 이세 시의 다도코로 씨가 보냈네요." 부인이 남편의 얼굴을 보았다.

"음." 다도코로 시게요시는 끄덕였다.

"친척분이십니까?" 화가 가타자와 무쓰오가 물었다.

"그건 아닐세. 이세 시에서 영화관을 운영하는 사람이야. 동향 사람이지."

"아하, 그런데 다도코로라는 성이 같네요."

"그러게 말이야. 고향에는 다도코로라는 성이 많아서 타지 사람이 가면 온통 다도코로뿐이니 헤매곤 한다네. 먼 선조대에는 모두 한가족이었겠지만 분가하고 분가하다보니 지금은 한 마을의 절반 정도가 다도코로 성을 쓰지. 이 이세 시 사람도 젊었을 때 그곳에서 상경한 남자인데, 언제나 날 응원해주고 있다네."

"아빠를 매우 존경하고 있는 분이에요." 사치코가 옆에서 거들었다.

축하연은 그로부터 한 시간 정도 계속되다가 끝이 났다. 일동은 다

같이 거실로 나갔다. 노인과 아이는 중간에 자리를 뜨고 성인 예닐곱 명만 남아 쿠션에 기대앉았다. 커피와 과일이 나왔다.

와가와 사치코는 자연스레 동료 세 사람과 이야기를 나누고 있었다. 이때의 이야기도 식당에서 했던 예술론의 연장이었다. 그들의 말에 따르면 현재의 대가와 중견 예술가 들은 매도할 대상에 불과했다.

다도코로 시게요시와 부인은 옆에 앉아 듣기만 하는 모양새가 되었다. 젊은이들이라 힘이 넘치고 목소리도 컸다. 나이든 어른들이 압도되었다.

그 와중에도 저택에는 축하객이 줄을 이었다. 다도코로 시게요시도 한가로이 젊은 예술론만 듣고 있을 수는 없게 되었다. 손님들은 정당 관계자만이 아니다. 신문, 잡지 기자들도 찾아왔다. 사진을 찍고 싶어 하는 사람도 많았다.

"마침 잘되었네. 여기 젊은이들도 함께 사진을 찍을까."

대신은 선선히 옆에 섰다. 다도코로 시게요시 부부를 중심으로 와가와 사치코가 나란히 섰고 세키가와, 가타자와, 다케베도 가족들 사이에 섰다.

아무튼 경사스러운 저녁이었다. 다도코로 시게요시는 손님들을 맞기 위해 부인과 함께 자리를 떴다.

"자, 우리도 슬슬 일어나볼까." 역시 세키가와가 동료들 사이에서 주도권을 쥐고 있었다.

"좀더 있지그래." 와가 에이료는 벌써 이 집안 사람이 된 듯했다.

"아냐, 시간도 늦었으니 이만 가야지."

"어머, 서운하게. 좀더 얘기하다 가세요." 사치코가 붙잡았다.

"아냐, 우리는 빨리 가는 게 좋겠어요."

가타자와 무쓰오는 사치코와 와가의 얼굴을 번갈아 쳐다보았다.

"무슨 그런 말씀을 하세요. 괜찮아요."

"아버님, 어머님께 인사 전해주세요." 세키가와가 모두를 대표해서 말했다. "정말 잘 먹었습니다."

와가와 사치코가 현관까지 배웅했다. 오늘밤은 늦게까지 현관에 등이 밝혀져 있고 대문도 활짝 열려 있었다. 집 앞 큰길에는 축하객들이 몰고 온 자동차가 늘어서 있었다.

세 명은 어깨를 맞대고 걸었다.

"역시 대단하군." 다케베가 말했다.

"음, 근데 와가 녀석, 벌써 완전히 사위 행세를 하네." 가타자와가 혀를 차며 말했다.

밤길에는 안개가 끼어 있었다. 멀리 집들이 뿌옇게 흐려 보였다.

"안개가 짙네. 요즘 안개가 잦단 말이야." 세키가와 시게오가 딴소리를 중얼거렸다.

세키가와, 다케베, 가타자와 세 사람은 함께 택시를 타고 긴자로 향했다.

"내가 잘 아는 술집이 있어. 지금부터 다시 한잔하자고." 극작가 다케베 도요이치로가 제안했다. 화가 가타자와 무쓰오는 찬성했다.

"세키가와, 자네는 어때."

"난 빠지지."

"왜 그래?"

"볼일이 생각나서 그래. 이봐, 유라쿠초 근방에 세워주게."

차는 고속도로의 고가도로를 빠져나와 멈추었다.

"실례." 세키가와 시게오는 차에서 내려 친구들에게 손을 흔들었다. "그럼 다음에 보지."

차는 출발했다.

"세키가와 녀석, 이상한데." 화가가 극작가에게 말했다. "왜 저런 곳에 혼자서 내리지. 이렇게 늦은 시간에 볼일이 뭐가 있다고."

열한시가 다 되었다.

"저 녀석, 마음이 좀 편치 않은 게 아닐까."

"그게 무슨 말이야?"

"오늘밤 와가의 모습을 보고 조금 충격을 받은 게 아닐까 해."

"음."

화가도 그 말뜻을 모르는 바가 아니었다. 실은 극작가도 화가도 다도코로 저택에 있던 와가 에이료의 모습에 왠지 모를 불쾌감에 짓눌렸다.

"그런데 그 녀석, 요즘 와가와 엄청 사이가 좋던데. 오늘밤도 혼자 들떠서 떠들었잖아."

"그건 이런 거지, 인간이란 말이야." 화가는 설명했다. "그런 경우 오히려 밝게 행동하는 법이야. 나중에야 외로워지는 것이 인간의 마음이지."

"그래, 우리는 술이나 마시자고." 극작가가 외쳤다. "맘껏 취해나 보자."

세키가와 시게오는 차에서 내려 혼자서 걷고 있었다. 그러나 서둘러 가는 발걸음이 아니었다. 볼일이 있다고 말하고 친구들과 헤어지긴 했지만 딱히 갈 곳 없는 모습이었다.

영화 상영이 끝났는지 한쪽에 행인들이 오갔다. 유라쿠초 방면에서 긴자를 보니 마치 네온사인의 바다 같았다. 빛이 밤하늘을 수놓고 있었다.

세키가와 시게오는 번화가로는 발길을 돌리지 않고 샛길로 들어섰다. 터덜터덜 산책하는 것처럼 보였다. 어떻게 보면 눈을 길바닥으로 내리깔고서 사색하고 있는 것 같기도 했다. 밝은 가게 앞으로 나왔다. 세키가와는 파친코 가게에 들어갔다.

"2백 엔어치 주게."

구슬을 손에 쥐고 기계 앞에 섰다. 엄지손가락으로 연달아 공을 튕긴다. 딱히 딸 마음도 없는 눈치였다. 소리를 내며 구슬이 나오든 말든, 잃든 따든 전혀 신경쓰지 않았다. 그저 손가락만 움직일 뿐이었다. 그 옆모습에서 이 남자답지 않은 쓸쓸한 표정이 엿보였다.

15장
항적

1

미에 현 이세 경찰서 수사과장이 경시청 수사1과 이마니시 에이타로에게 보내온 편지.

문의하신 사항에 대해 다음과 같이 보고드립니다.

먼저 이세 시 '아사히 영화관'의 경영주 다도코로 이치노스케 씨에 관해 알아보았습니다. 다도코로 씨의 말에 따르면 미키 겐이치라는 사람에 대해 짐작 가는 바가 없으며 당시에 만난 적도 없다고 합니다. 이는 이전에 회답드린 대로입니다.

아시는 바와 같이 다도코로 씨는 이번 새 내각에 기용된 다도코로 시게요시 농림대신과 같은 마을 출신입니다. 다도코로 씨는 다도코로 시게요시 대신을 매우 존경하고 있습니다.

다도코로 씨는 상경할 때마다 다도코로 시계요시 씨를 방문했고, 미에 현 특산물도 잊지 않고 챙겨 인사를 했다고 합니다. 또한 다도코로 시계요시 씨 부부에게 각별한 은혜를 입었다고 말했습니다.

따라서 다도코로 씨의 자택에는 다도코로 시계요시 대신이 보낸 편지와 휘호, 사진 등이 여러 점 보존되어 있습니다. 그뿐만 아니라 다도코로 시계요시 대신을 숭배하는 다도코로 씨는 자신이 경영하는 아사히 영화관에도 다도코로 시계요시 대신과 찍은 기념사진을 걸어둔 적이 있다고 합니다. 혹시나 해서 5월 9일의 일을 물어보니, 영화관 객석으로 들어가는 복도 벽에 다도코로 시계요시 대신 가족과 함께 찍은 기념사진을 크게 확대해 걸어놓았다고 합니다. 이 사진은 5월 내내 걸려 있다 철거되어 현재는 다도코로 씨 자택에 보존되어 있습니다.

저는 다도코로 씨에게 요청하여 그 원본 사진을 빌렸습니다. 별도로 보내니 용무가 끝나면 다시 보내주시길 바랍니다. 제 이름으로 차용증을 써두었으니 아무쪼록 분실하는 일 없도록 해주십시오. 이상입니다.

편지는 이것뿐이었다. 사진은 따로 보냈다고 하니 실물을 보는 것은 앞으로 하루나 이틀 후일 것이다. 이마니시 에이타로는 그제야 미키 겐이치가 두 번이나 그 영화관에 간 이유를 알았다. 미키 겐이치는 영화관 벽에 걸려 있던 다도코로 시계요시 대신 일가의 사진을 본 것이 틀림없다. 그 사진에는 영화관 경영주인 다도코로 이치노스케도 함께 찍혀 있었다. 즉 이 경영주는 존경하는 다도코로 시계요시 일가와 찍은 기념사진을 자랑스레 입장객들에게 보여주었으리라.

이 기념사진이 영화관에 걸려 있던 기간은 편지에 따르면 5월 한 달간이다. 따라서 미키 겐이치가 영화관에 갔던 5월 9일에도 당연히 걸려 있었을 것이다. 이마니시가 아사히 영화관을 조사하러 간 것은 가을이 된 후였다. 그러니 기념사진을 볼 수 없었다. 지금까지 영화관 이라고 해서 당시 상영중인 영화만 생각했는데, 미키 겐이치를 상경 하게 만든 동기가 관계없는 부분에 이런 형태로 존재하고 있었다.

이마니시 에이타로는 이세 경찰서에서 보낸 사진을 목이 빠지게 기 다렸다. 이마니시는 경시청에 출근하면서 오랜만에 두근거림을 느꼈 다. 집에서도 부리나케 나왔다. 이토록 즐거운 기분을 느끼는 것도 몇 년 만이었다.

경시청에는 아홉시에 도착했다. 아직 젊은 형사 두 명밖에 오지 않았다.

"이봐, 우편물 온 것 없나?" 그는 그것부터 물었다.

"아뇨, 아직 안 왔습니다."

"보통 몇시쯤 오지?"

"글쎄요, 슬슬 올 때가 됐는데요."

"이세 경찰서에서 내 앞으로 사진을 보내기로 되어 있어."

"예, 신경써서 보겠습니다."

이마니시는 진정이 되질 않았다. 오늘 아침처럼 사건이 일어나지 않기만을 바란 적이 없다. 갑작스레 사건이 터지면 그대로 밖으로 튀 어나가야 한다. 우편물이 오더라도 언제 보게 될지 모른다.

열시쯤 되자 계장이 왔다.

"이마니시."

계장이 자기 자리에서 불렀다. 이마니시는 가슴이 철렁했다. 밖에 나가는 일만은 아니길 바랐다. 그러나 계장이 부른 용건은 사건 때문이 아니었다. 사무적인 일로 두세 가지 상의한 것이 전부였다.

자리에 돌아오자 우편물들이 도착해 있었다. 이마니시의 책상에는 아무것도 없었다.

"어이, 나한테 온 건 없었나?" 그는 우편물을 나눠주는 젊은 형사에게 물었다.

"아뇨, 없었는데요."

"이상하군."

"아침에 말씀하셔서 신경써서 봤지만 지금 온 것들 중에는 안 보이네요."

"다음 우편물은 언제 오지?"

"오후 세시경입니다."

"음, 어쩌면 그때 올지도 모르겠군."

이마니시는 불만스레 신참 형사가 가져다준 차를 마셨다. 오후 우편물 도착 시각까지 마냥 기다리기 힘들었다. 시간을 어떻게 보내야 할지 모르겠다. 이럴진대, 내일로 미뤄진다면 오늘 이 초조한 마음을 어떻게 달래야 할지 눈앞이 깜깜할 지경이었다.

오후까지 시간이 더디게 흘렀다. 이마니시는 세시 전부터 책상 앞에 앉아 버텼다. 급하지도 않은 서류를 작성하며 수시로 시계를 보았다. 우편물은 젊은 형사가 접수대에서 이 방 것만 들고 온다.

세시 십오분, 이마니시는 입구에 들어선 형사와 눈이 마주쳤다. 그 형사는 우편물을 겨드랑이에 끼고 있었다.

"이마니시 선배님, 왔어요." 형사는 한 손에 갈색 봉투를 들고 흔들었다.

"드디어 왔군."

이마니시는 의자에서 벌떡 일어났다. 봉투에는 두꺼운 종이가 들어 있었다. 내용물에 상처가 생기지 않도록 그 사이에 사진을 끼워두었다. 카비네판* 크기의 사진이었다.

그는 사진에 시선을 고정했다. 주변의 말소리도 들리지 않을 정도였다.

사진에는 예닐곱 명이 나란히 있다. 아름다운 저택의 정원 같았다. 이마니시는 그 기념사진에 찍혀 있는 인물 가운데 한 사람에게 초점을 맞추었다. 시선을 돌리지 않고 계속 응시했다. 오랜 시간이 흘렀다. 카비네판이라 각 인물의 얼굴은 작다.

"자네, 돋보기 좀 빌려줘."

이마니시는 젊은 형사에게 말했다. 형사가 지름 7센티미터 정도의 확대경을 가져왔다. 이마니시는 확대경을 사진에 나온 얼굴 위에 갖다댔다. 그 한 부분만이 이마니시의 눈에 크게 비췄다. 그는 미동도 하지 않았다. 한참 후에야 몸속 깊은 곳에서 어떤 감동이 조금씩 끓어올랐다.

—미키 겐이치가 본 것은 이 사진이었어.

보낸 것은 카비네판 사이즈지만 이세 아사히 영화관 벽에 걸려 있

---

* 사진 감광 재료를 규격화한 크기의 하나. 세로 16.4센티미터, 가로 11.9센티미터.

을 때는 확대되어 적어도 두 배나 네 배 정도 크기였을 것이다. 이마니시는 하얀 벽에 액자로 걸려 있는 이 사진을 상상했다. 상상은 꼬리에 꼬리를 물고 이어졌다.

미키 겐이치는 여관에 머무르다 시간을 때우려고 영화관에 간다. 그는 객석으로 가기 위해 이 액자 앞을 지나간다. 눈이 액자로 향한다. 미키 겐이치는 무심코 사진을 본다. 영화관 주인이 자랑스레 내건 사진이니만큼 당연히 보는 사람들도 알 수 있도록 설명이 첨부되었을 것이다. 중앙, 다도코로 시게요시 선생님. 오른쪽, 다도코로 부인. 왼쪽, 장녀. 이어 장남…… 이런 식으로. 이때 미키 겐이치는 아마도 별생각 없이 이 액자 앞을 지나쳐 영화를 다 보고 밖으로 나왔을 것이다.

그는 여관으로 돌아와 문득 이 액자를 떠올린다. 아니, 사진 속 얼굴을 떠올린다. 그는 고개를 갸우뚱한다. 무슨 생각을 했을까.

미키 겐이치는 다시 한번 제대로 확인하고 싶어졌다. 다음날 그는 영화를 보기 위해서가 아니라 벽에 걸린 사진을 보기 위해 일부러 요금을 내고 다시 입장한다. 이번에는 사진을 아주 자세히 살펴보았을 것이다. 예닐곱 명이 찍혀 있지만 미키 겐이치의 시선은 한 사람의 얼굴에만 쏠려 있다. 그는 사진에 첨부된 설명문을 메모한다. 그것은 어떤 한 인물의 이름이다. 설명문에는 주소까지 나와 있지는 않다. 그러나 주소가 없더라도 도쿄에 가면 금방 알 수 있을 만한 사람이다.

미키 겐이치는 곧장 귀향 일정을 변경한다. 급히 상경을 결심한 것이다.

원래 미키 겐이치는 일생의 추억으로 삼으려 간사이에서 긴키 지방, 이세를 돌아다니던 사람이다. 그에게도 죽기 전에 꼭 한번 더 만나고 싶은 사람이 있었다. 그것이 사진의 주인공이다.

미키 겐이치는 아침 일찍 도쿄에 도착했다. 5월 11일이다. 사진 속 인물의 주소를 어떤 책에서 찾는다. 어쩌면 전화번호부를 뒤져 알아냈을지도 모른다. 그렇다, 그는 전화를 걸었을 것이다······

이마니시 에이타로는 요시무라에게 전화를 걸었다. 대강의 일은 그에게 이미 이야기했다. 그래서 사진이 왔다고 말하자 요시무라의 목소리에도 흥분이 내비쳤다.

"지금 곧장 가겠습니다. 어디에서 뵐까요?"

"아냐, 내가 그리로 가지."

"그러시겠습니까."

"가마타 역 앞에서 만나자고. 서쪽 출구에서."

"알겠습니다."

두 사람은 시간을 정했다. 이마니시가 가마타로 직접 가겠다고 말한 까닭은 항상 시부야에서만 만났기 때문에 기분을 바꿔보고 싶어서이기도 했지만, 되도록 사건 현장 가까이서 이야기하고 싶었기 때문이다. 형사란 이상하게도 현장 근처에 가면 그 사건의 분위기가 되살아나 긴장감을 느낀다.

여섯시 반, 요시무라와 만나기로 한 시간이다. 이마니시는 봉투에 든 사진을 조심스레 주머니에 넣었다.

요시무라는 인파 속에 멍하게 서 있었다.

"어이." 이마니시는 옆으로 가 어깨를 쳤다. 요시무라는 슬며시 웃었다. 둘은 어깨를 나란히 하고 걷기 시작했다.

"어디서 이야기할까요?"

"글쎄."

이마니시는 상점가를 보았으나 적당한 곳이 없었다. 가마타 상점가는 길이 좁고 길다.

이마니시는 과자도 팔고 찻집도 하는 가게에 들어갔다. 이곳이라면 큰 소리를 내는 취객도 없고 시끄럽지 않아 제격이었다. 게다가 손님이라곤 단팥죽을 먹으러 오는 부인들뿐이어서 비밀스러운 이야기를 나누기에도 알맞았다. 둘은 가장 구석진 자리로 가 앉았다.

"드디어 왔군요." 요시무라는 곧바로 이마니시의 표정을 읽었다.

예쁘장한 여자 점원에게 주스를 두 잔 주문한 뒤 이마니시는 주머니에서 봉투를 꺼냈다.

"이거야."

"좀 살펴보겠습니다."

요시무라는 황송하다는 듯 봉투를 받아들고 천천히 내용물을 꺼냈다. 그로서도 그토록 기다려온 사진이다.

요시무라는 사진을 지그시 바라보고 있다. 이마니시가 처음 그 사진을 봤을 때도 그런 눈빛이었으리라. 이마니시는 사진을 응시하는 요시무라에게 방해되지 않도록 조용히 담배를 피웠다.

"이마니시 선배." 요시무라가 얼굴을 들었다. 눈이 반짝이고 있다. "드디어 발견하셨군요."

"그래." 이마니시가 대답했다. "드디어."

이 얼굴을 확인하기까지 나는 얼마나 먼 길을 돌아왔단 말인가. 이 얼굴이 미키 겐이치를 도쿄에 오게 만들었던 것이다.

이마니시는 후 하고 길게 한숨을 내쉬었다. 요시무라도 따라 한숨을 쉬었다.

주문한 주스가 나왔다. 두 사람 모두 갈증이 난 듯 주스를 들이켰다. 이마니시도 요시무라도 더이상 그 사진 이야기는 하지 않았다. 이제는 이야기할 필요가 없다. 이제 남은 것은 사건의 핵심에 어떻게 다가가느냐이다.

"요시무라. 자네, 언젠가 관내에서 나루세 리에코의 주소를 조사해준 적이 있지."

"예." 요시무라는 고개를 끄덕였다. "결국 허탕쳤지만요."

"그래, 허탕쳤지. 열심히 찾아주었는데."

"제가 해볼 수 있는 데까지는 했습니다."

이마니시는 셔츠를 조각내어 날려버렸던 여자—나루세 리에코가 살던 하숙집을 요시무라에게 찾아봐달라고 부탁한 적이 있다.

나루세 리에코는 이마니시가 사는 집 근처 아파트에 세 들어 살았다. 자살소동이 일어나고 처음으로 안 사실이었다. 나루세 리에코라는 이름도, 그녀가 갈기갈기 찢은 천조각을 주오 선에서 버린 일도 이마니시는 그 자살소동을 계기로 처음 알게 되었다.

이마니시 에이타로는 이 사건이 발생한 초기부터 범인의 아지트가 가마타 역에서 그다지 멀지 않은 곳에 있으리라 추정했다. 그것은 범인이 피해자의 피를 뒤집어썼다고 가정했기 때문이다. 당시 택시 등의 교통수단을 찾아보았지만 단서는 찾을 수 없었다. 이마니시는 범인이 걸어서 근처 아지트로 이동한 다음, 그곳에서 피에 젖은 옷가지를 벗었다고 추측했다.

이는 범인이 가마타 근처에 거주하고 있지 않다는 증거도 될 수 있다. 대개 범행을 계획하는 경우 자신이 사는 집 근처로 피해자를 불러들이지는 않는다. 될 수 있으면 자신의 얼굴이 알려지지 않은 먼 곳에서 범행을 저지르는 것이 보통이다. 따라서 범인이 가마타 역을 범행 현장으로 골랐다면 범인은 그곳에서 상당히 멀리 떨어진 곳에 살고 있다고 추정할 수 있다.

그러나 골치 아픈 것은 범인이 현장 근처에서 의복을 갈아입지 않았을까 하는 점이다. 웬만큼 친한 사람 집이 아니라면 그런 행동을 할 수 없다. 이 점에서 이마니시는 가마타 부근에 범인의 애인이 살고 있으리라 추정했다. 그 점은 나루세 리에코가 피로 물든 폴로셔츠를 가위로 잘게 잘라 밤에 주오 선 기차에서 뿌려 증거를 인멸한 것으로도 확인할 수 있다. 그녀는 분명 범인과 밀접한 관계에 있었다.

사건이 있고 나서 나루세 리에코는 이마니시가 사는 집 근처 아파트로 이사했다. 이마니시는 퇴근길에 아파트 앞에 쌓여 있던 이삿짐을 기억한다. 당시 이웃에 퍼진 소문은 신극 여배우가 이사 왔다는 정도였다. 그러나 사실 그녀는 전위극단 사무원이었다. 문제의 여자가 바로 집 근처에 살고 있었다니, 몰랐다고는 하나 이마니시로서는 얄궂은 일이다.

그럼 이사하기 전 그녀는 어디 살았을까. 아파트 관리인에게 물었지만 잘 모르겠다고 했다. 그녀가 이사하기 전 주소를 알고 싶었다. 이마니시는 나루세 리에코의 이전 주소가 가마타 역에서 멀지 않은 곳이라 예상했다.

이러한 가설 아래 당시 관할 경찰서에 있던 요시무라 형사는 나루세 리에코의 얼굴 사진을 들고 관내를 이잡듯 뒤지고 다녔다. 물론 그

혼자만이 아니었다. 형사들도 사방팔방으로 묻고 다녔다. 파출소 순경에게도 해당 구역을 뒤지게 했다. 그러나 모두 헛수고였다.

그렇게 나루세 리에코의 옛 주소는 의문에 싸여 있었다.

"요시무라, 우리는 잘못 짚었어. 나루세 리에코가 실연당해 자살했다는 사실은 틀림없어. 그러나 우리는 그 상대를 잘못 생각하고 있었던 거야." 이마니시는 말했다.

"그러네요." 요시무라도 동의했다.

"이렇게 되면 다시 한번 사건 당시 나루세 리에코의 주소를 찾아봐야겠어. 그녀의 사진은 자네 쪽 서에서 보관하고 있겠지?"

"예."

"한 번 했던 조사야. 하지만 어딘가 빠진 곳이 있을 거야. 나는 아직도 분명 그녀가 가마타에서 걸어서 20분 거리에 살았다고 생각하네. 범인은 조차장에서 범행을 저지르고 나서 그 아지트까지 걸어간 거야……"

이마니시는 담배를 피우며 말을 이었다.

"오랫동안 걷는다면 아무래도 사람들 눈에 띄지. 피곤할 뿐만 아니라 범인에게는 그런 위험도 있었어."

"그렇군요." 요시무라는 몇 번이고 고개를 끄덕였다. "알겠습니다. 다시 한번 찾아보겠습니다. 이미 했던 일이지만 이번에는 가마타를 중심으로 도보 20분 거리 지역을 조사해볼게요."

사건 후 이미 철저하게 조사했다. 그때 아무것도 찾지 못했는데 이제 와서 다시 해본들 성과가 있을까. 그러나 수사는 새로운 국면에 접어들었다. 요시무라는 서로 돌아가 수사과장에게 보고하고 재수사를 제안하겠다고 이마니시와 약속했다.

"뭣보다 사건이 발생한 지 시일이 꽤 지났으니까요. 사건 직후에도 단서가 없었으니 지금 수사를 재개하기는 상당히 곤란하겠죠. 그래도 한번 해보겠습니다."

"부탁해. 지난번 조사는 잊어버리고 다시 시작하는 마음으로 해줘."

2

사흘이 지나 요시무라에게서 중간보고가 있었다.

"좀처럼 생각대로 되지 않네요." 요시무라는 어두운 표정이었다. "저희 수사과장님도 이마니시 선배 이야기를 듣고 상당히 의욕을 보이셨어요. 그 사건은 미해결 상태라 지금까지 계속 마음에 걸렸거든요. 전담 수사반을 결성했어요."

"그것참 고마운 일이로군."

이마니시는 만족스러웠다. 이쪽에서 아무리 안달해봐야 현지 경찰서가 나서주지 않으면 성공할 수 없기 때문이다.

"다만 신문기자가 낌새를 채고 어슬렁대기 시작해서 좀 어려운 점도 있어요."

"신문사 녀석들에게는 절대로 새어나가지 않도록 해줘."

"물론 노력하고 있지만 녀석들이 워낙 눈치가 빨라서 말이죠. 경찰서 공기가 조금 이상하다 싶으면 달라붙어서 떨어지질 않아요. 저한테도 얘기해달라며 어찌나 물고 늘어지던지."

"거참 곤란하게 됐군." 이마니시의 표정이 어두워졌다.

"아닙니다, 괜찮아요. 어떻게든 둘러대고 있으니까요. 그보다 이마니시 선배, 이대로라면 당분간은 단서를 찾기 어렵겠어요."

"나도 그리 간단히 찾을 수 있을 거라고는 생각하지 않아."

"전에 한 번 수사를 했기 때문에 아무래도 전망이 불투명해요. 그 사진을 들고 저를 포함해 세 명이 분담해 돌아다니고 있고요, 각 구역 파출소 순경들에게도 협조를 구하고 있습니다."

"지금 조사는 어디까지 진행되었나?"

"가마타 역을 중심으로 반경 2킬로미터 이내는 거의 끝났어요."

"고생했어." 이마니시는 잠시 생각하다 입을 열었다. "이건 내 감인데, 범인 아지트가 가마타 역보다 동쪽에 있을 가능성은 없어 보여. 역시 북쪽 아니면 서쪽일 것 같은 냄새가 나."

이마니시는 사건 직후 범인의 아지트가 가마타 역에서 출발하는 두 개의 민영 전철, 즉 메카마 선과 이케가미 선 부근이라 추정하고 조사를 한 적이 있다. 그때는 허탕을 쳤다. 그러나 여전히 그 두 노선 부근이 의심스러웠다. 아직도 미련이 남아 있다.

"가마타 역만 놓고 보면 상당히 넓지만 나는 이 두 노선 부근이 중요할 것 같다는 느낌이 들어. 몇 킬로미터 정도 반경을 넓혀 조사하는 것도 좋겠지만 이 두 노선 부근을 중점적으로 조사해보면 어떨까?"

"이마니시 선배는 처음부터 그 의견이셨죠." 요시무라도 그것을 알고 있었다. "아무튼 해보겠습니다. 오늘은 별로 좋은 소식이 없어서 이만 실례하겠습니다."

"그래. 좋은 소식 기다리지."

"그동안 이마니시 선배도 뭔가 하시겠죠?"

요시무라는 이마니시가 가만히 앉아 기다리고만 있을 남자가 아니라는 사실을 알고 있었다.

"글쎄."

이마니시는 미소지었다. 그에게는 요시무라와는 별도로 할 일이 있었다.

그러나 그가 가장 바라는 바는 가마타 경찰서에서 나루세 리에코의 이전 주소를 알아내는 것이었다. 쉬운 일이 아니라는 것은 이마니시도 알고 있다. 벌써 예전에 했던 일이다. 그 당시 별 성과가 없었는데, 시간이 흐른 지금에 와서 성과가 나오리라고는 생각되지 않는다. 그러나 나루세 리에코의 이전 주소야말로 사건 해결의 중대한 열쇠다. 그 당시에 비해 현재는 많은 사실이 밝혀졌다. 이렇게 모인 자료들 때문에 오히려 나루세 리에코의 이전 주소가 더욱 중요해졌다.

그후에도 요시무라에게 중간보고를 받았지만 역시나 비관적이었다. 이마니시는 자신의 감으로 가마타 역을 지나는 두 민영 전철, 이케가미 선과 메카마 선 부근에 중점을 두고 있었다. 요시무라에게도 미리 당부한 만큼 그의 보고는 이마니시의 지시에 충실히 따르고 있었다. 그러나 역시 발견된 것은 없었다.

유일한 단서는 나루세 리에코의 사진 한 장이었다. 수사관들은 사진을 들고 동분서주하고 있었다. 혹여 그녀가 혼자 살았다 해도, 아침저녁으로 출퇴근하거나 동네에서 장을 볼 때, 하다못해 세 든 집의 주인이라도 그녀의 얼굴을 본 사람이 있을 수밖에 없다. 조사의 중점은 그것이었으나 현재 사진 속 그녀의 얼굴을 아는 사람은 나오지 않고 있었다. 이마니시는 조바심이 났다. 상황이 허락한다면 그가 직접 사진을 들고 집집마다 돌아다니며 조사하고 싶을 정도였다.

어느 날 아침이었다. 이마니시가 집에서 신문을 펴니 문화란 한쪽 구석에 다음과 같은 기사가 실려 있었다.

작곡가 와가 에이료 씨는 최근 미국 록펠러 재단의 초청으로 미국행이 결정되었다. 와가 씨는 이달 30일 하네다에서 팬아메리칸 항공으로 출국하여 당분간 뉴욕에서 지낼 예정이다. 그의 미국행은 약 3개월 일정이며 그동안 각지에서 그가 작곡한 전자음악을 공개할 것이라 한다. 그후 유럽 각국을 돌며 유럽의 전자음악 상황을 시찰할 것으로 보인다. 4월 말 일본에 귀국하여, 곧바로 약혼녀인 다도코로 농림대신의 딸 사치코 양과 결혼식을 올릴 예정이다.

이마니시는 기사를 두 번 읽었다. 유능한 젊은이가 세계를 향해 착실히 한 발 한 발 나아가고 있다. 이마니시의 눈에는 언젠가 도호쿠의 한적한 우고 가메다 역에서 보았던 누보 그룹의 얼굴이 떠올랐다.

울적한 기분으로 경시청에 출근해보니 벌써 요시무라가 기다리고 있었다.

"무척 일찍 왔군."

"예에……"

요시무라의 얼굴에는 피로한 기색이 역력했다. 이마니시는 그 표정을 보고 결국 조사가 아무런 성과가 없었음을 알았다.

"결국 알아내지 못했어?"

둘은 현관 홀 구석에 우두커니 서 있었다.

"못 찾아냈습니다." 요시무라는 고개를 떨어뜨렸다. "수사과장님도 힘을 보태주셨지만……"

"조사를 시작한 지 며칠 됐지?"

"벌써 일주일이 다 되어갑니다. 조사할 만한 곳은 거의 다 찾아봤어요."

"그래……"

이마니시는 팔짱을 꼈다. 가마타 경찰서에서는 분명 최선을 다했을 것이다. 그건 이마니시도 알고 있다. 그러나 그토록 총력을 기울였는데도 나루세 리에코의 주소를 알아내지 못했다면, 대체 그녀는 어디에 있었다는 말인가. 이마니시의 착각에 지나지 않은 것일까. 가마타 부근에 살았으리라는 추측. 두 민영 전철 노선 부근에 살았으리라는 추측. 이것들이 모두 틀렸단 말인가.

아니다. 그럴 리가 없다. 범인은 범행 당시 피를 뒤집어쓴 채로 현장에서 도주했다. 물론 택시도 탈 수 없었을 터. 밤 열두시가 넘은 어두운 길을 범인은 그 아지트까지 걸어서 간 게 틀림없다. 이 경우 일단 자가용이 있을 가능성도 생각해볼 수 있으나 이마니시는 고려하지 않았다. 그는 이 조건을 과감하게 버리고 생각했다.

만일 가마타 역 부근이면서 동시에 두 민영 전철 노선 부근이라는 추측이 틀리지 않았다면, 그녀는 이마니시가 아직 눈치채지 못한 사각지대에 살았던 것일까.

"요시무라." 이마니시는 젊은 후배의 어깨에 손을 올렸다. "여러모로 고생 많았어."

"아닙니다. 성과가 전혀 없어서 면목이 없습니다."

"아니야. 이런 일로 풀죽어선 안 돼. 힘을 내."

"예."

"아직 우리 생각이 미치지 않은 곳이 있을 거야. 기운 내자고."

"예."

"이 정도로 최선을 다했는데 조사에 실수가 있었다고는 생각하지 않아. 그러니 분명 우리가 아직 알아채지 못한 어떤 구멍 같은 게 있다는 생각이 들어."

"……"

"요시무라. 어찌 보면 이번 조사도 마냥 헛수고는 아니었어. 왜냐하면 범인의 아지트는 일반 가정집이 아니라는 점이 분명해진 셈이잖아. 그렇지 않아? 그렇다면 우리 생각도 저절로 일반 가정집이 아닌 다른 곳으로 한정될 테지. 범위가 좁아진 거야. 그러니 헛수고는 아니지."

이마니시가 위로의 말을 건넸다.

"이마니시 선배, 그렇게 말씀해주시니 저도 안심이 됩니다. 말씀하신 대로 맹점이 있었는지도 모르겠네요."

"그래, 같이 생각해보자고."

"생각해보겠습니다." 요시무라도 기운이 난 눈빛이었다.

"그럼 수사과장님께 잘 부탁한다고 전해줘."

"알겠습니다."

이마니시는 젊은 동료를 경시청 현관 밖까지 배웅했다. 요시무라의 뒷모습이 환한 전차 선로를 건너갔다. 이마니시는 형사실로 되돌아왔다. 마뜩잖은 얼굴로 차를 마셨다.

―나루세 리에코는 범인과 어디에서 연락을 주고받았을까.

나루세 리에코는 전위극단 사무원이었다. 극단은 아오야마 방면에 있다. 그녀는 어딘가 하숙집이나 아파트에서 통근하고 있었다. 그러나 그녀가 자살한 후 이마니시가 극단 사무소에 조사하러 갔을 때, 극단 사람들은 그녀가 어디에서 회사를 다니는지 몰랐다. 전차나 버스 정기권도 들고 다니지 않았다고 한다.

거기에 나루세 리에코의 비밀이 있다. 일반적이라면 정기권을 사서 출퇴근했을 것이다. 그런데 매일 현금으로 표를 사서 다녔거나 회수권을 사용했는지, 아무튼 그녀는 일반적인 통근 방법으로 출퇴근하지 않았다.

그녀는 극단 사무원들로부터 스스로를 고립시키고 있었다. 교류도 전혀 없었다. 성격은 매우 온순하고 얌전했지만 자신의 주소는 절대 누구에게도 알려주지 않았다. 극단 관계자들은 나루세 리에코가 이마니시가 사는 동네 아파트에서 자살했을 때에야 비로소 그녀의 주소를 알았을 정도다. 그전에 살던 곳은 아무도 모른다.

물론 그녀는 극단에 주소를 남겨두긴 했다. 그러나 그것은 그녀가 극단에 들어왔을 당시 주소로, 나중에 알아보니 그곳은 그녀의 친구 집이었고 그후 1년 정도만 머물다 나왔다는 것이다. 그 친구에게 물어도 그녀가 어디로 이사했는지는 알 수 없었다.

아무튼 이상할 정도로 자신의 주소만은 비밀에 부친 여자였다. 전위극단에서 근무한 지 4년 만에 자살했다.

이마니시는 그러한 사실들을 바탕으로 그녀의 연애관계를 추측했다. 즉 1년 후 친구 집에서 나온 시기에 내연의 연인이 생긴 것이다.

뒤집어 말하면 그녀가 아무에게도 말하지 않은 집 주소가 범인의 아지트였다.

그러나 가마타 경찰서가 조사한 범위에서 알아낼 수 없었다는 것은 다른 쪽으로도 손을 써야 한다는 의미였다. 그렇게 되면 범위가 지나치게 방대해진다. 조사가 절대적으로 어려워지는 셈이다. 하지만 이마니시는 아직 희망을 버리지 않았다.

'나루세 리에코의 연인이 누구인지 아는 사람이 있었다. 죽은 미야타 구니오. 그는 그 이름을 이마니시에게 말하기 직전 급사했다.'

요시무라의 보고를 받은 날, 그는 집으로 돌아가지 않고 전차를 타고 아오야마로 향했다. 전위극단 사무소는 메이지 신궁 가이엔 입구 근처에 있었다. 저녁 무렵이었으나 사무소에는 불이 켜져 있었다. 이마니시가 들어가보니 사무원 세 명이 책상에서 포스터와 입장권을 정리하고 있었다. 이마니시의 얼굴을 아는 사람이 있었다.

"어서 오세요." 그 사무원은 이마니시를 좁은 응접실로 안내했다.

"지난번엔 큰 신세를 졌습니다." 이마니시는 더스터코트 대신 걸친 레인코트를 벗고 자리에 앉았다.

"어떠세요? 그후 나루세 씨의 옛 주소는 아셨습니까?"

사무원은 마침 쉬고 싶을 때 손님이 왔다는 듯 일을 멈추고 담배를 한 모금 빨아들인 다음 이마니시에게 반대로 물었다.

"그게, 아직 잘 모르겠습니다." 이마니시도 담배에 불을 붙였다. "그후 여기에도 새로 들어온 소식이 없나요?"

"전혀요." 그는 대답했다. "저도 신경쓰고는 있는데 말이죠."

3

이마니시는 사무원과 잠시 잡담을 나누었다. 용무는 끝났지만 곧바로 나올 수는 없었다. 이곳에서도 나루세 리에코의 주소를 알아내는 것은 절망적이었으나 그렇다고 해도 앞으로 무슨 일이 있을지 모르는 상황에서 매정하게 돌아설 수는 없었다.

"경시청에서는 대체 왜 아직까지 나루세 씨의 옛 주소를 찾고 있는 겁니까?"

사무원은 이해가 가지 않는다는 표정이었다. 극단에서는 나루세 리에코와 가마타 조차장 살인사건이 연관되어 있다고는 꿈에도 생각지 못하고 있었다.

"그게 사정이 좀 있어서요." 이마니시가 둘러댔다. "나루세 씨는 자살했지만 아무래도 보통 병사와는 달리 변사니까요. 그래서 참고하기 위해 당사자의 사정을 잘 알아둘 필요가 있는 겁니다."

"아아, 그렇군요." 사무원은 감탄했다. "그렇게 죽고 나서도 계속 누군가에게 쫓긴다면 섣불리 자살도 못하겠어요."

"뭐, 그런 셈이죠."

이야기하는 도중 이마니시의 귀에 멀리서 함성이 들려왔다.

"저 소린 뭡니까?" 이마니시는 귀를 기울였다.

"아아, 저거 말이죠. 지금 마침 연습실에서 다음 공연을 연습하고 있어요."

"아, 그렇군요."

"어떠세요, 시간 되시면 좀 보고 가시죠?"

이마니시는 신극을 본 적이 없다. 연극이라면 젊었을 적 쓰키지 소극장에 갔던 정도가 고작이었다. 이 극단은 이름대로 현재 가장 진보적인 연극을 무대에 올리는 곳으로 정평이 나 있다.

"그렇게 말씀해주시니 그럼 조금 보고 갈까요. 그런데 제가 들어가서 방해가 되는 건 아닌지 모르겠네요."

"전혀요. 무대 연습이라고 해도 모두 의상까지 갖춰 입은 채 하고 있으니까요. 진짜 연극을 볼 때랑 별 차이가 없을 겁니다. 관람석 같은 자리가 있으니 거기에 앉아 계시면 아무도 신경쓰지 않아요."

"그럼 잠시 실례하겠습니다."

"안내하지요."

사무원은 앞장섰다. 사무실 문을 열고 이마니시 앞에서 걸었다. 복도가 있고 그 끝에 문이 하나 더 있었다. 사무원은 그 문을 살짝 열었다. 이마니시는 뒤따라 들어갔다.

무대 위의 소리가 한꺼번에 들려왔다. 많은 사람이 조명 아래에서 움직이고 있는 모습이 갑자기 눈에 들어왔다. 사무원은 어두운 벽 쪽에 늘어서 있는 의자로 안내했다. 이마니시 외에도 네댓 명이 어두운 곳에서 담배를 피우거나 팔짱을 끼거나 다리를 꼰 채 무대를 바라보고 있었다.

연극 제목이 뭔지는 모르지만 배경은 공장의 일부인 듯했고 직공으로 분장한 많은 사람이 모여 있었다. 그들은 마찬가지로 작업복을 입은 한 남자를 둘러싸고 의논하고 있다. 보고 있자니 무대 아래에 있는 감독이 가끔 배우들의 대사를 지적했다.

이마니시는 무대를 바라보았다. 진짜 연극을 보는 것과 다르지 않왔다. 상당히 박력 있다. 내용은 잘 모르겠지만, 이 공장이 파업해야 할지를 두고 노동자들이 의논하는 장면이다. 다들 작업복을 입고 있었 다. 모두 스무 명 정도 되는 사람들이 무대에서 움직이고 있었다. 무대 를 보며 이 많은 배우들의 의상을 만들려면 힘들겠다고 생각했다.

극의 진행을 지켜보다가 갑자기 이마니시의 눈이 빛났다. 눈으로는 연극을 보고 있었지만 생각은 다른 곳에 가 있었다. 이윽고 어두운 의 자에서 일어나 문을 살짝 열고 복도로 나갔다. 사무실에 돌아가자 사 무원 세 명이 여전히 포스터 등을 부칠 준비를 하고 있었다.

"어떤가요?" 안내해준 사무원이 이마니시를 돌아보았다.

"꽤 재미있었습니다." 이마니시는 미소를 지으며 대답했다.

"그렇다면 다행이네요. 괜찮으시면 끝까지 보고 가시겠어요?"

"감사합니다."

"저건 이번에 저희 극단에서 처음으로 무대에 올리는 극으로 신경 을 많이 쓴 작품이에요. 덕분에 사전 평판도 매우 좋았지요."

"그렇군요. 배우분들 연기가 뛰어나던걸요."

이마니시는 그 사무원 옆에 가서 작은 목소리로 말했다.

"좀 여쭤보고 싶은 게 있는데요."

사무원도 일손을 놓고 이마니시 옆으로 왔다.

"방금 보니까 의상이 상당히 많던데요."

"그렇습니다. 의상 제작도 무시 못할 작업이에요."

"공연이 끝나고 나서도 그 의상들을 보관해두십니까?"

"거의 보관하고 있습니다."

"그럼 당연히 관리하는 사람도 있겠군요."

264

"있지요."

"죄송하지만 그분을 좀 뵐 수 있을까요?"

"의상 담당 말씀이신가요?"

사무원은 이마니시의 얼굴을 보았다. 의아하다는 표정이었다.

"예, 좀 여쭤보고 싶은 것이 있어서요."

"그럼 잠시 기다려주세요. 지금 있는지 보고 오겠습니다."

사무원은 다시 사무실을 나갔다. 이마니시는 그곳에서 잠시 담배를 피웠다.

나루세 리에코는 이 극단의 사무원이었으니 극단 내부 사정도 잘 알고 있었을 것이다. 물론 단원 모두와도 아는 사이였다.

사무원이 돌아오길 기다리는 중에도 이마니시의 생각은 꼬리에 꼬리를 물고 이어지고 있었다. 사무원이 돌아왔다.

"있네요. 마침 그 의상 담당자가 퇴근 준비를 하던 참이더라고요."

"다행입니다." 이마니시는 담뱃불을 껐다. "잠시만 만나고 싶은데요. 5분이나 10분 정도만……"

"안내하겠습니다."

사무원은 이마니시를 안쪽으로 데려갔다.

"이 사람이 의상을 관리하고 있습니다."

사무원이 소개해준 사람은 서른대여섯 살 정도의 뚱뚱한 여자였다.

"퇴근하시려는데 죄송합니다."

이마니시는 머리를 숙였다. 의상 담당은 이미 코트를 걸치고 집에 갈 채비를 마친 상태였다.

"무슨 일이시죠?" 키가 작은 그녀는 이마니시를 올려다보았다.

"큰일은 아니고요, 방금 무대 연습을 보고 왔는데요. 저렇게 많은 의상을 혼자서 전부 관리하시나요?"

"예, 그런데요."

"의상이 상당히 많은데 저중에서 분실하는 경우도 있습니까?"

"아뇨, 그런 일은 좀처럼 없어요."

"좀처럼?" 이마니시는 그 단어에 주목했다. "그럼 가끔은 분실하는 경우도 있다는 말씀이시네요?"

"예, 거의 없지만 한두 벌 없어지기도 해요. 그래도 그런 일은 몇 년에 한 번 있을까 말까 하는 정도예요."

"그렇군요. 하긴 잘 관리하고 계실 테니까요. 하지만 불가항력이라는 것도 있지 않습니까. 아무리 주의해도 저렇게 엄청난 숫자라면 개수가 모자랄 때도 있겠지요."

"예, 그래도 그건 제 책임이에요."

"흠, 그럼 올봄에 남자 의상이 사라진 적은 없나요?"

이마니시가 꽤 구체적으로 말해서 의상 담당자는 조금 놀란 표정을 지었다.

"예, 한 번 있었어요."

"오, 그렇군요. 언제쯤이었습니까?"

"5월부터 가와무라 도모요시 선생님의 〈피리〉라는 연극을 상연했어요. 그때 남자 의상 가운데 레인코트 한 벌이 어디로 갔는지 아무리 찾아도 보이지 않았던 적이 있어요."

"레인코트요?" 이마니시는 눈을 부릅떴다. "그건 언제쯤 일입니까?"

"그 공연은 5월 내내 했는데, 분명 5월 중순경에 사라졌을 거예요.

아무리 찾아도 안 보여서 제가 급히 다른 옷으로 준비해 무대에 올린 적이 있어요."

"죄송합니다만, 그게 5월 며칠인지 정확히 알 수 없을까요?"

"잠깐만요. 업무일지를 봐야겠어요."

그녀는 급하게 자신의 방으로 돌아갔다.

"역시 없어지기도 하는군요."

이마니시는 그사이 사무원과 이야기를 나누었다. 그러나 여유로운 말투와는 달리 그의 심장은 세차게 뛰고 있었다.

"알아냈어요." 의상 담당 직원은 금방 돌아와 이마니시에게 말했다. "방금 일지를 봤는데요. 5월 12일에 없어졌네요."

"5월 12일요." 이마니시는 이거다 싶었다.

"네. 12일에 다른 레인코트를 찾아서 무대에 올렸어요."

"그럼 11일에는 그 레인코트가 있었습니까?"

"예, 11일에는 이상 없었어요. 인원수에 맞게 전부 있었지요."

"그때 공연은 몇시에 끝났죠?"

"밤 열시였을 거예요."

"장소는요?"

"시부야에 있는 도요코 홀이었어요."

이마니시의 심장은 다시금 세차게 뛰기 시작했다. 시부야와 고탄다는 가깝다. 고탄다에서 가마타까지는 이케가미 선이 다닌다. 게다가 메구로는 더 가깝다. 메구로에서 가마타까지는 메카마 선이 다닌다.

"그 레인코트는 무슨 색이었습니까?"

"조금 짙은 쥐색이었어요." 의상 담당 직원은 여기까지 말하고서 의아한 얼굴을 했다.

"저는 따로 도난 신고를 하지 않았는데, 그게 문제가 되나요?"

"아뇨. 그런 건 아닙니다. 도난 신고와는 관계없어요." 이마니시는 미소를 지었다. "그나저나 도난 신고라고 말씀하셨는데 도난이 맞습니까?"

"아뇨, 단정짓지는 못하지만 분명히 없어졌어요."

"의상은 대기실에 보관합니까?"

"예, 그래요. 공연이 끝나면 의상 창고에 보관하지만, 공연중에는 대기실에 두지요."

"이상하네요. 대기실에 도둑이 들기도 하나요?"

"가끔은 들기도 해요. 하지만 낡아빠진 레인코트 한 벌을 들고 가는 도둑은 없겠지요. 돈이 없어진 적은 있어도요."

"레인코트가 없어진 걸 12일에 알게 됐군요. 즉 11일 밤에는 레인코트가 있었고 무사히 공연을 마쳤지만, 그다음날인 12일 공연 전에 사라진 사실을 알게 되었고요."

"예, 말씀하신 대로예요. 허둥지둥했지만 무사히 공연을 마쳤지요. 미야타 씨는 키가 커서 큰 사이즈의 레인코트를 찾기 힘들었어요."

"예? 미야타 씨요?" 이마니시는 무심코 언성을 높였다. "그 레인코트가 미야타 씨 것이었습니까?"

"그런데요." 이마니시가 큰 소리를 내서 오히려 직원이 깜짝 놀란 듯했다.

"그렇군요. 미야타 씨라면 물론 미야타 구니오 씨겠죠?"

"맞아요."

이마니시는 호흡마저 가빠졌다.

"미야타 씨는 자신이 입을 레인코트가 없어진 것을 알고 뭐라고 했습니까?"

"이러면 안 되는데, 하고 중얼중얼하면서 저에게 빨리 무슨 수를 써달라고 부탁했어요. 어젯밤까지는 분명 있었는데 이상하다며 몇 번이고 고개를 갸웃거렸어요."

"잠시만요. 그때 미야타 씨는 공연이 끝날 때까지 계속 등장했나요?"

"예, 그 레인코트를 입는 장면이 마지막이었어요."

이마니시는 팔짱을 꼈다. 미야타 구니오의 죽음이 갑작스레 그에게 크게 다가왔다.

"좀 여쭙겠습니다만, 이곳에 나루세 리에코라는 여성이 사무원으로 근무했지요. 자살한 분인데요."

"예, 잘 알아요."

"이런 걸 여쭤보기는 좀 그렇지만, 그 미야타 씨와 나루세 씨는 친밀한 사이였습니까?" 이마니시가 의상 담당에게 물었다.

"글쎄요, 특별히 친밀한지는 잘 모르겠지만 미야타 씨가 나루세 씨를 좋아했던 것 같기는 해요."

그것은 이마니시도 예전에 들었던 말이다. 미야타 구니오가 나루세 리에코를 마음에 두어 이마니시가 사는 동네 아파트 주위를 어슬렁거리던 모습을 직접 목격한 적도 있다.

"그날 밤 미야타 씨는 공연이 끝나고 바로 집에 돌아갔습니까?"

"글쎄요. 그건 저도 모르겠네요." 의상 담당이 미소를 짓자 눈초리에 주름이 생겼다. "그래도 그 사람은 공연이 끝나면 대개 혼자서 집에 갔을걸요. 술도 잘 안 마셨고 친구도 별로 없었던 것 같으니까요."

"나루세 씨는 어땠나요?"

"그것도 전 잘 모르겠네요. 그건 사무실 분들이 잘 아시겠죠."

의상 담당은 옆에 서 있는 사무원을 돌아보았다.

"글쎄요." 사무원은 고개를 갸우뚱거렸다. "몇 월 며칠에 바로 집에 갔는지를 물어보신다면 기억은 안 나지만, 나루세 씨는 정말 성실한 사람이라 마지막까지 일했어요. 도중에 조퇴하는 일은 거의 없었습니다."

"여기에 출퇴근 시간 기록부 같은 건 없습니까?"

"그런 건 없는데요."

이마니시가 알고 싶은 것은 5월 11일 밤에 나루세 리에코가 도중에 외출한 적은 없는지였다.

"나루세 씨의 업무는 중간에 잠시 자리를 비울 수 있나요?"

"글쎄요. 못할 건 없지요. 그녀가 하는 일은 공연이 끝난 후의 뒷정리였으니까요. 공연중에는 그다지 바쁘지 않았을 겁니다. 그렇지만," 사무원은 말을 이었다. "나루세 씨는 그런 행동은 하지 않았어요. 항상 공연 장소에서 떠나지 않았지요."

"그때 장소가 도요코 홀이었다고 말씀하셨지요. 그럼 당연히 나루세 씨도 도요코 홀에 있었겠군요."

"그렇습니다. 그건 틀림없어요."

이것으로 물어볼 말은 다 물었다.

"귀찮게 여러 가지 질문을 드렸네요."

이마니시는 두 사람에게 머리를 숙였다.

그러나 생각지도 못했던 수확을 얻었다.

무대의상인 레인코트를 한 벌 분실했다. 분실 사실은 5월 12일에 밝혀졌다. 따라서 레인코트는 11일 공연이 끝난 직후에 분실되었을 수 있다. 11일은 가마타 살인사건이 일어난 날이다.

공연 종료는 밤 열시였다고 한다. 가마타 조차장에서 피해자가 피살되었다고 추정되는 시간은 열두시부터 한시 사이이다. 가해자가 피범벅이 된 옷 위에 레인코트를 걸친다면 누구의 의심도 사지 않을 것이다. 택시도 여유롭게 탈 수 있다.

그 레인코트는 미야타 구니오가 무대에서 입는 의상이었다. 미야타 구니오는 나루세 리에코에게 호감을 느꼈다. 또 나루세 리에코는 어떤 인물에게 열렬한 애정을 쏟고 있었다. 모든 것은 연결되어 있다.

이마니시의 기억 속에는 이러한 글이 있다.

'사랑이란 고독한 것이라고 운명지어져 있는가. 3년간, 우리 사랑은 이어졌다. 하지만 쌓아올린 것은 아무것도 없다…… 절망이 밤마다 내 꿈을 채찍질한다. 그래도 나는 용기를 내지 않으면 안 된다. 그를 믿고 살지 않으면 안 된다…… 이 사랑은 언제나 나에게 희생을 요구한다. 거기에 나는 순교적 환희마저 가져야만 한다. 미래에도 영원히, 라고 그는 말한다. 내가 살아 있는 한, 그는 계속해서 그리할 것인가.'

자살한 나루세 리에코가 쓴 노트의 한 구절이다. 이 글에 분명 '3년간'이라 쓰여 있다. 나루세 리에코가 전위극단에서 근무하기 시작한 것은 4년 전이다. 그로부터 1년 뒤에 처음 극단에 알린 주소에서 다른 곳으로 이사했다. 다시 말해 3년간 그녀는 극단에 자신이 사는 곳을 숨겼다. 이마니시는 그의 추측에 확실한 자신감이 생겼다.

노트는 평소 생각을 쓴 글로도 보이고, 일종의 유서로도 보였다. 그 가운데 연인의 이름은 없었다. 자신의 마음을 써나가며 스스로 다그치는 글이었다.

나루세 리에코는 분명 신중한 여성이었을 것이다. 노트를 쓰면서도 남의 눈에 띄게 될 때를 고려해 연인의 이름을 철저히 숨겼다. 이는 그녀 자신을 위해서가 아니었다. 상대방에게 피해를 주지 않기 위한 배려였다.

'이 사랑은 언제나 나에게 희생을 요구한다.' 그녀는 이렇게 남겼다. 그녀는 실제로 희생양이 되었다. 애인을 위해 극단의 의상을 훔쳐 그가 기다리는 장소로 가져갔다. 또 애인을 위해 피에 젖은 셔츠를 잘게 잘라버린 사람도 그녀다. 위법 행위를 저지르면서도 그녀는 후회하지 않았다. '거기에 나는 순교적 환희마저 가져야만 한다.'

이마니시는 지금까지 잘못 생각해왔다. 그녀의 애인을 착각하고 있었을 뿐만 아니라, 그녀가 아지트를 갖고 있었다는 추측도 큰 실수였다. 가마타 역을 중심으로 조사해도 은신처가 나올 리가 없었다. 그런 것은 애당초 존재하지 않았기 때문이다.

이마니시는 순서대로 차근차근 되짚어보았다.

한 남자가 살인을 결심했다. 그는 자신의 옷에 피가 튈 것을 예상했다. 그 상태로는 택시도 탈 수 없다. 범행 전, 남자는 공중전화로 도요코 홀의 전위극단에 전화를 걸었다. 늦은 시간이었지만 그녀는 아직 남아 있었다. 그는 그녀에게 위에 걸칠 옷을 가져와달라고 부탁했다. 장소도 가르쳐주었다.

그녀는 바로 무대의상인 레인코트를 훔쳤다. 그것은 미야타 구니오가 공연 때 입는 의상이었다. 어쩌면 그녀는 미야타에게 은밀히 그걸 가져와달라고 부탁했을지도 모른다. 그렇다, 분명 그럴 것이다. 아무리 레인코트 한 벌이라도 자기 극단의 물건을 훔치는 일은 그녀의 양심에 어긋났다.

시부야에서 현장까지 택시를 타면 금방이다. 전차를 타도 고탄다나 메구로에서 갈아타면 된다. 그녀는 어두컴컴한 곳에서 기다리던 연인을 만나 레인코트를 건넸다……

4

이마니시 에이타로는 범인의 그날 밤 행적을 거의 파악했다. 범인은 가마타 부근에 아지트를 두고 있지 않았다. 여자는 있었지만 약속 장소는 가정집이 아니었다. 이마니시는 오랜 수수께끼가 이제야 풀렸다고 생각했다. 그간 얼마나 많은 시간과 노력을 투자했는지 모른다. 그러나 그대로 미궁을 헤매기보다 늦게나마 알게 되는 편이 낫다.

그러나 아직도 이마니시가 모르는 점들이 많았다. 아니, 중요한 것들은 대부분 파악하지 못했다. 이마니시는 일단 요시무라에게 자신의 생각을 말했다.

"정말 말씀하신 그대로네요."

요시무라도 공감했다. 이번 수색에 가장 신경을 쓴 사람이 이 젊은 동료였다.

"중요한 걸 알아내셨군요. 역시 이마니시 선배세요."

"너무 치켜세우지 마." 이마니시는 쑥스러웠다. "금방 알아냈으면 칭찬을 들어도 되겠지만 헤매고 헤맨 끝에 얻은 수확이라."

"아뇨, 그것만으로도 충분히 고생한 보람이 있는걸요. 과연 그런 방법이 있었군요."

가해자의 범행은 간단했다. 피해자를 돌로 쳐죽인 단순한 범죄였다. 하지만 그다음이 문제였다. 범인은 자신의 피 묻은 옷을 감출 만한 옷을 여자에게 들고 오게 했는데, 그후 그는 어떻게 했을까. 그 직후의 행동만이 아니다. 그 범죄가 일어나고 세 사람이 죽었다. 이마니시는 가마타 조차장 살인사건의 그림자를 이 세 명의 죽음에서도 찾아내려 했다.

다음날 세시경, 이마니시는 허기를 느꼈다. 경시청에는 1층과 5층에 식당이 있다. 1층은 형사들을 위한 실용적인 식당이지만 5층은 찻집 같은 곳이다. 이곳에서는 싸구려 커피나 주스 외에도 과자와 어린이용 기념품 따위를 시중보다 저렴하게 팔고 있다.

이마니시는 업무를 일단락짓고 5층으로 올라갔다. 누구나 비슷한 시간에 배가 고파지는 모양인지 이 시간에는 손님이 제법 있다. 이마니시는 커피와 싸구려 카스텔라를 주문하고 자리에 앉았다. 바로 옆자리에는 방범과 사람들이 있었다. 이마니시는 얼굴은 알지만 이야기를 나눌 정도로 친하지는 않았다. 경시청 사람이 아닌 외부인도 두 명정도 섞여 있었는데, 방범협회 사람인 듯했다. 대여섯 명이 모인 자리라 이야기도 활발하게 오갔다.

이마니시는 단단한 카스텔라를 입에 넣고 커피를 머금어 입안에서 부드럽게 녹이고 있었다.

"그런데 말이죠, 최근에는 가정집에서도 방범설비를 제대로 갖추고 있는 모양이에요." 방범협회 사람이 말했다. "역시 경시청의 선전이 꽤 먹혀들었나봅니다."

이마니시는 카스텔라와 커피를 번갈아 입으로 가져갔다. 형사를 하면 힘든 일이 많다. 추운 겨울의 철야, 여름밤 모기에게 물리며 밤새 웅크리고 잠복하기. 물건 하나를 들고 도내를 열흘 넘게 돌아다니며 증거 굳히기…… 그런 바빴던 때를 떠올리면 여유로운 지금의 시간은 천국 같았다.

"도민들의 가장 큰 고민거리는 빈집털이겠지요. 그렇지만 이것도 집을 비울 때 바로 옆집과 서로 연락하게 하고서는 크게 달라졌어요."

옆에서는 방범과 사람이 말하고 있었다.

"도쿄 사람들은 이웃과 별로 교류하지 않는 특징이 있지요. 그래서 쉽게 도둑들의 표적이 됐던 겁니다. 최근에는 빈집털이도 크게 줄었어요."

"현관문 안쪽에 방범벨을 부착하는 집도 많아졌지요."

"그건 심리적인 효과가 있습니다. 다만 앞문만 해서는 안 되고 뒤쪽에도 제대로 대비해야 해요. 그런데 정작 가장 중요한 뒤쪽을 방치해두는 집이 많더라고요."

"아무튼 빈집털이는 그만하면 됐다 치더라도 여전히 줄지 않는 것이 강매하는 잡상인이에요." 방범과 형사가 말했다. "사실 그게 고민거립니다. 뭐, 순순히 백 엔짜리 하나 사주면 귀찮은 일이 줄지도 모르지만, 빤히 바가지를 쓰는 줄 알면서도 사야 하니 정말 한심하잖아요. 사실

주부들은 장 보러 가서 단돈 30엔짜리 물건이라도 얼마나 고르고 또 고르는데요."

"식구가 적은 집은 공포심이 앞서서 금세 돈을 줘버려요. 그러면 잡상인은 이때다 싶어 이번에는 이것을 사라, 저것도 사라 하고 계속 밀어붙이기도 합니다. 옆집에 도움을 청하러 가려 해도 그사이 빈집에 들어와 무슨 짓을 할지 알 수 없고, 겨우 도움을 청해도 잡상인이라는 말을 들으면 옆집 사람도 뒷걸음질치니 말입니다. 이거 정말 골치 아픕니다."

"그런데 말이죠." 방범협회 사람 하나가 웃음 섞인 목소리로 말했다. "최근 강매 잡상인을 퇴치할 묘안이 생겼어요."

"호오, 그게 뭡니까?"

"그냥 간단한 장치를 설치하면 됩니다."

그 말에 이마니시는 귀를 쫑긋 세우고 말하고 있는 사람을 보았다. 처음 강매 잡상인이라는 단어가 나왔을 때부터 귀를 기울이고 있었지만 방금 잡상인 퇴치 장치라는 말을 듣고부터는 그의 관심이 갑자기 상승했다.

"그게 말이죠……." 방범협회 사람이 설명하기 시작했다. "일단 그 효과부터 먼저 말씀드리면, 그 장치를 설치하면 잡상인이 저절로 상태가 나빠져 살금살금 도망친답니다."

"예? 정말요?"

"진짜예요." 이야기를 꺼낸 사람은 고개를 끄덕였다.

"그건 정말 묘안이군요. 실제로 그런 편리한 장치가 있다면 가정마다 큰 도움이 되겠네요. 철면피 잡상인이 상태가 나빠져서 도망친다는 게 재미있는데요. 어떤 장치인지 들려주세요."

이마니시는 옆자리의 잡상인 퇴치법 이야기에 강한 흥미를 느꼈다. 일반 퇴치법이 아니다. 어떤 장치로 잡상인들의 상태를 나쁘게 만든다는 것이다. 이는 얼마 전부터 주시하고 있는 집에서 일어났던 일과 일치하지 않는가. 일부러 요시무라에게 다리를 놓아달라고 부탁해 그 일을 겪은 잡상인을 직접 불러서 이야기를 들었을 정도다.

그것과 똑같은 이야기가 지금 바로 옆에서 들려오고 있었다. 이마니시는 커피를 마시며 귀에 신경을 집중했다.

"그 기계는 말이죠, 일렉트로닉스 잡상인 퇴치기라고 합니다." 방범협회 사람이 말했다.

"일렉트…… 허어, 이름을 보니 전자 제품인가보지요?"

"아뇨, 전기를 쓰지는 않아요. 그게 듣자하니, 높은 음을 내서 상대방의 기분을 나쁘게 만드는 장치라더군요."

"높은 음이라면 옆집까지 울리지 않을까요?"

"아뇨, 그런 높은 음이 아니에요. 원리는 저도 잘 모르겠지만 소리가 들리는 게 아니라 몸에 직접 울려서 기분이 이상해지도록 한대요."

"그런 기계를 어디서 만들죠?" 방범과 형사가 물었다.

"아, 지금은 어떤 기술자가 시험 삼아 만드는 상태인데요. 그런데 이게 일반 가정에 보급되면 효과가 좀 있을 것 같아요."

그뒤의 이야기는, 그런 것이 있다면 여자 혼자 집에 있더라도 잡상인을 간단히 쫓아낼 수 있을 테니 얼마나 편리할까 하는 잡담으로 흘러가버렸다.

이마니시는 옆 사람들이 일어나기를 기다렸다. 5분쯤 지나자 모두

자리에서 일어났다. 이마니시는 재빨리 얼굴을 아는 방범과 형사를
붙잡아 귓속말로 물었다.

"방금 그 뭐라뭐라 하는 잡상인 퇴치기 이야기를 한 사람은 어떤
분이죠?"

형사는 가르쳐주었다.

"방범협회의 야스히로 씨예요. 자전거 가게를 하고 있지요."

"미안하지만 소개 좀 해줄 수 없을까요. 좀 여쭤보고 싶은 게 있어
서요."

"그래요, 좋습니다."

방범과 형사는 마침 문을 향해 줄지어 가고 있던 일행 가운데 한 명
을 데려왔다. 잡상인 퇴치기 이야기를 한 키가 작고 불그레한 얼굴을
한 남자였다. 방범과 형사는 그에게 이마니시를 소개했다.

"저는 이런 사람입니다."

이마니시는 명함을 내밀고는 "항상 협조해주셔서 감사합니다"라고
말하며 고개 숙여 인사했다.

"아닙니다, 협조는 뭘요." 야스히로라는 사람도 이마니시에게 명함
을 건넸다.

"실은 방금 얼핏 잡상인 퇴치기 이야기를 듣게 되었는데, 그것에
대해 꼭 알려주셨으면 합니다." 이마니시는 부탁했다.

방범협회 사람이 이마니시에게 알려준 기술자는 T 무선기술 연구
소 연구원이었다. 연구소는 지토세 후나바시 방면에 있었다.

이마니시는 방문에 앞서 연구소로 전화를 걸었다. 그 사람은 하마
나카 쇼지라는 젊은 기술자였다.

"낮에는 연구로 바쁘니 오늘 다섯시쯤이나 내일 아침 열시쯤에 와 주세요."

하마나카 기술자는 전화로 대답했다. 이마니시로서는 한시라도 빨리 그 이야기를 듣고 싶었다. 오후 다섯시에 연구소를 방문하기로 했다. 그때 용건도 전화로 이야기했다.

"그런 이야기를 어디서 들으셨습니까?"

상대방의 목소리에서 웃고 있다는 것이 느껴졌다. 일단 이렇게 말해두었으니 상대방도 자료를 준비해놓고 기다릴 터였다.

이마니시 에이타로는 네시 넘어 경시청을 나섰다. 이곳에서 지토세 후나바시까지는 꽤 멀었는데, 목적지에 도착할 때까지 이렇게 초조한 적이 없었다.

보통은 전철이나 버스를 갈아타고 가지만 오늘은 큰맘 먹고 택시를 탔다. 그러나 경시청이 있는 사쿠라다몬에서 아카사카, 시부야 방면으로 가는 길은 극히 혼잡했다. 차는 생각만큼 속도를 내지 못했다. 결국 목적지인 지토세 후나바시까지 한 시간 가까이 걸렸다.

연구소는 잡목림이 보이는 공터에 있었다. 모양뿐인 가시 철조망이 둘려 있고, 2층짜리 작고 하얀 서양식 건물 꼭대기에는 밥공기 같은 파라볼라 안테나와 무선 철탑이 설치되어 있었다.

이마니시가 접수대로 가자 하마나카 씨가 이야기해두었는지, 경비로 보이는 사람이 응접실로 안내해주었다. 그곳에서 기다리며 창밖을 내다보았다. 상수리나무 가지 끝에 매달린 노란 잎이 보인다.

잠시 후 문이 열리며 서른네댓 살 정도에 머리숱이 별로 없고 이마가 넓은 사람이 나타났다. 눈이 동그랗고 컸다.

"하마나카입니다."

명함을 교환했다. 하마나카의 직함은 '우정성 기술관'이라 쓰여 있었다.

"공무원이지만 이 연구소에 다니고 있습니다." 하마나카 씨는 자신의 신분에 대해 설명했다.

"실은 전화로 말씀드린 대로 방범협회 분에게 일렉트로닉스 잡상인 퇴치기 이야기를 들었습니다. 그걸 하마나카 씨가 발명하셨다고 하던데요?"

"아뇨, 제가 발명했다고 할 정도는 아닙니다."

하마나카 기술관은 큰 눈을 가늘게 뜨고 웃음기 섞인 목소리로 말했다.

"이론은 간단합니다. 그러나 실용적으로 구상한 사람은 제가 처음일지도 모르겠네요."

"그 이론이 뭔가요? 알기 쉽게 설명해주세요."

이마니시는 하마나카에게 물었다.

간단한 장치 하나로 물건 자랑을 늘어놓는 잡상인이 허둥지둥 도망친다면 이 이상의 묘책은 없을 터였다. 하마나카는 미소를 지으며 대답했다.

"그건 말이죠, 소리입니다."

"소리요?"

"예, 조금 설명해드리지요. 우리는 날마다 다양한 소리 속에서 생활하고 있지요." 하마나카 씨는 쉬운 말을 골라 설명해나갔다. "그 소리 중에는 음악 같은 악음樂音도 있고 그렇지 않은 잡음도 있습니다.

그중에서 특히 불쾌감을 주는 소리가 있는데요. 예를 들면 톱이 내는 쇳소리나 유리를 손톱으로 긁을 때 나는 소름 끼치는 소리 말입니다. 이런 것들이 불쾌한 소리죠."

"그러네요."

"음색의 차이 때문에 이러한 불쾌감을 느끼게 되는데요, 이 음색이라는 것은 마치 소리가 공기중에서 파도치는 듯한 형태로 전해지기 때문에 파형이라고 부릅니다. 이 파형을 주기적으로 보내면 특정한 주파수가 되어 사람에게 불쾌감을 줄 수 있습니다. 잡상인 퇴치기는 이런 음감작용을 이용한 것이지요."

"호오." 이마니시는 이제부터 어려운 이론이 나올 것을 각오하고 다음 말을 기다렸다.

"한 가지 예를 들자면," 하마나카 기술관은 웃으며 말을 이었다. "10여 사이클 정도 되는 낮은 주파수의 소리를 몇 분간 들었다고 가정해봅시다. 이 경우 낮은 소리는 우리가 일반적으로 소리라고 부르는 것이 아닌데, 진동이라 부르는 편이 맞을지도 모르겠네요. 따라서 이것은 듣는다기보다 느낀다고 해야 맞을 겁니다."

"……"

이마니시는 어리둥절한 얼굴이 되었다. 그것을 알아차렸는지 하마나카 기술관도 일반인을 상대로 더욱 쉽게 풀어서 말했다.

"그러니까 이런 소리를 듣고 있자면 제법 상태가 안 좋아집니다. 머리가 아파지거나 몸이 부들부들 떨리기도 해요. 정말 신기하죠."

"정말 그런 상태가 됩니까?" 이마니시는 상체를 앞으로 내밀었다.

"됩니다. 그런데 방금 말씀드린 것은 귀에 들릴 듯 말 듯한 저음에 대해서였는데, 고음도 마찬가지입니다."

"고음요?"

"그렇습니다. 1만 사이클 이상의 고음, 즉 2만 사이클에서 3만 사이클의 소리를 내면 어떤 동물은 민감하게 느끼지만 인간은 그 소리를 들을 수 있다기보다는 몸이 이상해지거나 머리가 욱신거려요. 그래서 우리 귀에 들리는 주파수를 기준으로, 한계보다 높은 쪽을 상한이라 하고 낮은 쪽을 하한이라고 부릅니다. 둘 다 우리에게 불쾌한 소리로 느껴진다는 점에서는 같습니다."

하마나카 기술관은 잡상인 퇴치기에 대해 설명하기에 앞서 이렇게 소리라는 개념부터 꼭꼭 씹어 입에 넣어주듯 이마니시에게 설명했다.

16장
어떤 호적

1

이마니시 에이타로에게 시마네 현 니타 군 니타초사무소에서 보낸 편지가 도착했다.

도쿄 경시청 이마니시 에이타로 순사부장 귀하.

먼젓번 문의하신 모토우라 지요키치 씨에 대해 조사하는 데 시간이 걸렸으나 현재까지 밝혀진 사실을 다음과 같이 알려드립니다.

이곳 관청에 보관된 오래된 기록들을 찾아본 결과, 모토우라 지요키치 씨가 오카야마 현 고지마 군 ××무라 지코엔 요양원에 들어간 것이 쇼와 13년(1938) 6월 22일이었습니다. 예전 기록이라 상세히는 알 수 없지만, 간신히 당시 관계기록부를 발견하여 정확한 날짜를 보고합니다.

다만 당시 지요키치 씨가 데리고 있었다는 장남 히데오는 이 기록부에 나와 있지 않습니다. 아마도 당시 가메다케 파출소에서 근무하며 모토우라 지요키치 씨를 돌본 미키 겐이치 순경이 데려간 것으로 보입니다.

따라서 히데오에 대해 어떤 처리가 이루어졌는지는 파출소에 마련된 파출소 업무일지라도 보지 않는 한 알 수 없습니다. 그러나 쇼와 13년 기록은 이미 처분되었으므로 상세한 사항은 분명하지 않습니다(파출소 업무일지는 당시 규정으로 15년간 보존하는 것이 원칙이며, 따라서 쇼와 13년 기록은 소각되었으리라 여겨집니다).

다만 전후 사정으로 미루어볼 때 미키 순경은 환자인 모토우라 지요키치 씨만 오카야마 현 지코엔 요양원에 입원시키고 건강했던 히데오는 아버지로부터 격리하여 보호했다고 보입니다. 보호중이던 히데오가 그후 어떻게 되었는지가 가장 궁금하지만 위와 같은 사정으로 알 수 없게 되어 유감입니다.

이것은 제 추측이긴 하지만 미키 순경의 성품으로 볼 때 분명 히데오를 적당한 독지가에게 맡겼으리라 여겨집니다. 그러나 그 지역을 조사해도 그러한 사실이 발견되지 않는다는 점을 고려하면 어쩌면 히데오 스스로 종적을 감춘 것은 아닐까 하는 추측도 가능합니다. 이는 부모와 단둘이서 유랑했던 부랑아들이 곧잘 보이는 행동이기도 합니다.

여하튼 그후 모토우라 히데오가 어떻게 되었는지 문의하셨지만, 최근 수개월에 걸쳐 관내를 조사했음에도 그간의 사정을 아는 사람이나 히데오를 돌보았다는 곳을 전혀 찾을 수 없었습니다. 이에 의뢰하신 조사를 종료하고 최종 보고를 드립니다.

니타초사무소 서무과장 드림

이마니시 에이타로는 긴 시간 생각에 잠겼다. 그의 눈앞에는 초여름 가메다케 길거리가 펼쳐졌다.

어느 무더운 날, 이 거리를 행색이 초라한 떠돌이 부자가 걷고 있었다. 아버지는 온몸에 고름이 흐른다. 이 불행한 부자를 보다못한 파출소 순경 미키는 아버지를 설득해 오카야마 현에 있는 지코엔 요양원에 입원시켰다. 함께 있던 남자아이는 일곱 살이었다. 미키 순경은 이 아이를 보호하고 있었다. 그러나 아버지와 방랑생활을 하던 그 아이는 순경의 보살핌이 거북하기만 했다. 어느 날 아이는 돌연 도망쳤다. 일곱 살 난 아이는 때에 절고 먼지를 뒤집어쓴 채로 주고쿠 산맥 산등성이를 남쪽으로 넘었다. 그러고 나서 두 갈래로 갈라진 길 중 하나를 택했다.

하나는 히로시마 현 북쪽의 히바 군으로 나가는 길. 또하나는 빈고 오치아이에서 사쿠슈 쓰야마를 빠져나가 오카야마로 나가는 길.

그 남자아이는 어떤 길로 걸어갔을까.

아니, 그 아이는 주고쿠 산맥을 넘지 않아도 된다. 아이는 아버지와 함께 왔던 방향으로 혼자서 돌아갔을지도 모른다. 그 길은 신지로 나가 야스기, 요나고로 걸어가는 길이다. 어쩌면 그곳에서 돗토리 방면으로 갔을지도 모른다.

부랑아가 선택한 방랑길은 이렇게 세 갈래로 추측할 수 있다. 그러나 어느 길을 택했건 그가 오사카로 간 것은 분명했다. 아이는 오사카에서 어떤 사람의 보살핌을 받는다. 아직 고향에 대해 아는 것이 없는 어린아이였다. 아이를 거둔 사람은 이 아이를 어떻게 키웠을까. 우선 생각해볼 수 있는 것은 양자로 삼는 것이다.

여기서 이마니시는 자신의 낡은 노트를 펼쳤다. 부랑아의 고향은 이시카와 현 에누마 군 ××무라 ××번지다. 그러나 그곳에는 '장남 히데오'가 태어난 기록은 있으나 성장한 기록은 없다. 하지만 다른 호적에는 그후의 환영이 실려 있다.

오사카 시 나니와 구 에비스초 2-120
아버지 에이조
메이지 41년(1908) 6월 17일생
쇼와 20년(1945) 3월 14일 사망
어머니 기미코
메이지 45년(1912) 2월 7일생
쇼와 20년(1945) 3월 14일 사망
본인
쇼와 8년(1933) 10월 2일생

부랑아가 시마네 현 산속에서 어느 길을 택했건 오사카에서 '다시 태어났다'는 것을 이 기록은 말해준다. 그러나 이 '본인'의 생년월일과 부랑아 히데오의 생년월일은 다르다. 그뿐만 아니라 이 호적에는 '양자'라는 사실이 기재되어 있지 않다.

하지만 이마니시는 이 호적부에 의혹을 품고 있다. 전부터 생각해

오던 의혹인데, 이번 니타초사무소에서 보낸 답장을 보고 그 형태가 더욱 또렷해졌다. 양자 관계가 기재되어 있지 않다는 사실과 본인의 생년월일이 다르다는 사실이 오히려 더욱 확신을 주었다.

우물쭈물하고 있을 때가 아니었다. 편지를 써서 조사를 의뢰하는 것은 답답했다.

이마니시 에이타로는 그날 밤 바로 오사카행 열차에 올랐다. 도쿄 발 21시 45분 급행열차였다. 이마니시는 휴대용 술병에 담긴 위스키를 맛보며 불편한 좌석에서 눈을 감았다. 야간열차가 단조로운 리듬으로 소리를 내고 있었다. 하지만 불쾌한 소리는 아니었다. 어떤 의미에서는 자장가처럼 기분좋은 소리였다.

소리. 소리.

"소리를 말할 때 우리 귀에 들리는 주파수를 기준으로, 한계보다 높은 쪽을 상한이라 하고 낮은 쪽을 하한이라고 부릅니다. 둘 다 우리에게 불쾌한 소리로 느껴진다는 점에서는 같습니다."

하마나카 기술관의 말이었다.

2

아침 여덟시 반, 이마니시 에이타로는 오사카 역에 도착했다. 경찰서에 들러 나니와 구 에비스초가 어디인지 묻자 경관은 벽에 걸린 커다란 지도를 돌아보았다.

"거기라면 덴노지 공원 서쪽인데요." 경관이 가르쳐주었다.

"구청도 그 근처에 있습니까?"

"거기서 5백 미터 정도 북쪽으로 가시면 있습니다."

이마니시는 택시를 잡았다. 차는 오사카의 아침 거리를 남쪽으로 달렸다.

"이봐, 나니와 구청은 어디지?" 덴노지 오르막길을 막 올라가기 시작할 때 이마니시가 물었다.

"나니와 구청이라면 저기 보이는 곳입니다."

시계를 보았다. 아홉시 10분 전이었다. 구청은 아직 열지 않았을 시간이다.

"손님, 구청에 들를까요?"

"아니, 나중에 들르지."

차는 공원을 오른편에 끼고 달렸다. 학생들이 많았다. 운전사에게 번지를 가르쳐주었다. 이윽고 상점가에 들어섰다. 어느 가게 할 것 없이 모두 닫혀 있었다.

"이 근처 가게들은 깨끗하군." 이마니시가 창밖을 보며 말했다.

"예, 전쟁이 끝나고 다시 싹 새로 지었으니까요."

"그럼 이 지역 일대가 공습을 당했나?"

"예, 전부 다 타서 폐허가 됐죠."

"공습이 언제였기에?"

"그게 전쟁이 거의 끝날 무렵이니까, 쇼와 20년(1945) 3월 14일이 었지요. B-29가 대편대로 몰려와서 말이죠, 소이탄 폭우였다니까요. 미국이 조금만 더 기다려줬다면 여기도 무사했을 텐데 말이죠."

"사람들이 꽤 많이 죽었겠구먼."

"그럼요, 몇천 명은 죽었지요."

이마니시는 지금 운전사가 말한 공습 일자를 도쿄에서 미리 조사해서 머리에 새기고 왔다.

"손님, 도착했습니다."

이마니시가 밖을 보자 양복 도매상 앞이었다.

"여기가 그 번지인가?"

"예."

이마니시는 요금을 치렀다. 그는 내린 자리에서 주변을 살피듯 둘러보았다. 집들이 전부 새 건물이었다. 전쟁 전에 지은 낡은 건물은 한 채도 없었다. 이마니시가 찾는 주소의 양복 도매상에는 '단고 상점'이라는 간판이 내걸려 있었다. 이마니시는 둘둘 만 원단을 선반에 잔뜩 쌓아 늘어놓은 가게 앞에 섰다. 점원에게 주인을 불러달라고 하고 잠시 기다렸다.

"어서 오십쇼."

예순을 넘긴 노인이 기모노에 남색 앞치마를 걸치고 나왔다. 이쪽의 신분은 미리 일러두었다.

"수고하십니다. 무슨 일로 오셨답니까?"

나이든 주인은 앞치마를 접어 무릎을 꿇고 앉았다. 이마니시 에이타로는 '단고 상점'의 주인에게 이야기를 들었다. 예순쯤 되고, 말라붙은 가지처럼 비쩍 마른 이 노인은 오사카 바로 이 자리에서 조부 때부터 줄곧 살아왔다고 말했다. 그래서 이 근방의 일은 옛날 일도 자세히 알고 있었다. 이마니시는 이곳에서 30분 정도 이야기를 듣고 밖으로 나왔다. 그는 구청 쪽으로 발길을 돌렸다.

완만한 비탈을 올라갔다. 근처에 학교가 있는지 아이들이 떠드는 소리가 들려왔다.

단고 상점에서 들은 이야기는 이마니시에게 하나의 확신을 주었다. 길을 걷고 있자니 상쾌한 아침 공기 속에서 아이들이 떠드는 목소리가 한층 더 크게 들려왔다. 소란스러운 소리다. 이 소리를 듣고 있으려니 다시 소리에 대한 연상이 떠올랐다.

시끄러운 소리. 불쾌한 소리.

이마니시에게는 어떤 기억이 있다. 에미코가 죽기 직전 헛소리처럼 흘렸던 말이다.

"그만하세요. 아아, 싫어, 싫어. 미칠 것 같아. 이제 그만해요, 그만……"

이마니시는 걸었다. 생각에 잠겨 고개를 약간 숙이고 걸었다. 옆으로 전차가 지나갔다. 선로가 커브를 그리고 있어 전차 바퀴에서 끼익 하고 삐걱거리는 금속음을 냈다. 듣기 싫은 소리였다.

듣기 싫은 소리, 듣기 싫은 소리……

하늘에 비둘기가 무리 지어 날고 있었다. 밝은 햇빛을 받아 비둘기 날개가 빛났다. 구청 건물 앞까지 왔다. 옆에 행정서기 노인이 있었다.

"호적계는 어디입니까?"

노인은 펜을 멈추고 귀찮아하며 가르쳐주었다.

"이리로 쭉 가다가 막다른 곳에서 오른쪽이 호적계라우."

"감사합니다."

이마니시는 돌계단을 올라가 어두운 건물 안으로 들어갔다. 구청에는 많은 사람이 움직이고 있었다.

호적계로 갔다. 창구에는 젊은 여사무원이 있었다. 이마니시는 수첩을 꺼냈다.

"뭣 좀 여쭙겠습니다."

"예." 여사무원이 얼굴을 돌려 이쪽을 봤다.

"나니와 구 에비스초 2-120에 이런 호적이 있습니까?"

수첩째로 사무원에게 보여주었다. 스물두세 살 정도에 얼굴이 넓적한 여자는 가는 눈으로 이마니시의 알아보기 어려운 글씨를 들여다보다가 일어나 호적원부 보관대로 걸어갔다.

"잠시 기다려주세요."

그녀는 그곳에서 장부를 뒤적였다. 이마니시는 마른침을 삼키며 기다렸다. 이삼 분 정도 기다리니 여사무원이 장부를 들고 이마니시에게 돌아왔다.

"그 이름으로 호적이 있네요."

"예? 있습니까?"

"예, 분명 그 호적은 원부에 실려 있어요."

"그거 진짜 맞나요?" 이마니시는 무심코 말실수를 하고 말았다.

"물론이지요." 여사무원은 화가 난 듯했다. "구청 원부에 엉터리가 있을 리 없잖아요."

"그건 그렇지만……"

이마니시는 원부는 틀림이 없더라도 사람이 인위적으로 조작했을 가능성을 생각하고 있었다. 예를 들어 남의 호적을 무단으로 도용하는 일은 종종 있다.

"죄송하지만 잠시 그 원부를 좀 볼 수 있을까요? 저는 이런 사람입니다."

이마니시는 경찰수첩을 꺼내 자신이 경찰이라는 것을 증명하며 부탁했다. 여사무원은 그것을 흘긋 보고는 "여기요" 하며 두꺼운 호적원부를 창구로 내밀었다. 이마니시는 호적원부라고 해서 종이가 누렇게 낡고 귀퉁이는 너덜거릴 거라 예상했지만 이 원부는 아직 새것이었다. 문제의 부분을 보았다.

본적, 오사카 시 나니와 구 에비스초 2-120……

이마니시는 자신의 수첩에 적혀 있는 것과 대조해보았으나 글자 하나 틀리지 않고 일치했다.

"여기 호주인 에이조 씨와 부인인 기미코 씨가 사망 연월일이 같네요. 두 분 다 쇼와 20년(1945) 3월 14일 사망으로 되어 있는데요. 공습으로 돌아가신 건가요?"

이마니시는 확인차 물었다. 여사무원은 그 부분을 들여다보더니 대답했다.

"네. 그날 나니와 구 일대에 대공습이 있었어요. 집 대부분이 불탔지요. 이 두 분도 그때 화재로 돌아가셨나보네요."

"역시 그렇군요."

이마니시는 호적원부가 새것이라는 점에 다시 주의를 돌렸다.

"이 호적원부는 종이가 상당히 새것이네요."

"예, 이전 호적원부 역시 그 공습 때 불타 없어져서 그후에 새로 만들었어요."

"불탔다고요?"

그런가. 호적원부가 불탔단 말인가. 호적원부는 구청과 해당 법무국에서 각각 보관하게끔 되어 있다. 만약 구청 것이 불탔다면 법무국의 호적원부를 복사해 조정한다.

"이건 법무국 원부를 복사한 건가요?"

"아뇨, 그렇지 않아요. 법무국도 그날 공습으로 모조리 불타버려 원부도 함께 타버렸죠."

"엇." 이마니시의 눈이 번뜩였다. "그럼 이건 어떻게 다시 만든 겁니까?"

"본인 신청으로요."

"본인이라고요?"

"예, 공습으로 원부가 불타 없어진 경우 호적을 다시 만들도록 법률로 정해져 있어요. 이걸 봐주세요."

여사무원은 호적원부 1쪽에 인쇄된 글을 보여주었다. 호적원부 1쪽에 있는 글은 다음과 같았다.

전쟁으로 호적 지역의 구청, 현청이 소실된 경우에는 전후 쇼와 21년(1946)부터 22년(1947)에 걸쳐 호적 재제를 신청할 것.

이마니시 에이타로는 고개를 들었다.

"그럼 이 호적도 쇼와 21년부터 22년 사이에 재제 신청이 들어왔습니까?"

"아뇨, 그렇지는 않아요. 그뒤에 신청하는 경우도 있거든요."

"죄송하지만 이 사람은 몇 년쯤에 재제 신청을 했는지 알아볼 수 있을까요?"

"그건 금방 알 수 있어요." 여사무원은 그 원부를 받아들고 살펴보더니 말했다. "이분은 쇼와 24년(1949) 3월 2일에 신청하셨네요."

"24년?"

이마니시는 생각에 잠긴 눈빛이었다. 쇼와 24년이라면 '본인'이 열여섯 살이었을 때다.

"재제 신청 때 본인의 신청이 틀림없다고 증명하는 보증인 같은 게 필요합니까?"

"되도록 그런 사람이 있는 편이 좋겠지요. 하지만 공습 같은 특별한 상황에서는 증명할 사람도 없을 때가 있어요. 그럴 때는 어쩔 수 없이 본인의 신청대로 호적 재제를 하게 되어 있습니다."

"그럼 이 경우도 본인의 신청대로 호적을 다시 만들었나요?"

"잠시만요. 지금 알아볼게요."

여사무원은 자리를 떴다.

여기서 보니 호적계라는 곳은 선반을 몇 개나 두고 있다. 그녀는 겹겹이 쌓아올린 선반 아래 쭈그려 앉아 열심히 무언가를 찾고 있었다. 그렇게 거의 10분이나 걸렸다. 찾는 데 고생하고 있는 모양이었다. 창구에는 기다리는 사람들이 늘어났다. 이마니시는 조금 미안한 기분이 들었다. 여사무원은 마침내 이마니시 앞으로 돌아왔다.

"지금 찾아봤는데 그 신청서는 5년간 보존하도록 되어 있는 거라 벌써 처분되었네요."

"이런." 이마니시는 머리를 조금 숙였다. "정말 수고를 끼쳐드렸네요."

"아닙니다."

"하나만 더 여쭤볼게요. 그 신청은 본인이 주장한 대로 쓰는 거지요?"

"예."

"만약에 여기 어떤 사람이 허위로 본적을 등록했다고 합시다. 그런 경우에도 구분할 수 없겠군요?"

"예, 저희는 모든 원부를 소실했으니 거짓 신고가 들어와도 밝혀낼 방법이 없어요."

"그렇군요……"

이마니시는 그 자리에 선 채로 생각했다. 물어볼 것이 아직 남아 있을 터였다.

"방금 거짓 신고라도 밝혀낼 방법이 없다고 말씀하셨지요."

"예." 여사무원은 고개를 끄덕였다.

"무슨 수를 쓰더라도 진위를 알 수 없습니까? 어떻게든 알아낼 방법이 있을 텐데요?"

그렇지 않다면 절차가 너무 허술하다.

"방법이 있긴 있어요." 역시 여사무원은 그렇게 대답했다.

"오, 있나요?"

"예, 예를 들어 여기 호주인 에이조 씨의 출생지가 기재되어 있다면 그 지방의 구청이나 마을사무소에 문의해 확인해보면 되지요. 부인인 기미코 씨도 마찬가지고요."

옳거니, 그런 방법이라면 가능하다.

"그래서 이때 그런 절차를 거쳤나요?"

"분명 거쳤겠지요. 그렇지 않다면 접수했을 리가 없으니까요."

이마니시는 이 부분을 캐물었다. 그러자 여사무원은 조금만 기다려 주세요, 하고 말하고는 자리에서 일어났다. 그녀는 다시 선반으로 가서 두꺼운 서류철을 뒤적거렸다. 꽤 오랜 시간이 흘렀다. 이윽고 그녀가 돌아왔다.

"당시의 사고기록부를 방금 보고 왔는데, 그걸 접수했던 직원은 현재 그만두고 없어요. 그래도 신고를 받을 당시 사고기록부에는 호주 에이조 씨, 부인 기미코 씨 모두 본적지 부분은 추가 완료 신고가 되어 있네요."

"추가 완료 신고?"

무슨 말인지 알 수가 없었다. 그것을 눈치챈 듯 여사무원이 설명해주었다.

"이건 제 추측인데, 아마도 그때 신고하러 온 사람은 호주 에이조 씨와 그 부인 기미코 씨의 호적상 출생지의 상세한 지명을 몰랐던 게 아닐까요?"

"몰랐을 거라고요?"

"그렇게 생각되네요. 뭣보다 신청자는 당시 열여섯 살이었어요. 갑작스레 전쟁으로 부모를 잃었으니 그전에 부모의 출생지에 대해 정확히 알지 못했는지도 모르죠. 그래서 신고할 방법이 없어 결국 그대로 호적을 재제한 거예요. 나중에 호주, 즉 부모의 본적지를 알게 되면 신고하겠다는 약속을 하고 편의를 봐주었겠죠. 그런 절차를 추가 완료 신고라고 합니다."

그런가. 그런 경우도 생각해볼 수 있구나. 있을 법한 일이다. 있을 법하다고 한 것은, 열여섯 살이던 그가 부모의 출생지를 몰랐을 것이

라는 뜻이 아니라, 그 사람답게 영리하게 신고했다는 생각이 들었다
는 말이다.

"여러 가지로 감사합니다." 이마니시는 오랫동안 수고를 끼친 데
사과했다.

이마니시는 밖으로 나와 서둘러 걷기 시작했다.

부랑아는 예전에 이 오사카에 산 적이 있다. 그것만은 분명했다.

이마니시 에이타로는 그 길로 교토 부립 ××고등학교로 향했다.
교토 부립이라고 해서 교토 시내에서 가까우리라 생각했으나 오히려
오사카 부 쪽이 더 가까웠다. 고등학교는 시에서 떨어진 언덕 위에 있
었다. 이마니시는 학교 바로 아래까지 택시를 타고 가서 높은 돌계단
을 올라갔다. 땀이 났다.

교장이 그를 만나주었다. 쉰네다섯 정도 되어 보였다. 마르고 키가
작으며 정이 많을 것 같은 인물이었다. 이마니시는 이곳에 온 이유를
말했다.

"호오. 그 학생은 몇 년도 졸업생이지요?"

"아뇨, 졸업이 아닙니다. 자퇴했습니다." 이마니시가 말했다.

"자퇴했다고요? 그럼 몇 학년 때 자퇴했습니까?"

"그건 잘 모르겠습니다."

"그럼 자퇴를 한 해는 언제입니까?"

이마니시는 머리를 긁었다.

"실은 그것도 분명치가 않습니다."

교장은 당혹스러워했다.

"그것참 곤란하군요. 그럼 나이로 추정해보는 수밖에 없겠네요. 그

사람은 몇 년생입니까?"

이마니시는 생년월일을 말했다.

"그렇다면 구제舊制 중학교 시절이겠네요. 곤란한데요."교장은 얼굴을 찡그렸다. "실은 이 학교는 공습 피해를 당했거든요. 구제 중학교 시절 기록은 전부 소실되었습니다."

"예? 여기도 공습을 받았습니까?"이마니시는 낙담했다. "역시 쇼와 20년(1945) 3월 14일입니까?"

"아뇨, 우리 시는 더 빨랐습니다. 아무래도 R군수공장이 있었으니까요. 가장 먼저 표적이 된 거죠. 쇼와 20년 2월 19일에 대공습을 받았습니다. 그때 시내 대부분이 잿더미가 되었지요. 물론 당시 중학교였던 이 학교도 시내 한가운데 있었기 때문에 함께 불타버렸고요."

"그럼 중학교 졸업생 명부라든지 재학생 명부 같은 것은……"

"예, 모두 없어졌습니다. 지금 서둘러 분담해서 가능한 한 복원하는 중이지만요. 특히 오래된 것일수록 알 수 없게 되고 말았지요."

"정말 유감스럽군요."

유감이라는 것은 이마니시 본인에게도 해당하는 말이었다.

"유감이지요. 다이쇼 시대에 개교했는데 당시 기록을 잃어버려 참으로 면목이 없습니다."

"어떻게든 알 수 없을까요? 제가 문의한 이 사람에 대해서요."

"글쎄요. 아까 말씀하신 생년월일로 유추해 재학 당시를 떠올려보는 것도 하나의 방법이겠지요."

"그렇다면?"

"예. 그 시절 졸업생은 대개 짐작이 갑니다. 만약 문의하신 그 학생이 자퇴했더라도 함께 공부한 동급생이 있을 테니 기억해낼지도 모르지요."

분명 좋은 생각이었다.

"그런 분이 근방에 계십니까?"

"있습니다. 현재 양조장을 하고 있지요. 아마 비슷한 시기에 학교를 다녔던 학생이 맞을 겁니다."

이마니시 에이타로는 시가지로 되돌아왔다. 시의 절반이 공습 피해를 당한 터라 번화가나 중심가에 있는 건물 대부분이 새 건물이었다. 그러나 변두리로 갈수록 낡은 집이 많아졌다. 피해를 입었던 지역과 그렇지 않은 지역이 확연히 차이가 났다.

××고등학교 교장이 알려준 행선지는 '교노하나'라는 이름의 양조장이었다. 담 너머로 술 창고가 보였다. 언뜻 보기에는 간사이 술집 분위기가 물씬 풍기는 격자 구조였다. '교노하나'라는 간판이 지붕 위에 커다랗게 내걸려 있다.

이마니시는 가게에 들어가 가게 주인을 만나길 요청했다. 스물일고여덟 살 정도의 젊은 주인이 나왔다. 이마니시는 어떤 인물 때문에 ××고등학교에 들렀는데 그 당시의 동급생이라 생각되는 이곳 주인을 소개받아 오게 되었다고 말했다.

"좀 기다려주시겠습니까?"

젊은 주인은 팔짱을 끼고 시선을 천장으로 향했다. 열심히 기억을 떠올리려 애쓰는 모양이다.

"아, 기억났습니다."

"예? 기억나셨습니까? 그런 사람이 있었나요?" 이마니시는 반사적으로 상대방의 얼굴을 응시했다.

"분명 있었어요. 예, 맞아요, 중간에 그만둬버렸지요. 2학년 때였을 겁니다."

"그 사람이 어디에서 학교를 다녔는지 아십니까?"

"으음…… 이 동네 어딘가에서 하숙했던 것 같아요."

"하숙요?"

"예, 집이 오사카 쪽이어서 이 근처에서 하숙한다고 했어요."

"그 하숙집은 어디였습니까?"

"지금은 없어요. 저 부근인데 모조리 불타서 형체도 없이 사라졌거든요."

"하숙집 이름이라도 알 수 없을까요?"

"글쎄요, 확실히는 모르겠는데요. 그애는 2학년이 되자마자 학교를 그만둬서 동창들도 아무도 모를 거예요."

"그렇군요."

이곳에서도 '전쟁 피해'가 수사에 장벽이 되고 있다. 이마니시는 그 이름의 주인공이 현재 도쿄에서 활약하고 있다는 사실을 알고 있는지 물었다.

"아뇨, 몰랐네요."

가게 주인은 고개를 저었다. 이마니시는 수첩에 끼워두었던 신문기사 스크랩을 꺼냈다. 거기엔 사진이 실려 있었다.

"현재 얼굴은 이런데, 혹시 낯이 익지 않으십니까?"

젊은 주인은 신문지 조각을 손에 들고 열심히 들여다보았다.

"맞아요, 이렇게 생긴 얼굴이었어요. 하지만 잘 모르겠네요. 짧은 기간이라 어렴풋이 이런 얼굴이었던 것 같다는 인상뿐이지 정확하진 않아요. 흠, 그 친구가 도쿄에서 이렇게 대단한 사람이 됐나요."

가게 주인은 놀라워했다.

"당시 담임 선생님은 지금 계십니까?" 이마니시는 신문 조각을 수첩에 끼워넣으며 물었다.

"불행히도 선생님은 공습 때 돌아가셨습니다."

이마니시 에이타로는 그날 저녁 교토 역에 갔다. 여덟시 반 상행 급행열차까지는 아직 시간이 있었다. 그는 역 앞 식당에서 카레라이스를 먹었다. 일부러 여기까지 온 보람은 있었다. 대개는 예상했던 내용이지만 우선 증거들은 확보했다고 해도 좋을 듯하다.

병든 아버지와 함께 시마네 현 산속을 걸었던 일곱 살 어린아이는 가메다케에서 도망쳐 오사카로 왔다. 누군가가 그곳에서 그를 거두었다. 그는 수년간 그 사람의 보살핌 속에 성장했다. 아마도 양자는 아니었을 것이다. 일을 도와주며 그곳에 머물렀는지도 모른다. 그 가게와 주인도 공습으로 소실되었을 것이다. 아무튼 지금은 남아 있지 않다.

그러나 그를 거둔 사람들이 호적에 있는 에이조와 기미코 부부는 아니었으리라. 이 이름은 신고인이 만들어낸 가공의 이름일 것이다. 부부 모두 본적지를 알 수 없다는 점이 그 증거다. 그러니 추가 완료 신고만 하고 아직까지 부부의 출생지를 신고하지 않고 있는 것이다.

그후 그는 교토 부 ××시에 갔다. 하숙했다고 하지만 그것도 과연 진실일지는 알 수 없다. 어쩌면 오사카의 집에서 나와 다른 집에 신세를 졌는지도 모른다. 그 집도 역시 공습으로 소실되었을 것이다. 그는 중학교 2학년 때 자퇴하고 도쿄로 나갔다. 다시 말해 그가 오사카, 교토에 있었다는 사실은 분명하지만 그것을 증명할 증거는 아무것도 남아 있지 않다.

그가 본적을 오사카 시 나니와 구 에비스초 2-120으로 정한 것은 현명한 방법이었다. 이곳은 공습 때문에 호적원부를 모조리 소실했고 동시에 또다른 호적원부를 보관하고 있는 법무국의 서류까지 모두 불타 없어졌다. 교토 부립 ××고등학교에 재적한 것도 같은 이유다. 이 학교도 구제 중학교 시절의 기록이 소실되었다. 또한 이곳 시가지도 대부분 공습 피해를 당했다.

흔적은 있지만 어디에도 그의 이력을 증명할 구체적인 증거가 남아 있지 않다. 이마니시 에이타로가 매운 카레라이스를 다 먹고 차를 마시고 있는데 그곳에 손님이 두고 간 석간신문이 있었다. 그는 그것을 집어들었다. 지방 신문이었다. 무심코 읽고 있으려니 문화란 구석에 실린 다음과 같은 기사가 눈에 들어왔다.

와가와 세키가와, 외유 결정.

이전부터 미국행을 계획하고 준비해온 와가 에이료 씨가 오는 11월 30일 오후 열시, 팬아메리칸 항공으로 하네다 공항에서 출국한다. 뉴욕을 기점으로 미국 각지를 돌다 유럽으로 갈 예정이다.

세키가와 시게오 씨는 12월 25일, 에어프랑스 항공으로 파리에 간다. 프랑스를 기점으로 서독, 영국, 스페인, 이탈리아 각지를 순회하고 내년 2월 하순에 귀국할 예정이다. 국제 지식인 심포지엄에 일본 대표로 참석한 후 유럽 각지를 돌 예정이다.

이마니시 에이타로는 아침에 도쿄에 도착해 일단 집으로 갔다.

"고단하죠. 이럴 땐 욕조에 몸을 푹 담그는 게 좋은데, 대중목욕탕
은 열시부터라서."

아내가 안타까워하며 말했다. 이마니시의 집에는 아직 욕조가 없었
다. 집에 욕조를 두는 것이 유일한 바람인데 여태 이루지 못하고 있었
다. 집이 좁아 마땅한 장소도 없었다. 욕조를 두려면 증축을 해야 한
다. 좀처럼 그럴 돈이 모이질 않았다.

"됐어. 시간도 별로 없고, 한 시간 정도만 잘게."

이마니시는 아내에게 교토 특산물인 센마이즈케* 통을 건넸다.

"어머, 오사카에 간 줄 알았는데 교토까지 갔다 왔어요?"

"응, 우리는 업무상 어디로 갈지 알 수가 없으니까."

"교토, 좋은 곳이라면서요. 한번쯤 천천히 돌아보고 싶네요."

아내는 센마이즈케 상표를 바라보며 말했다.

"그래, 정년이 돼서 퇴직금이라도 받으면 한번 느긋하게 다녀오자
고."

어딜 가더라도 일로 가면 제대로 둘러볼 여유도 없다. 또 그럴 맘도
들지 않는다. 일 때문에 머릿속이 꽉 차기 때문이다. 어젯밤은 교토에
서부터 거의 잠들지 못했다. 차 안이 혼잡해서 이마니시는 통로에 신
문을 깔고 꾸벅꾸벅 졸거나 잡지를 보며 온 것이다. 이마니시는 다다

---

* 얇게 썬 무에 다시마, 고추 등을 넣고 소금, 누룩 등으로 절인 발효식품.

미 위에 누웠다.

"어머, 감기 걸려요. 지금 이불을 깔 테니 옷이라도 갈아입어요."

"아냐, 그럴 여유는 없어."

아내가 붙박이장에서 이불을 꺼내 덮어주었다. 이마니시의 얼굴은 피곤에 지쳐 흙빛이었다. 잠들고 얼마 지나지 않았는데 깨우는 소리에 눈을 떴다.

"벌써 열시예요." 아내는 안쓰럽다는 듯 옆에 앉아 있었다.

"그렇군." 이마니시는 이불을 걷고 일어났다.

"졸리죠?"

"아냐, 눈을 좀 붙였더니 많이 괜찮아졌어."

이마니시는 찬물로 세수했다. 어느 정도 머리가 맑아지는 듯했다.

"오늘밤에는 일찍 들어올 거죠?" 따뜻한 아침식사를 내오며 아내가 물었다.

"응, 오늘은 빨리 들어올게."

"꼭 그렇게 해요. 안 그러면 몸이 버텨내지 못할 거예요."

"맞아. 예전에는 이틀 연속으로 철야 잠복을 해도 아무렇지 않았는데 말이야."

이마니시는 뜨거운 차를 마셨다.

경시청에 도착한 것은 열한시가 넘어서였다. 그는 계장에게 가서 보고했다. 계장은 경청했다.

"알았어. 고생했군."

계장은 그렇게 말하고 메모 한 장을 이마니시에게 건넸다.

"자네가 참고로 이야기를 듣기에는 이 사람이 적당하겠지."

메모에는 '도쿄 ××대학 교수 공학박사 구보타 사다시로'라 쓰여 있었다.

이마니시 에이타로는 도요코 선 지유가오카 역에서 내렸다. 그곳에서 도쿄 ××대학교까지는 걸어서 10분 정도 걸렸다. 정문에 들어서자 바로 옆에 경비실이 있었다. 이마니시가 그곳에서 용건을 말하자 수위는 전화를 걸더니 "들어가십시오"라며 가는 길을 가르쳐주었다.

이마니시는 포플러가 하늘로 높이 솟아 있는 가로수 길을 걸었다. 학생들이 떼를 지어 걷고 있었다. 본관을 지나 조금 더 가자 하얀 2층짜리 서양식 건물이 있었다. 이마니시는 현관에 들어가 콘크리트 계단으로 2층에 올라갔다. 건물은 상당히 낡았다. 콘크리트 복도와 하얀 벽을 보고 있자니 한기가 느껴져 어깨가 움츠러들 것 같았다.

'구보타 교수'라는 명찰이 걸린 방 앞에 왔다. 이마니시는 그곳에서 잠시 옷매무새를 가다듬고 문을 노크했다. 안에서 들어오세요, 하는 소리가 들렸다. 문을 열자 꽤 넓은 방 한쪽에 책상이 있고 다른 한쪽 벽에는 회의실처럼 긴 테이블을 둘러싸고 의자 여러 개가 늘어서 있었다. 책상 앞에는 쉰이 넘은 마른 신사가 앉아 이마니시를 돌아보고 있었다.

"구보타 교수님이십니까?" 이마니시는 물었다.

"그렇습니다."

교수는 의자에서 일어났다. 미소짓고 있다. 머리가 벌써 반백이었다.

"경시청의 이마니시라고 합니다."

직립 부동자세는 습관처럼 몸에 배어 있었다.

"자, 앉으시죠." 교수는 회의용 의자를 이마니시에게 권했다.

"감사합니다. 바쁘신데 죄송하지만, 오늘 여쭤볼 것이 있어서요."

"아아, 전화는 받았어요. 음향에 관해서라고요."

"예…… 저희는 그쪽으로는 아무것도 모르는 사람들이라 되도록 알기 쉽게 가르쳐주셨으면 합니다." 이마니시는 황송하다는 듯 고개 숙여 인사했다.

"글쎄요, 제대로 얘기할 수 있을지 모르겠네요." 교수는 가만히 미소지었다. "역시 그것도 범죄 수사와 관계있는 겁니까?"

"예, 현재로는 분명하진 않지만 교수님 말씀을 들어보면 저희 생각과 연관되는 점들이 나올 것 같다는 생각이 듭니다. 그래서 소리 말인데요, 저희가 듣고 있는 이 소리를 어떤 기계장치로 어떻게 변환하는지 가르쳐주셨으면 합니다."

"기계장치라고요." 교수는 조금 고개를 갸웃하며 말했다. "그러면 우선 소리의 개념부터 설명해드려야 이해하실 것 같습니다만."

"예, 부탁드립니다."

골치 아픈 내용을 들을 각오를 하며 이마니시는 머리를 숙였다.

"그럼, 우선 우리가 말하는 소리라는 개념부터 설명하겠습니다." 구보타 교수는 말을 꺼냈다. "소리는 악음과 비악음, 소음, 순음, 그 외에 복합음, 단음, 협화음, 상음 같은 식으로 분류됩니다. 악음은 일정 주기로 같은 파형을 반복하는 소리로, 주로 쾌감을 느끼게 합니다. 예를 들면 현악기나 관악기 소리, 발음 중 모음 같은 것들인데, 이것들은 자연계에는 거의 존재하지 않습니다. 비악음은 악음이 아닌 모든 소리를 가리키며 주로 불쾌감을 준다고 하는데 음악에 사용되기도 합니다. 발소리, 물소리, 바람 소리, 기차 소리, 타악기 소리 등 현실의 소리는 악음과 비악음으로 나뉘지만, 그 경계가 반드시 뚜렷하진 않습니다."

이마니시는 열심히 받아적었다.

"소음은 듣는 사람에게 듣기 싫은 소리, 말하자면 방해되는 소리입니다. 이것은 정말 주관적인 분류인데요, 예를 들면 라디오 소리는 남이 틀면 소음이 될 수 있고 시끄러운 공장 소음이나 교통 소음 등은 규제 대상이 되기도 하지요.

다음으로 순음은 단일 주파수 소리로 자연계에는 존재하지 않고 인공적으로 발생합니다. 이건 정현파형正弦波形을 지니는 소리입니다.

복합음이란 주파수가 다른 여러 순음이 집합한 것으로 악음과 같은데, 그 각각의 순음을 부분음이라고 말합니다. 단음은 하나의 기본음과 그 정수배의 주파수를 지닌 배음으로 이루어진 악음입니다. 협화음은 단음의 집합이며, 상음은 기본음을 뺀 모든 부분음을 말합니다."

이마니시는 계속 메모했다. 그가 알고 싶은 단계까지 나아가려면 아직 한참 남아 있었다. 하지만 기초부터 차근차근 강의를 듣지 않으면 가장 알고 싶은 부분을 이해할 수 없을 게 분명했다.

"이해되십니까?" 교수는 학생처럼 필기하는 이마니시의 메모를 들여다보았다.

"예, 뭐, 그럭저럭."

이마니시는 애매하게 대답했다. 알쏭달쏭하다는 것이 솔직한 심정이었다. 교수는 말을 이었다.

"음파는 사람의 귀에 들리는 것과 관계없이 존재합니다. 가청음파란 사람의 청각으로 느낄 수 있는 범위 안에 있는 탄성파입니다. 이것을 봐주세요."

교수는 책상 옆에 있는 책꽂이에서 책 한 권을 꺼내 그래프 부분을 가리켰다.

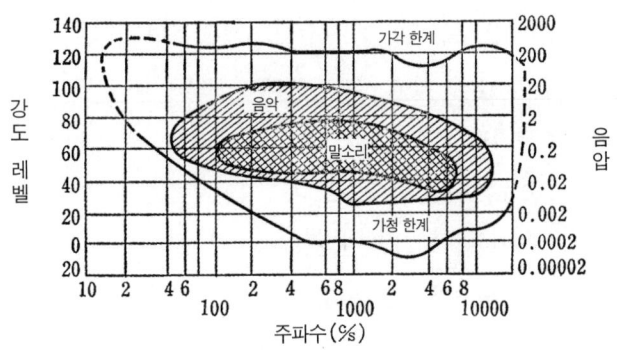

청각범위(사네요시 준이치, 『전기음향공학』에서)

"이건 사람의 평균 청각범위를 주파수와 강도로 나타낸 그래프입니다. 아래 숫자가 주파수이고 왼쪽 숫자가 강도 레벨입니다. 오른쪽은 음압이고요. 청각의 주파수 범위는 보통 1만 사이클에서 2만 사이클까지라고 하는데, 이 그림처럼 약한 소리에서는 범위가 좁아집니다. 강도의 범위도 이 그림처럼 주파수에 따라 달라지는데, 그림 아래쪽의 곡선은 최소 가청 각가最小可聽覺價 또는 가청 한계라고 부릅니다. 따라서 이보다 약한 음은 들리지 않지요. 이 그림 위쪽의 곡선은 최대 가청 각가 또는 가각 한계라고 부르며 이보다 강한 소리를 들으면 소리 외에 근질근질하다든지 아프다든지 하는 감각을 유발합니다……"

4

이마니시 에이타로는 도쿄 ××대학을 나와 일단 경시청으로 돌아왔다. 그는 구보타 교수의 이야기를 전부 수첩에 메모했다. 그 이야기를 듣다보니 문득 머릿속을 스쳐지나가는 기억이 있었다. 꽤 오래전 일이다.

아내와 가와구치에 사는 누이동생이 옆에서 영화 이야기를 하던 때다. 이마니시는 그 이야기를 아직 기억하고 있었다.

"영화도 본편보다 예고편이 더 재밌죠?" 아내의 말이었다.

"맞아요. 그럴 수밖에 없는 게, 예고편은 관객을 끌어모으기 위해 재미있는 부분만 편집해놓은 거니까요."

여동생의 대답이었다. 그 목소리가 귓전에 남아 있다.

그때 이마니시는 눈으로는 신문 활자를 좇고 있었지만 귀로는 둘의 대화를 듣는 데 정신이 팔려 있었다. 지금 그가 떠올린 것은 그때 대강 훑어보던 신문기사였다. 사실 그것은 흥미가 가지 않던 과학기사였다. 구보타 교수의 이야기를 듣고 나니 불현듯 그때 그 기사가 떠올랐다. 마침 경시청에는 온갖 종류의 신문이 빠짐없이 보관되어 있다.

"안녕하세요." 이마니시는 홍보과에 들어갔다.

"어어." 과장이 멀리서 밝은 목소리로 대답했다. "오늘은 무슨 일인가?"

요전부터 여기서 참고 서적을 얻어보고 있다.

"죄송하지만 ××신문철을 좀 볼 수 있을까요?"

"언제 것 말인가?"

"지난달 겁니다."

"그거라면 철에서 빼내 다른 곳에 보관해두었지. 맘껏 보게."

"감사합니다."

이마니시는 과장이 일러준 서가 구석으로 갔다. 역시나 신문들은 신문사별로 끈으로 묶여 높이 쌓여 있었다. 신문철을 뒤지다 서너 권 아래쪽에 찾고 있던 신문이 끼여 있는 것을 발견했다. 이마니시는 그 것을 밝은 창가 쪽으로 가져와 대강 짐작으로 날짜를 찾았다. 원래 막 상 찾을 때는 잘 보이지 않는 법이다. 이마니시는 주머니에서 안경을 꺼내 썼다. 꽤 시간이 걸렸지만 결국 전에 읽었던 그 기사를 발견했다.

제법 길었다. 이마니시는 수첩을 꺼내 기사를 베껴 쓰기 시작했다. 작은 글자를 베껴 쓰기는 고역이었다. 그러나 이마니시의 심장은 빠르게 뛰었다. 그는 상당한 시간을 들여 기사를 베껴 쓰고 신문철을 덮었다.

"뭘 베껴 썼지?"

과장이 물었지만 이마니시는 말없이 웃기만 했다.

한 시간 후 이마니시는 가마타 경찰서의 요시무라 형사를 방문했다. 둘은 아무도 없는 좁은 방으로 가서 앉았다. 이마니시 에이타로는 요시무라에게 자신이 조사한 것들을 이야기했다. 요시무라는 한 마디라도 놓칠세라 귀를 쫑긋 세웠다.

"이걸로 교토 이야기는 끝이야." 이마니시가 말했다. "이번엔 도쿄에서 얘긴데, ××대학에 가서 음향학 교수의 강의를 듣고 왔어."

"음향학이 뭐지요?"

"소리를 연구하는 학문이지."

"아아, 그렇군요."

"학자라는 자들은 어려운 말을 쓴다니까. 여기 적어왔지만 사실 나도 그 원리를 잘 모르겠어. 교수는 되도록 알기 쉽게 이야기해주었지만 원래 그쪽으로는 머리가 돌아가질 않아서 말이야."

이마니시는 수첩을 뒤적거렸다.

"지금 수첩을 읽는다고 해도 별 소용이 없겠지. 그보다 전에 무심코 읽고 넘어갔던 신문기사가 떠오르더라고."

"호오, 어떤 신문기사인데요?"

"이것도 어려운 내용이라서. 내가 전에 봤을 땐 대충 훑어보는 정도였는데…… 이거야."

그는 방금 베껴온 신문기사를 요시무라에게 보여주었다.

강력 초음파를 응용하여 초경질 합금에 구멍을 내는 혁명을 일으키다. 교쿠토 야금에서는 최근 강력 초음파의 원리를 응용하여, 지금까지 불가능하다고 여겨졌던 경질 금속의 구멍 가공에 성공했다. 쓰임새가 제한적이었던 기존 절단기와 달리 자유롭게 구멍을 뚫을 수 있을 뿐만 아니라 안쪽 깊은 곳까지도 철저하게 가공할 수 있어서, 이 신기술의 응용 여하에 따라서는 앞으로 자유로운 형태로 절삭할 수 있는 가능성도 생겼다. 이 업체는 자사의 기술 혁명 덕분에 그간 어려움을 겪었던 경질 합금의 대량 가공에 커다란 비약을 이룰 것이라고 말한다. 이 공정은 기존 방식보다 열 배의 가공이 가능하여 각계에서는 혁명적인 기술 완성이라 칭하고 있다.

요시무라는 끝까지 읽어보았다.

"이번에는 이거야." 이마니시는 이어서 수첩을 펼쳤다. "이걸 봐."

요시무라가 들여다보니, 그것은 언젠가 이마니시와 함께 미야타 구니오가 죽은 현장에서 주웠던 모조지 조각이었다.

실업보험금 지급 총액

쇼와 24년(1949)	—
25년(1950)	—
26년(1951)	—
27년(1952)	—
28년(1953)	25,404
	—
	—
29년(1954)	35,522
	—
	—
	—
30년(1955)	30,834
	—
	—

"이건 실업보험금 지급 총액이지."

"그랬지요."

"자네는 이 수치가 미야타 구니오의 죽음과 관계있다고 생각했지?"

"그때도 그게 문제가 됐죠. 역시 관계있나요?" 요시무라가 선배의 얼굴을 바라보았다.

"있다고 말하고 싶군." 이마니시는 말했다. "그때는 누가 우연히 그 자리에 떨어뜨렸다고 생각했지만, 지금은 반대일 가능성이 높아졌어. 그러니까 이건 어떤 사람이 일부러 그 풀밭에 떨어뜨린 거야."

"일부러 떨어뜨렸다고요?"

"무슨 심리인지는 모르겠지만, 그 사람이 보낸 하나의 도전장으로 보여."

"도전장이요?"

"인간은 우쭐해지면 그런 기분이 되곤 하지. 어떠냐, 너희가 이런 걸 알 리가 없지, 하고 비웃고 싶어지는 법이야. 이게 바로 그런 의미가 아닐까."

"그렇지만 이건 실업보험금 지급액인데요."

"그래, 그건 분명 틀림없어. 나는 이 숫자에 의문을 품고 조사해보았거든. 인쇄된 것이니 틀림없을 거라고 생각은 했지만 혹시 몰라 일단 조사했어. 결과적으로 이 숫자들은 의심의 여지 없이 진짜였어."

"이 숫자들과 미야타 구니오의 죽음이 어떤 관계가 있는 겁니까?"

"잘 봐. 여기 금액이 쓰여 있지 않은 부분이 있지. 여기 쇼와 28년, 29년, 30년에는 숫자가 있어. 그런데 24년부터 27년까지는 전부 빠져 있고 28년과 29년 사이에는 두 줄이 그어져 있잖아. 쇼와 27년 이전을 생략한 건 제쳐두더라도 28년과 29년 사이에는 왜 각각 공백이 있을까?"

"글쎄요, 모르겠네요."

"나도 처음에는 통계상 의미가 있는 거라고 생각했어. 그런데 잘 생각해보니 좀 이상하더군. 일부러 공백을 둘 필요는 없잖아."

"그럼 그 공백에도 특별한 의미가 있다는 말씀이세요?"

요시무라는 실업보험금 지급액 도표를 보며 물었다.

"있다고 생각해. 지금까지 눈치채지 못했을 뿐이지. 그런데 이 공백을 보면, 쇼와 28년과 29년에 각각 두 번과 세 번 지급이 없었어. 이건 단지 생략된 거라 생각하기 쉽겠지. 하나 반대였어. 아무 의미도 없이 그어진 공백이야. 통계표로서 볼 때는 말이야."

"잘 모르겠는데요." 요시무라는 턱을 괴었다.

"이 실업보험금 지급액은 각각 25,404와 35,522라고 나와 있지. 이 숫자만 보통 읽듯이 읽으면 2만, 5천, 4백, 4하고 3만, 5천, 5백, 2십, 2가 돼. 물론 이 표에 나온 금액은 단위가 다르겠지만 숫자만 보면 그렇게 읽을 수 있다는 거야. 내가 방금 음향 이야기를 자네에게 했잖아."

"예에."

"소리는 너무 낮아도 인간의 귀에 들리지 않고 너무 높아도 들리지 않아. 일반인에게는 2만 사이클 이상이 되면 소리라는 느낌이 없어지지……"

"아, 알겠습니다. 그럼 이 2만 5천, 3만 5천, 3만, 2만 4천, 2만 7천, 2만 8천이라는 숫자들은 고주파수를 나타내는 거군요."

"그렇지. 요컨대 초음파야. 말하자면 이 보험금 지급액은 초음파의 고주파 배분표라고 볼 수 있어."

"……"

"물론 이건 돈 액수니까 끝자리가 있지. 그런데 3만 5천이나 3만이라는 것은 어쩌면 정말 그만큼의 주파수를 내보내라는 청사진인지도 몰라."

"그럼 사이의 공백은 쉬는 부분이겠군요. 음악에서 자주 나오죠. 포즈Pause라고 하던 것 같은데요."

"그래, 분명 그럴 거야."

이마니시는 음악에 문외한이다.

"그럼 이건 고주파를 줄곧 내보내는 게 아니라 쉬는 부분이 있다는 뜻이네요. 만약 이 표대로 실행한다면 그렇게 되겠죠."

"쉬는 부분이 있었을 거야. 고주파를 끊임없이 내보낸 게 아니라 쉬는 부분을 넣어 이렇게 주파수를 바꾼 거지."

요시무라는 고민스러운 얼굴을 했다.

"효과로 따지면 같은 주파수를 연속해서 보내는 것보다 단속적으로 조금씩 바꿔가며 보내는 편이 상대방에게 주는 효과가 더 큰 모양이야."

이것은 이마니시의 의견이 아니라 구보타 교수에게 물어봐서 알아낸 지식인 듯했다.

"어디까지나 내 생각이지만," 이마니시가 덧붙였다. "이 쉬는 부분도 단순한 쉬는 부분이 아니야. 나는 그사이에도 계속해서 소리가 있었다고 봐."

"그럼 0이 아니었단 말씀인가요?"

"그래. 소리는 계속되고 있었지. 다만 그 소리는 이렇게 초음파가 아니었어. 우리 귀에 기분좋게 들리는 소리였지."

"기분좋게 들려요? 음악인가요?"

"맞아. 초음파와 초음파 사이가 아니라 음악 도중에 초음파가 나오고 있었던 거야."

요시무라는 머리를 한 대 맞은 얼굴이었다.

"어려운 이론은 나도 잘 모르고, 구보타 교수한테서 들은 이야기를 늘어놓아봤자 오히려 복잡해지고 오류가 생기겠지. 아무튼 그런 게 있다는 정도만 알고 있어. 그런 걸 다루는 학문을 음향학이라고 한다는데, 현재 그 음향학을 현실에 적용하는 다양한 방법들이 연구되고 있다더군. 예를 들면 여기 베껴온 이 기사가 그렇지."

이마니시는 수첩을 펼쳤다. 경시청 홍보과에서 고생해 베껴온 그 기사였다. 요시무라는 처음부터 끝까지 열심히 읽었다.

"그렇군요, 초음파는 수술용 메스 대신으로도 쓸 수 있군요."

"그래. 이 방법은 하나의 예일 뿐이지."

"그런데 이런 걸 하려면 엄청난 설비가 필요하겠죠. 또 수술한 환자 몸에도 흉터가 남을 테고요."

요시무라의 질문을 듣고, 이마니시는 후배가 무슨 생각을 하고 있는지 눈치챘다. 요시무라도 이제는 미야타 구니오와 미우라 에미코의 죽음이 자연사가 아님을 알아차린 듯하다. 미야타 구니오의 시체에는 외상도 없었고 독을 마신 흔적도 없었다. 부검까지 했으니 그 점은 분명했다. 미우라 에미코도 미야타 구니오와 마찬가지였다. 차이가 있다면 그녀가 임신중이었고 비정상적인 유산을 했다는 점이다.

만약 이마니시의 말처럼 초음파를 이용해 살인을 저질렀다면 수술용 메스처럼 역시 외부로부터 공격받은 흔적이 남아 있어야만 한다.

이 점은 보통 흉기가 아니라 초음파를 이용한 새로운 흉기를 사용했다는 차이가 있을 뿐이다. 그러나 미야타 구니오와 미우라 에미코에게서는 그러한 흔적은 발견되지 않았고, 의사와 감찰의도 심장마비와 과다출혈로 진단했다.

"자네 말이 맞아." 이마니시가 말했다. "만약 미야타 구니오와 미우라 에미코가 살해당했다고 가정하면, 지금까지 없던 새로운 수법이지. 그런데 요시무라, 여기서 생각해야만 하는 게 있어. 만약에…… 만약에 말이야, 미야타와 미우라를 죽인 인물이 가마타 조차장에서 미키 겐이치를 살해한 범인과 동일 인물이라면, 그 수법에 큰 차이가 있다는 점을 알겠나?"

"그러네요." 요시무라는 끄덕였다. "엄청나게 다르네요. 뭣보다 한쪽은 피해자를 교살하고 거기다 돌로 뭉개기까지 했으니까요."

"그래. 그 살해 방법은 단순하고 잔혹하지. 그런데 그 방법은 어떤 면에서 보면 즉흥적이라고도 할 수 있어. 즉 계획성이 없지. 한편 미야타 구니오와 미우라 에미코의 죽음이 타살이라고 한다면 범인은 아마도 머리를 쓰고 세심하게 계획해 살해했다고 봐야겠지. 여기에 모순이 있지 않나. 같은 범인이 한쪽에서는 단순하고 심지어 충동적인 악행을 저지른다, 그런데 다른 쪽에서는 복잡하고 계획적인 범죄를 꾸민다. 만약 같은 범인이라면 이 심리는 어떻게 해석해야 좋을까?"

"그러네요." 요시무라는 잠시 생각하다가 말했다. "그건 미키 겐이치가 갑자기 상경해서가 아닐까요?"

"바로 그거야. 만약 미야타와 에미코를 살해할 때와 똑같이 완전범죄를 꾀할 수 있었다면, 범인이 미키 겐이치에게만 예외를 둘 리 없지. 그렇게 끔찍하게 죽이지 않았을 거야…… 그런데 한편으로는 다른 생각도 들어."

"어떤 생각이요?"

"미키 겐이치는 미야타와 비교하면 매우 원시적인 방법으로 살해당했어. 미야타를 죽인 새로운 흉기가 미키 겐이치 때는 아직 완성되지 않았다고 볼 수도 있지."

"아아, 그렇군요. 그럴 수도 있겠네요."

"그렇지. 그래서 미키 겐이치 살인과 미야타 구니오, 미우라 에미코 사건의 수법이 극단적으로 다르다는 점에서 한 가지 착안점을 찾을 수 있다는 거야."

"그러네요." 요시무라는 깊이 끄덕였다.

"그런데 미키 겐이치가 도쿄에 온 것은 11일 새벽이야." 이마니시는 말을 이었다. "그가 살해당한 시간은 11일 밤 열두시에서 한시 사이. 따라서 피해자는 도쿄에 도착한 그날 밤에 살해당했다……"

"그렇지요."

"미키 겐이치가 도쿄에 온 것은 물론 그에게 그럴 만한 목적이 있었기 때문이야. 말하자면 11일 아침부터 밤까지의 그의 행동이 죽음을 불러온 원인이 되었던 거지."

이것은 사건의 근본과 연관된 문제였다. 둘은 각자 생각에 빠져 잠시 말없이 있었다.

"아무튼," 요시무라가 먼저 침묵을 깼다. "범인에게는 아직 미키 겐이치를 살해할 이상적인 방법이 준비되지 않았던 셈인가요? 시간 문제가 아니라 설비 때문에……"

"그랬겠지. 그러니 5월 11일 이후부터 미야타 구니오가 살해당한 8월 31일 사이에 범인이 그 설비를 갖춘 흔적을 찾아야 해. 이것이 하나의 결정적인 실마리일 거야."

"하지만 그런 설비는 무척 비밀스레 준비했겠죠?"

"그럴 수 있어. 하지만 범인은 이 실업보험금 도표를 현장에 아무렇지 않게 남기고 가버렸듯이 설마 누군가에게 들키리라 생각지 않았을 거야. 비밀리에 준비했대도 방심했다고 할까, 빈틈이 있겠지. 그자가 방심한 부분, 우린 거길 파고들어야 해."

요시무라는 이마니시의 얼굴을 뚫어지게 쳐다보았다.

"이마니시 선배, 미우라 에미코가 죽기 직전 헛소리처럼 내뱉은 그 말…… 그만하세요. 아아, 싫어, 싫어. 미칠 것 같아. 이제 그만해요, 그만, 그만해…… 하고 소리질렀던 건 그 초음파를 중단하라는 말이었을까요?"

"아냐, 그녀 귀에 초음파는 들리지 않았을 거야." 이마니시는 심각한 얼굴로 말했다.

17장
방송

1

와가 에이료의 미국행 환송회가 T회관의 넓은 행사장에서 열렸다. 출발까지 아직 며칠 남았으나 당사자가 바쁜 관계로 오늘밤 열린 것이다. 행사장은 만원이었다. 칵테일파티라 일반적인 회식처럼 격식차린 느낌은 아니었다. 그 대신 친밀한 분위기가 흘렀다. 행사장 입구에는 기념으로 삼기 위한 방명록이 세 권이나 마련되어 있었다. 그것도 대부분 가득차 있을 정도였다.

행사장에 모인 사람들은 각양각색이었다. 음악 관계자는 물론 작가, 화가, 조각가 등 웬만한 문화계 인사들은 모두 모여 있었다. 신문사와 방송국 관계자도 와 있다. 특이한 점은 이런 장소에는 오지 않을 법한 연배의 사람들이 많다는 것이다. 그들은 분위기도 다른 사람들과 조금 달랐다. 장래 와가 에이료의 장인이 될 다도코로 시게요시의 관계자들이었다. 그는 여당 내 한 파벌의 실력자이자 현 대신이기도 하다. 나이 든 손님 대부분은 정치가와 관료였다.

정면의 금병풍 앞에 마이크가 설치되어 있었다. 아까부터 사회자가 이름을 부르면 명사들이 차례차례 테이블에서 짧게 축하의 말을 했다. 차려입은 여성들도 많았다. 양장보다 기모노 차림이 많은 이유는 주인공이 미국에 가기 때문일까. 그 가운데 다도코로 사치코가 드물게 후리소데* 차림으로 와가 에이료와 함께 있었다. 그녀의 아버지인 대신은 기분이 좋은 탓인지 술을 마신 탓인지, 얼굴이 붉게 달아올랐다. 붉어진 얼굴이 손질한 백발과 잘 어울렸다.

은쟁반을 든 하얀 옷의 보이가 쉴새없이 군중 사이를 헤치고 다녔다. 군중이라고 해도 될 법하다. 아무튼 최근 이 정도로 사람들이 모여 와자했던 모임이 없었다. 조용한 담소 소리와 웃고 떠드는 소리가 여기저기서 들려왔다.

한편에 '누보 그룹'이라 불리는 사람들이 모여 있었다. 젊은 사람들로만 구성된 화가, 조각가, 극작가, 평론가 들이다. 평론가는 물론 세키가와 시게오였다. 그들은 테이블에서 하이볼을 가져와 마시고 웨이터의 은쟁반에서 칵테일 잔을 집어들었다.

"이다음은 드디어 자네 차례겠군." 화가가 세키가와 시게오에게 말했다.

"그래." 세키가와 시게오는 여전히 연설하고 있는 노인을 바라보며 고개를 끄덕였다. "나는 가고 싶지 않지만, 사람들이 자꾸 가보라고

---

* 미혼 여성의 예복용 기모노.

해서 결국 그렇게 됐지."

"아냐, 한번쯤은 그쪽을 봐두는 게 좋아." 파리에 간 적이 있는 선배 화가가 말했다. "별로 이득될 것은 없지만 생각만큼은 넓어지지. 그건 분명해."

실은 화가의 이 말에는 살짝 비꼬려는 의도가 있었다. 들리는 소문으로는, 세키가와 시게오의 갑작스러운 유럽행은 와가 에이료의 미국행에 자극을 받았기 때문이라고들 했다. 세키가와 시게오는 동년배인 와가를 끊임없이 의식해왔다. 그런데 와가가 미국에 간다고 하자 라이벌 의식이 생겼고 자신도 비밀스레 움직여 돈을 모았다는 소문이 돌았던 것이다. 화가의 말에는 그런 좁은 아량일랑 유럽에 가서 버리고 오라는, 세키가와를 향한 충고가 담겨 있었다.

세키가와 시게오는 시치미를 뗐다.

성대한 모임은 계속되었다. 와가 에이료가 손님들 사이로 섞여들어갔다. 사람들이 와가를 둘러쌌다. 와가 에이료는 누구와도 기분좋게 간단한 이야기를 하고 그 무리를 벗어나서 또다시 새로운 무리로 들어갔다. 그가 가는 곳마다 끊임없이 사람들이 넘쳐났다. 한참 후에야 와가 에이료는 간신히 동료 그룹에 다가갈 수 있었다.

"이봐." 와가가 말했다. "다들 와주었군."

다들 아는 사이였지만 동료들이 모두 모인 자리에서 보니 또다른 느낌이었다.

"축하합니다."

늦게 왔거나 군중에 떠밀려 아직 와가를 보지 못한 손님들이 그에게 계속 인사를 건넸다.

"굉장한 모임이로군." 동료 화가가 감탄했다. "이런 환송회라면 나도 한번 더 어딘가 떠나고 싶을 정도야."

"접는 편이 좋을걸." 조각가가 말했다. "자네라면 고작 열 명 정도 모이는 게 전부일 테니. 그중 절반은 기회를 놓칠세라 모여든 빚쟁이들일걸."

"그럴지도 모르지……"

"세키가와." 와가 에이료가 평론가 옆으로 다가왔다. "바쁜데 와주어서 고마워. 자네 환송회에 가지 못해 유감이야."

"아냐, 괜찮아. 그 대신 유럽 어딘가에서 자네와 마주치게 될지 어떻게 알겠어. 그땐 성대하게 마시자고." 세키가와가 와가의 어깨를 두드렸다.

"우쭐해져가지곤." 이렇게 말한 것은 그 그룹에서 떨어진 곳에 있는 다른 그룹이었다. "이런 저속한 모임은 처음 봤어. 저기 봐, 3분의 1은 정치가와 공무원 아닌가. 그야말로 와가 에이료의 약혼녀를 위한 모임이로군."

세키가와가 와가와 이야기를 나누자 또 말이 나왔다.

"세키가와도 최근에는 와가와 손을 잡은 모양이야. 예전에는 나쁜 소리만 실컷 늘어놓던 입이 최근에는 조용하더군."

"저 녀석의 라이벌 의식도 아주 웃기는 소리야. 유럽에 간다니, 참으로 거창하게 애를 쓰는구면."

"이렇게 와가 에이료가 미국에 다녀오고 나서는 다도코로 대신 딸과 결혼식을 올리겠지. 또 금박으로 장식한 초대장을 우리한테 돌릴 테고. 싫다, 또 이런 저속한 꼴을 봐야 한다니."

"그럼 안 나오면 되잖아."

"아냐, 그렇게는 안 되지. 이런 추악한 모임도 역시 눈으로 직접 제대로 관찰해둬야 해."

이렇게 대꾸한 사람은 젊은 소설가였다. 사람들의 이야기 소리에 묻혀 이 작은 무리의 목소리는 누보 그룹이 모여 있는 곳까지는 들리지 않았다. 격이 좀 떨어지는 명사가 축하 연설을 하자 아무도 듣는 이가 없었다.

"이봐, 세키가와." 와가가 세키가와의 귓가에 속삭였다. "할 얘기가 있어. 잠시 이쪽으로 와줘."

2

요시무라는 이틀 동안 방송기술연구소 관계자를 만나러 돌아다녔다. 그는 그곳에서 갖가지 질문을 했고 여러 대답을 들었다. 방송기술연구소뿐만 아니라 무선재료 상점들도 낱낱이 돌아보았다. 이때는 요시무라 외에 가마타 경찰서의 형사 한 명이 다녔다. 사건수사는 거의 중지된 상태나 마찬가지였지만 새로 증거가 나오면서 서장도 '임의수사'에 중점을 두게 되었다. 여기서 증거란 요시무라가 이마니시의 이야기를 참고로 하여 직접 돌아다니며 수집한 것들이었다.

이마니시 에이타로는 요시무라에게 그쪽을 맡기고 자신은 다른 일을 하고 있었다. 그는 느닷없이 전위극단 사무소에 나타났다. 예전에 본 사무원이 나왔다.

"요전번에 여러모로 협조해주셔서 감사합니다." 이마니시는 미소를 지으며 감사를 표했다. "또 신세를 지러 왔습니다만."

"이번에는 무슨 일이시죠?"

"지난번 의상 담당자분을 한번 더 뵙고 싶은데요."

"그 정도야 간단하지요. 마침 지금 와 있어요."

사무원은 의상 담당 직원을 불러주었다.

"저번에는 감사했습니다."

그녀 쪽이 먼저 웃었다.

"그때 들었던 이야기가 큰 도움이 됐습니다."

이마니시는 아무도 없는 응접실에 앉아서 말했다. 의상 담당 직원이 이마니시의 용건을 알아채고 이 자리로 안내해준 것이었다.

"전에 여쭤본 이야기인데, 의상이 한 벌 분실되었다고 하셨던 것 말입니다. 나중에라도 역시 못 찾으셨나요?"

"못 찾았어요. 그때 형사님이 물어보신 것도 있고 해서 저도 혹시나 하고 다시 수량을 점검해봤는데요. 여전히 한 벌이 모자라더군요."

이마니시는 당시 그 의상을 가지고 나간 사람이 다시 원래 자리에 돌려놓았을 가능성도 고려했지만 그녀의 말을 듣고 생각을 바꿨다.

"그 의상은 당분간 연극에서 사용할 일이 없습니까?"

"그러네요." 직원은 생각하다가 대답했다. "이번 공연도, 이다음 공연도 예정되어 있지만, 그 의상을 입을 일은 없을 거예요."

"그럼 부탁을 하나 드리고 싶은데요." 이마니시는 머리를 숙였다. "가능하시다면 분실된 의상 대신 썼던 레인코트를 이삼일 빌려주실 수 없을까요?"

"빌려달라고요?" 직원은 표정을 찡그렸다.

"제가 반드시 책임을 지겠습니다. 물론 차용증도 쓰고요. 죄송하지만 꼭 좀 부탁드립니다."

"규정상 극단 물건은 외부로 반출하지 못하게 되어 있는데요."

직원은 곤란하다는 얼굴을 했다. 그러나 다른 사람도 아닌 경시청 형사의 부탁인데다 그녀도 이마니시의 성품에 호감을 느낀 모양이었다.

"좋아요. 형사님이 책임져주신다면요." 직원은 결단을 내렸다.

이마니시는 요시무라와 그날 저녁 시부야의 식당에서 만났다. 둘은 카레라이스를 함께 먹었다. 이마니시는 요시무라가 먹는 모습을 보고 말했다.

"자네, 배가 꽤 고팠나보네."

"예, 어제오늘 이틀을 꼬박 돌아다녔으니까요."

이마니시는 그 이야기도 요시무라에게 방금 들어 알았다. 방송기술 연구소와 무선재료 상점들을 꼼꼼하게 찾아다니며 알아낸 정보를 보고하는 자리였다. 이마니시는 요시무라의 이야기를 모두 듣고 그가 모아온 자료를 자신의 수첩에 간단히 옮겨적었다. 그 자료 가운데 '파라볼라'라는 말이 나왔다. 요시무라는 파라볼라가 꼭 밥공기 뚜껑처럼 생겼다고 설명했다. 어떤 음파를 방출할 때 이 파라볼라를 거치면 응집되어 강력해진다.

"뭐라고 설명해야 하지. 아, 빌딩 옥상에 보면 탑 위에 둥근 게 달려 있잖아요. 그게 파라볼라예요. 그럴 때는 같은 모양에 크기가 훨씬 커지죠. 조사해보니 선배가 생각하셨던 대로 그는 이런 물건들을 몰래 사들이고 있었어요."

요시무라는 보고를 시작했다.

"그게 대략 7월쯤부터였다더군요. 물론 파라볼라뿐만 아니라 다른 기재들도 샀고요. 전에 그 잡상인이 찾아갔을 때도 입구에 파라볼라와 스피커가 설치된 것을 봤답니다. 자세한 내용은 메모해두었는데요……"

"미키 겐이치가 살해당한 게 5월이고 미야타 구니오가 죽은 날이 8월 31일, 그럼 7월은 딱 중간이네."

"그렇게 됩니다. 그리고 이마니시 선배 추측대로 미야타가 죽기까지 두 달의 시간이 있었으니 준비기간으로는 충분했을 테고요."

"그렇군." 이마니시는 고개를 끄덕였지만, 안색이 밝아지지는 않았다. "대강의 그림은 그려졌군. 하지만 우리가 구체적인 증거를 확보하느냐가 문제야. 증거가 없으면 어디까지나 추측의 범위를 벗어나지 못해."

"그렇군요."

"곤란하군. 뭐가 없을까."

"완전범죄에 가까울수록 단서가 없으니까요."

"어쩔 수 없지. 증거가 모이지 않을 땐 다소의 술책은 부득이한 법이야."

"술책이라뇨?" 요시무라가 이마니시의 입을 쳐다봤다.

"이것 봐." 이마니시는 옆구리에 끼고 있던 신문 꾸러미를 요시무라에게 건넨다. "전위극단에서 빌려온 의상이야. 예전에 분실된 레인코트 대신 썼던 거라더군. 색도 모양도 도난당한 코트와 똑같고, 미야타의 키에 맞춰 시판용 제품보다 길이도 조금 길지."

"이걸로 뭘 하실 작정이세요?" 요시무라는 의아한 얼굴이었다.

"레인코트는 자네가 입고 갈 거야."

"어디로 가는데요?"

"물론 그 집이지. 자네와 나만 가는 게 아니야. 전파법 위반 적발 담당자도 함께 가야지."

"그럼 전파법 위반으로 적발하시려고요?" 요시무라가 놀라 말했다.

"무리가 있다는 건 알아. 그렇지만 이것 외에 다른 방법이 없으니까. 이미 수사1과 과장님을 통해 관련 부서의 양해를 구해두었어. 우리 뒤를 이어 전파 기술자도 그 집에 갈 거야. 그리고 의사도 함께 갈 거고. 법의학자도 가고."

요시무라는 이마니시의 말을 듣고 침을 꿀꺽 삼켰다.

"그럼 실험이 시작되는 거네요?"

"그렇지." 이마니시 역시 표정이 밝지만은 않았다.

"이런 범죄는 확증을 잡기가 어려워. 확증을 얻으려면 실험을 하는 수밖에 없어. 그사이 당사자를 밖으로 유인해야만 해."

"아, 전파법 위반으로 경시청에 출두시키는 거군요?"

"그래." 이마니시의 얼굴이 더욱 울적해졌다. "하지만 내게는 확신이 있어. 실험은 그 확신을 과학적으로 뒷받침하기 위해서야. 과학자도 의사도 협력해주기로 했어. 다만 자네가 내 확신에 무게를 실어주었으면 해."

"제가 레인코트를 입고 말입니까?"

"맞아. 그 레인코트는 범인이 가마타 조차장에서 피 묻은 폴로셔츠 위에 걸쳤던 것과 같은 모양이야. 색깔, 재질, 형태 모두 똑같지. 전위극단의 민중극에 나오는 무대의상이니까."

"그렇지만 범인은 자신이 입었던 걸 이미 처리했을 텐데요."

"그랬겠지. 피 묻은 폴로셔츠도 나루세 리에코에게 처리시켰잖아. 위에 걸쳤던 레인코트에도 안에 입었던 옷에서 혈흔이 조금 묻어났을지도 몰라. 범인은 용의주도하게 경계하고 있었어. 따라서 레인코트도 당연히 처리했으리라 생각해야 하지. 어딘가에 숨겨두었다거나 다른 사람에게 주었을 가능성은 없어. 범인 입장에서는 그 레인코트를 남겨두면 루미놀 반응 같은 검사로 혈흔을 들킬 위험이 있으니까. 그가 처리했기 때문에 레인코트가 전위극단에 돌아오지 못한 거야."

"알겠습니다." 요시무라도 이마니시의 의도를 알아차린 듯했다.

"나는 자네 옆에 있지. 그리고 범인이 자네 레인코트를 보고 어떤 반응을 보일지 관찰할 생각이야. 인간이란 아무리 대비하더라도 예상치 못한 돌발상황에서는 무심코 얼굴에 본심이 드러나는 법이거든. 그 판정은 내가 하지. 나는 그 결과에 따라 그를 전파법 위반으로 체포할지 말지를 정하려고 해."

"그럼 그건 언제 결행할 예정이죠?"

"내일 아침. 여덟시 정도에 하게 되겠지. 자네 쪽 서장님께도 이미 연락이 갔을 테니 자네가 돌아가면 지시가 있을 거야."

이마니시 에이타로는 잠깐 뜸을 들이고는 물었다.

"와가 에이료가 출국하는 건 언제였지?"

"모레 밤 열시, 하네다 출발 팬아메리칸 항공입니다."

"그렇지."

이마니시는 출국까지 남은 시간을 계산하고 있는 듯했다.

330

"이마니시 선배, 시간이 맞을까요?"

"어떻게든 되겠지." 대답과는 달리 이마니시의 표정에는 초조함이 엿보였다.

"내일중으로 결과가 나옵니까?" 요시무라가 걱정스러운 듯 물었다.

"결론을 내도록 해야지."

"힘들겠네요." 젊은 요시무라도 이것이 쉬운 일이 아니라는 사실쯤은 알고 있었다.

"힘들 거야. 우리도 죽기 살기의 벼랑 끝에 몰려 있어." 이마니시는 단호히 말하면서 스스로 결의를 굳히는 듯한 표정을 지었다. "그리고 과학자와 의사가 실험하는 동안 자네와 나는 다른 일을 해야 해."

"어떤 일입니까?"

"평론가인 세키가와 시게오가 있는 곳으로 가는 거야."

요시무라는 그 말을 듣고 눈을 빛냈다. 당연히 그렇게 될 줄 알았다는 기대감과 드디어 그 단계까지 오게 된 것인가 하는 긴장감이 얼굴에 드러났다.

"이제 미우라 에미코가 죽었던 때의 상황을 생각해보자고. 넘어졌고 그 충격으로 유산하게 되어 죽었다. 그 부분이 순서가 반대였던 거야. 우리는 그녀가 넘어지는 바람에 유산하게 되었다고 생각했지만 이걸 좀더 앞으로 끌고 와야 해. 다시 말해 그녀가 넘어지기 전에 유산이 시작되었다고 봐야 옳다는 생각이 들어."

"역시 그 초음파입니까?"

"그녀는 일종의 '수술'을 받았던 거야."

"하지만 그렇다면 제대로 된 의사에게 가지 않았을까요?"

"본인이 원했으면 그랬겠지. 그런 특이한 '수술'을 받아야 했던 건 그녀가 의사에게 가려 하지 않았기 때문이 아닐까. 즉 에미코는 아이를 낳고 싶어했던 거지."

"그럼 그녀는 속아서 그곳에 끌려갔을까요?"

"어쩌면 그럴지도 몰라. 세키가와는 친구에게 그 '수술'을 부탁했을 거야."

"그렇지만 그녀는 죽었잖아요?"

"죽었지. 하지만 처음부터 그녀를 죽일 생각은 없었어. 그 '수술'이 실패한 거야."

"그럼 세키가와는 그 장치를 알고 있었단 말이네요?"

"알고 있었겠지. 언제쯤 알게 되었는지는 모르지만, 그가 미야타 구니오의 죽음에 그 나름대로 의문을 품고 눈치챈 것은 아닐까. 만약 에미코의 임신 건이 없었다면 그는 그 '알고 있다'는 점을 내세워 친구 관계에서 계속 우위를 점했을 게 분명해. 자네, 세키가와가 갑자기 와가 에이료의 음악에 호의적인 비평을 하기 시작한 걸 눈치챘겠지. 그의 우위는 에미코의 '수술'을 와가에게 부탁하면서 역전된 거네."

3

오전 여덟시경, 다섯 남자가 음악가 와가 에이료의 집을 방문했다. 추운 아침이어서 코트를 입은 사람도 있었고 그중 한 명은 지저분한 회색 레인코트를 입고 있었다. 그 주변은 주택가라 조용했다. 길에는 출근하는 사람들이 빠른 걸음으로 지나갈 뿐이었다.

한 명이 현관문 앞 초인종을 눌렀다. 중년 여성이 나왔다. 젖은 손을 앞치마에 닦으며 문을 열었다.

"안녕하십니까. 집주인 계십니까?" 키가 큰 젊은 남자가 말했다.

"저, 누구신지?" 중년 여성은 가사를 돕는 가정부인 듯, 청소를 하다 나온 모양새였다.

"이런 사람입니다만." 명함을 건넸다. "좀 만나뵙고 싶은데요."

"와가 씨는 아직 안 일어나신 것 같은데요……"

"죄송하지만 일어나 계신지 한번 봐주시겠습니까?"

다섯 남자가 서 있으니 가정부는 기가 죽어서 안으로 들어갔다. 이마니시 에이타로는 현관에 서서 주위를 둘러보았다. 마침 마루 끝에 작은 골프공 모양의 금속제 스피커가 설치되어 있었다. 같이 온 두세 명이 스피커를 올려보며 서로 고개를 끄덕였다. 가정부가 돌아왔다.

"들어오세요. 와가 씨는 주무시고 계셨지만 금방 나오겠다고 하세요."

"그럼 실례합니다."

다섯 명이 안내받은 곳은 응접실이었다. 다다미 여덟 장만한 방은 서양식으로 꾸며져 있었다. 간단하지만 세련된 장식이었다. 음악가답게 벽난로 위에는 악보가 쌓여 있었다. 서양인 사진도 두세 장 걸려 있었다. 이름은 모르지만 유명한 음악가인 모양이었다.

다른 사람들은 코트를 벗었지만 요시무라만은 레인코트를 입은 채 앉아 있었다. 창문으로 옆집 등불이 보였다.

다섯 명은 말없이 담배를 피웠다. 멀리서 문이 닫히는 소리가 들렸는데 주인이 일어나 세수를 하러 갔는지도 모른다. 주변 집 라디오 소리가 들릴 정도로 조용했다.

족히 20분은 기다렸다. 슬리퍼 끄는 소리가 들리더니 문이 열렸다. 방금 옷을 갈아입은 와가 에이료가 기모노 차림으로 나타났다. 머리도 단정히 빗질한 모습이었다.

"어서 오십시오." 그는 손에 명함을 쥐고 있었다.

다섯 명은 의자에서 일어났다.

"안녕하십니까." 한 사람이 말했다. "이른 아침부터 들이닥쳐 정말 죄송합니다."

"아닙니다."

와가 에이료는 다섯 명의 위치를 확인하듯 둘러보다가 요시무라의 모습을 발견한 순간 눈이 휘둥그레졌다. 요시무라의 얼굴을 보는 것이 아니었다. 강렬한 시선이 요시무라가 입은 레인코트에 못 박혔다. 일순간 경악과 의혹이 그 눈동자에 고스란히 드러났다. 이마니시 에이타로는 다섯 명 가운데 눈에 띄지 않는 위치에 있었지만, 그의 눈은 와가 에이료의 얼굴에서 떨어질 줄 몰랐다.

와가 에이료의 얼굴에 경악한 표정이 서린 것은 몇 초 정도의 짧은 순간이었다. 그러나 한순간 보인 그 놀라움과 의혹에 찬 표정은 이마니시의 시선에 선명하게 각인되었다. 이마니시는 후 하고 한숨을 흘렸다.

와가 에이료는 차분한 표정으로 돌아와 다섯 명과 마주앉았다. 테이블 위 담뱃갑에서 담배를 한 개비 집어드는데 어쩐된 영문인지 손가락이 담배를 제대로 들지 못했다. 젊은 작곡가는 성냥을 긋고 고개를 숙이며 담뱃불을 붙였다. 연기가 입꼬리에서 피어올랐다. 그 짧은 시간이 적어도 와가 에이료에게는 어떤 결의와 응전을 준비하는 시간이었는지도 모른다.

"무슨 일로 찾아오셨는지요." 와가 에이료는 눈썹을 치키고 앞서 인사한 남자에게 눈을 돌렸다.

"실례지만 이걸 봐주십시오." 남자는 주머니에서 삼등분으로 접은 종이를 꺼냈다.

와가가 종이를 받아 펼쳤다. 와가의 눈이 그것을 읽고 있었다. 그러나 지금은 당황한 기색도 보이지 않았다.

"전파법 위반이라는 겁니까?" 고개를 든 와가의 표정에는 희미한 미소가 떠올라 있었다.

"그렇습니다…… 요새 초단파 위반이 꽤 많아서요. 저희도 여러 사정상 초단파 위반 행위를 철저히 단속하게 되었습니다. 전파 탐지기 등을 이용해 여러 방향을 수색하는데 마침 이 집에서 높은 주파수의 전파가 나오더군요…… 와가 씨는 그런 설비를 갖고 계시지요?"

"그야, 뭐." 와가는 입가에 쓴웃음을 머금었다. "제 음악을 좀 아시는지 모르겠지만, 제가 전자음악이라는 것을 하고 있어서 그 연습용이랄까 실험용으로 진공관을 사용하고 있습니다. 하지만 말씀하신 전파법 위반에 해당하는 설비는 전혀 갖고 있지 않은데요."

"그렇습니까. 하지만 일단 그런 설비를 갖고 계시다면 저희가 한번 봐야 할 것 같습니다."

"예, 그렇게 하십시오." 와가 에이료는 태평했다. 경멸하는 듯 보이기도 했다. "저쪽에 있으니 안내해드리겠습니다."

"그렇군요. 그럼 부탁드리죠."

다섯 명은 일제히 일어났다. 물론 요시무라도 의자를 뒤로 뺐다. 이 때 와가의 눈이 다시 한번 번뜩이며 요시무라에게 날카로운 시선을 던졌다. 이마니시가 처음에 봤던 그 의혹이, 마음에 걸린다는 듯한 순간적인 시선에 짙게 드러나 있었다.

일동은 와가 에이료를 뒤따라갔다. 긴 복도를 걸어 별채로 향하는 통로를 지났다. 실험실 같은 작은 건물이었는데 와가가 정면에 있는 문을 열었다. 내부로 한 발짝 들어서자, 모두 그곳이 타원형 스튜디오 라는 사실을 알 수 있었다. 천장, 벽 할 것 없이 방송실과 똑같이 완벽한 방음장치가 되어 있었다. 역시 방송국의 일부처럼 따로 유리로 된 음량조정실이 있었는데, 규모는 작지만 내부의 절반을 차지했다.

"이거 정말 굉장한 시설이네요." 처음부터 와가와 이야기를 나눈 경관이 외쳤다. "와가 씨, 이 장치를 천천히 둘러보고 싶은데요."

4

경시청에서는 세 가지 지시가 내려왔다.

작곡가 와가 에이료는 그날 경시청에 임의출두해서 종일 조사를 받았다. 출두 명목은 전파법령 4조 1항 '무선국을 개설하려는 자는 우정대신의 면허를 받아야 한다' 위반이었다. 벌칙 110조는 '다음 항목 중 하나라도 해당하는 자는 1년 이하의 징역 또는 5만 엔 이하의 벌금에 처한다. 첫째, 4조 1항의 규정에 따른 면허가 없는데도 무선국을 개설한 자. 둘째, 100조 1항의 규정에 따른 허가가 없는데도 동 조 동 항의 설비를 운용한 자'라고 되어 있었다.

와가 에이료의 집에 마련된 스튜디오에서는 전문가들이 모여 전자 음악 연습용 기계장치를 가지고 여러 가지 실험을 해보았다. 그곳에서 2만 사이클에서 3만 사이클 이상의 초음파를 발진하는 일이 가능하다고 판명되었다. 또한 그 초음파가 인체에 미치는 온갖 영향에 대해서도 세밀히 실험했다. 이 실험은 의사와 법의학자가 기록했다.

마지막으로 평론가 세키가와 시게오가 자택에서 오랫동안 이마니시 에이타로와 다른 형사들에게 참고인 조사를 받았다. 이 신문은 장시간에 걸쳐 상세히 이루어졌다. 형사들은 세키가와 시게오의 진술을 바탕으로 증거를 확보하기 위해 각 방면으로 고군분투했다.

그날 밤 일이다. 경시청 수사1과의 회의실에서는 비밀리에 합동수사회의가 열렸다. 이 자리에는 과장 이하 수사1계 계장, 이마니시 부장형사, 그리고 가마타 경찰서의 수사과장과 요시무라 형사 등 당시 조차장 사건을 맡았던 수사관들이 모였다. 그 밖에 전파 관계 기술관, 감식과 과장, 법의학자 등이 참가했다.

우선 우정성 기술관의 설명이 있었다.

"와가 씨의 스튜디오를 조사한 결과를 보고하겠습니다.

이 스튜디오는 전자음악 작곡가가 만든 것치고는 상당히 정밀하게 설계되어 있습니다. 방은 두 개로 나뉘어 작은 조정실과 타원형의 스튜디오(수신실)로 구성되어 있습니다.

조정실에는 단파 송신기에 초음파 발진기가 직접 연결되어, 초음파를 단파의 전파에 실어 발사하게 되어 있었습니다. 한편 이 전파를 조정실에 있는 단파 수신기에서 받아 초음파로 바꾸어 증폭기를 거쳐 파라볼라 장치가 있는 스튜디오에 내보내게 되어 있습니다. 단파 발신기는 별채 지붕 아래에 숨겨져 있었으며 필요할 때 사용할 수 있도록 전환 장치가 조정실에 있었습니다.

파라볼라는 고주파를 내는 기구인데, 와가 씨의 스튜디오에서는 3만 사이클 이상의 주파수가 나오도록 되어 있었습니다. 이 방이 타원형인 점에 주목해야 하는데, 이는 초음파의 음향을 어느 한 점으로 가장 효과적으로 수신할 수 있는 환경입니다. 더불어 이 기계 장치에 대한 전문적인 상세사항은 추후 서면으로 상세히 보고드릴 예정입니다. 다음으로 이 초음파 발진기가 인체에 어떤 영향을 미치는지를 말씀드리겠습니다.

단적으로 말씀드리면 이 기계로 살인이 가능한지 사람을 통해 실험해보았습니다. 먼저 경시청의 지시대로 세 시간 동안 와가 씨가 가지고 있는 녹음테이프를 사용해 방안에 전자음악을 틀었습니다. 물론 방송관계 기술자들이 사이클을 조절했습니다. 두 시간 후 실험에 참여한 사람들은 일종의 혼미 상태에 빠졌고 육체적인 고통을 호소했습니다. 즉 구토, 현기증, 두통을 느낀 것입니다. 이러한 상태에서 한 가지 더, 단파 송신기에 직접 연결된 초음파 발진기를 통해 각각 2만 5천 사이클, 3만 5천 사이클, 3만 사이클, 2만 7천 사이클, 이렇게 단속적으로 초음파를 내보내보았습니다. 그러자 피실험자의 심박수가 급격히 이상 상태를 보였습니다. 이와 관련된 자세한 보고는 담당의께서 말씀해주시겠지만, 실험에 참여한 사람이 이 장치로 인해 매우 위험한 상태가 될 수 있음이 확인되었습니다……"

다음으로 이마니시 에이타로가 일어났다. 그는 자신이 정리한 자료를 보며 이야기를 시작했다.

"이번 사건은 저희에게 매우 참고가 되었습니다. 당사자는 오늘 일단 전파법 위반으로 조사를 받고 저녁에 귀가했습니다. 그러나 저는 그의 유죄를 확신하고 있습니다.

우선 동기부터 말씀드리자면, 이 부분에서는 당사자에게 동정의 마음을 금할 수 없습니다. 여기 모토우라 히데오라는 남자가 있습니다. 그의 아버지는 모토우라 지요키치라고 합니다. 메이지 38년(1905) 10월 21일에 태어나 쇼와 32년(1957) 10월 28일에 사망했습니다. 어머니는 마사라고 하고 쇼와 10년(1935) 6월 1일에 사망했습니다. 히데오가 네 살일 때입니다.

모토우라 지요키치는 본적지가 이시카와 현 에누마 군 ××무라이며 중년에 한센병이 발병해 마사와 이혼했습니다. 이때 외아들 히데오를 거둬들였습니다.

히데오는 쇼와 6년(1931) 9월 23일에 태어났습니다.

이상은 제가 모토우라 지요키치의 호적을 조사한 내용이며, 동시에 이시카와 현 에누마 군 야마나카초까지 출장을 가 마사의 친언니 집을 방문해 들은 이야기입니다.

모토우라 지요키치는 발병 이후 유랑생활을 계속했는데, 자신의 병을 고치기 위해 종교 순례를 겸한 방랑생활을 한 것이라 여겨집니다.

모토우라 지요키치는 쇼와 13년(1938)에 당시 일곱 살이었던 장남 히데오를 데리고 시마네 현 니타 군 니타초 가메다케 마을 부근에 이르렀습니다. 이곳 가메다케 파출소에는 미키 겐이치라는 친절한 순경이 있었습니다. 미키 순경은 모토우라 지요키치가 병에 걸렸으며 심지어 이미 말기에 도달한 것을 보고 즉시 격리할 필요를 느껴, 법령에 준거하여 쇼와 13년(1938) 6월 22일 니타초사무소의 소개로 오카야마 현 고지마 군 ××무라의 한센병 요양원인 '지코엔'에 입원 수속을 했습니다. 이때 규정에 따라 동행하던 외동아들 히데오는 아버지와 떨어져 얼마간 미키 순경이 세운 보육원에서 보살핌을 받았을 것입니다.

여기서 미키 순경의 인품에 대해 말씀드리면, 이분은 매우 훌륭한 경찰이었으며 지금도 이분의 선행은 가메다케에서 미담으로 전해지고 있습니다."

이마니시 형사는 차를 한 모금 마셨다.

"이 순경은 마을에 가난한 사람이 있으면 박봉을 털어 그 집의 살림을 돕고, 산중에 환자가 있으면 들쳐업고서 병원으로 달려가고, 마을에 분쟁이 생기면 중재를 하곤 했는데, 그러한 미담들은 제가 현지에 출장 갔을 때 소상히 들어 알게 된 바입니다. 이 순경의 성품으로 볼 때, 가엾은 모토우라 부자에게 조치를 취한 뒤 어린 히데오를 데려와 보호했으며 장래 적당한 집에 양자로 보낼 생각이었음을 미루어 짐작할 수 있습니다.

그러나 이미 방랑벽이 몸에 밴 히데오는 미키 순경의 친절에도 불구하고 가메다케를 도망쳐나와 홀로 어딘가로 사라져버립니다. 이것이 이번 비극적인 사건의 발단이 된 것입니다……"

이마니시는 여기까지 말하고 잠시 중단한 채 주위를 둘러보았다. 다들 마른침을 삼키며 그의 다음 말을 기다리고 있었다.

"모토우라 히데오의 소식은 그후 전혀 알 수 없었습니다."

이마니시는 말을 이었다.

"아마도 오사카 방면으로 향했으리라 여겨집니다. 이 점은 나중에 다시 말씀드리기로 하고, 미키 겐이치 순경은 결국 경부보까지 승진하고 쇼와 13년(1938) 12월 퇴직합니다. 이 순경의 선행은 우리 경찰의 모범이 될 만합니다.

이 순경은 그후 오카야마 현 에미초에서 잡화점을 개업하고 점원인 쇼키치를 양자로 삼은 후 결혼시켜 평화로운 노후 생활을 보냈습니다. 겐이치 씨는 이곳에서도 이웃 사이에서 부처님 같다는 말이 나올 정도로 평판이 좋았다고 합니다.

이 무렵 겐이치 씨는 자신의 꿈이었던 간사이 지방 여행을 결심하게 됩니다. 즉 그는 올해 4월 7일 에미초를 출발해 10일에는 오카야마 시에, 12일에는 고토히라초에, 18일에는 교토에 하는 식으로 여유로운 여행을 계속하고 있었습니다. 이는 양자인 쇼키치 씨에게 그동안 묵었던 여행지의 여관에서 보낸 편지들을 통해 확인할 수 있습니다.

그리하여 겐이치 씨는 5월 9일 이세 시 ××초 후타미 여관에 투숙했는데 어쩌다 근처 영화관에 영화를 보러 갔습니다. 그런데 그 영화관에서 그는 무척이나 그리운 얼굴을 사진으로 보게 된 것입니다. 그 때문에 이미 한 번 영화관에 다녀왔지만, 다시 한번 확인하기 위해 다음날 같은 영화관으로 갔습니다. 그가 그리운 얼굴을 본 것은 대체 어디였을까요.

그것은 영화가 아니었습니다. 영화관 안에 걸려 있던 기념촬영 사진이었습니다. 그곳에는 극장주가 가장 존경하는 현 대신 모 씨의 가족사진이 있었습니다. 그러나 그 사진에는 가족만 있는 게 아니었습니다. 평소 대신 집을 자주 드나들던 한 청년의 얼굴도 있었던 것입니다. 그 청년은 음악가이자 동시에 대신 딸의 약혼자이기도 했습니다. 미키 겐이치 씨는 사진에 붙어 있던 설명을 읽고 그 청년이 현재 신예 작곡가로서 활약하고 있는 와가 에이료라는 인물임을 알게 되었습니다.

그러나 미키 씨의 눈은 와가 에이료가 아니라 예전에 자신이 돌본 한센병 환자의 아들 모토우라 히데오의 얼굴을 발견했습니다. 당시 히데오는 일곱 살 정도였으니 순경도 인상이 흐릿했지만, 기억력이 좋았던 그는 두번째 확인차 가서 틀림없다는 확신을 가졌습니다.

물론 일곱 살 어린아이의 얼굴과 서른 살 청년의 얼굴은 많이 다릅니다. 그러나 미키 순경은 성장한 용모에서 어렸을 때의 특징을 봤던 것 같습니다. 일선 경관 가운데는 사람의 인상을 기억하는 데 비상한 재주가 있는 사람들이 있기 마련입니다. 이 순경 역시 그와 같은 특출난 사람이었을 것입니다.

그는 옛 생각이 나서, 곧장 고향으로 돌아가려고 했던 그날 저녁의 예정을 변경해 급히 도쿄로 갑니다.

제가 생각하기에 그 순경은 사진에서 본 사람을 실제로 만나기 전까지는 아직 반신반의하지 않았을까 합니다. 그러나 기억은 틀리지 않았습니다. 그 순경은 23년 만에 모토우라 히데오와 만난 것입니다…… 그 만남이 어떻게 해서 이루어졌는지는 밝혀지지 않았습니다. 이것은 범인의 자백을 듣는 수밖에 없습니다. 아무튼 두 사람이 만난 것은 분명합니다. 올해 5월 11일 밤 열한시 넘어 가마타 역 앞 토리스 바에서 둘은 만나게 된 것입니다……

당시 모토우라 히데오는 촉망받는 신예 작곡가로서 현 대신의 딸과 약혼해, 그야말로 전도유망한 장밋빛 인생이 눈앞에 펼쳐져 있었습니다. 그런데 홀연히 꺼림칙한 인물이 등장한 것입니다. 원래 미키 겐이치 씨에게 다른 뜻은 없었습니다. 오랫동안 떨어져 있던 히데오의 얼굴을 이세에서 발견해 반가운 나머지 상경하여 만났을 뿐인데, 히데오에게는 커다란 공포였던 것입니다. 만약 그의 입에서 자신의 과거가 폭로될 경우 진행되고 있는 약혼이 파기될 가능성이 있음은 물론, 꺼림칙한 병을 가진 부친이 있으며 가짜 신원으로 살아온 사실까지 모조리 폭로될 터이기 때문입니다. 당사자로서는 참을 수 없는 일이었습니다. 그때의 경악과 번민은 말로 표현할 수 없었으리라 생각됩니다.

그래서 범인은 자신의 장래를 위해, 또는 자신의 지위를 지키기 위해 미키 겐이치를 살해하기로 마음먹었습니다. 이것이 가마타 조차장 살인사건의 동기입니다.

자, 방금 히데오가 신원을 도용했다고 말씀드렸는데, 와가 에이료의 경력을 조사해보면 그는 본적지인 오사카 시 나니와 구 에비스초 2-120에서 와가 에이조의 장남으로 태어났고 어머니는 기미코라고 되어 있습니다. 또 생년월일은 쇼와 8년(1933) 10월 2일이라고 되어 있습니다.

여기서 주목해야 할 것은 당사자는 쇼와 6년(1931) 9월에 태어났는데 호적에는 2년 후인 쇼와 8년에 태어났다고 되어 있는 점입니다. 더욱이 와가 에이조와 기미코의 사망은 모두 쇼와 20년(1945) 3월 14일이라 되어 있는데, 이것은 그날 대공습으로 나니와 구 에비스초 일대가 모두 불타 호적원부를 보존하고 있던 나니와 구청과 법무국 모두 중요 서류와 함께 잿더미가 되었기 때문입니다. 이 경우 당사자

의 신고에 따라 호적을 작성하게끔 법률로 정해져 있습니다. 히데오
는 이 점에 주목했습니다. 말하자면 와가 에이료라는 자는 처음부터
존재하지 않았고 쇼와 20년(1945)에 작성된 호적은 모두 모토우라 히
데오의 창작이었던 것입니다. 18세였던 그가 이와 같은 술책을 쓸 수
있었다는 것은 매우 조숙하고 천재적이라고 할 만하지만, 그 동기가
자신의 장래를 위해 한센병 환자였던 아버지의 호적에서 탈출하려는
데 있었다는 점을 생각하면 한편으로 동정이 가기도 합니다."

일동은 조용히 이마니시의 말에 귀를 기울이고 있었다.

"시마네 현을 탈출한 히데오는 아마 실제로 유년기를 오사카에서
보냈으리라 생각됩니다. 이것은 제 추측이지만, 아마도 누군가의 보
살핌을 받으며 그곳에서 성장한 것 같습니다. 그러나 그 점은 현재 아
무리 조사해봐도 알 수 없습니다. 어쩌면 그 집도 공습 때 불타 없어
진 게 아닐까 합니다.

그후 알려진 사실은 그가 교토 부립 ××고등학교에 다녔다는 것입
니다. 2학년 때 자퇴했다고 되어 있는데 당시 그 ××시에서 하숙하고
있다고 동창에게 말했다고 합니다.

이후 도쿄로 나와 그가 가진 천부적인 음악적 재능을 도쿄예술대
가라스마루 교수에게 인정받아 결국 오늘날에 이르게 되었습니다. 일
개 부랑아에서 젊은 나이에 일본 작곡계의 샛별로 떠올랐으니 그야말
로 상식을 뛰어넘는 성공이라 아니할 수 없습니다. 그는 누보 그룹 중
에서도 특이한 존재였습니다. 또 앞서 말씀드린 것처럼 모 유력 정치
가의 딸과 약혼도 했습니다…… 그런 그의 앞에 돌연 미키 겐이치가
찾아온 것입니다."

이마니시는 말을 이었다.

"가마타 역 부근 싸구려 술집에서 와가 에이료가 미키 겐이치를 불러냈을 때는 아마도 이미 살해 의도가 있었으리라 생각합니다. 그는 일부러 허름한 차림새를 하고 나갔는데, 이때 미키 겐이치는 사투리로 말했습니다. 오랫동안 시마네 현 니타 군에서 경관으로 재직했기에 저도 모르게 그 지방 말투가 몸에 배어버린 것입니다. 그것이 목격자들에게 착각을 일으켜 도호쿠 사투리를 쓴다는 오해를 샀습니다. 그 지역 일대는 현재도 도호쿠 사투리와 같은 악센트를 쓰고 있습니다.

이 때문에 수사는 한때 혼선을 빚었지만 마침내 진실에 한 걸음 더 다가갈 수 있었습니다. 그 과정에 대해 이 자리에서는 상세한 설명을 생략하겠습니다.

다만 와가 에이료는 신문을 통해 경찰 수사가 도호쿠 사투리와 '가메다'를 중심으로 진행되고 있다는 사실을 알고 조만간 경찰이 도호쿠의 '가메다' 지역을 주목할 것이 틀림없다고 판단, 한발 앞서 배우인 미야타 구니오를 가메다 지방에 보내 의심스러운 행동을 하도록 지시했습니다. 미야타 자신은 목적은 알지 못한 채 부탁받은 일을 했을 뿐이었습니다. 이것은 제 추측이지만 미야타는 예전부터 호의를 품고 있던 극단 사무원 나루세 리에코에게 그 일을 부탁받았을 것입니다.

그후 와가는 누보 그룹 동료들을 불러 이와키초에 있는 로켓 연구소로 견학을 갔습니다. 조사 결과 와가가 강력히 주장하여 모두를 데리고 갔음이 밝혀졌습니다. 미야타가 맡은 역할을 제대로 해냈는지 성과를 몰래 살펴보기 위해 갔다고 생각합니다.

리에코는 와가의 숨겨진 애인으로 와가의 범행 후 그에게 당시 미야타가 무대에서 입었던 레인코트를 건넸으며 심지어 피투성이가 된 와가의 폴로셔츠를 처리한 바 있습니다.

그러나 그후 리에코는 무서운 범죄를 저지른 연인에게 절망해 자살하고 말았습니다. 미야타는 리에코의 자살을 계기로 자신이 수행했던 역할이 무엇이었는지 어렴풋이 알아차리고 와가를 추궁하게 됩니다. 이에 와가는 미야타의 입을 막기 위해 전자음악과 초음파를 동시에 이용해 심장마비를 일으켜 죽입니다.

이때 미야타는 저와 긴자에서 만날 약속을 하고 극단에서 나와 와가의 집을 방문했는데, 아마 몇 시간 동안 그 타원형 스튜디오에 갇혀 기괴한 전자음악으로 패닉 상태에 빠지고 몸이 매우 안 좋아졌을 때 초음파를 단속적으로 받았던 것으로 추측됩니다. 미야타가 원래 심장이 약했다는 사실은 와가도 알았을 것입니다. 이 살인의 기술적인 방법과 의학적인 소견은 추후 전문가로부터 설명이 있겠습니다. 말하자면 여태껏 시도된 바 없는 살인 방법이라는 점을 특히 강조하고 싶습니다.

다시 과거로 돌아가 와가는 6월 중순경 스가모 역 부근에서 교통사고를 당해 다쳤는데, 평소에 자가용을 타고 다니는 그가 왜 택시를 타고 연고도 없는 스가모 부근에 갔는지는 그의 친구들도 의심스럽게 여긴 부분입니다.

제 추측인데, 애인인 나루세 리에코를 만나러 다키노가와에 갔을 때 벌어진 일이라 생각됩니다. 마침 그날은 리에코가 다키노가와로 이사한 날이었습니다.

한편 그의 친구 가운데 평론가 세키가와 시게오라는 자가 있습니다. 그는 와가에게 라이벌 의식을 느껴 마음 한구석에서 몰래 불만을 품고 있었으며, 어느 날 자신의 애인이자 술집에서 일하는 미우라 에미코가 임신해 곤란해하던 차였습니다. 그녀가 중절을 거부했기 때문에 그는 그 처치를 남몰래 와가에게 부탁합니다. 이하는 세키가와 본인이 자백했으므로 틀림없습니다. 와가에게 부탁한 이유는 그가 전자음악을 이용하여 암암리에 생리적 이상 상태를 유발할 수 있다고 들었기 때문입니다. 사실 그것이 초음파인데, 사정을 모르는 세키가와는 에미코의 임신으로 곤란함을 느끼던 차에 와가에게 떠넘겼던 것입니다. 에미코는 아무것도 모른 채 와가의 스튜디오에 들어갔고 미야타 구니오와 같은 결과를 맞이하게 되는데, 그때 아마 와가에게 살해 의도는 없었고 아이를 떼낼 수 있다고 생각해 그 방법을 사용했다고 보입니다. 그러나 그 시도는 실패로 돌아갔고, 에미코는 스튜디오를 나오자마자 비틀거리다 졸도했습니다. 그녀는 쓰러지면서 두 건물을 잇는 복도 아래로 떨어져 단단한 콘크리트 바닥에 부딪혔고, 그 충격으로 유산하게 됩니다.

에미코의 죽음으로 놀란 사람은 와가 에이료만이 아니었습니다. 세키가와도 깜짝 놀랐습니다. 그러나 이 일은 어디까지나 둘만의 비밀로 묻어두기로 합니다. 이때부터 세키가와는 갑자기 와가 앞에서 기를 펴지 못하게 되었습니다.

이상 요약하여 말씀드렸으며, 범인은 내일 저녁 하네다를 출발해 외국으로 떠날 예정입니다. 지금부터 여러분의 질문을 받겠습니다. 두루 헤아려보신 후 와가 에이료에 대한 체포 영장 청구를 요청하는 바입니다."

5

하네다 공항 국제선 로비는 사람들로 붐볐다. 22시발 샌프란시스코행 팬아메리칸 여객기가 이륙할 때까지 아직 한 시간 가까이 남아 있었다. 국제선 로비는 언제나 화사한 배웅객으로 붐빈다. 하지만 오늘밤에는 유난히 젊은 사람이 많았다. 그것도 머리카락을 길게 기른 청년들이 눈에 띄었다. 배웅 나온 젊은 여성들도 화사한 차림이었다. 화려한 사람들로 물결을 이룬다. 군데군데 몇 개의 작은 그룹이 형성되어 제각기 담소를 나누고 있었으나 그들이 배웅하는 사람은 단 한 명이었다. 작곡계의 샛별 와가 에이료의 출국을 배웅하러 나온 것이다.

시계가 아홉시 이십분을 가리켰다. 누군가 출발시각이 가까워졌음을 알렸다. 로비에서 담소를 나누던 사람들이 와가 에이료가 있는 곳으로 모여들어 그를 둘러쌌다. 이날 밤 와가 에이료는 잘 어울리는 세련된 양복을 걸치고 가슴에는 커다란 장미꽃을 꽂고 있었다. 꽃다발도 자랑스럽게 한 팔로 들고 있었다. 옆에는 약혼녀 다도코로 사치코가 코발트블루색 정장을 입고 함께 있었다. 그녀는 누구보다도 자주 웃으며 희망에 부풀어 있었다. 둘의 신혼여행 같다며 놀리는 이도 있었다.

백발의 다도코로 시게요시는 붉은 기가 도는 얼굴에 미소를 띠고 있었다. 현 대신이며 여당 간부가 참석한 자리이니만큼 음악계와 관계없는 정계 인사들도 눈에 띄었다.

누보 그룹이 와가 바로 옆에 있었다. 다케베, 가타자와, 요도가와 등의 얼굴이 보였다. 그러나 어찌된 영문인지 세키가와 시게오는 보이지 않았다. 주위에서는 세키가와에게 급한 용무가 생겨 오지 못했나보다고 수군거렸다.

와가 에이료가 환송 인파 한가운데에서 인사했다.

"……그럼 다녀오겠습니다."

당당하고 자신감 넘치는 얼굴이었다. 가슴에 꽂은 커다란 꽃이 그야말로 그의 행복을 상징하고 있었다. 공항 안내방송이 시작되었다.

"호놀룰루 경유 샌프란시스코행 22시발 팬아메리칸 여객기가 잠시 후 출발 준비가 완료되오니 탑승하실 분들은 지금부터 출국 절차를 밟아주시기 바랍니다."

모두 만세를 불렀다. 수많은 손이 일제히 번쩍 올라갔다. 다른 이를 배웅 나온 사람들이 눈을 동그랗게 뜨고 이 광경을 쳐다보고 있었다. 와가 에이료는 탑승객 전용 통로로 내려갔다. 거대한 외국 여객기는 이미 터미널에서 출발을 기다리고 있었다. 배웅하러 온 사람들이 로비에서 출발 승강구까지 우르르 몰려나갔다. 그곳에서 여객기에 탑승하는 와가 에이료에게 환성을 지르며 손을 흔들어주기 위해서였다. 마침 그때 기체에 트랩이 천천히 운반되어 왔다.

공항 건물 아래는 승객이 국외 여행에 필요한 절차를 밟는 장소다. 화물 검색대, 출국 심사소, 여비를 환전하는 은행 출장소 등이 좁은 통로 양쪽에 구획을 나누어 줄지어 있다. 그곳을 지나면 승객들만 있는 대기실이 나온다. 스튜어디스가 탑승개시를 알릴 때까지 잠시 기다리기 위한 곳이다.

"이제 얼마 안 남았네." 이마니시 에이타로가 대기실 밖에서 요시무라에게 말했다. 요시무라도 양손을 주머니에 찔러넣고 눈만 통로를 향한 채 보일 듯 말 듯 몸을 떨고 있었다.

"길었군." 이마니시 에이타로가 한숨을 내쉬었다.

"길었네요." 그 한마디에는 이마니시의 고생에 대한 요시무라의 위로와 존경이 담겨 있었다.

"자네." 이마니시가 말했다. "범인에게 체포 영장을 보여주는 것은 자네 역할이야. 자네가 범인의 팔을 제대로 꽉 붙잡아야 해."

"이마니시 선배……" 요시무라가 깜짝 놀라 이마니시를 보았다.

"나는 됐어. 앞으로는 자네 같은 젊은이들의 시대잖아."

여행객들이 줄지어 통로를 걸어왔다. 맨 앞에는 뚱뚱한 미국인 부부가 걸어오고 있었다. 화물 검사, 여권 검사, 환전 등 승객들이 각각의 장소에서 절차를 밟고 있었다. 이윽고 모든 절차를 마친 사람들부터 이 대기실에 들어서기 시작했다. 대기실은 아담했다. 사람들이 차례로 들어와 고급스러운 쿠션에 앉기 시작했다.

"이봐."

이마니시 에이타로가 그 줄 중간에 있는 젊은 일본인을 보고 턱짓으로 가리켰다. 긴장한 요시무라가 애써 태연을 가장하며 와가 에이료 옆으로 다가갔다.

"와가 씨."

와가 에이료는 자신에게 말을 걸어온 사내의 얼굴을 보고 흠칫했다. 어제 집에 몰려온 무리 가운데 레인코트를 입은 형사였다.

"실례합니다."

대기실에 들어가려는 와가를 요시무라가 구석으로 불렀다. 그곳에
는 이마니시 에이타로가 서 있었다.

"이런 날 죄송하지만."

요시무라는 주머니 속 봉투에서 서류를 꺼내 작곡가에게 보여주었
다. 와가 에이료는 떨리는 손으로 그것을 받아들어 동요하는 시선으로
바라보았다. 체포 영장이었다. 이유는 살인 혐의라고 되어 있었다. 와
가 에이료의 얼굴이 순식간에 새하얘지고 눈동자의 초점이 사라졌다.

"수갑은 채우지 않겠습니다. 밖에 경찰차가 대기하고 있으니 동행
해주십시오."

요시무라는 친한 친구인 양 와가의 등에 손을 둘렀다. 이마니시 에
이타로는 와가의 다른 편에 딱 붙어 함께 걸었다. 와가 에이료는 한
마디 말도 없었다. 표정도 변하지 않았으나 눈가에는 물기가 맺혀 있
었다.

다른 승객들이 되돌아 나가는 세 명을 의아하게 바라보았다.

출발 승강구에서는 와가 에이료를 배웅하러 나온 사람들이 대형 여
객기를 내려다보고 있었다. 공항 건물에서 그곳까지는 약 50미터 정도
떨어져 있었다. 그 사이를 대낮 같은 조명이 무대처럼 비추고 있었다.

승객 중 맨 처음 사람이 건물 아래에서 나왔다. 배웅하는 사람들의
시선이 일제히 그를 향했다. 키 큰 미국인 장교였다. 이어 살찐 미국
인 부부, 키 작은 일본인, 어린아이를 동반한 외국 부인, 기모노를 입
은 젊은 일본 여성과 청년 신사, 그리고 외국인이 줄을 지었다.

와가의 모습은 보이지 않았다. 선두 승객은 벌써 트랩을 올라가 배웅 나온 사람들에게 손을 흔들고 있었다. 승객의 행렬은 계속되었다. 마지막 한 사람이 나왔다. 뚱뚱한 외국 노인이었다. 그를 끝으로 더이상 나오는 사람이 없었다. 다도코로 사치코의 얼굴에 그제야 의아한 표정이 떠올랐다. 여기저기에서 미심쩍어하는 웅성거림이 일었다. 승객들은 스튜어디스를 비롯한 승무원들의 배웅을 받고 손을 흔들며 여객기로 들어갔다. 마지막 승객도 트랩에 올라섰다.

모두 어안이 벙벙한 얼굴이었다. 이상하네, 누군가 이렇게 외치자 어떻게 된 일이냐며 의아해하는 목소리들이 여기저기에서 터져나왔다. 다도코로 부녀도 멍하니 불안한 표정을 짓고 있었다.

이때 우아한 여성의 목소리로 안내방송이 시작되었다.

"22시발, 샌프란시스코행 팬아메리칸에 탑승 예정이셨던 와가 에이료 님을 배웅하러 오신 분들께 안내말씀 드립니다. 와가 에이료 님은 급한 용무가 생겨 이 비행기에 탑승하지 않으셨습니다. 와가 에이료 님은 이 비행기에 탑승하지 않으셨습니다……"

느릿한 박자의 음악처럼 아름다운 억양이었다.

일본 근대사회의 집합적 무의식, 그 터부를 비평하다

1. 문학소년의 탄생

마쓰모토 세이초는 1924년 일본 후쿠오카 현 기타큐슈 시 고쿠라 시립 이타비쓰 심상고등소학교 고등과를 졸업했다. 어려운 가정형편 탓에, 직업소개소를 통해 오사카에 본사가 있는 가와키타 전기주식회사 고쿠라 출장소 사환으로 일하게 된다. 부모가 거리에서 짐수레를 끌며 생계를 꾸려나갔기 때문에 중학교 진학을 포기하고 어린 나이에 취직해야 했다. 그런 세이초가 유일하게 마음의 안식처로 삼았던 것은 독서였다. 물론 월급 대부분을 집에 보내야만 해서 책을 사볼 만한 형편은 아니었지만, 세이초는 도서관에서 기행문·희곡·세계문학전집·탐정소설 등 다방면의 책들을 읽어나갔다. 문학소년 세이초가 특히 즐겨 읽은 작가는 아쿠타가와 류노스케와 기쿠치 간이었다. 은행 등에 심부름을 가서 기다리는 시간에 이들 작가의 단편 작품을 정신없이 읽었다고 한다. 그는 "가능하면 조금 더 오래 기다리길 바랐다"고 회고한다. 독서에 대한 갈증은 더 커져만 갔고, 세이초는 휴일을 이용해 고쿠라 시립 기념 도서관에 다니기 시작했다. 그곳에서 나쓰메 소세키, 모리 오가이, 다야마 가타이, 이즈미 교카 등의 작품과 세계문학전집을 탐독했다. 독서에 대한 이런 열정은, 청소년기의 불우한 환경을 극복하게 해준 원동력이자 작가로서 소양을 키우는 데 중요한 자양분이 되었다. 하지만 가정형편으로 중학교에 진학하지 못한 세이초에게 이 문제는 자존심에 상처를 주는 일이었다.

그 당시 중학교에 들어간 소학교 시절의 동급생들을 길에서 마주치는 일은 고통이었다. 작업복 차림으로 자전거에 상품을 싣고 배달할 때, 교과서를 넣은 가방을 든 제복 차림의 친구들 네다섯 명이 무리지어 오는 모습이 보이면 나도 모르게 옆길로 도망치곤 했다.

—『반생의 기록』

동급생들과 달리 학교 교실이 아닌 생활 전선에 일찍 뛰어든 청소년기의 세이초가 동창생들과 마주치는 것은 힘든 일이었으리라. 이러한 아픔을 그는 독서를 통해 치유하고, 더 나아가 문학이라는 자유로운 상상의 날개로 현실의 어려움을 극복해나가려 했는지도 모른다. 그에게 문학은 삶의 무게를 더는 장치였다고 할 수 있다. 또한 천편일률적인 제도권 교육에서 벗어나 자유롭게 책을 읽은 일이 그의 문학적 감성을 자극하여 문학소년으로 변모시킨 것도 사실이다. 문학소년 세이초의 이런 환경과 사회적 경험은 훗날 다양한 주제와 방대한 저작물을 낳는 자양분이 되었다.

이 시절 세이초는 경제적인 이유로, 신간 도서는 책방에서 빌려보거나 서점에 들러 서서 읽는 것으로 만족해야 했다. 당시 흥미 있게 읽은 것은 여행 책자였다. 그중에서도 다야마 가타이의 기행문을 좋아했다.

내가 기행문에 매료되었던 이유는 평생 여행은 불가능할 거라고 포기하고 있었기 때문이다. 그래서 더욱 여행에 대한 동경이 컸다. 중학교 무렵부터 이미 그렇게 생각해서, 지리 교과서에 있는 각지의 풍경 동판화(사진은 아직 없었다)로 꿈을 키워나갔다.

—『잡초 열매』

현실에서는 경제적 이유로 "평생 여행은 불가능할 거라고 포기"했기에 더욱 여행을 동경했다고 세이초는 말한다. 여행에 대한 이런 동경은 그의 많은 작품에 투영되어 있다.

『모래그릇』의 경우, 다른 추리소설과 마찬가지로 살해된 사람이 마지막에 남긴 말이나 문자를 근거로 탐정역이 사건의 진상을 해명하는 형식의 미스터리다. 이 작품에서는 피해자와 동행한 남자가 바에서 나눈 대화의 단편이 피해자의 마지막 메시지로 이용되고 있다. 동행한 남자가 도호쿠 사투리 같은 말투로 피해자에게 "가메다는 지금도 여전하지요?"라고 말한 것을 바의 종업원과 손님이 들은 것이다. 여기서의 '가메다'가 사람 이름이 아닌 지명이라는 사실을 형사인 이마니시 에이타로는 끈질기게 추적해 밝혀낸다. 이 과정에서 아키타 현의 우고 가메다부터 도쿄, 나고야, 이세, 오사카, 교토를 거쳐 오카야마 현의 가메다케에 이르는 긴 여행길을 보여준다. 마쓰모토 세이초의 소설에서는 종종 지방의 아름다운 풍경, 생활, 방언 등을 적절하게 활용해 작품에 리얼리티를 부여하고, 그를 이용해 의외성을 내포시키곤 한다. 『모래그릇』에서는 도호쿠 방언과 비슷한 이즈모 방언이 범인 색출의 열쇠가 되고 있다. 그의 소설 속에서 이렇게 여행과 향토색이 커다란 비중을 차지하는 것은 아마도 여행을 꿈꾸던 소년시절의 영향이었으리라. 여행에 대한 이런 동경은 훗날 여행 미스터리 명작 『점과 선』 『제로의 초점』을 남겼고, 중동과 유럽을 무대로 한 『사막의 소금』 『검은 회랑』 『불의 길』 등으로 결실을 맺었다.

2. 사소설과의 차별성—집합적 무의식에 대한 비평 정신

마쓰모토 세이초는 '고독한 국민작가' '고립된 작가' '비통속적 작가'라는 수식어가 붙는 소설가다. 그가 작가로서 활동한 기간은 1950년부터 1992년까지 약 40년 남짓이다. 다양한 장르를 넘나들며 정력적인 활동을 펼친 그는 특히 추리소설, 시대소설, 역사소설 등을 주로 집필했다.

일반적으로 대중은 일본소설이라 하면 '사소설私小說'을 떠올린다. 사소설이란 현실과는 유리된, 개인의 기호나 감성의 변주를 따라 서

술하는 일본문학의 독특한 양식을 말한다. 사소설의 특징 중 하나는 작가가 문학적 세계를 통해 어떠한 메시지나 사상을 전달하기보다 직접 무대 위로 올라와 관객들에게 이야기한다는 점이었다. 독자들이 선뜻 공감하기 어려운 주관적이고 추상적인 이야기가 시종일관 이어진다. 그러다가 불쑥 작가가 등장해 친절하게 독자들에게 이야기하는 형식이다.

이러한 작가의 존재는 사회화가 거세된 자아를 중심으로 하며 생명, 자연, 예술 등의 추상적인 이야기들로 가득한 텍스트에서 필요한지도 모른다. 상호관련적인 내용과 구성을 통해 이루어진 텍스트가 아니기 때문이다. 그 텍스트에는 오로지 작가의 주관적인 상상력과 뛰어난 감성 그리고 독백으로 이루어진 폐쇄적인 공간만 존재한다. 이러한 폐쇄적인 공간은 의외로 많은 독자들의 지적 호기심을 불러일으키기도 한다. 사소설은 소설의 플롯이나 스토리의 구성력보다는 유리알처럼 섬세한 감각을 우선시한다. 그 안에 작가의 자기 비평과 고백 등은 존재하지 않는다. 이른바 원죄 의식 같은 근대적 자아발견의 고통은 근대 이후의 일본소설에서는 쉽사리 발견하기 어려웠다. 게다가 사회적 차별 등의 문제는 작가들의 관심사에서 먼 소재였다. 이것은 독자들로 하여금 '일본문학=사소설'이라는 등식을 성립시키게 했다.

이러한 문학적 풍토 속에서 마쓰모토 세이초의 『모래그릇』은 차별에 대한 저항, 비평 정신이 돋보인다. 이 작품은 이른바 사회파 미스터리의 금자탑이라고도 불리는데, 그것은 이 소설이 사회를 향해 열린 시민문학이면서 고도성장기 일본사회의 리얼리티가 존재하는 공간을 담고 있기 때문이다. 이런 요소는 몽환적이고 현실과 비현실의 구분이 모호한, 요즘 무라카미 하루키로 대표되는 '사소설'에서 은폐되어버린 위태로운 현실에 대한 새로운 발견이다. 더 나아가 개인과 개인, 개인과 사회라는 관계망 속에서 변주되는 절망적이고 운명적인 현실에 대한 처절한 몸부림이기도 하다.

한시라도 긴장을 놓을 수 없는 스토리 전개와 긴박감은 이 작품의 특징으로, 독자들로 하여금 순식간에 소설에 빠져들게 한다. 이런 몰입도는 기성세대가 만들어놓은 권위적 사회질서에 느끼는 반감에 대한 공감으로부터 빚어진 것이다. 예를 들면 새로운 시대의 각광을 받는 매스컴의 총아 '누보 그룹'은 기성세대의 권위를 부정하는 상징적인 존재다. 권력자와 아카데미를 표방하는 집단에 대한 세이초의 강한 거부감이 잘 드러나는 설정이다. 동시에 작품 안에서 주인공은 겉으로만 진보적인 '누보 그룹'의 가면을 벗겨내는데, 이는 경솔한 전후 세대에 대한 작가 세이초의 무언의 고발이기도 하다.

이 소설은 1960년 5월 17일부터 1961년 4월 20일까지 요미우리 석간신문에 연재되었다. 일본의 1960년대는 이른바 '60년 안보' 시대로, 미일상호방위조약 개정에 반대하는 투쟁이 벌어지고 연일 수만 명이 데모행진을 하며 국회를 포위하는 등, 전체적으로 사회가 혼란스러웠던 시대였다. 한마디로 뜨거운 싸움이 계속되는 정치의 계절이었던 것이다.

마쓰모토 세이초는 이 작품에서 당시 사회, 문화, 교통 등의 풍경과 함께 60년대 일본의 문화사회 현상을 선명하게 그리고 있다. 이는 소설 속의 '누보 그룹'을 통해 묘사된다. 당시 안보투쟁*이 고조됨에 따라, 젊은 문학가와 예술가 들 사이에서 '민주주의를 지키자'는 목소리가 커졌다. 그들은 '젊은 일본 모임'을 결성하고, 5월 30일에 도쿄 아카사카 소게쓰 회관에서 창립집회를 열었다. 이 집회의 초청장에는 이시하라 신타로, 에토 준, 오에 겐자부로 등 18명의 이름이 연명되어 있고, "민중의 마음은 민주주의의 죽음을 결코 용납하지 않는다는 것을 우리 젊은 예술가들은 소리 높여 외치지 않으면 안 된다"고 적혀 있었다. '누보 그룹'은 '누벨 바그'를 연상케 한다. 이는 1950년대 말 프랑스에서 일어난 영화운동으로, '새로운 물결'을 가리키는 말이다. 일본에서도 여기에 영향을 받아, 오시마 나기사 등이 당시 일본영화에는 없던 혁신적 표현을 내세우면서 '일본의 누벨 바그'로 불렸다. 기성의 권위와 질서를 부정한다는 점에서는 젠가쿠렌全學連**의 래디컬리즘과도 무관하지 않을 것이다.

　이런 독특한 사회파 미스터리의 창출은 세이초의 독서체험에 기인한다. 에도가와 란포 류의 탐정소설과 프롤레타리아 문학에 심취했던 그의 취향이 범죄의 동기와 사회적 배경을 중시하는 사회파 추리소설이라는 장르를 탄생시켰다고 볼 수 있다. 사회파 미스터리는 현재 미야베 미유키라는 현대작가가 그 명맥을 잇고 있다. 이 두 작가의 공통점은 우리 이웃의 범죄와 위태로운 현실에 주목한다는 점이다. 그들이 이야기하는 인간의 본성과 현대사회의 병폐에 대한 문제의식은 독

* 1960년 일본에서 미국 주도의 냉전에 가담하는 미일상호방위조약 개정에 반대하여 일어난 시민주도의 대규모 평화운동.
** 전국일본학생자치회총연합의 약칭. 1960년대 안보투쟁을 이끌었다.

자들이 소설을 끝까지 읽게 하는 힘을 갖게 한다. 이른바 '사소설' 작가들의 작품세계, 현실과 거리를 두느라 생동감을 잃은 소설 속 인물들이나 몽환적인 세계관과는 매우 대조적이다. 이는 곧 개연성이 전제가 되는 리얼리즘으로의 회귀인 것이다.

3. 인간의 숙명에 대한 고찰

『모래그릇』의 저변에 흐르는 메시지는 당시 사회적으로 차별을 받던 한센병(나병) 환자를 아버지로 둔 범인의 검거라기보다, 그가 살인을 저지르면서까지 자신의 과거를 숨겨야만 했던 까닭인 당시 일본사회의 차별과 편견에 대한 고발이다. 차별과 편견으로부터 벗어나기위해 오히려 차별하는 입장으로 전환되기를 욕망하는 인간의 모습을리얼하게 그려내고 있는 것이다.

일본에서는 1931년 '나병 예방법'이 제정되면서 병든 환자는 격리대상이 되어 요양소에 보내졌다. 이러한 격리 정책은 2001년까지도계속되었고, 한센병에 대한 사회적 차별과 편견은 아직까지도 뿌리깊게 남아 있다.

이러한 사회적 배경과 '인간은 혼자 태어날 수 없고, 혼자서 살아갈 수 없는' 인간의 숙명이 『모래그릇』의 저변에 흐르고 있다. 일생을관통해 이어진 사회적 억압에 대한 한 개인의 처절한 갈등과 투쟁. 이는 독자로 하여금 롤러코스터와 같은 긴장감을 유발케 한다. 한국문화와 일본문화의 친밀성을 짐작하게 하는 요소들이 묘사되는 여러 장면 역시 작중 묘사된 상황에 쉽게 공감하게 만드는 요인이다.

현재 독특한 소재와 군더더기 없는 스토리텔링으로 많은 이들에게 사랑받는 히가시노 게이고, 그리고 신세대 사회파 미스터리의 선두주자 미야베 미유키 등 개성 넘치는 여러 작가들이 활약중인 일본 미스터리의 원점에는 바로 마쓰모토 세이초의 『모래그릇』이 자리하고 있다고 해도 과언은 아닐 것이다.

번역을 하는 과정에서 세종대학교 일어일문학과 졸업생 박지혜와 대학원생 박소미의 도움을 많이 받았다. 언어적으로 뛰어난 감각을 가진 학생들에게 다시 한번 감사한다. 그리고 원고를 정성스레 다듬고 완성시켜준 문학동네 편집부에게도 고마운 마음을 전한다.

이병진

1909년	12월 21일 기타큐슈 고쿠라에서 출생.* 아버지가 잡역부 등 막노동을 하며 생계를 꾸리는 가난한 환경에서 성장.
1924년	이타비쓰 심상고등소학교 졸업. 중학교 진학을 포기하고 가와키타 전기주식회사 고쿠라 출장소에서 사환으로 근무함. 이 시절 잡지『신청년新靑年』에 게재된 번역소설을 통해 탐정소설의 재미를 알게 됨. 또한 에도가와 란포 초기 작품과 아쿠타가와 류노스케에 심취함.
1927년	출장소가 폐쇄되어 실직. 지방 신문사 사장에게 채용해달라고 부탁했으나 거절당함. 고쿠라 부대 병영 옆에서 빵과 떡을 팔며 생계를 꾸림. 문학을 좋아하는 직공들과 교류하며, 그 영향을 받아 습작을 시작함.
1928년	고쿠라 시 다카사키 인쇄소에 석판 인쇄 견습공으로 채용됨. 같은 해에 다른 인쇄소로 이동.
1929년	프롤레타리아 문예잡지를 구독한 직공들과 교류했다는 이유로, 불온세력 혐의를 받아 약 2주간 수감됨. 풀려난 후 아버지가 집에 있던 책을 모두 불태우고 독서를 금지시킴.
1931년	다니던 인쇄소가 망하자 다카사키 인쇄소에 재취직함. 이후 새로운 기술을 배우기 위해 다른 인쇄소에 견습공으로 옮겼다가 다시 다카사키 인쇄소로 돌아옴.
1936년	우치다 나오와 중매로 결혼. 연말에 다카사키 인쇄소 주인

---

* 기타큐슈 고쿠라는 호적상 출생지이며, 실제로는 히로시마 현 히로시마 시에서 태어났다.

이 사망함.

1937년	인쇄소를 그만두고 직공으로 생계를 꾸리기 시작함. 아사히신문 규슈 지사가 고쿠라에 이전하자 지사장에게 편지를 써서 하청계약을 맺음.
1938년	장녀 탄생. 이후 1940년에 장남, 1942년에 차남 탄생.
1943년	아사히신문 광고부 정직원이 됨. 교육 소집으로 구루메 시 제56사단 보병 제148연대에 3개월간 복무.
1944년	임시 소집으로 구루메 시 제86사단 보병 제187연대에 입대, 다시 보병 제78연대 보충대에 소속됨. 원래는 뉴기니에 갈 부대였으나, 예정과 달리 한국 용산에 주둔함.
1945년	전라북도 정읍에 배치됨. 패전을 정읍에서 맞이한 후 본국으로 송환됨. 아사히신문에 복직함.
1946년	삼남 탄생.
1950년	근무중에 쓴 처녀작 「사이고사쓰西鄉札」가 〈주간 아사히週刊朝日〉 '백만인의 소설'에 3등으로 입선.
1951년	「사이고사쓰」가 제25회 나오키상 후보작에 오름.
1952년	『미타문학三田文學』에 「기억記憶」 「어느 '고쿠라 일기'전或る '小倉日記伝' 발표.
1953년	「어느 '고쿠라 일기'전」으로 제28회 아쿠타가와상 수상. 원래는 나오키상 후보작이었으나 아쿠타가와상 선고위원회로 넘겨졌는데, 선고위원 중 한 사람이었던 사카구치 안고에게 격찬을 받음. 『올요미모노ォ-ル讀物』에 투고한 「슈슈긴啾啾吟」이 제1회 올 신인배 가작 수상.
1955년	『잠복』을 발표하며 추리소설을 쓰기 시작함.
1956년	아사히신문사를 그만두고 창작에 전념함. 일본문예가협회 회원이 됨.
1957년	단편집 『얼굴顏』로 제10회 일본탐정작가클럽상(현재 일본

추리작가협회상) 수상. 잡지 『여행旅』에 『점과 선点と線』 연
재를 시작함.

1958년 　『점과 선』 『눈의 벽眼の壁』이 출간되어 베스트셀러가 되고 세
이초 붐이 일기 시작함. 『아지랑이 그림かげろう絵図』 『검은 화
집黒い画集』 『일그러진 복사歪んだ複写』 등을 연달아 집필.

1959년 　『푸른 묘점蒼い描点』 『제로의 초점ゼロの焦点』 출간. 제국은행
사건을 소재로 한 『소설제국은행사건小説帝銀事件』으로 제16
회 문예춘추 독자상 수상. 이 해 말부터 손 떨림 증상이 심
해져서, 구술필기를 거친 후 거기에 가필하는 식으로 집필
하기 시작함.

1960년 　『파도의 탑波の塔』 등 출간. 『문예춘추文藝春秋』에 『일본의 검
은 안개日本の黒い霧』 연재. '검은 안개'가 유행어가 됨.

1961년 　전년도 고액납세자 순위에서 작가 부문 1위를 차지. 나오키
상 선고위원이 됨. 『안개 깃발霧の旗』 『나쁜 녀석들わるいやつ
ら』 『모래그릇砂の器』 『짐승의 길けものみち』 『덴포도록天保図録』
『검은 복음黒い福音』 등 출간.

1962년 　『구형의 황야球形の荒野』 『바람의 시선風の視線』 『시간의 습속時
間の習俗』 『심층해류深層海流』 등 출간.

1963년 　에도가와 란포의 뒤를 이어 일본추리작가협회 이사장으로
취임. 『일본의 검은 안개』 『심층해류』 『현대 관료론現代官僚
論』 등의 업적으로 제6회 일본저널리스트회의상 수상. 『물
의 불꽃水の炎』 『신과 야수의 날神と野獣の日』 등 출간.

1964년 　『짐승의 길けものみち』 등 출간. 유럽과 중동 여러 나라로 생
애 첫 해외여행을 떠남.

1967년 　『쇼와사 발굴昭和史発掘』 『도망逃亡』 등의 작품 활동으로 제1회
요시카와 에이지상 수상. 『사막의 소금砂漠の塩』으로 제5회
부인공론 독자상 수상. 이 해부터 1975년까지 에도가와 란

포상 선고위원을 맡음.

1968년   『D의 복합D의複合』『미스터리의 계보ミステリ-の系譜』등 출간.
야마타이국邪馬台国을 탐구한『고대사의古代史疑』간행. 베트남
민주공화국 대외문화 연락위원회의 초청을 받아 북베트남,
캄보디아, 라오스 등지에 시찰 여행을 떠남. 판반동 수상과
단독 회견을 가졌으며, 그후 귀국해서 내일한 에드거 스노
와 대담.

1969년   『제로의 초점』『모래그릇』『D의 복합』등 갓파 노벨즈*에서
출간한 저서 발행 부수가 천만 부 돌파.

1970년   『쇼와사 발굴』등의 작품 활동으로 제18회 기쿠치 간상
수상.

1971년   『들리지 않은 장소聞かなかった場所』등 출간.『빈 저택 사건留守
宅の事件』으로 제3회 소설현대 골든독자상 수상.

1972년   『머나먼 접근遠い接近』『상실의 의례喪失の儀礼』등 출간.

1974년   『고소하지 않은告訴せず』『바람의 숨결風の息』등 출간. 자택에
서 이케다 다이사쿠 창가학회 회장과 미야모토 겐지 일본
공산당 위원장의 회담을 마련, 10년간 두 단체는 서로 간섭
하지 않겠다는 내용의 협정을 성사시킴.

1976년   마이니치 신문사의 '전국 독서 여론조사'에서 '좋아하는 작
가' 1위에 선정.『검은 회랑黒の回廊』『유리의 성ガラスの城』등
출간.

1977년   〈야마타이국 심포지엄〉구성과 사회자를 맡음. 고분샤 등과
공동으로 엘러리 퀸을 초청, 프레데릭 대니와 대담.『소용
돌이渦』등 출간.

1978년   제29회 NHK방송문화상 수상. 영화감독 노무라 요시타로

---

* 일본 고분샤에서 발행하는 신서 브랜드.

와 영상 프로그램 기획·제작회사 '안개 프로덕션'을 설립하고 대표이사로 취임함.

1979년　『페르세폴리스에서 아스카로ペルセポリスから飛鳥へ』 간행.

1980년　『검은 가죽 수첩黒革の手帖』 출간.

1981년　『십만 분의 일의 우연十万分の一の偶然』『야광 계단夜光の階段』 등 출간.

1984년　TV 아사히 방송 〈뉴 다큐멘터리 드라마 '쇼와' —마쓰모토 세이초 사건을 조명한다〉 감수, 매 회 해설자로 출연함.

1986년　미국에서 『점과 선』 영역판 발간. 『성수배열聖獸配列』 등 출간.

1987년　프랑스 그르노블에서 열린 제9회 세계추리작가회의에 초청받아 일본 추리작가로서는 최초로 참석, 강연함. 『어두운 피의 선무暗い血の旋舞』『안개 회의霧の会議』『숫자의 풍경数の風景』 등 출간.

1987년　'사회파 추리소설 창시, 현대사 발굴 등 폭넓은 작가 활동'으로 아사히상 수상. 미완이자 유작으로 남은 『신들의 난심神神の乱心』 연재 시작.

1992년　4월 뇌출혈로 쓰러져 병원에 입원함. 수술은 성공적으로 끝나지만 7월에 증상이 악화되면서 암을 발견함. 8월 4일 간암으로 사망.

1994년　일본문학진흥회에서 마쓰모토 세이초상 제정.

1998년　기타큐슈 시립 마쓰모토 세이초 기념관 개관.

2009년　기타큐슈 시에서 마쓰모토 세이초 탄생 100주년 기념사업 설비.

문학동네 세계문학전집 발간에 부쳐

세계문학은 국민문학 혹은 지역문학을 떠나 존재하는 문학이 아니지만 그것들의 총합도 아니다. 세계문학이라는 용어에는 그 나름의 언어와 전통을 갖고 있는 국민문학이나 지역문학의 존재를 인정하면서 그것을 넘어서는 문학의 보편적 질서에 대한 관념이 새겨져 있다. 그 용어를 처음 고안한 19세기 유럽인들은 유럽문학을 중심으로 그 질서를 구축했지만 풍부한 국민문학의 전통을 가지고 있는 현대의 문학 강국들은 나름의 방식으로 세계문학을 이해하면서 정전(正典)의 목록을 작성하고 또 수정한다.

한국에서도 세계문학 관념은 우리 사회와 문화의 변화 속에서 거듭 수정돼왔다. 어느 시기에는 제국 일본의 교양주의를 반영한 세계문학 관념이, 어느 시기에는 제3세계 민족주의에 동조한 세계문학 관념이 출현했고, 그러한 관념을 실천한 전집물이 출판됐다. 21세기 한국에 새로운 세계문학전집이 필요하다는 것은 명백하다. 우리의 지성과 감성의 기준에 부합하는 세계문학을 다시 구상할 때가 되었다.

문학동네 세계문학전집은 범세계적으로 통용되는 고전에 대한 상식을 존중하면서도 지난 반세기 동안 해외 주요 언어권에서 창작과 연구의 진전에 따라 일어난 정전의 변동을 고려하여 편성되었다. 그래서 불멸의 명작은 물론 동시대 세계의 중요한 정치·문화적 실천에 영감을 준 새로운 작품들을 두루 포함시켰다.

창립 이후 지금까지 한국문학 및 번역문학 출판에서 가장 전문적이고 생산적인 그룹을 대표해온 문학동네가 그간 축적한 문학 출판 경험을 바탕으로 새로운 세계문학전집을 펴낸다. 인류가 무지와 몽매의 어둠 속을 방황하면서도 끝내 길을 잃지 않은 것은 세계문학사의 하늘에 떠 있는 빛나는 별들이 길잡이가 되어주었기 때문이다. 우리가 자부심과 사명감 속에서 그리게 될 이 새로운 별자리가 독자들의 관심과 애정에 힘입어 우리 모두의 뿌듯한 자산이 되기를 소망한다.

문학동네 세계문학전집 편집위원
민은경, 박유하, 변현태, 송병선, 이재룡, 홍길표, 남진우, 황종연

지은이 **마쓰모토 세이초**

1909년 기타큐슈 고쿠라에서 태어났다. 본명은 마쓰모토 기요하루. 트릭에만 집중하던 당시
의 추리소설과 달리 사회적 구조의 모순과 그로 인해 일어나는 범죄를 다룸으로써 일본 사회
과 문학의 새로운 지평을 열었다. 『모래그릇』『점과 선』『제로의 초점』 등 많은 작품이 여러 나
라에 번역되었으며 지금까지도 영화와 드라마로 만들어지고 있다. 1992년 간암으로 사망했
다. 1994년 그의 업적을 기념해 마쓰모토 세이초 상이 제정되었으며, 1998년에는 기타큐슈 고
쿠라에 시립 마쓰모토 세이초 기념관이 세워졌다.

옮긴이 **이병진**

일본 도쿄 대학교 대학원 초역문화과학연구과 비교문학비교문화 코스에서 박사 학위를
받았다. 한국비교문학회 회장(2018~2019)을 역임했으며, 현재 세종대학교 국제학부
일어일문학전공 교수로 재직중이다. 지은 책으로 『비교문학자가 본 일본, 일본인』『신라의
발견』『야나기 무네요시와 한국』『재조일본인과 식민지조선의 문화 1』『비교문학과 텍스트의
이해』『소통하는 십대를 위한 고전콘서트』(이상 공저) 등, 옮긴 책으로 『도련님』 등이 있다.

세계문학전집 109

모래그릇 2

1판 1쇄 2013년 5월 24일
1판 3쇄 2021년 11월 25일

지은이 마쓰모토 세이초 | 옮긴이 이병진

책임편집 박신양 | 편집 추지나 오동규 | 독자모니터 강정은 이희연
디자인 이경란 송윤형 한충현 최미영 | 저작권 박지영 이영은 김하림
마케팅 정민호 정진아 김혜연 정유선 | 홍보 김희숙 함유지 김현지 이소정 이미희
제작 강신은 김동욱 임현식 | 제작처 영신사

펴낸곳 (주)문학동네 | 펴낸이 염현숙
출판등록 1993년 10월 22일 제406-2003-000045호
주소 10881 경기도 파주시 회동길 210
전자우편 editor@munhak.com | 대표전화 031)955-8888 | 팩스 031)955-8855
문의전화 031)955-8869(마케팅), 031)955-1916(편집)
문학동네카페 http://cafe.naver.com/mhdn
문학동네트위터 http://twitter.com/munhakdongne
북클럽문학동네 http://bookclubmunhak.com

ISBN 978-89-546-2126-7 04830
      978-89-546-0901-2 (세트)

www.munhak.com

● 문학동네 세계문학전집은 계속 출간됩니다